D1559823

La vida a ratos

Juan José Millás

La vida a ratos

ALFAGUARA

Papel certificado por el Forest Stewardship Council®

Primera edición: abril de 2019

© 2019, Juan José Millás
© 2019, Penguin Random House Grupo Editorial, S. A. U.
Travessera de Gràcia, 47-49. 08021 Barcelona

© Diseño: Penguin Random House Grupo Editorial, inspirado en un diseño original de Enric Satué

Printed in Spain – Impreso en España

ISBN: 978-84-204-3467-4
Depósito legal: B-2310-2019

Compuesto en MT Color & Diseño, S. L.
Impreso en Unigraf, Móstoles (Madrid)

AL 3 4 6 7 4

Penguin
Random House
Grupo Editorial

La vida a ratos

Semana 1

LUNES. Pronto cumpliré sesenta y siete años. ¿Soy un viejo? Evidentemente sí, pero a mi alrededor todo el mundo lo niega.

—Anda, anda, no digas tonterías.

A veces soy yo mismo el que lo niega. Cuando paseo por el parque de buena mañana, por ejemplo, la imagen que tengo de mí es la de un «muchacho». Me estimula sentir el frío en el rostro, me gusta apretar el paso hasta alcanzar el límite de la carrera, pienso con ilusión en el periódico y la taza de té que me esperan al final de la caminata. En ocasiones, a esas horas comienzo a imaginar ya la comida, incluso me acerco al mercado y compro algo especial. Con frecuencia, mientras voy de acá para allá, recuerdo la frase con la que comienza John Cheever sus memorias: «En la madurez hay misterio, hay confusión».

Cierto, hay misterio, hay confusión, a veces el misterio procede de la confusión y la confusión del misterio. Pero contesta ya, maldita sea, a la pregunta con la que te has levantado de la cama este lunes de enero: ¿Eres o no eres viejo? Sí, coño, lo soy, soy viejo. Un viejo.

MARTES. A vueltas todavía con el asunto de ayer. Mientras atravieso el parque, oyendo crujir el hielo bajo mis botas, pienso en los hormigueros, ahora cerrados. ¿Cuánto vive una hormiga, cómo envejece, cuántos cadáveres de ellas habrá bajo la fina capa de hielo que se ha formado durante la noche? ¿Cuán fría estará la tierra ahí abajo? Entonces me viene a la cabeza la idea de escribir un diario de la vejez. Un diario de la vejez. ¿Por dónde empezaría? La semana pasada, por ejemplo, estuve en el dentista, que me arrancó la última muela del lado derecho de la mandíbula superior. Es la primera pieza dental que pierdo, y por lo tanto posee un alto valor simbólico. He decidido no reponerla, porque no afecta a la masticación ni a la estética (no se ve). Pero no hago otra cosa que pasar la lengua por el cráter. La caída de los dientes representa la castración. Por eso a los niños se les compensa, cuando pierden los de leche, con un regalo del misterioso Ratoncito Pérez. A mí este animal me daba miedo. Pensaba que podía comerme la colita, lo que significaría una castración literal.

MIÉRCOLES. Resulta imposible llevar un diario de la vejez como resulta imposible escuchar cómo crece la yerba. La yerba y la vejez trabajan con idéntico sigilo, y a un ritmo parecido. Vas perdiendo capacidades, pero a tal compás que no te enteras. Y te acostumbras a esas pérdidas, claro.

¿Tienen recompensa las pérdidas? ¿Hay un Ratoncito Pérez de la vejez? No exactamente. La vejez tiene una rata grande, quizá la Rata Pérez, que en un momento dado te compensa por todas las pérdidas con un regalo absoluto llamado Muerte. La Muerte satisface todos los deseos, todos, todos, todos. Tras su paso por el cuerpo de un ser humano, no queda en pie una sola tensión. Quizá la Rata Pérez sea la madre del Ratoncito Pérez.

JUEVES. No está en mi intención resultar fúnebre, pero se me está pasando la semana al modo de los ejercicios espirituales de la infancia, en los que tanto se hablaba de las postrimerías. Ahora bien, al mencionar el término postrimerías me viene a la memoria la imagen de un cura, cuyo nombre he olvidado, que en el transcurso de uno de estos ejercicios espirituales nos habló del Ratoncito Pérez. No recuerdo cómo logró colarlo en medio de aquellas sesiones fúnebres, pero observado con perspectiva me parece que fue un acierto literario. Lo que nos vino a decir fue que el Ratoncito Pérez se llevaba nuestros dientes, dejándonos a cambio un obsequio, para regalárselos a su madre, que estaba muy vieja. La imagen de una rata vieja, sin dientes, me conmovió mucho, pero me produjo mucho asco también. ¿Esto es, maldita sea, un diario de la vejez? Esto es materia para el diván, pero mi psicoanalista está enferma, ha cogido la gripe. O eso dice.

VIERNES. Comienza el fin de semana. Se acabaron los ejercicios espirituales, pero empiezo a leer a un poeta sueco de nombre Tranströmer. Parece el nombre de una medicina para las alteraciones de carácter. Quizá lo sea. En todo caso, su lectura me hace mucho bien.

Semana 2

Lunes. Al besar a una mujer que me acaban de presentar, siento el olor a tabaco que desprende su blusa. Un olor fresco, de hace unos minutos, delator de una flaqueza. Tuve que dar una charla en una librería y antes de entrar me tomé un gin-tonic y me fumé un cigarrillo. Dos flaquezas. Luego fui a una farmacia y pedí un espray para el aliento. Aunque jamás los había utilizado, ni se me pasó por la cabeza leer el prospecto. Me pulvericé la boca y se me quedó completamente seca porque, tal como luego descubrí, el espray contenía alcohol. Al poco de comenzar la charla, me di cuenta de que no salivaba. Mi lengua se movía dentro de la boca como los rodamientos de un motor en el interior de un cárter sin aceite. Salí del paso bebiéndome cuatro botellas de agua frente a la estupefacción de mis anfitriones y del público, ante el que me tuve que disculpar en medio del coloquio para ir al baño.

Martes. Mi amigo F. se acaba de enterar, treinta años después, de que su padre se suicidó. Creía que había muerto de una neumonía. La noticia, facilitada por su hermano mayor, lo ha sumido en el desconcierto. Se pregunta si el suicidio de su progenitor autoriza el suyo. Me lo cuenta en la terraza de una cafetería, al caer la tarde, frente a sendos vodkas con tónica. No sé qué decirle.

Se está levantando un aire como de tormenta.

Semana 3

MARTES. Salgo a pasear a primera hora, con fresco. Ya en el parque, le doy una patada sin querer a un sobre marrón de los de burbujas. Es grande y está muy abultado. Lo tomo, por curiosidad, y saco lo que hay en su interior. Se trata de un frasco de plástico como los que se utilizan para las muestras de los análisis de orina. Está lleno y permanece tibio aún, como si acabaran de depositar el pis. El hallazgo me estremece. Aunque mi primer impulso es desprenderme de él arrojándolo al suelo, lo devuelvo al interior del sobre y lo abandono en una papelera. Luego busco una fuente donde enjuagarme las manos, que me seco en el faldón del jersey.

MIÉRCOLES. En un jardín comunitario de aquí al lado están talando un pino altísimo. Me asomo a verlo. El operario cuelga de una cuerda sujeta a un arnés. El pino va cayendo en rodajas grandes sobre el césped húmedo. De una casa con las ventanas abiertas sale una canción de mi adolescencia que solo puedo escuchar durante los intervalos en los que el jardinero deja descansar la sierra mecánica. El espectáculo ha atraído a una docena de vecinos que permanecemos hipnotizados.

—¡Apártense, no vaya a haber una desgracia! —grita el hombre, que cuelga de una rama alta del árbol como una bola de Navidad.

Y nos apartamos.

JUEVES. Me he quedado sin somníferos y mi médico está de vacaciones.

Semana 4

MARTES. ¿Aceptaríamos que una marca de latas de sardinas llevara el nombre de Ana Frank? Se lo preguntaba hace un par de horas un hombre a otro en el bar donde yo me tomaba la copa de media tarde.

—Imagínatelo —añadía—, *Sardinas en aceite Ana Frank.*

—Bueno —respondía el otro—, me parecería un disparate.

—Pues eso te da idea del mundo en el que vivimos.

—¿Es que ha sucedido ya?

—No, pero podría suceder. Resulta que andan a vueltas con el registro de la marca Ana Frank.

JUEVES. Hubo una época en la que corríamos como locos hacia la actualidad. Se levantaba uno de la cama, se echaba cualquier cosa encima y venga, a correr hacia la actualidad. Hoy es la actualidad la que corre hacia nosotros, y con muy malas intenciones. De manera que hacemos lo contrario de entonces: nos ponemos los pantalones, la camisa y los zapatos y echamos a correr, para que no nos alcance.

Semana 5

Martes. ¿La sexualidad es normal? En un sentido, sí, evidentemente. Si no fuera normal, no la utilizaríamos tanto. Pero al mismo tiempo se trata de una energía inconcebible, extraordinaria. Una energía productora de pánico. Toda la cultura es un invento para desproveer del sexo a la sexualidad. Para domesticarla. El poder constituye un amansador excelente. Pienso en el rostro de tres o cuatro políticos de los que aparecen en la tele cada día, imputados o no. Se les ve tan desexualizados porque han sublimado sus impulsos venéreos. Si se les quitara de golpe el poder y les regresara de súbito la sexualidad, podría ocurrir una desgracia.

Semana 6

LUNES. Huelo la depresión como un buitre la carroña. He ahí un hombre deprimido. Se encuentra en la estación de Atocha, en Madrid, a unos pasos de mí, que finjo leer el periódico mientras lo observo. Tiene en los párpados la pesadez que proporciona un cóctel de ansiolíticos. Se ha levantado a las siete de la mañana (ahora son las diez), se ha sentado en el borde de la cama y ha observado el día que tenía por delante como si fuera un túnel negro, negro, negro, cuya luz aparecería al cerrar de nuevo los ojos, por la noche. Lleva un traje gris que se le ha quedado estrecho (está un poco hinchado por la medicación) y sostiene en la mano izquierda (es zurdo) una cartera absurdamente amarilla. El hombre va de un lado a otro sin separarse más de tres o cuatro metros del panel de información, que consulta con ansiedad en cada una de las vueltas, como si no se fiara de él. También mira el reloj cada poco, casi receloso por su modo de dar la hora. Desconfía del reloj, del panel de información y de su propia capacidad para sincronizar los movimientos de su cuerpo y de su mente con los de una realidad que se ha tornado líquida, aunque espesa, como el mercurio, una realidad mercurial. Todo a su alrededor se mueve con la pereza de un metal blando, a punto de fundirse en frío. En esto anuncian la salida de mi tren y abandono el seguimiento.

MARTES. Regreso de Barcelona, donde he participado en una mesa redonda titulada «Literatura e infierno». El tipo al que se le ocurrió el título nos llevó a cenar después del acto y nos dio su propia conferencia sobre el asunto de la mesa redonda. Se notaba a la legua que estaba deprimido, como el de la estación de Atocha, pero en este caso se trataba de una depresión eufórica, valga la contradicción. Sus invitados lo escuchábamos sin intervenir porque daba un poco de miedo su grado de desesperación. En los postres se vino abajo y nos pidió consejo acerca de su madre, a quien no sabía si ingresar o no ingresar en una residencia. Comprendí que el mundo está mal, muy mal, y me juré (en vano) que el mundo no lograría contagiarme su malestar. En el tren ponen una película sin gracia con la que mi compañero de asiento, sin embargo, se muere de la risa.

Jueves. Me deja un mensaje mi psicoanalista. Sigue enferma y tampoco podrá atenderme hoy. Tengo un amigo cuya psicoanalista falleció en mitad del tratamiento. No es lo mismo, pero también molesta, claro. Le resta omnipotencia y yo, hoy por hoy, necesito una psicoanalista omnipotente, como mi madre. Sé que lo analizaremos en la próxima sesión, si no se muere (cruzo los dedos), y que ella me dirá por qué necesito recordar a mi madre como una mujer que todo lo podía. Yo le diré que mi madre lo podía todo y ella me preguntará si estoy seguro de lo que digo y entonces yo diré, al borde de las lágrimas, que no, que en realidad mi madre era muy frágil, pero que reconocerlo me fragiliza a mí. Para sustituir la sesión, me voy al baño turco, donde permanezco más tiempo del aconsejado. El baño turco me trae recuerdos del útero materno.

Semana 7

MIÉRCOLES. Propongo a los alumnos del taller de escritura creativa la realización de un texto sobre la antropofagia. Les doy una hora durante la que yo salgo a resolver unos asuntos. A mi regreso, leemos públicamente el texto de Beatriz, la más joven del curso, que parece convencida de haber escrito una obra maestra.

—Se trata de una historia real —afirma antes de dar comienzo a la lectura.

La historia real sucedió, según su relato, en el pueblo de sus padres, donde unos vecinos, aislados por la nieve, devoraron a un recién nacido cuya madre había muerto en el parto. Cuando la nieve se derritió, y tras sellar un compromiso de silencio, enterraron a la mujer. Punto final.

—¿Y? —pregunto.

—Y nada —dice Beatriz—. La enterraron y se acabó la historia.

—Es inverosímil —le digo.

—Pues sucedió en el pueblo de mis padres —insiste, molesta.

—No nos importa si sucedió o no, no somos policías ni jueces ni periodistas de sucesos, somos gente que intenta leer y escribir. Lo que nos importa es que el relato tenga coherencia, que vaya a alguna parte, y este relato tuyo ni tiene coherencia ni va a ninguna parte. Es una mierda.

Siempre que digo que un relato es una mierda los alumnos se ponen en mi contra, aunque estén de acuerdo, de modo que corto el conato de discusión y pregunto a quién nos comeríamos primero de quedarnos aislados por la nieve.

—A ti —dice Beatriz.

—Mala elección —digo—. Soy viejo y ateo, estoy duro, mi carne os aportaría pocas calorías.

La clase está de acuerdo. Finalmente decidimos que nos comeríamos a Beatriz. Con esto se nos abre el apetito y nos vamos a comer todos juntos sin dejar de discutir. De pelear, casi.

Semana 8

LUNES. Desde que utilicé el metro por primera vez, sé que alguien me persigue para arrojarme bajo sus ruedas. Tendría trece o catorce años cuando inauguré el suburbano, colocándome imprudentemente al borde de las vías. Me fascinaba la cantidad de ratas que corrían entre ellas. Luego hubo varias campañas de desratización y desaparecieron. Pues bien, estaba yo absorto en la contemplación de los roedores cuando sentí una sombra a mis espaldas justo en el momento en el que llegaba el tren. Comprendiendo inmediatamente las intenciones del cuerpo al que pertenecía la sombra, me retiré hacia atrás y salvé la vida. A partir de ese instante, mis sentidos, atentos al peligro, han detectado de nuevo la presencia de esa sombra en diversas ocasiones. Y me he cuidado de ella. Siempre espero la llegada de los vagones pegado a la pared, y no me muevo de ahí hasta que el convoy no se detiene y empiezan a abrirse las puertas. El otro día me descuidé un poco y apareció la sombra asesina. Al volverme instintivamente, me di cuenta de que era mi sombra.

MIÉRCOLES. Necesito un abrigo, así que decido aprovechar las rebajas. Ya de paso, elijo unos pantalones vaqueros. Soy ese pobre tipo del probador al que el hecho de quitarse los zapatos le deja extenuado (he tenido la gripe); soy ese señor mayor con claustrofobia que intenta quitarse los pantalones dentro de un ataúd vertical con espejo. Voy colocando todo más o menos en orden. En esto, las monedas del bolsillo de la calderilla se salen de madre y ruedan por el suelo del féretro en varias direcciones.

¿En qué momento se me ocurrió comprarme unos vaqueros? Había tenido éxito con el abrigo y me crecí. En calzoncillos como estoy, me pongo de rodillas para recuperar las monedas que han caído debajo del minúsculo asiento y veo, junto a un euro, un dedo gordo de carne y hueso con la sangre todavía fresca. Me incorporo como un rayo, me siento, acompaso la respiración e intento tomar decisiones. Lo más sensato sería ponerme los pantalones, devolver los nuevos diciendo que no me gustan y huir de aquel lugar al que jamás debería haber entrado. Pero están los remordimientos. Un ciudadano como Dios manda debe denunciar el hecho, sin género de dudas, aunque ello signifique firmar papeles, ir a comisaría, actuar de testigo, etcétera.

—Hay algo que debe saber —le digo al dependiente de manera discreta una vez fuera del probador.

El empleado se acerca, lo conduzco al lugar de autos y le muestro el macabro hallazgo.

—Ya está actuando otra vez el gracioso del dedo —dice.

El dedo es de una especie de resina sintética que incluso al tacto parece real. Hay, en las rebajas de este año, un loco dedicado a sembrar el pánico entre los compradores. Transcurridos los primeros instantes de sorpresa, me doy cuenta de que envidio a ese delincuente. Me gustaría tener tiempo y humor para andar dejando dedos u orejas por ahí. Puñeta.

JUEVES. Le cuento a mi psicoanalista lo del dedo. Creo que se ríe.

—¿Le impresionó mucho? —dice.

—Pues sí, la verdad —digo yo.

—¿Qué le recordó el dedo?

Callo unos segundos, dudando si mentir. Al final, decido decirle la verdad.

—Me recordó un pene en estado de deflación.

—¿El suyo quizá? —insiste ella.

Dudo de nuevo si mentir, pero caigo en la trampa de la sinceridad:

—El mío, sí.

—¿Sería capaz de abandonarlo en el probador de unos grandes almacenes?

—La verdad, sí.

—¿Por ver si alguien lo quiere?

En ese instante, me levanto y me voy. Con mi pene.

Semana 9

MIÉRCOLES. Les digo con frecuencia a mis alumnos del taller de escritura que si no se comportan como niños, no entrarán en el reino de los cielos.

—No sabíamos que eras creyente —dice Beatriz.

—No soy creyente, pero los Evangelios están muy bien escritos. Quiero decir que si no conquistáis la ingenuidad, tampoco lograréis escribir bien.

Mis alumnos, por lo general, no quieren escribir bien, quieren ser escritores.

Por la noche leo un artículo del que deduzco que la energía se convierte en masa cuando le dan ataques de histeria. O peor que eso: la materia nace de un brote psicótico de la energía. Según eso, el mundo sería el resultado de un delirio. Para resumir: la masa es la fase maniaca de la energía.

JUEVES. El problema de la masa es que tiene necesidades de las que carece la energía. La masa necesita comer, necesita abrigo, necesita follar, necesita reconocimiento y cariño y necesita límites. La masa, comparada con la energía, es una mierda. Aquí, los únicos que han comprendido el mundo son los místicos, que prestan más atención a su espíritu (la energía) que a su cuerpo (la masa). El cuerpo, como decíamos, es un delirio de la energía. Vemos cuerpos porque estamos locos. Sin embargo, tachamos de locos a los que ven espíritus. Todo está confundido.

Semana 10

LUNES. Suena el despertador a las seis de la mañana, lo apago y comienzo a negociar conmigo mismo. Es cierto que tengo que enviar un artículo a las once, pero me dará tiempo a escribirlo si prescindo del paseo matinal. Lo haré del siguiente modo, me digo encogido entre las sábanas: me levantaré a las ocho, desayunaré, saldré a por la prensa para despejarme un poco y estaré de vuelta a las nueve, listo para liquidar el artículo.

Una vez solucionado el problema, cierro los ojos con un placer infinito, como si me acabaran de decir que es domingo por la mañana, y me adormezco tres o cuatro minutos al cabo de los cuales me despiertan los sentimientos de culpa. Sabes que no, sabes que si te levantas a las ocho lo harás todo agobiado, con prisas, y que el artículo no te saldrá bien. No tendrás, en todo caso, tiempo de releerlo, de corregirlo, de tirarlo a la basura si está mal y hacer otro. A mí lo que me saca de la cama no son las ganas de escribir, sino la culpa de no hacerlo. Escritura y culpa, he ahí un tema.

MARTES. De camino a la consulta de mi psicoanalista actual me tropiezo con mi psicoanalista antigua. Nos detenemos, nos damos la mano, intercambiamos tres o cuatro frases corteses y le pregunto qué hace por ese barrio.

—Me he trasladado, ahora tengo la consulta en ese portal —dice señalando uno.

El portal que me indica es el de mi psicoanalista de ahora, de modo que casi me trago la lengua del susto. Espero a que desaparezca, y a los pocos minutos entro con cautela y tomo, nervioso, el ascensor.

—Lo noto algo agitado —dice la terapeuta una vez que me he acomodado en el diván.

Le cuento la historia y ella me pregunta si tengo la sensación de haberla traicionado. Y la tengo, en efecto. Es como si estuviera cometiendo un adulterio psicoanalítico, o terapéutico, no sé. El caso es que me da muy mal rollo imaginar a la psicoanalista de antes en el piso de arriba, quizá en la habitación que se encuentra sobre la nuestra, analizando a otro paciente que no soy yo.

—Voy a tener que dejar de venir —digo—. No soporto la idea de encontrármela en el portal.

—¿Y no sería mejor —dice ella— que analizara las causas de ese malestar?

—Es como si fuera adoptado —digo yo— y de repente me hubiera encontrado con mi madre biológica.

—¿Y cuál de las dos es su madre biológica? —dice ella.

—Creía que era usted, pero ahora me parece que es ella.

Quería reflexionar sobre las relaciones entre la escritura y la culpa y he dedicado la sesión a hablar de mi madre, que es lo habitual.

JUEVES. Estoy frente al ordenador, cortándome las uñas por no cortarme las venas, cuando suena el teléfono. Es mi amigo R., un conocido arquitecto de estaciones de tren y centros culturales. Se separó de su mujer el año pasado y lleva dos o tres meses con una bióloga que conoció en un taller de escritura creativa. Quiere hablarme de ella. Lo escucho. Dice que Rosa —así se llama— le pone nervioso porque lo hace todo de forma aproximada.

—¿Qué quieres decir? —le pregunto.

—Pues que aparca el coche de forma aproximada, por ejemplo, que llega a los sitios aproximadamente a la hora a la que has quedado, que recoge más o menos la cocina, que cuando hace ella la cama se queda a medio hacer...

—Ya —digo yo observando filosóficamente el montoncito de uñas que he dejado sobre una cuartilla.

—Y me quiere también de forma aproximada —concluye.

—¿En qué lo notas? —pregunto.

—En que follamos a medias. A veces ni siquiera se desnuda del todo. ¿Qué más te da? —me dice.

No sé qué decirle a mi amigo. Me dan ganas de preguntarle si se trata aproximadamente de una mujer, pero igual se ofende. Concluyo que la tal Rosa es una escéptica.

—Es una escéptica —le digo.

Mi amigo cuelga aliviado. El escepticismo tiene prestigio. Por mi parte, dudo si ponerme a escribir o seguir con las uñas de los pies. Jamás me había cortado las uñas de los pies en el lugar de trabajo. Pero me pongo a ello para evitar de nuevo no cortarme las venas.

Semana 11

LUNES. El dinero, siempre por detrás de mis necesidades. He de tirar de él como de un perro vago o viejo. Si me llegara, me compraría un abrigo de cachemir del que he oído hablar y entraría en el bar y solicitaría un cóctel nuevo, del que también he oído hablar. Luego, no sé, regresaría a casa y colgaría el abrigo de una percha especial, de las que no deforman los hombros de la ropa cara. Los hombros de mi cuerpo están dados de sí debido a una osamenta irregular, cortante, como las de esas perchas que parecen garabatos. Mis huesos nunca se han ajustado a las necesidades de mi carne. Mis omoplatos van siempre por detrás, como el dinero, como el perro vago o viejo de mi vecino con el que estoy a punto de cruzarme.

MARTES. En la mesa de al lado, mientras espero mi gin-tonic de media tarde sin angustia, aunque con impaciencia, dos tipos mayores, muy aseados, mantienen el siguiente diálogo:

—Menos mal que no fui obispo —dice uno—, porque habría sido pederasta sí o sí.

—Es lo que digo yo —asiente el otro—, que menos mal que no fui banquero, porque habría sido atracador de todas todas.

—Es lo bueno que tiene reconocer los límites personales —concluye el anterior.

En esto aparecen corriendo un par de mocosos, que vienen del servicio, y se sientan con los señores, que resultan ser sus abuelos. Después de que los niños se tomen un colacao y un dónut, se levantan todos y se van a sus respectivos domicilios a «hacer los deberes». El hielo del gin-tonic no estaba lo suficientemente seco y la combinación se ha aguado.

MIÉRCOLES. Al volver del médico, que me debía una receta de ansiolíticos, encuentro en el buzón de casa un anuncio que reza así: «Compro oro usado». ¿Acaso el oro usado vale menos que el nuevo?, me pregunto. ¿Vale más un billete de veinte euros recién salido de la fábrica que el que me dan con el cambio en la pescadería? Por la tarde llevo el anuncio al taller de escritura y se lo muestro a los alumnos, para ver si les sugiere algo. Me observan en silencio, carraspean, se lanzan miradas furtivas entre ellos. Finalmente intervengo:

—¿Qué se entiende por «oro usado»? —pregunto.

—Pues un oro como de segunda mano —responde Beatriz, que es la más despierta, o la que con más dificultad soporta los silencios.

—¿Podríamos calificar de oro usado, por ejemplo, la máscara de Tutankamón?

Silencio.

—En sentido estricto —interviene de nuevo Beatriz—, se trata de un oro usado, sí.

—¿Y eso le da menos valor?

—No.

Les pregunto entonces si el anuncio tiene trampa, si al decir «oro usado» el comprador no lo está minusvalorando sutilmente para pagar menos a quien le vaya con una pulsera de su madre. No dicen ni que sí ni que no. Enrique, un chico que vino de Murcia para hacerse actor y que ahora pretende escribir diálogos para la tele, pregunta si estamos dando una clase de escritura o de compraventa de metales preciosos. Les encargo que escriban cuatrocientas palabras sobre el asunto mientras yo, me justifico, voy a ver al rector para firmar unos papeles, pero no vuelvo.

JUEVES. Decido desengancharme del juego de los siete errores que publica todos los días *La Vanguardia* en su página de Pasatiempos (¿en cuál si no?). Vengo resolviéndolo desde hace un año o dos bajo la estúpida superstición de que si lo dejo pasar ocurrirá alguna desgracia. Que ocurra de una vez. Soy, desde pequeño, víctima de este tipo de fantasías obsesivas. Quizá el mundo no se haya ido todavía al carajo gracias a mí y a personas que, como yo, se pasan la vida realizando sortilegios contra las desgracias propias y ajenas. Pero ya he llegado a mi límite. Tarde o temprano, el mundo se tiene que acabar.

VIERNES. El mundo no se ha acabado, quizá porque esta noche, a eso de las cuatro, me desperté empapado en un sudor disolutivo, busqué el ejemplar de *La Vanguardia* de ayer y resolví el juego de los siete errores. Mi mujer se despertó también y me preguntó qué rayos hacía. Le respondí en tono de broma que estaba salvando al mundo, pero ella sabía que lo decía en serio. «No tardes» se limitó a decir.

Semana 12

LUNES. Mi cerebro exuda obsesiones. Mis oídos producen cera. Mis narices fabrican mocos. Mi boca crea saliva. Todo ello mientras escribo, leo, como frutos secos, paseo por el campo o toco el violín. Pienso en ello mientras veo en la tele a unos semejantes que, además de lo anterior, sudan. La apagaría, pero se me ha extraviado el mando a distancia y se ha estropeado el sistema manual. Lleva cuarenta y ocho horas funcionando a toda máquina, con el volumen más bien alto. En el servicio técnico me han dicho que no podrán venir hasta pasado mañana, quizá al otro. Hasta el miércoles o el jueves, traduzco.

—Me voy a volver loco —le digo a la persona que me atiende.

—Desconéctela de la red —me sugiere.

Me quedo estupefacto, porque no se me había ocurrido que podía desenchufarla. Parece que las teles y las neveras te las venden ya enchufadas. Doy las gracias, cuelgo, me acerco a la pared, saco la clavija y se hace el silencio. Hablo de un silencio raro, como si, más que de un silencio, se tratara de un ruido inverso. Entonces es cuando advierto que mi cerebro exuda obsesiones, mis oídos producen cera, mis narices fabrican mocos y mi boca crea saliva. Todo a la vez, las veinticuatro horas del día, los trescientos sesenta y cinco días del año. Como los altos hornos. ¿Es o no es como para enfermar?

MARTES. La realidad ataca y me hago fuerte en el cuarto de baño. La realidad que ataca es la interior, la del alma, para entendernos, de modo que el cuarto de baño, a primera vista, serviría de poco. Sin embargo, funciona. Los sanitarios tienen virtudes terapéuticas. En el fondo de la bañera hay una araña intentando alcanzar el borde. Ella no sabe que hay borde, solo quiere salir, pero resbala una y otra vez. Me pregunto cómo ha llegado hasta allí y me respondo que por el desagüe, durante la noche.

Sin embargo, no se le ocurre volver por donde ha venido. Le indico, empujándola con el cepillo de dientes, el camino de vuelta, pero ella insiste en alcanzar el borde. Finalmente, abro la ducha y la expulso con un chorro de agua. Luego me siento sobre la tapa del inodoro y hago frente a otro ataque de la realidad interior cerrando los ojos y apretando las manos contra las rodillas. Cuento hasta treinta y el ataque de angustia remite. Abandono el cuarto de baño con expresión de persona normal. No se me nota que acabo de liquidar a una araña.

MIÉRCOLES. Viene el técnico y dice que el mando a distancia cuesta casi lo mismo que una tele nueva.

—No le compensa —añade—, cámbiela.

—Si solo tiene diez años.

—Diez años son muchos para una tele. Además, ahora ya las hay inteligentes.

—¿Hay teles inteligentes? —pregunto con ingenuidad.

El hombre pilla la contradicción y sonríe.

—Lo inteligente —dice— sería no pagar por un mando lo mismo que cuesta el aparato. Pero usted verá.

Lleva razón, de manera que le abono el desplazamiento, que cuesta lo que un tercio de la tele, y nos despedimos en buenos términos.

JUEVES. Tomo, para controlar la tensión, una medicina llamada irbesartán. Como resulta imposible de pronunciar, yo la llamo ibersatán, que en el ordenador de la farmacia no aparece.

—No aparece —le explico al empleado— porque se la estoy pronunciando de forma aproximada.

—Entonces —dice haciéndose el gracioso— le bajará la tensión aproximadamente.

Al final aparece el jefe y da con ella en medio minuto.

—¿Por qué le han puesto un nombre tan difícil? —le pregunto.

—Por la misma razón por la que la segunda persona del plural del imperativo culto de ir es idos —me contesta agresivo, como si yo fuera el responsable de los imperativos.

No digo nada porque me da la impresión de que no está el horno para bollos, pero al salir de la farmacia me voy a ver televisores inteligentes y me enseñan una variedad entre la que resulta imposible elegir. Algunos tienen prestaciones que no utilizaría ni en cien años de vida. Le ruego al empleado que elija por mí, sin pasarse de precio, y se niega.

—Se trata de una decisión muy personal —dice—, es usted quien va a convivir con ella.

Semana 13

LUNES. Voy a unos grandes almacenes a comprar la tele. Miro las que están en exposición. Digo: esta. La señorita comprueba que hay existencias en el almacén, desaparece y al poco vuelve con una caja gigantesca en un carrito de la compra. Llevo la tele al coche y, ya en casa, comienzo a desembalarla con mimo. Los televisores, al menos a la gente de mi edad, nos siguen provocando un respeto religioso. Recordamos el primero de nuestra vida y no hemos olvidado su carácter de altar. Un altar en el que se oficiaba un sacrificio al que acudía toda la familia. Todavía se oficia, aunque los altares (o los soportes) se han multiplicado. Pues bien, resulta que el aparato tiene la pantalla rota. Debe de ocurrirle a uno de cada cuatro mil televisores. Significa que me ha tocado una lotería negativa.

Paciencia.

Cargo la tele de nuevo en el coche, vuelvo a los grandes almacenes, busco a la señorita que me la vendió y le cuento lo ocurrido. Se nota a la legua que desconfía de mí, pero las normas son las normas, de modo que, pese a sus reticencias, no le queda otro remedio que cambiármela. En esta ocasión pido que abran la caja y comprueben todos sus elementos. Antes de irme, la señorita me aconseja que la asegure. Es muy barato, cubre todas las posibilidades que quepa imaginar, y me lo hacen allí mismo. Yo creo que quienes deben asegurarse, antes de entregar una mercancía, son ellos, pero como tengo complejo de inferioridad y me siento culpable de la putada que me han hecho, la aseguro. Cincuenta euros, tres años, yo mismo le puedo dar una patada y decir que alguien, al pasar junto a ella, la ha tirado sin querer.

Cuando estoy a punto de irme, el empleado de los seguros me sugiere que asegure también la tarjeta del establecimiento.

De esa forma ahora ya puedo perderla o me la pueden robar, aparte de otras situaciones que jamás se me habrían pasado por la cabeza. Le pregunto si, después de asegurar la tarjeta, podría asegurar el seguro de la tarjeta y dice que tendría que consultarlo. Me voy a casa y estreno la tele, de cuarenta y siete pulgadas (más grande que un altar), con un capítulo de *Mad Men*. Todo tiene su recompensa.

MIÉRCOLES. Se matricula en el taller de escritura un manco al que a partir del segundo día todos llaman Cervantes. ¿Es un rasgo de crueldad? Lo planteo en la clase. Pregunto a los alumnos, delante del manco, si les parece bien motejar de ese modo al recién llegado. Se miran unos a otros como cediéndose la palabra. Finalmente habla la víctima. Nos cuenta que en su propia casa, cuando anunció que quería escribir, su padre le dijo con sorna que jugaba con ventaja.

—En algo sí te pareces a Cervantes —añadió, refiriéndose a su discapacidad.

Todo el mundo agacha la cabeza, como si se les hubiera perdido algo entre los muslos. Al poco, alguien le pregunta si lo suyo es de nacimiento o debido a un accidente. El chico nos cuenta que de pequeño metió la mano en una batidora en marcha con la que su madre estaba a punto de hacer una mayonesa. Dice que vio saltar los dedos en pedazos y que no le dolió. Estaba fascinado con el espectáculo de la desaparición de su propia mano en el fondo del vaso de la batidora mientras los azulejos de la cocina y su propio rostro se llenaban de sangre. Concluye que metió la mano izquierda, aunque es diestro, porque un sexto sentido, en el último momento, le avisó de que aquello podría ser irreversible. Escuchamos su relato con espanto. Finalmente Beatriz interviene para decir con rabia:

—¿Aquí venimos para contarnos nuestra vida o para aprender a escribir?

Nos volvemos hacia ella y resulta que está llorando.

JUEVES. Viene a verme el padre de Beatriz, la alumna del taller de escritura. Me pide que sea discreto respecto a la reunión, pues su hija no sabe nada. Pretende averiguar qué rayos les enseño, pues no le gustan los comentarios que escucha a «la niña» sobre mis clases. Le digo que no les enseño nada, que trato de crear una atmósfera en la que sea posible la aparición de un pensamiento literario sobre la realidad. Le parece bien, pero me pide un descuento.

Semana 14

MARTES. Sueño que suena el despertador, que me doy la vuelta, que lo apago a tientas, que permanezco aún unos segundos dentro de mí y que después, al abrir los ojos, no veo nada. Negrura total. Vuelvo a cerrarlos, cuento hasta once, como el que reinicia un equipo informático, y los vuelvo a abrir con idéntico resultado. Todavía dentro del sueño, me viene a la memoria un reportaje que escribí hace años sobre un ciego. Se trataba de un hombre de unos treinta años que una noche, después de cenar como hacía siempre, se metió en la cama y al día siguiente amaneció ciego. Sin ningún aviso previo, sin ninguna amenaza, sin tener altos los niveles de azúcar. Simplemente, un fusible había saltado en su interior. Lo último que recordaba haber visto eran los cubiertos de la cena: el cuchillo y el tenedor, con su brillo habitual, empleándose sobre un trozo de pescado. Las últimas imágenes de su vida normal, que guardaba en la memoria como un tesoro.

Y bien, yo continúo reiniciándome sin ningún resultado. En esto, mi mujer se despierta y me da los buenos días. Decido fingir que veo, así que, siempre dentro del sueño, me incorporo para sentarme sobre la cama y parpadeo repetidas veces, ya con urgencia, para ayudar a la maquinaria de ver. Y entonces algo se arregla, aunque no del todo, porque comienzo a ver en negativo, con esa calidad característica de las radiografías. De este modo llego al cuarto de baño, donde al mirarme en el espejo compruebo que yo mismo soy un negativo. Salgo a una calle que parece un cliché y comprendo que vivo en un mundo sin positivar. Nadie, excepto yo, lo sabe. Quizá, me digo, el positivado (el revelado) suceda al despertarme. En efecto, en ese mismo instante me despierto y el mundo está revelado. Ni los calzoncillos negros son blancos ni las sábanas blancas son negras.

MIÉRCOLES. Le cuento a mi psicoanalista el sueño de ayer.

—¿Qué cree que significa? —me pregunta.

—Que todo es la fase anterior de otro estado. Ahora, aquí, despiertos, usted y yo parecemos normales, pero quizá seamos el negativo de otra situación, de otro estado al que accederemos al ser revelados.

—¿Cuál sería ese estado?

—No sé, quizá la muerte.

—Quizá la muerte —repite ella.

Y en ese instante el recuerdo del sueño me hace verlo todo en negativo. Me miro las manos y parecen radiografías. Me gusta ese mundo de sombras y me pregunto cómo serían las palabras en un mundo sin positivar. No me atrevo a hablar por miedo a que el lenguaje rompa la magia, pues no sé cómo se habla en negativo. Entonces ella dice:

—Hum...

Y se trata de un hum negativo, a juego con el paisaje. Yo digo para mis adentros: que no se me pase, por favor. Y permanecemos en silencio el resto de la sesión. Cuando llega la hora, al abandonar el diván, la realidad se positiva de nuevo. Voy directamente a una óptica de un centro comercial que hay cerca de casa, donde no me encuentran nada que justifique la experiencia. Me compro unas gafas de sol.

JUEVES. Quedo a comer, por razones de trabajo, con un tipo delgado en el que, paradójicamente, intuyo a un gordo invisible. Se trata de un falso delgado. Existen, lo mismo que los falsos simpáticos o los agentes secretos. En el segundo plato, cuando ya hemos entrado en confianza, me cuenta que en otra época llegó a pesar más de cien quilos.

—Más de cien —insiste mirándome a los ojos, para que me haga cargo de las diferencias entre aquel gordo y este delgado.

Decidió adelgazar por razones de salud, pero todavía lleva dentro un gordo insaciable que de vez en cuando le obliga a desayunar con churros o con porras. No es cierto, pienso yo, no lleva al gordo por dentro, lo lleva por fuera, en forma de aura. Ha perdido la masa, pero no el alma que daba vida a esa masa.

Semana 15

MIÉRCOLES. La primavera ha estallado sin concesiones. Bullen de un modo exagerado la vida vegetal y la animal. En mi pequeño jardín hay una nube de mosquitos que se dispersan cuando me dirijo al estanque, del que saco un pez muerto. Me doy cuenta entonces de que la primavera es también la celebración de la muerte. Mueren más seres de los que salen adelante, pero mueren sin hacer ruido. Todas esas semillas que no germinarán, todos esos huevos de gorrión que no prosperarán, todas esas crías de mirlo que se comerán los gatos... Una vez más, las apariencias nos engañan. Ni la Tierra es plana, ni el Sol da vueltas a su alrededor, ni la primavera es la celebración de la vida.

JUEVES. Ceno en casa de un amigo ciego que atraviesa unos momentos difíciles. Pese a la «celebración de la vida» que supone, o creemos que supone, la primavera, a él se le acaba de morir el perro guía que le ha acompañado a lo largo de los últimos quince años. El animal era casi una extensión de su cuerpo. También los amigos le profesábamos un gran afecto.

Antes de despedirme, paso por el cuarto de baño y al mirarme en el espejo descubro en mi frente, cerca de la sien derecha, un bulto grande que no me produce dolor alguno. Me quedo preocupado, y al llegar a casa voy a vérmelo en mi propio espejo. Ya no está, ha desaparecido. Me pregunto si lo habré imaginado, pero no. Mis ojos todavía conservan la memoria de su forma y mis dedos recuerdan perfectamente su dureza. ¿Habrá cosas que solo se vean en los espejos de los ciegos? Antes de acostarme descuelgo el teléfono para comprobar si tengo algún mensaje y escucho la voz de una tal Pilar: «Hola, soy Pilar; mañana, donde siempre, pero media hora más tarde».

No conozco a ninguna Pilar.

Semana 16

LUNES. En el taller de escritura creativa, a una alumna se le cae, al sacar el ordenador de la cartera, un pequeñísimo envoltorio de papel de aluminio. Como no se ha dado cuenta, me acerco a su mesa, me agacho y se lo entrego. Tiene dentro una cosa dura al tacto que despierta mi curiosidad.

—¿Qué es? —le digo.

—Ah —dice ella—, un diente de leche de mi hijo. Se le cayó ayer y esta noche ha venido el Ratoncito Pérez, le ha dejado un euro y se lo ha llevado.

Como algunos alumnos sonríen con malicia, pensando que trata de engañarnos porque lo que en realidad lleva es una china de hachís, la mujer abre el envoltorio y se trata, en efecto, de un diente pequeño. La imagen me conmueve. Le pregunto a la mujer por qué el ratoncito le deja dinero en vez de un regalo, y me responde que son las normas. Que el ratoncito compra dientes porque tiene un negocio que se dedica a eso y que no trata de disimular con ninguna otra cosa. Enseguida entra en la conversación el resto de los alumnos y al poco todos estamos asombrados de que los niños se crean una historia tan rara: que un ratoncito llega por la noche hasta su almohada, se lleva el diente que se les acaba de caer y les deja un euro para compensarlos de la pérdida.

¿Es o no es extraordinario?

MARTES. Esta es sin duda la Semana de lo Extraordinario. Acabo de leer que el trasplante de heces es ya un asunto relativamente común y que en Estados Unidos existe un banco de heces que paga cuarenta dólares por deposición. Pensaría uno, al escuchar la expresión «Banco Fecal», que nos estamos refiriendo metafóricamente al del Vaticano. Pero no, es un banco de caca, literal.

MIÉRCOLES. Me llevo la olla exprés al taller de escritura y la coloco sobre la mesa. Los alumnos la miran y luego me miran a mí. Pero ninguno se atreve a decir nada. Les explico que deben escribir de lo que saben.

—Pues tú siempre has defendido que hay que escribir de lo que no se sabe —dice Beatriz.

Lleva razón, pero de vez en cuando me gusta contradecirme. Le doy la olla exprés al que tengo más cerca y les pido que se la vayan pasando después de haberla observado cada uno atentamente. Se trata de una olla más alta que ancha, de un solo mango, en cuyo interior puedes perderte. Observo que los alumnos la abren y se pierden. La experiencia, que al principio les produjo risa, los va poniendo serios. Algunos introducen una mano y dan la impresión de tocar algo que les provoca asco. Cuando me la devuelven, miro dentro y resulta que hay un calcetín verde que no tengo ni idea de cómo ha llegado hasta allí.

Cuando mi mujer me ve regresar con la olla, me pregunta que qué tal y le digo que bien. La dejo en su sitio, con el calcetín verde dentro.

Semana 17

LUNES. El tipo que viaja a mi lado en el tren observa la pantalla de su ordenador y dice en voz baja, pero audible:

—Ah, mierda.

Y luego:

—Ah, mierda, mierda.

Y enseguida:

—Ah, mierda, mierda, mierda.

El conjunto ha resultado eufónico, como si recitara un poema. Simulo no escucharle, claro, pero me solidarizo con él sin necesidad de echar un vistazo a mi propio ordenador. Si leyera mi correo electrónico, seguramente diría lo mismo. Ah, mierda /Ah, mierda, mierda / Ah, mierda, mierda, mierda.

El poema se repite en mi cabeza, como una de esas melodías con las que te despiertas un lunes y que no logras desalojar en toda la semana. Después de leer su correo, el hombre empieza a ver las fotos archivadas en el disco duro, que yo observo de reojo, fingiendo leer una novela. Son imágenes pornográficas. En esto, desde los asientos de delante viene hacia nosotros una mujer que traba con mi vecino una conversación típica de matrimonio. Comprendo que se trata de una pareja a la que Renfe ha separado y les ofrezco cambiar mi asiento por el de la esposa.

—No, gracias —responden al unísono.

Cuando la mujer se retira después de haber discutido un problema doméstico, el hombre se vuelve hacia mí y me da las gracias de nuevo. Luego añade:

—Siempre viajamos en asientos separados porque no nos queremos.

—Ah —digo yo.

Hacemos el resto del viaje en silencio. Ya en Valencia, tomo un taxi y me voy directamente al hotel, donde, tras inscribirme, me informan de que el desayuno es a partir de las siete.

—¿Y hasta qué hora? —pregunto.

—No hay hora límite —me dicen—, puede usted desayunar cuando quiera a lo largo del día.

—¿Incluso a la hora de la cena?

—Sí, señor.

Subo desconcertado a mi habitación, intentando averiguar qué rayos quiere decir lo que acabo de escuchar, pero convencido en todo caso de que ya no comprendo el mundo, cuando dentro de mi cabeza, sin que participe mi voluntad, alguien se pone a canturrear: Ah, mierda / Ah, mierda, mierda / Ah, mierda, mierda, mierda.

MARTES. Las navajas de Albacete (en el caso de que no las fabriquen ya en China) siguen siendo las navajas de Albacete. Pero la televisión es idéntica allá donde vayas. El mensaje es la pantalla. La pantalla (de la tele, de la tableta, del móvil) ha devenido en el territorio común de la humanidad. Allí es donde todos nos encontramos, del mismo modo que todos, tarde o temprano, nos vemos obligados a utilizar unos servicios públicos. ¿Qué hace la gente en los servicios públicos? Llenar las paredes de guarrerías. Las mismas guarrerías que vemos en la tele, no importa que estemos en Valencia o en Madrid, en Nueva York o en Pekín. Hay servicios públicos de pago como hay teles de pago, donde las pantallas están más limpias, pero en el fondo, en el fondo, todo es mierda.

Ah, mierda / Ah, mierda, mierda / Ah, mierda, mierda, mierda.

MIÉRCOLES. En el tren de vuelta a Madrid, ¡casualidades de la vida!, me toca, de vecina de asiento, la esposa del tipo junto al que viajé el lunes a Valencia. Lanzo un vistazo alrededor y reconozco a su marido en uno de los asientos de delante. La mujer no da la impresión de acordarse de mí. Tampoco realiza ningún gesto que me permita entablar con ella una conversación, de modo que me pongo a lo mío, que es leer el periódico. Al poco se acerca el marido, que tampoco da signos de reconocerme, y comentan un asunto doméstico (uno de sus hijos tiene fiebre alta y los abuelos lo han llevado al hospital). La esposa dice que el niño ya estaba mal cuando salieron y que jamás deberían haber llevado a cabo el viaje.

—¿Total para qué? —añade.

—Tú sabes muy bien para qué —responde el marido con furia contenida antes de volver a su asiento.

Cuando el hombre se encuentra lo suficientemente lejos, la mujer dice en voz baja, pero audible:

—Ah, mierda... Ah, mierda, mierda... Ah, mierda, mierda, mierda.

Mi cabeza, dócilmente, como en un eco, repite la letanía de mierdas y el resto del viaje transcurre con la tranquilidad que precede a las catástrofes.

Semana 18

LUNES. La realidad, la realidad. Me pregunto en qué momento entró la realidad en mi vida y cuánta irrealidad se coló detrás de ella, disfrazada de lo que no era. El hecho de que me lo pregunte a las tres de la mañana, anormalmente despierto, induce a sospecha, como si me lo preguntara desde una situación irreal. ¿Que en qué consiste estar anormalmente despierto? Estás anormalmente despierto cuando percibes la realidad como una forma de hiperrealidad. En otras palabras, cuando todo está tan bien dibujado que lo tomarías como real.

Me levanto, voy al cuarto de baño, enciendo la luz y parece un cuarto de baño de Antonio López, a eso me refiero. No es que el lavabo parezca un lavabo, es que es EL LAVABO, lo mismo que el espejo y la imagen que el espejo me devuelve de mí.

ESE DE AHÍ SOY YO.

Pero un yo platónico. Me fijo en el cuidado con el que están hechas las arrugas del pijama, para que nadie dude de que son las arrugas de un pijama. Y si vuelvo la cabeza para mirar el bidé, el bidé adquiere una relevancia anormal, como para hacer notar que es UN BIDÉ y no otra cosa. Parecería que la realidad se hubiera disfrazado de realidad (al modo en que un policía se disfraza de policía) por miedo a que alguien (yo) pusiera en cuestión su estatus. Pues lo pongo. Vuelvo a la cama y regresa la pregunta: ¿en qué momento entró la realidad en mi vida y cuánta irrealidad se coló detrás de ella, disfrazada de lo que no era?

MARTES. Otra noche de insomnio hiperreal. Y no me atrevo a aumentar la dosis del somnífero que el médico me ha prescrito tras muchas vacilaciones. Entre las tres y las cuatro de la madrugada encendí la radio y salió una señora contando que acababa de descubrir que su marido tenía una hija secreta de veinticinco años. Se había enterado por casualidad. Resulta que al mostrar unas fotos familiares en la oficina, una compañera señaló a su marido y dijo:

—Pero si ese es mi tío.

Bueno, el hombre llevaba dos vidas, las dos más o menos oficiales, aunque separadas entre sí. En cada una de esas vidas tenía una hija de la misma edad que, curiosamente, se llamaban del mismo modo, Carmen. Quizá las dos esposas tenían también el mismo nombre, de eso no dijo nada la mujer. Me pregunté cuál de las dos vidas sería más real, o más hiperreal, para este individuo desdoblado. Con lo difícil que es llevar una sola vida sin que se note que no es una verdadera vida, ¿cómo hay gente capaz de llevar dos o tres, las dos o tres reales?

MIÉRCOLES. En la consulta de mi psicoanalista:

—Llevo toda la semana a vueltas con la realidad —le digo.

—¿Y ha alcanzado alguna conclusión?

—Me parece que la realidad no es del todo real. Por eso comete tantos excesos, para que nos la creamos.

—¿A qué excesos se refiere?

—No sé, suicidios, crisis económicas, nacimientos, accidentes de automóvil, manifestaciones, oposiciones a notaría, grandes superficies, guerras, elecciones norteamericanas, estaciones de tren, compañías de autobuses, segundas residencias, directores de la CIA, macrofiestas, tanatorios, tempestades, huracanes, inundaciones, créditos hipotecarios, tratados de libre comercio... ¿Sigo?

—Déjelo, déjelo, creo que le comprendo.

—Es que hay cosas de la realidad —insisto yo— inverosímiles.

—¿Por ejemplo?

—Por ejemplo, que yo me encuentre ahora mismo aquí, tumbado en un diván, mirando al techo y contándole mi vida a una señora a la que no conozco de nada. Esto no hay quien se lo crea.

—Y además me paga por ello —añade mi psicoanalista.

—Debería pagarle con dinero falso —digo yo.

—¿Y eso?

—A una situación irreal, dinero irreal.

Abandono la consulta sin haber alcanzado ninguna conclusión y me pierdo por las calles, en busca de un lugar tranquilo donde tomarme un gin-tonic. Por entretenerme, imagino que me sigue alguien y luego resulta que sí, que ha estado siguiéndome un viejo amigo, preocupado, dice, porque iba hablando solo. No consigo, por más que lo intento, dejar de hablar solo por la calle. Nos tomamos el gin-tonic juntos, con patatas fritas. Pago yo.

SÁBADO. Cuando vuelvo de comprar el periódico, dando un rodeo para retrasar el placer de leerlo, se acerca una chica adolescente con los ojos enrojecidos.

—Disculpe, señor —dice—, ¿no habrá visto un perro negro y blanco, grande?

Le respondo que no y me cuenta que se le ha escapado a su padre, que lo sacó a pasear a primera hora. Le digo que lo siento y le aconsejo que lo busque en los lugares por los que suelen ir con él, pues es un animal de costumbres. La chica se aleja llorando y me deja extrañamente conmovido.

MÁS TARDE. Salgo antes de comer, contra mi costumbre, a dar un paseo con la loca esperanza de encontrar el perro de la joven. Me pregunto qué haré si doy con él, pues no sé dónde vive. Pero no ocurre.

Semana 19

MARTES. Voy al otorrino porque oigo ruidos. Me dice que él también. Que lleva oyéndolos diez años. Todo esto por no revelarme de golpe la verdad: que no queda otra que aguantarse. Pago la consulta, porque en la Seguridad Social me habían dado hora para dentro de seis meses, y, al salir a la calle, el ruido se para, como cuando cierras una ventana con cristal de aislamiento. Me quedo quieto, a la escucha, con la boca entreabierta, por si se tratara de una fuga momentánea, pero transcurren los segundos sin que los ruidos vuelvan. Significa que la visita al otorrino, por una u otra causa ignota (con perdón), me ha curado.

—Yo llevo diez años oyéndolos —repitió el tipo mirándome con desdén, como invitándome a que perdiera toda esperanza.

Hubo algo en esa frase, en su estructura o en el modo en que la pronunció, que resultó terapéutico para mí. Misterios.

MIÉRCOLES. Llevo desde ayer sin oír ruidos. A ratos he de abrir la ventana para que entren los de la calle; si no, tengo la impresión de haberme quedado sordo. No he dicho nada de mi curación a la familia, en parte porque desconfío de que no vuelvan, y en parte porque creo que me quieren más cuando estoy enfermo. Este asunto viene de lejos. Mi madre, siendo yo muy pequeño, me adoraba cuando tenía fiebre. Se pasaba la vida tocándome la frente, como quien comprueba de manera obsesiva si ha subido la Bolsa. A mí me daba lástima decepcionarla, pero no sabía cómo provocar la fiebre. He aquí la frase preferida de mi madre:

—Este niño tiene fiebre.

A continuación me ponía el termómetro, y si no subía de treinta y siete grados desconfiaba de él. Tampoco pedía tanto la mujer: solo unas décimas que le permitieran meterme en la cama y mimarme. De ahí mi pasión por la fiebre, no por las fiebres altas, desde luego, más bien por la febrícula, que es una de las palabras más hermosas del diccionario. Febrícula. Cuando mi madre falleció, yo estaba con fiebre. La incineré con fiebre y seguí así durante una semana o dos después de que la despidiéramos. Escribí cuatro o cinco poemas, porque a la poesía le va bien la calentura.

JUEVES. Tercer día sin ruidos. No digo que los eche de menos, pero me despierto en mitad de la noche con la ansiedad de averiguar si han vuelto. A lo mejor se han ido a otros oídos como los pájaros cambian de rama. Si las ideas saltan de una cabeza a otra, ¿por qué los ruidos se van a estar quietos? Le doy la noticia a mi psicoanalista y lo asocia con el hecho de que hayamos decidido dar fin a la terapia. Aún no le hemos puesto fecha. La idea de finalizar el análisis viene acompañada de excelentes noticias respecto a mi salud. Tengo el colesterol clavado, igual que el azúcar y la tensión. Si he de hacerme cargo de las riendas de mi vida, mejor estar bien que mal. Interpreto este camino hacia la salud como una forma de despedirme de mi madre. Ya no he de estar enfermo para ella, para nadie, ni siquiera para mí mismo. Aunque quizá sí, un poco, para mis novelas. Mis novelas tienen fiebre, se trata de un rasgo estilístico que no todos los lectores advierten. También como lector me gustan los libros con fiebre. Releyendo estos días el primer tomo de *A la busca del tiempo perdido,* percibo la febrícula de su sintaxis y me encojo de gusto.

Semana 20

LUNES. A veces escucho el tableteo rítmico de un teclado sobre el que alguien escribe febrilmente. Distingo cuándo escribe una frase simple, cuándo una compuesta, cuándo una sucesión imposible de subordinadas. Reconozco la pausa típica que se produce cuando el escritor cambia de párrafo o enciende un cigarrillo mientras repasa con placer o disgusto las últimas líneas. Se trata de una alucinación auditiva que me ataca con más frecuencia cada día. Se debe a que tengo medio abandonada una novela que empecé hace meses. Hay personas que convierten los remordimientos en ardor de estómago y personas que los convierten en alucinaciones auditivas. Pura psicosomática.

MARTES. De momento han dado vía libre al ibuprofeno, menos mal, pues latía en el aire la amenaza de que pasaran a venderlo con receta. Se trata de un negocio demasiado suculento. Hablamos de millones de usuarios, yo entre ellos, a los que nos habrían hecho polvo. Personalmente, no utilizo el fármaco para el dolor, sino para el malestar anímico. Si me levanto de la cama disgustado conmigo mismo, me meto una gragea de 600 miligramos con el primer té de la mañana y al rato, aunque parezco el mismo, soy otro. Cada uno se coloca, o se descoloca, como puede. Lo cierto es que la vida, sin colocarte o descolocarte, resulta insoportable. Lleven cuidado no obstante las personas con problemas circulatorios o propensas al ictus. Y no tomen más de 2.400 miligramos cada veinticuatro horas. No son necesarios. La cuestión es que te los tomes a tiempo.

MIÉRCOLES. En el taller de escritura, Beatriz cuenta que cuando era pequeña sus padres le regalaron un hámster al que quería con locura.

—Una niña y un animal pequeño —anuncié dirigiéndome a la clase—, ¿verdad que ya se percibe la tragedia?

Los alumnos asienten, satisfechos de reconocer una situación-tipo de relato de miedo estándar. Beatriz se molesta ligeramente, pero continúa refiriendo que al poco de adoptar al animal fue con sus padres a comer a casa de su abuelo, que tenía un gato, para mostrarle su nueva mascota.

—¿Verdad que ya está todo dicho? —insistí reclamando la atención de los alumnos.

Sin dudar un segundo, adivinaron que el gato del abuelo se comió al hámster de la pequeña, como así nos confirmó enseguida la propietaria de la historia. Bueno, fue peor que comérselo. Lo mató después de jugar un rato con él y luego lo llevó en el hocico hasta donde se encontraba el abuelo abandonándolo a sus pies como un regalo. Resulta que la niña había dejado la jaula del animal mal cerrada debajo de una cama y el felino no tardó en dar con ella.

Comunicamos a Beatriz que la historia es previsible desde el principio y ella no lo niega. Dice que lo importante del relato es el odio que profesó desde entonces a su abuelo, al que antes adoraba. El abuelo falleció la semana pasada y ella se encuentra en una situación anímica espantosa, con sentimientos ambivalentes que ignora cómo resolver. Le proponemos que escriba un cuento sobre el asunto, pero le da pereza. A mis alumnos del taller de escritura, en general, les da pereza escribir. En realidad no quieren escribir, quieren haber escrito.

JUEVES. Los matrimonios que quedan para cenar no quedan para cenar. Quedan para otra cosa que ellos mismos ignoran. Me refiero a una cosa oscura, una cosa que los degrada, una cuestión que debe de resultar muy dura de sacar a la luz. Por eso, cuando les preguntas qué van a hacer, responden que han quedado para cenar. La cena es la coartada.

—¿Dónde se encontraban ustedes la noche de autos?

—Estábamos cenando con otro matrimonio.

VIERNES. Digámoslo claro: el AVE es aburrido. La gente dice: lees la prensa, trabajas un rato y, cuando te quieres dar cuenta, estás en Barcelona. Cuando te quieres dar cuenta, no: cuando llegas. Y llegas mal porque no has visto el paisaje. Seiscientos quilómetros de paisaje sin paisaje. ¿Es normal? No. Significa que llegas anormal.

Semana 21

LUNES. ¿Cuántos lunes me habré levantado y acostado a lo largo de mi vida? No sé, miles, miles de lunes. Por eso este me suena tanto. He pasado por aquí antes, me digo. Cada día de la semana posee una textura, un sabor. Me viene a la memoria, y a la lengua, el gusto de los primeros lunes de mi vida, cuando había que volver al colegio, una tortura. ¡Qué extraña conexión entre la memoria y las papilas gustativas! Aquí está el sabor del pan mojado en leche, con mucha azúcar, que nos daban para desayunar; aquí, el de las pasas de media tarde; aquí el de las acelgas rehogadas de la cena... Un lunes más, como si diéramos vueltas alrededor de la noria, sabiendo de antemano el paisaje que vamos a contemplar en esta posición o en esta otra. Pesan los lunes y los martes y los miércoles, pesan todos los días, pero de manera distinta. El domingo por la tarde tiene un peso específico, nunca mejor dicho, un peso que la memoria todavía es capaz de reproducir y que se nota sobre todo en el estómago. El peso del miedo.

MARTES. La realidad sigue turbia, como un estanque tras la tormenta.

MIÉRCOLES. Me dispongo a cambiar una bombilla fundida del pasillo cuando de súbito, al ir a desenroscarla, se enciende. Como si al moverla se hubieran encontrado los dos extremos de la resistencia rota. ¿Aguantará aún dos o tres días?, me pregunto. No lo sé, pero creo que el esfuerzo que ha hecho se merece una prórroga, de modo que cierro la escalera y me voy con la música a otra parte. Por la tarde le cuento a mi psicoanalista la historia de la bombilla.
—¿Qué cree que significa? —me pregunta.

—Que todavía hay esperanza —digo yo.

—¿Esperanza para quién?

—Para mí. Tal vez todavía luzca lo suficiente como para escribir una obra maestra.

JUEVES. Durante el desayuno, mi mujer me dice que la luz del pasillo se ha vuelto a fundir (yo no había tocado el interruptor porque me daba miedo comprobarlo).

—No es la nueva —digo—, es la vieja, ayer no la cambié porque pareció resucitar.

—Pues se ha muerto —dice ella.

En efecto, se ha muerto definitivamente, lo que me deprime. Había ligado mi propia duración a la suya y temo, supersticioso, que me ocurra algo, de modo que no salgo de casa en todo el día para evitar que me caiga una teja en la cabeza. Me acuesto pronto y me duermo enseguida gracias a una ración doble de ansiolíticos.

VIERNES. Aún no he cambiado la bombilla del pasillo. Espero absurdamente que vuelva a resucitar, para resucitar yo también con ella. Pero la enrosco y la desenrosco sin notar ninguna reacción. Al final, me dispongo a cambiarla y lo hago con una lástima infinita. Lástima de mí mismo, quiero decir. En vez de deshacerme de la bombilla muerta, la coloco en el escritorio, como un objeto más. Incluso muerta, es prodigiosa.

Semana 22

Lunes. Atado a un solo proyecto: dormir, dormir, dormir. Si hubiera una semana alternativa en la que fuera de noche cuando en esta es de día, saltaría de una semana a otra para no salir de la cama. Si hubiera una semana alternativa en la que fuera domingo cuando aquí es lunes, me pasaría a ella para vivir un domingo perpetuo. Si hubiera una semana alternativa en la que solo vivieras tú, viajaría a ella para pasar contigo los lunes y los martes y los miércoles de nuestras vidas. A veces imagino la semana como una sucesión de estaciones de metro. Te montas en la estación llamada Lunes, tomas asiento, porque es cabecera de línea, y a medida que atraviesas Martes, Miércoles, Jueves, etcétera, el vagón se va llenando de gente de todas las condiciones y colores. Las semanas, los meses, los años son trenes que conducen al crematorio. Debería haber una semana alternativa y un tú alternativo y una existencia alternativa a la que huir cuando se emponzoña esta. De momento, la única alternativa es dormir, para lo que me he provisto de un arsenal de pastillas que tumban. Dormir, morir, tal vez soñar, he ahí el dilema.

Martes. Hace unos meses falleció un amigo en el que, ignoro por qué, sigo pensando como si estuviera vivo. Esta mañana, mientras esperaba a que se abriera el semáforo, lo vi pasar en su coche y le hice un gesto con una mano al que respondió sin detenerse con un leve toque de claxon. Luego, mientras cruzaba la calle, me acordé de que había muerto y pensé un poco en estas pequeñas alucinaciones de las que somos víctimas a lo largo del día y que despachamos con una frialdad sorprendente. De acuerdo, mi amigo está muerto, *kaputt*, lo incineramos en febrero. Pero eso no contradice la experiencia real de que pasó delante de mí en su coche y respondió a mi saludo. Los muertos y los vivos nos hacemos señas desde las dos orillas.

Miércoles. He leído que el ADN basura es comestible.

Jueves. La buhardilla en la que trabajo es la tumba de los moscardones que entran en casa por el piso de abajo, quizá por la ventana del salón. Según vengo observando, permanecen en ese piso un par de días, a veces tres, pero llega un momento en el que algo les impulsa a subir como para alcanzar, igual que nosotros, su techo de incompetencia. Ascienden por el hueco de la escalera y una vez arriba ya no saben bajar. Obsesionados por las ventanas del techo abuhardillado de mi despacho, que jamás se abren porque tengo aire acondicionado, perecen intentando traspasarlas mientras yo escribo o navego por internet acompañado por su zumbido. Por lo general, solo hay un moscardón a la vez (dos, de forma excepcional). Recojo sus cadáveres utilizando una cuartilla a modo de paleta y les doy sepultura en un tiesto grande que tengo cerca de la mesa de trabajo, con un cactus al que sirven de alimento. Las visitas siempre me preguntan qué le doy al cactus para que se desarrolle tan bien.

Viernes. También tengo hormigas en la buhardilla, no muchas, la verdad, y poco molestas. Salen de detrás de una biografía de Freud, como si vinieran del inconsciente. Entré en un foro sobre hormigas para preguntar a qué especie pertenecen las mías y me dijeron que a la Tapinoma. Para comprobarlo no tenía más que aplastar una entre los dedos. «Si huele como a queso rancio —aseguraba el experto—, no hay duda». Tomé una al azar, la aplasté entre los dedos y olía a queso rancio, de modo que investigué en Wikipedia y resulta que hay sesenta y tres especies de Tapinomas, todas con olor a queso rancio. El foro sobre hormigas resulta apasionante. Una mujer cuenta en él que debajo de las tablas del parqué de su casa hay varias colonias con millones de hormigas cuya actividad produce un rumor sordo permanente. Ha probado todos los venenos sin resultado alguno. Dice que cuando va a haber tormenta, salen a cientos y ella las observa atravesar la alfombra mientras ve el telediario. A todo esto, me entero de que a las reinas se les caen las alas después de que han sido fecundadas, como si el destino las castigara por follar.

Semana 23

LUNES. Gasto muchas energías intentando averiguar por qué escribo las novelas a unas horas del día y los artículos periodísticos a otras. Si cambio de hábitos, enloquezco. Mi psicoanalista deja que me enrede y me desenrede. Cuando descubre dos cables sueltos (dos ideas sueltas, vale decir), las une y se produce el cortocircuito. El cortocircuito, también llamado «interpretación», consiste en un chispazo intensísimo que funde los plomos de la mente para que se haga la luz en los penetrales de la conciencia. Ardo en deseos de que lleguen las seis de la tarde para tumbarme en el diván y contar a mi terapeuta que hoy he estado a punto de escribir un artículo a la hora de la novela. Tal vez me esté curando.

Cuando salgo a la calle, es de día y sin embargo hay luna. La Luna, tan obsesiva que apenas sale a deshoras, está ahí, como compitiendo con mi propio desafío horario. Ya en el diván, comento que la Luna es más transgresora que el Sol, que jamás se manifiesta en medio de la noche. El caso es que me lío con este asunto medio lorquiano, olvidándome del artículo que pergeñé en el tiempo de la novela.

—¿Qué horas dedica a la novela? —pregunta ella, como si hubiera adivinado aquello de lo que en realidad me gustaría hablar.

—Las de la madrugada, antes de que amanezca —respondo.

—¿Como si se tratara de una actividad clandestina, como si estuviera haciendo algo feo? —insiste ella.

Tengo la impresión de que ha encontrado dos cables sueltos, pero todavía no los junta. Mantiene uno en cada mano, a un palmo de distancia, como una amenaza. Quizá espera que los junte yo. Hay cortocircuitos que no funden los plomos de la mente si no los provoca uno mismo. Pero no estoy para chispazos. Entonces ella abandona los cables o las frases con las que estábamos a punto de alumbrar una interpretación. Cuando salgo a la calle, aún es de día y la Luna sigue ahí, haciendo cosas feas.

MARTES. Durante una época de mi vida vendí enciclopedias a domicilio. Se trataba de una actividad algo triste que me ha dejado secuelas. Podría haber vendido cualquier otra cosa (aspiradoras, cremas, robots de cocina...), pero elegí la enciclopedia porque creía en ella. No puedes vender algo en lo que no crees, sobre todo si nadie te lo compra. Y nadie te lo compra porque no hay espectáculo más patético que el de un creyente de verdad (un testigo de Jehová, sin ir más lejos). A la gente le gusta que le mientas. Miénteme, dime que me quieres, etcétera.

MIÉRCOLES. En el taller de escritura propongo a los alumnos que escriban un texto acerca de si resulta más ventajoso haber nacido que no. Curiosamente, todos están encantados de haber nacido. No lo digo en voz alta, pero me parece un mal comienzo para un escritor. Se escribe, en cierto modo, para atenuar ese dolor, el de haber venido al mundo, y para conjurar ese otro: el de tener que abandonarlo.

JUEVES. Termino de leer un libro curioso, *El testamento de María*, de Colm Tóibín. La madre de Jesús aparece en él como una mujer normal con un hijo psicótico al que no comprende, aunque lo ama. Es tremendo. La resurrección de Lázaro y el estado medio catatónico con el que regresa del más allá me ponen los pelos de punta. Hacia el final, subrayo una frase impresionante: «Sé que durante esos días no fuimos buenos porque estábamos desesperados». La pronuncia María a propósito de las mezquindades que, tras la crucifixión de su hijo, se ve obligada a perpetrar para no caer prisionera. Se trata del segundo libro sobre la Virgen que me deja hecho polvo. El otro es *El lenguaje de las fuentes*, de Martín Garzo, la mejor historia de adulterio jamás contada. He de releerlo.

VIERNES. Ayer mismo era lunes. Ha caído la semana en tromba, como si los días, más que discurrir, se hubieran precipitado por el agujero de una presa rota.

Semana 24

LUNES. Salgo a la calle con la cabeza mojada, me meto en el metro, tomo asiento y el aire acondicionado me da justo en la coronilla húmeda, rematándome. Dice el peluquero que el secador es malo porque reseca el cabello: lo liofiliza, podríamos decir, dejándolo expuesto a que se quiebre y muera. Me lo ha explicado tantas veces y de un modo tan dramático que finalmente he ido a hacerle caso hoy.

No sé si tengo el cabello más sano que ayer, pero he cogido un catarro de los que hacen época. Parece que no se puede estar bien al mismo tiempo de todo. Cuando no es una cosa es otra. Cuando funciona la nevera, se estropea la caldera del gas. Viene el técnico, la mira y dice que tiene más de diez años. Y usted tiene más de cuarenta, le digo yo. A partir de ahí, se encierra en un mutismo que produce pánico. Hace su trabajo en silencio y se larga. Me da miedo abrir el agua caliente, por si explotara algo.

MARTES. Me llaman de la policía para que reconozca un cadáver. No lo reconozco.

—Pues estaba usted en su agenda.

Vuelvo a observar el rostro del muerto, que tiene un tiro encima del ojo derecho, y sigue sin sonarme.

—No lo conozco —insisto.

El policía me muestra la agenda donde figuran mi nombre y mi teléfono. Paso un par de hojas por curiosidad y veo que también aparece Obama.

—¿Han llamado ya a Obama? —pregunto al policía.

—Estamos en ello —dice con ironía.

Salgo del depósito con mal cuerpo y fuera hace un día espléndido. La vida está llena de contrastes. Cuando le cuento la historia a mi mujer, a quien no le había dicho nada por no preocuparla, no da crédito.

—Te lo estás inventando —dice.

—¿Crees que se puede inventar algo así? —pregunto.

—Tú sí —dice ella.

No sé si sentirme insultado o halagado. De todos modos, me acerco a mi mesa de trabajo y anoto lo sucedido por si pudiera ser el principio de un cuento. O su final.

MIÉRCOLES. En el taller de escritura pregunto a los alumnos en qué creen ellos que se distingue el principio de un cuento de su final. Beatriz interviene rauda y dice que en lo mismo en que se diferencia el nacimiento de la muerte.

—Uno sabe cuándo está en un bautizo y cuándo en un funeral. ¿O no?

Me sorprende tanto su contundencia que lo dejamos ahí y empezamos a revisar los textos encargados en la última clase. Mientras uno de los alumnos lee su ejercicio, imagino que recibo una llamada de la policía para identificar un cadáver. Acudo al depósito y se trata de Beatriz, que tiene un tiro encima del ojo derecho. La pregunta es si me encuentro ante su bautizo (el principio del cuento) o ante su funeral (su cierre).

JUEVES. Mi amigo F. y yo comemos en un chino que tiene en la pared uno de esos cuadros con una cascada de agua que se mueve. El camarero no nos trae nada de lo que le hemos pedido, pero no nos atrevemos a protestar por si entiende que le estamos solicitando un postre. Le cuento a F. mi aventura con la policía y dice que él, en cierta ocasión, tuvo que identificar un cadáver.

—Creía que solo pasaba en las películas, pero sucede también en el mundo real. Se trataba de una asistenta mía que apareció muerta debajo de una mesa de billar, en un establecimiento del centro de Madrid.

El dato de «debajo de una mesa de billar» me deja atónito. Este tipo de acotaciones son las que proporcionan verosimilitud a un relato. A partir de ahí te lo crees todo. Por lo visto, la asesinaron en otra parte y luego la colocaron allí, como si se tratara de un ritual. La interfecta tenía deudas de juego.

VIERNES. Una casa grande puede tener habitaciones pequeñas. Eso explica la relación entre la macro y la microeconomía. La casa crece, pero las habitaciones se reducen. Sing Sing era una cárcel grande de celdas asfixiantes. La gente común vive dentro de la cárcel y la gente del Ibex 35 vive fuera. Cuanto más crece el edificio, más se reduce el tamaño de las celdas. Eso significa que cuanto más nos alejemos de la crisis, peor estaremos.

Semana 25

MIÉRCOLES. En el taller de escritura creativa, además del manco, tenemos una enana y un exjugador de baloncesto que se ríen de su estatura y se sientan juntos para acentuar el contraste. Sus compañeros dicen en broma que hacen muy buena pareja. Los dos son pésimos escritores. Sus trabajos no tienen ni pies ni cabeza y a mí me resulta difícil señalárselo. Recurro a todos los trucos del oficio, pero al final, claro, se nota lo que quiero decir.

—Es que yo escribo desde abajo —se defiende la enana—. Escribo desde una perspectiva diferente a aquella desde la que me lees, por eso no te gusto.

Los compañeros asienten porque están convencidos de que una enana siempre tiene razón.

—A mí me ocurre lo mismo pero al revés —se aprovecha entonces el exjugador de baloncesto—, que escribo desde arriba.

—¿Significa que tendría que leer tus ejercicios subido en una escalera? —pregunto con sorna.

El exjugador de baloncesto baja la cabeza con la expresión de melancolía característica de los gigantes. Percibo entonces la solidaridad que despierta en el resto de la clase, donde me tienen por un cabrón. Los gigantes, cuando ponen cara de tristeza, te destrozan el alma. La enana y él están echando a perder el taller.

JUEVES. Acepté impartir las clases de escritura creativa porque estaban bien pagadas y en la creencia de que me llevarían poco tiempo. Pero me consumen. Ayer me acosté pensando cómo escribiría yo si fuera enano. Con más rencor, sin duda. El rencor le viene bien a la escritura creativa.

¿Y si fuera enano y tuerto?, me pregunté luego. ¿Cómo escribiría yo si fuera enano y tuerto a la vez?

La enana de mi clase pertenece a una iglesia evangélica (a la que creo que ha logrado arrastrar al gigante) y su escritura rezuma una bondad inmunda. No es que yo odie la bondad (o quizá sí, no lo sé), pero ser buena persona no implica escribir bien. Nada más salir de la cama me he sentado a la mesa y he intentado escribir un texto desde la percepción del mundo de un enano tuerto, a ver qué me salía. Me cagaba en todo, claro, pero no lograba hacerlo de una forma elaborada. Luego me puse en la posición del gigante y ahí me salía una escritura condescendiente que daba grima releer. Estas clases de los cojones me están complicando la vida. Estoy deseando que lleguen las vacaciones.

VIERNES. Estoy leyendo un artículo sobre el síndrome del intestino corto cuando suena el teléfono. Como me encuentro solo en casa no me queda otra que cogerlo.

—¿Es el tanatorio de la M-30? —pregunta una mujer.

—Sí —digo pensando todavía en el intestino corto y en la consecuente dificultad de los alimentos para convertirse en quilo, quimo y caca antes de alcanzar el final del túnel.

—Póngame con la sala seis, por favor.

Cuelgo, espantado de mí mismo. En la sala seis de ese tanatorio velé a mi padre. Recuerdo las horas amargas que pasé entre sus cuatro paredes, y también que una de las veces que atendí el teléfono era un gracioso que aseguraba telefonear desde el más allá.

—Aún no nos ha llegado el alma de la fallecida —dijo.

SÁBADO. Comemos en la casa de unos amigos, en la sierra de Madrid. Su salón da a un extenso jardín muy descuidado. Durante el transcurso del segundo plato una paloma se estrella contra el cristal de la ventana y cae pesadamente al suelo. El golpe nos sacude a todos, como si nos lo hubiéramos dado nosotros. Nuestro anfitrión sale al jardín. Le vemos agacharse a la altura de donde cayó la paloma. Enseguida se incorpora con el pájaro muerto en la mano derecha.

—¡Se ha roto el cuello! —grita haciendo bocina con la izquierda.

Después abandona al animal junto a un grupo de juncos, le pone una teja encima y regresa al salón.

—Luego la enterraré —dice.

A partir de ahí, la conversación adquiere un tono algo siniestro. No volvemos a hablar de la paloma, pero no se nos quita de la cabeza el ruido de su cráneo al golpearse contra el cristal.

Semana 26

LUNES. Salgo a comprar el periódico y tropiezo, en medio de la acera, con un gato muerto que rondaba por el vecindario desde hacía días. Tenía en la cabeza una llaga, producto de una pelea con otro gato, supongo. Quizá, me digo, se le infectó la llaga, quizá lo ha atropellado un coche. No lo sé, lo cierto es que ahí está, tumbado sobre su costado derecho, con la boca abierta de tal modo que muestra los colmillos. Es una cáscara, un desecho, un suceso mínimo en la marcha del universo, pero un suceso mínimo, coño, que sucede en la puerta de mi casa, un suceso mínimo que me trastorna. Cuando estoy sacando el móvil para avisar al Ayuntamiento, un vecino me informa de que el animal lleva ahí desde la tarde anterior. Tal vez alguien lo ha desplazado con el pie. Aviso, en fin, al servicio de recogidas de animales muertos y sigo mi camino hacia el quiosco de periódicos.

MARTES. Estoy buscando información sobre la Antártida porque hace poco vi por la tele un reportaje que me impresionó. Decían que la Antártida suena como un gin-tonic. A mí me impresiona mucho ese rumor, el del gin-tonic, cuando el hielo comienza a quebrarse o a fundirse al contacto con el alcohol y la tónica. Solo que la Antártida no te la puedes beber: te bebe ella a ti. El caso es que la zona hundida de los icebergs se va fundiendo poco a poco por la diferencia de temperatura de las aguas de abajo en relación con las de arriba, y llega un punto en el que el iceberg se da la vuelta porque el centro de gravedad se ha desplazado. Me estremece ese instante en el que el bloque de hielo se pone bocabajo. También nosotros, hablando en términos psicológicos, nos volvemos del revés cuando los problemas, con su temperatura, nos funden la base. Pero nadie lo nota. Por cierto, que el gato muerto, cuando he salido hoy a por el periódico, continuaba en la acera. Al regresar, un vecino lo estaba metiendo en una bolsa de plástico para llevárselo al lugar adecuado, cuya ubicación ignoro.

MIÉRCOLES. Suena el móvil a las ocho de la mañana. Es un funcionario del Ayuntamiento que me pregunta por el gato muerto.

—Les avisé hace dos días —digo yo.

—A mí me lo han dicho hoy —dice él.

Le informo de que el cadáver ha sido retirado por un vecino y ahí queda la cosa.

SÁBADO. Acudo a la Feria del Libro de Madrid, a firmar ejemplares, y se acerca una señora que pone el libro sobre el mostrador con cierta violencia.

—Es para mi hermana —dice—, que le admira a usted mucho. A mí, sin embargo, no me gusta nada.

—Lo siento —digo disponiéndome a firmar.

La señora toma con expresión de cabreo el libro firmado y se va con la música a otra parte.

Semana 27

MARTES. Desde la ventana del hotel en Barcelona veo un gran pájaro negro atravesando el cielo al modo majestuoso en que una buena idea atravesaría la bóveda craneal. Cuando desaparece el pájaro, aparece un helicóptero. Estoy en el piso quince y me he asomado a la ventana para calcular las posibilidades de huida en caso de incendio. Son nulas, pues la fachada del hotel es plana, sin una sola rugosidad a la que agarrarse. Aun anudando las sábanas, las mantas y las toallas para escaparme como un preso de tebeo, no llegaría ni al piso diez.

Me siento en el borde de la cama e intento razonar con mi locura: las posibilidades de que se produzca un fuego son remotas, los hoteles disponen además de sistemas antiincendios muy eficaces. Levanto la vista al techo y cuento los difusores de agua: hay un par, suficientes para esta habitación. No obstante, me incorporo y estudio el plano de la planta, colgado de la puerta, para aprenderme las rutas de evacuación. Hay dos, pero creo que a mí me conviene la de la derecha. Salgo al pasillo para comprobarlo y me pierdo, porque se trata de un hotel gigantesco, muy laberíntico. Quiere decirse que sufro un ataque de claustrofobia y empiezo a moverme de manera desordenada, como la mosca que en busca de la salida se golpea contra el cristal. Finalmente doy con una especie de escalera de incendios por la que desciendo al trote los quince pisos. En el vestíbulo me esperan desde hace rato mis anfitriones para llevarme a cenar. Al regreso intento cambiar la habitación del piso quince por una del primero, pero me dicen que el hotel está lleno por culpa de los congresos (uno de ellos el mío).

—Es que tengo miedo a los incendios —digo estúpidamente.

—Ya —dice el recepcionista—, pues debería tener usted miedo a los congresos.

Avergonzado, me dirijo al ascensor, subo hasta el piso quince, doy de milagro con mi habitación y me meto en la cama vestido, atento a cualquier señal de fuego para salir corriendo en busca de las rutas de evacuación. Sobre las tres de la madrugada me vence el cansancio y me duermo y sueño que estoy despierto y que tengo todo bajo control. El pánico al descontrol me mata, así es mi vida. Siempre encuentro algo para no disfrutar de lo que hago.

JUEVES. Ya de vuelta en casa, mi mujer me pregunta si he estado en un congreso o en una juerga, pues tengo cara de no haber pegado ojo. Le digo que sí, que he estado de juerga. Por la noche trabajo hasta tarde, y luego me quedo mirando el techo un rato, organizando el material relacionado con el pánico al incendio para ver cómo se lo cuento a mi psicoanalista en la siguiente sesión. Soy una persona tan ordenada que preparo las sesiones, lo que constituye un disparate, pues el análisis se basa en la libre asociación y yo me tumbo en el diván con las asociaciones atadas.

Semana 28

MARTES. En el avión hace frío, por lo que intento subir la cremallera de la cazadora, que se atasca a medio camino, a la altura del corazón. Observo los dientes de un lado y de otro sin advertir en el mecanismo ningún defecto que lo justifique. Noto el cuchillo de aire de la cabina, excesivamente refrigerada, y temo llegar enfermo a destino. Le digo a la azafata que hace frío y me responde que si me moviera, como ella, tendría calor.

—Pero yo no soy azafata —me excuso.

—Tampoco yo soy pasajero —concluye ella, y me abandona con expresión de sofoco.

Llego con hipotermia a Barcelona y le pido al taxista que ponga la calefacción.

—¿Con este calor? —dice—. ¿Está usted en sus cabales?

Le explico que tengo, como si dijéramos, fiebre inversa.

—Lo de la fiebre inversa —profiere con una alegría absurda— me recuerda a un señor que acaba de estar en la radio hablando de la memoria. Decía que los recuerdos son premoniciones al revés.

—Bien, ¿pero pone usted la calefacción o no?

Me explica que el taxi no tiene calefacción ni aire acondicionado propiamente dichos.

—¿Y eso qué es? —pregunto señalando una pantalla que indica los grados.

—Esto es un climatizador, caballero. Yo elijo la temperatura idónea y el aparato no ceja hasta obtenerla. ¿Cuántos grados desea?

—Veintiséis —digo.

—Pondré veinticuatro —concede él.

El aire, por alguna razón, sigue saliendo frío. Se lo digo y me explica que el climatizador ha detectado (cosa imposible, pienso yo) que estamos por encima de esa temperatura. Me hundo en el asiento y lloro sin lágrimas. Empieza a dolerme la garganta. Llego al hotel a las diez de la noche, subo a mi habitación, pido una sopa muy caliente, me la tomo y me meto en la cama.

MIÉRCOLES. Me despierto a las cuatro de la madrugada con fiebre alta. Llamo a recepción y me dicen que el médico del hotel no podrá atenderme hasta las nueve o nueve y media. Pero a esa hora ya estoy de vuelta en el aeropuerto. He suspendido el curso de escritura creativa que tenía que impartir hoy, en jornada de mañana y tarde, para volver a casa en un estado deplorable. Una vez en el asiento del avión, encogido sobre mí mismo con los ojos cerrados, percibo la respiración de alguien muy cerca de mi cara. Abro los ojos y es la misma azafata de ayer. Me pregunta si deseo algo.

—Un poco de calor —imploro.

—Si se moviera como yo —dice—, no tendría frío.

—Es que no soy azafata —me excuso.

—Tampoco yo soy pasajero —concluye ella.

La conversación me suena. Me pregunto si habré tenido la premonición de un recuerdo.

JUEVES. Amanezco en mi cama completamente restablecido. Mi mujer dice que lo que pasa es que no me apetecía impartir el curso.

VIERNES. Problemas domésticos. La asistenta nos ha dejado de un día para otro y tenemos que repartirnos las tareas de casa. Me pido cocinar, pero después me doy cuenta de que se trata de una demanda elitista. Cocinar, de un tiempo a esta parte, está bien visto, incluso muy bien visto. Lo meritorio habría sido hacer las camas, pasar la fregona y todo eso. «Pasar la fregona» parece el título de un cuento. Quizá, si me decido a pasarla, se me ocurra también el argumento. Le digo a mi mujer que le cambio la comida por la limpieza y me pregunta qué bicho me ha picado.

Semana 29

Lunes. En la mesa de al lado una mujer le dice a su hijo adolescente:

—El pulpo está carísimo, pero él no lo sabe. A veces uno es muy querido y no se da cuenta.

—¿Qué quieres decir? —pregunta el chaval con expresión de extrañeza.

—Pues que te queremos mucho, hijo, aunque tú no te des cuenta.

—¿Y qué tengo yo que ver con el precio del pulpo?

—No es que tengas que ver, es que esta mañana, en el mercado, he visto que el pulpo estaba muy caro y he pensado: pobre animal, no tiene ni idea de lo que cuesta.

—¿Pero yo os cuesto mucho?

—No es que cuestes, es que eres carísimo en el sentido de queridísimo.

—¿Entonces una cosa cara y querida es lo mismo?

—En algún sentido, sí, hijo.

La madre está evidentemente angustiada por los problemas de su hijo, que se encuentra a su vez confuso por esta introducción del pulpo y del precio de las cosas en relación al amor. Al final, el muchacho dice:

—Pareces mi profesora de Lengua.

Al llegar a casa, todavía con los efluvios del gin-tonic en el encéfalo, tomé nota de la conversación entre la madre y el hijo y luego escribí un artículo sobre el aparato urinario para una revista de humor. A las revistas de humor les hace mucha gracia el aparato urinario. Me salió un artículo un poco tétrico, pero al poco de enviarlo me llamó el redactor jefe diciendo que se había «meado de la risa».

—Es lo que tiene escribir sobre el aparato urinario —dije yo, y ahí quedó todo.

MARTES. Me llaman de la revista de humor y me piden ahora un artículo sobre el aparato excretor, a lo que les digo que no. Me da miedo escribir sobre el aparato excretor y que me salga algo gracioso, jamás me lo perdonaría. Entonces me proponen como alternativa el aparato pulmonar:

—¿Pero qué os pasa con el cuerpo humano? —pregunto ya un poco molesto.

—Pues que nos hace gracia.

—Ya —digo.

Como se trata de una revista que paga muy bien, me pongo a ello y me sale un artículo fúnebre que, aunque sin mearse de risa, porque no va de uréteres, también les gusta. Cuanto más tétrico me pongo, más gusto a este tipo de publicaciones. Cuanto más me desprecio, más me aprecian los otros. Todo esto es muy sutil y muy brutal al mismo tiempo.

MIÉRCOLES. Decido desprenderme de un montón de libros que ya no sé dónde meter porque mi casa, como mi cabeza, tiene sus limitaciones. Llamo a la biblioteca de mi barrio para ofrecérselos gratuitamente, como una donación, pero no los aceptan. Me digo que es como si en el banco no te aceptaran el dinero. Sería absurdo. O como si fueras al Museo del Prado con un Goya y te dijeran que gracias, pero que les crea muchas complicaciones, pues hay que ficharlo, catalogarlo, colgarlo y cuidar de él.

Llamo a otras bibliotecas públicas y tropiezo con idéntica negativa pese a que les estoy ofreciendo autores de primera calidad. Entiendo que las bibliotecas son las únicas instituciones que reniegan de lo que hacen. Tienen los libros por obligación, porque no les queda más remedio, porque lo que les gustaría de verdad sería convertirse en bancos. De hecho, estoy seguro de que si en lugar de las obras completas de Shakespeare encuadernadas en piel les ofreciera un millón de euros envuelto en papel de periódico, lo aceptarían con una sonrisa de oreja a oreja.

JUEVES. Como no sé qué rayos hacer con los malditos libros que me impiden circular normalmente por el pasillo de mi casa, los meto en el maletero del coche y los llevo a un punto limpio, solo que en vez de abandonarlos en el contenedor de papel los meto en el de vidrio. Me gusta la idea de que Baudelaire, Tolstoi, Dostoievski, Cervantes y compañía se reciclen en botellas de vino. Algo de sabor le darán.

VIERNES. Dolor de cabeza y malestar de conciencia. Me arrepiento un poco de haberme desprendido de los libros. Además, no encuentro un Rilke que creía tener repetido. Buscaba aquel epitafio que ahora cito de memoria: «Rosa, oh pura contradicción, voluptuosidad de no ser el sueño de nadie bajo tantos párpados».

Semana 30

MIÉRCOLES. Adquiero en la ferretería una especie de cinta americana de doble cara que dicen que es muy útil para colgar espejos sin necesidad de agujerear la pared. El espejo se cae a las dos horas y se rompe en mil pedazos. Vuelvo a la ferretería, digo que la cinta de doble cara no funciona y me contestan que el que no funciono soy yo. Debería haber limpiado con alcohol la superficie sobre la que pensaba pegar el espejo.

—¿Algún otro ritual? —pregunto.

—¿Cómo? —dice el ferretero.

—Si debo rezar un padrenuestro o recitar el «pan y tomate para que no te escapes» golpeando el espejo tras colgarlo.

El ferretero me lanza una mirada despectiva y se retira. Vuelvo a casa con un espejo nuevo, limpio la superficie sobre la que deseo colgarlo con un trozo de algodón empapado en alcohol, espero a que se seque. Aplico el espejo, aprieto, rezo un padrenuestro sin dejar de apretar y finalmente recito el «pan y tomate para que no te escapes». El espejo aguanta.

JUEVES. El espejo no se ha caído. Y lleva pegado a la pared del cuarto de baño más de veinticuatro horas. Pero estoy deseando que se caiga para acabar con esta incertidumbre. Cada vez que me meto en la ducha, pienso que el vapor diluirá su pegamento. Me acuesto con la seguridad de que a media noche escucharé un estrépito. Yo vengo de una cultura del agujero en la pared y el taco de madera o de plástico. No se cambia de cultura ni de miedos así como así. Mañana mismo lo despego y lo clavo. Eso si aguanta hasta mañana.

VIERNES. Me meto en la cama pronto, para leer, y apenas abro el libro se cuela un murciélago por la ventana. Como la habitación no es grande, el animal ha de efectuar continuos giros, casi no me da tiempo a seguirlo con la vista. Advierto que mi dormitorio es para él una dimensión desconocida de la realidad. Ha dado sin querer con una puerta dimensional, la ventana, y ha entrado en ella como una bala en un cuerpo. El problema es salir.

Completamente identificado con él, observo sus evoluciones nerviosas. Me conmueven su tenacidad y su ceguera. Yo soy así, tenaz y ciego, y me encuentro en una dimensión que no es la mía y en la que he logrado sobrevivir fingiendo que soy uno de ellos. A los cuatro o cinco minutos da de nuevo con la puerta dimensional (la ventana) y sale a su espacio natural. ¿Cuál será el mío?

SÁBADO. Me acerco a la tienda de los chinos, para comprar una barra de pan, y me la encuentro cerrada. Un cartel en la puerta, reza: CERRADO POR DEFUNCIÓN. Vuelvo a casa, se lo cuento a mi mujer y no se lo cree. «Los chinos —dice— no se mueren». Dos horas más tarde vuelvo y la tienda está abierta, con su chino dentro. Resulta que se había quedado dormido y un vecino, como broma, colgó el cartel. Me lo cuenta el chino entre risas para concluir con la misma frase de mi mujer, pero al revés: «Los muertos no se chinan».

Semana 31

LUNES. Me cuentan la historia de dos ancianos que viven solos en pisos contiguos. Un anciano y una anciana, para ser exactos. Ambos se quedaron viudos el mismo año, hace cinco. Cada uno acompañó al otro cuando el fallecimiento de su cónyuge. Los velaron en el mismo tanatorio, el de la M-30 de Madrid, aunque en salas distintas. No lo hicieron por amistad, sino por vecindad. Llevan toda la vida en el mismo edificio, vieron crecer a sus respectivos hijos y los vieron irse de casa. De pequeños, esos hijos jugaron juntos en el patio del bloque, lo que aproximó a los padres durante una época. Cuando los hijos tomaron rumbos distintos, los padres regresaron a los buenos días y a las buenas tardes de siempre. No intimaron nunca, no tuvieron problemas de vecindad tampoco, eran gente educada y poco ruidosa. Vivían en dimensiones diferentes de la realidad, separadas por el tabique que dividía sus casas.

Y bien, solos y viudos, continuaban guardando la relación distante de siempre. Pero empezaron a comunicarse secretamente a través de las cisternas de sus respectivos cuartos de baño. Cuando ella tiraba de la cadena de la suya, él esperaba unos segundos y tiraba de la propia. Poco a poco, sin hablarse, establecieron un código marcado por estas descargas de agua. Siempre que él hacía sonar su cisterna, ella hacía sonar la suya, y al revés. De este modo, cada uno sabía que el otro estaba vivo.

Un día, a las diez de la mañana, él usó su retrete y accionó el mecanismo. Tras esperar primero unos segundos y luego unos minutos, le extrañó no escuchar la respuesta del piso de al lado. Estuvo inquieto toda la mañana y hacia el mediodía, antes de calentar los garbanzos de lata que había seleccionado para comer, volvió a tirar de la cadena sin obtener respuesta. Dudó media hora más y llamó al 112.

—Creo que a mi vecina le ha pasado algo —dijo.

No se atrevió a explicar en qué basaba su suposición, pero insistió tanto que la Policía Municipal se acercó. Tras llamar varias veces al timbre sin obtener respuesta ni escuchar movimiento alguno al otro lado, avisaron a los bomberos, que manipularon la cerradura y entraron en el piso, donde hallaron a la mujer muerta en el pasillo. Parece ser que venía de la cocina y se dirigía al cuarto de baño, quizá para contestar a su vecino.

MARTES. He dado un largo paseo y he vuelto a casa sin aliento. He encendido un cigarrillo cuya nicotina ha puesto en marcha algo dentro de mi cabeza, y entonces se me ha aparecido la palabra año con hache: haño. Desde hace unos días se me aparecen continuamente palabras que no llevan hache con ella. Y claro, no es lo mismo decir «el año pasado» que «el haño pasado». Duele más con hache. ¿Por qué entonces se me aparece? No lo sé, está más allá de mi comprensión y de mi voluntad.

Me preparo un gin-tonic al que añado unas bayas de enebro que vienen de regalo con la tónica si compras un pack de cuatro. Las bolas negras, que casualmente se colocan en fila, imitando unos puntos suspensivos, añaden al combinado un matiz diabólico, como si fueran las semillas del diablo, quizá lo sean. Tras dar el primer sorbo, recuesto la cabeza en el respaldo del sofá y me quedo observando la pared de enfrente, de donde enseguida sale un fantasma traslúcido que viene de la habitación de al lado. Sé que no debo tenerle miedo porque es una alucinación (como la hache de haño), una alucinación que no me dolerá a menos que devenga en una halucinación. En efecto, no me duele. El fantasma atraviesa el tabique del salón en dirección a la cocina. Es la segunda vez que lo veo.

MIÉRCOLES. Descuelgo el teléfono fijo para hacer una llamada y debido a un cruce de líneas, supongo, escucho la siguiente conversación entre un hombre y una mujer:

—¿Has ido al dentista? —dice ella.

—No. ¿Y tú has ido al hepatólogo? —dice él.

—Tampoco.

—Pues ya ves, estamos igual.

Tras unos instantes de silencio ella, muy enfadada, le dice a él que se separaron para no estar hablando todo el día de enfermedades y cuelga. Yo también.

Semana 32

MARTES. La obligación de estar al día tiene sus ventajas, ya que el día pasa rápido y nadie se entera de si lo has estado o no. El jueves hay que estar al día de asuntos completamente distintos a los del miércoles, y el viernes a los del jueves. A esa velocidad es muy difícil que te pillen en un renuncio. Supón que esta semana todavía no has visto la película que había que ver la semana pasada. Pues ya está, no la has visto, ¿y qué? Como esta semana todavía hay que ver otra, de la anterior ya no se acuerda nadie. Lo mismo pasa con los libros. De repente hay que leer este, pero de repente da lo mismo que lo hayas leído o no porque lo ha sustituido otro. Significa que la actualidad de lo actual es muy efímera. Gracias a esa fugacidad, estar completamente desactualizado es el modo de estar más al día.

Semana 33

MIÉRCOLES. Tengo que preparar una intervención pública sobre los miedos de la vejez, que en su mayoría son anticipativos. El tema me ha traído a la memoria un libro de Sándor Márai. Por concretar, sus *Diarios, 1984-1989,* donde da cuenta de sus últimos años de vida con una voluntad antiliteraria tal que al final resulta la más literaria de sus obras (los extremos se tocan). Se trata, quizá, del mejor libro que he leído en los últimos años, el que más me ha conmovido. Márai relata en él la muerte de su esposa y decide que él no llegará a esos extremos de dependencia, de modo que se compra una pistola con la que le entregan, creo recordar, sesenta balas.

—No necesitaré tantas —le dice al vendedor.

—Da igual, son gratis, vienen con el arma —le responde el empleado de la tienda.

El escritor húngaro, exiliado de su patria, vivía entonces en San Diego, donde es más fácil obtener un revólver que un somnífero. Allá que vuelve entonces el anciano Márai con su pistola y sus balas gratuitas, como cuando te compras un gel de baño y te regalan un champú. Tener un arma en la mesilla de noche da una tranquilidad increíble, y no porque con ella puedas abatir a un caco, sino porque en un momento dado te puedes meter el cañón en la boca y disparar. Márai, que era un viejo algo obsesivo, acude incluso a unas lecciones de tiro para, llegado el momento, no fallar.

Y no falló.

En 1989, cuando sus dificultades para coger el autobús comenzaron a resultar excesivas, se fue al otro mundo por sus propios medios. ¿Miedo a la vejez?

Semana 34

LUNES. La tela mosquitera que coloqué al principio del verano en la ventana del dormitorio ha resistido. Es tan delicada y continúa tan tersa que para verla has de buscar un ángulo preciso, y entonces sí, entonces percibes una suerte de veladura en medio del espacio. Una puerta dimensional, que diría un aficionado a los asuntos paranormales. Contra esa tela se han ido estrellando durante estas últimas semanas cientos o miles de insectos que rebotaban y volvían a intentarlo, perplejos frente a la resistencia invisible que les ofrecía el aire. Pero lo mejor sucedió ayer. Resulta que un caracol llegó hasta ella y comenzó a recorrerla desde la esquina inferior izquierda, dejando impresa en el tejido una baba infinitamente suave, casi como la pincelada de un barniz semitransparente. El animal, lejos de seguir un rumbo previsible, culebreó, tal vez desconcertado, por la superficie del lienzo delineando involuntariamente un Tàpies. La gente, al verlo, se asombra porque se trata, en efecto, de una obra del pintor catalán ejecutada, en apariencia, sobre el vacío. La gratuidad del arte.

MIÉRCOLES. Un conocido mío heredó hace unos meses un matadero de animales (¿de qué si no?). El hombre, que es un poeta con cierto reconocimiento, me llamó por teléfono, desconcertado:

—Fíjate —me dijo—, si mis lectores se enteraran de que soy dueño de ese negocio...

Me fijé y, en efecto, no era lo mejor para su imagen pública. Por otra parte, y como el matadero producía interesantes beneficios económicos, tampoco era cuestión de renunciar a él (mi amigo pasaba muchos apuros).

—¿Tú sabes cómo funciona eso de los testaferros? —me preguntó.

—No tengo ni idea —dije—, pero lo tuyo es un negocio legal y los testaferros, creo yo, se manifiestan allá donde hay dinero negro.

El caso es que hoy mismo llamé a su casa, para ver cómo habían discurrido los acontecimientos, y hablé con el poeta. Me dijo que, tras visitar las instalaciones asesinas, se había enamorado de ellas y que ahora dirigía el negocio con mano firme.

—¿Y la poesía? —pregunté yo.

—No te imaginas la cantidad de poesía que hay en la sangre —dijo él—. Creo que gracias a esta actividad estoy escribiendo mi mejor libro.

Me dio un poco de envidia.

JUEVES. Estoy en la cafetería, apurando un vodka con tónica y picando de un plato con almendras húmedas que huelen a sótano. A mi espalda hay un padre y un hijo. El hijo dice:

—¿Tú me quieres, papá?

—¿Hay alguna duda? —pregunta el padre.

—No —dice el hijo.

—Es que, si la hay, te la despejo ahora mismo de una hostia —añade el padre.

Permanezco a la escucha, para ver qué viene a continuación, pero no viene nada, excepto un ruido de cubiertos, como si se estuvieran comiendo un filete cada uno. Eso es un padre, me digo avergonzado de mis blandenguerías.

Semana 35

Lunes. Sueño que estoy discutiendo con un monje budista calvo acerca de un peine. Él me acaba de mostrar uno (de plástico), y me ha preguntado:

—¿Esto es un peine o un sitio donde hay un peine?

Medito largo rato y llego a la conclusión de que la esencia del objeto que me muestra es el plástico, no la función que ejerce en ese caso dicho material. Se trata pues de un plástico en el que, casualmente, hay un peine.

—No es un peine —digo—, hay un peine.

Despierto con el sueño todavía caliente, como un bollo recién hecho, y me dispongo a saborearlo. ¿Por qué un peine y no un abrelatas, por ejemplo? Porque el sueño no habría tenido la misma intensidad. Mi olfato de narrador me dice que el objeto pertinente era el peine, aunque no sepa por qué. Mi analista sigue de vacaciones, pero trato de ponerme en su cabeza y se me ocurre que si a «peine» le quitas la i se queda en pene. ¿Un pene es un pene o es que ahí hay un pene? De momento, y aunque no me atrevo a tomar partido por ninguna hipótesis, se me ocurre que la esencia del pene es la carne, y que el hecho de que se trate de carne en forma de pene resulta accidental. El pene sería así un accidente de la carne.

Semana 36

LUNES. Al abrir el paraguas, que llevaba meses sin usar, han caído cuatro caracoles de su interior. Y aún he tenido que despegar otros dos que continuaban adheridos a la tela. Me quedo sin palabras, claro, frente a este alarde imaginativo de la realidad. Mientras camino escuchando el repiqueteo de las gotas (según Gómez de la Serna, la lluvia cree que el paraguas es su máquina de escribir), me pregunto qué habría ocurrido de no llover hoy ni mañana, ni en cuatro o cinco meses. ¿Se habrían multiplicado estos moluscos misteriosos? El asunto me recuerda que tengo pendiente la visita a una granja de caracoles. Y ahora es buena época.

MARTES. Con frecuencia, tanto en momentos de felicidad como de desdicha, he pensado que el mundo era un lugar extraño, aunque no tuviera con qué compararlo. Lo pienso ahora, un día de verano, sentado en el porche de la casa, desde donde observo la actividad del jardín. Hay pájaros que van y vienen obedeciendo a una programación de la que no pueden escapar. Su margen de decisión es muy pequeño. Nacen de un huevo, crecen, se reproducen y mueren. La programación incluye una serie de circunstancias aleatorias que pueden alterar el proceso, aunque no de forma determinante para la continuidad de la especie. Así, el huevo puede ser comido por otro animal mientras el polluelo se espesa en su interior. El pájaro pequeño puede ser víctima de un depredador; el grande puede cortarse inopinadamente el cuello al chocar contra un cable de la luz o del teléfono. La vida de un número equis, en fin, se frustra.

Pero no pasa nada.

Ahí está la araña esperando pacientemente que una mosca caiga en su red y ahí la lagartija, al sol. Aquí estoy yo, en el porche, sin peligro aparente, observando la mecánica de la vida, expuesto a un infarto, a un ictus, a una emoción. Me duermo brevemente y me despierto con la boca seca. Miro la hora y resulta que ha llegado el momento glorioso del gin-tonic. Voy a la cocina a prepararlo y al sacar el hielo compruebo con asombro que en el interior de uno de los cubitos hay una hormiga congelada.

JUEVES. El invierno pasado iba un día en el metro y reparé en un hombre que me llamó la atención por el contraste entre su rostro, que denotaba agotamiento, y su cuerpo, que parecía de acero. Era un tipo bajo, pero ancho y fuerte. Tenía, al extremo de sus brazos (más bien cortos), unas manos enormes. Parecía ensimismado, con el tipo de ensimismamiento de los que no acaban de encontrar su lugar en el mundo. Me impresionó mucho su rostro, su figura. Lo imaginé en la prehistoria, con una piedra de sílex en cada mano, golpeando inteligentemente la de la izquierda con la de la derecha, extrayendo el hacha que había dentro de la materia. De vez en cuando saltaba una chispa que observaba con admiración, pues aún no se había inventado el fuego.

Yo también soy un hombre prehistórico y estoy a su lado, aprendiendo de él, cuando pasa cerca una mujer de nuestra tribu. Va desnuda, como nosotros. Hace mucho calor. Miro a la mujer y tengo una erección. Observo mi pene. Mi compañero observa el suyo. La mujer vuelve. Empiezo a acercarme a ella cuando siento en la cabeza un golpe que me deja sin sentido. Dos paradas de metro más allá despierto e imagino al hombre y a la mujer copulando debajo de un árbol que les proporciona sombra y quizá algo de intimidad. En esto, llego a mi parada y abandono el vagón. Pero la fantasía sigue dentro de mí. Cosas que se nos ocurren en el metro. Pues bien, esta mañana, paseando por la playa, me he cruzado con ese hombre de la prehistoria. Su mujer, que iba en biquini, me pareció preciosa. Un raro encuentro que me ha hecho pensar en el invierno.

Semana 37

MARTES. He aquí uno de los sucesos más extraordinarios de mi vida. Tuvo lugar el viernes pasado. Iba yo por la calle, sin meterme con nadie, cuando de la ventana enrejada de una vivienda situada en un semisótano salieron los versos de *Un mundo raro* interpretados por Chavela Vargas, justo en el momento en el que la canción dice: «Y si quieren saber de mi pasado, es preciso decir otra mentira, les diré que llegué de un mundo raro, que no sé del dolor, que triunfé en el amor y que nunca he llorado».

Me quedé lógicamente suspendido por aquel ataque a traición de una ranchera que hacía mil años que no escuchaba y con la que en mi juventud me identifiqué hasta el paroxismo, signifique lo que signifique paroxismo. En estas me encontraba, en la de la parálisis emocional completa, cuando una mujer se asomó a la ventana y me espetó en mal tono:

—¿Qué hace usted ahí, escuchando?

—No estoy escuchando, me estoy muriendo —dije.

—Pues pase y nos morimos juntos —dijo ella.

Entré en el portal, muy oscuro, avancé hacia las escaleras, descendí un tramo casi a ciegas y enseguida se abrió una puerta por la que apareció la mujer.

—Estoy aquí —dijo.

Entré directamente en el salón de la casa, lleno de muebles viejos y de objetos, donde la mujer, de unos cincuenta años y un poco gordita, me invitó a tomar asiento en un sillón de orejas tapizado con una tela de terciopelo verde. La luz de la caída de la tarde, un poco agónica, entraba por la ventana situada al nivel de la acera.

—Voy a ponerla otra vez —dijo dirigiéndose a un tocadiscos antiguo donde giraba un vinilo.

«Cuando te hablen de amor y de ilusiones y te ofrezcan un sol y un cielo entero, si te acuerdas de mí, no me menciones...»

Ahí estaba yo, en una casa desconocida, frente a una mujer desconocida medio tumbada en un sofá escarlata, escuchando una de las canciones de mi vida. Cuando terminó, se dirigió a mí.

—Mañana he de hacerme una colonoscopia —dijo.

—No es nada —dije yo—. Además, gracias al régimen que es preciso observar unos días antes, se pierden tres o cuatro quilos.

—¿Cree que estoy gorda? —preguntó.

—Todos estamos un poco gordos —apunté yo.

—Ya —dijo ella.

Luego cerró los ojos y se quedó dormida, momento que aproveché para abandonar la casa. Si reúno el valor suficiente, dentro de unos días volveré para saber los resultados de la colonoscopia. Y para escuchar otra vez *Un mundo raro*.

MIÉRCOLES. Leo, en manuscrito, una novela de un autor inédito que no sé de qué trata, pero me gusta. Quizá me gusta porque no sé de qué trata. Tal vez ni siquiera sea una novela. Tengo la impresión, al perderme en sus páginas, de haber abandonado una calle ancha para adentrarme en un callejón que da a otros callejones con los que forma un extraño retículo, como cuando en Venecia sales del Gran Canal para extraviarte por los canales subordinados. Un mundo raro. Si te acuerdas de mí...

JUEVES. Hablo con mi psicoanalista de la conveniencia de abandonar el tratamiento. Ella no dice ni que sí ni que no. Me pregunta si ha ocurrido algo que me empuje en esa dirección.

—Hace poco —digo— iba por la calle sin meterme con nadie cuando me agredió una canción por la espalda.

—¿Qué canción? —pregunta.

—*Un mundo raro*.

—¿Y qué tiene que ver una cosa con la otra?

Ignoro qué tiene que ver una cosa con la otra, pero el caso es que le cuento entera la historia de la mujer de la colonoscopia y se queda meditando unos instantes.

—¿No estaba usted antes del verano un poco obsesionado con la idea de hacerse una colonoscopia?

—Sí, pero se me pasó.

—Ya.

—Ya qué.

—Ya nada —concluye ella.

VIERNES. Por estas fechas, cada dos años, suelo hacerme un chequeo médico. Este año me toca, pero me da pereza o miedo. De todos modos, cojo el teléfono y hablo con el médico de la posibilidad de aplazarlo.

—Tengo mucho lío —le digo.

—Si te encuentras bien, retrásalo —dice él.

No sé si me encuentro bien, creo que no, pero esperaba más resistencia de su parte. Tras colgar, siento que necesito hacerme urgentemente una colonoscopia.

Semana 38

JUEVES. Leo un artículo sobre la *cucharabilidad*. La cucharabilidad consiste en sacar el mayor partido posible a la cuchara. De cara a ese fin, Danone ha inventado un envase que tiene una forma interior perfecta para ser recorrida por ese cubierto.

Hay algo en el asunto de la cucharabilidad que me concierne.

Por la tarde se lo comento a mi psicoanalista, que me anima a reflexionar sobre el tema. Mi primer recuerdo de una cuchara está asociado precisamente al yogur. No sé qué edad tendría yo, pero sí recuerdo que estaba sentado en una silla en la que me colgaban las piernas. He vuelto del colegio enfermo y mi madre me ha dado un yogur y una cucharita de las de café para que me lo tome. El frasco es de cristal. Me lo como despacio, para que dure, pues solo probábamos el yogur cuando estábamos enfermos. Luego rebaño cada uno de los rincones del recipiente, extrayendo los restos pegados a las paredes. El frasco queda limpio.

—Deduzco —digo desde el diván— que la cucharabilidad de mi cuchara era alta.

—¿Y? —pregunta mi psicoanalista.

—No sé, hay algo ahí que me importa, pero soy incapaz de descifrarlo.

—¿Algo relacionado con su madre?

—No, algo relacionado con la cuchara.

—¿A qué otras cosas asocia la cuchara?

—A los jarabes. Ya sabe, tres cucharadas al día, siempre eran tres cucharadas al día. Venía mamá, abría el frasco, dejaba el tapón en la mesilla y llenaba la cuchara. Había un jarabe para la tos que me gustaba mucho. Ya de mayor, averigüé que llevaba codeína. Todavía existe y todavía lo tomo, aunque no tenga tos. La codeína me coloca, me da un tono vital perfecto.

Mi psicoanalista calla. Después de haber abandonado la consulta, mientras me tomo el gin-tonic de media tarde en una cafetería cercana, me viene a la memoria la sopa de letras, también asociada a la cuchara, pues con su extremo iba seleccionando letras con las que construía palabras sobre el borde del plato.

VIERNES. Del periódico: «Un hombre decapita a una mujer y huye con su cabeza».

Hacia el mediodía, el 112 recibió una llamada en la que alguien decía haber visto a un hombre con la cabeza de una mujer entre las manos. La propietaria de la cabeza era inglesa y su agresor búlgaro. Los hechos sucedieron en un supermercado chino de Tenerife. ¿No resulta asombrosa esa mezcla de nacionalidades? Por si fuera poco, la avenida por la que el asesino paseaba su trofeo se llamaba Ámsterdam. Antes de ser reducido, lanzó la cabeza a la carretera. Me viene a la memoria la historia de otro hombre que caminaba tranquilamente por la calle con la cabeza de su madre debajo del brazo. Sucedió hace unos meses, no recuerdo dónde. A la hora de la cena, me tomo un yogur con cereales.

SÁBADO. Comida en casa de unos amigos. El anfitrión anuncia que ha decidido «abandonarse». Frente a la mirada interrogativa de los comensales, asegura que está harto de no engordar y de ir al gimnasio tres veces a la semana.

—Es muy agotador —dice—. De modo que ya lo sabéis: me abandono.

Nadie dice nada durante unos segundos. Luego, el más gordo de la reunión se levanta con la copa en la mano y grita:

—¡Brindo por eso! Eres un líder.

De regreso a casa, pienso en las ventajas de abandonarse. Volver a los huevos fritos con patatas, a los guisos fuertes, a los picantes. Guardar la plancha en un armario, cenar todos los días, dentro o fuera de casa. Quizá volver a fumar... Me veo con ocho o diez quilos más, tumbado de lado en el sofá, viendo una peli en la tele mientras devoro una tableta de chocolate... Hay algo en esa imagen de perdición que me atrae. Se trata, en fin, de bajar la guardia, de abandonar responsabilidades, de despedirse un poco de este mundo. No sé, tendría que comprar ropa nueva.

Semana 39

LUNES. La colonoscopia, bien, gracias. Un invento. Ocurrió el sábado por la mañana y por la tarde ya pude comer unas chuletas de cordero. Digo que la colonoscopia «ocurrió» como si se hubiera tratado de un accidente, pero la verdad es que «se me ocurrió». A veces se te ocurren argumentos para un cuento y a veces se te ocurre una colonoscopia. Peor habría sido que se me hubiera ocurrido un infarto. Hay gente a la que le sucede lo que se le ocurre. A mí mismo. He escrito algunas novelas que creía que se me estaban ocurriendo cuando en realidad me estaban ocurriendo. Bueno, pues la colonoscopia se me ocurrió primero y me ocurrió después. El médico dice que no me preocupe.

MARTES. Buscando una lata de calamares en su tinta para acompañar una copa de vino, tropiezo con un envase de ampollas de Nolotil. Miro la fecha de caducidad y son aptas hasta junio de 2018. Debí de comprarlas cuando la extracción de la muela del juicio. Faltan dos. No me duele nada, pero la tentación es grande. Las ampollas actúan antes que las cápsulas porque la mucosa intestinal las absorbe muy bien, en cuestión de segundos. Así que ahí estoy, dudando, como dudo siempre ante los fármacos. Finalmente, rompo una de las ampollas y me bebo su contenido. Después sigo buscando la lata de calamares y doy con una de pulpo al ajillo. Tras comprobar la fecha de caducidad, la abro para acompañar el vino, un ribera del Duero que me regalaron hace dos años, justo el día que falleció mi perro. No para celebrarlo, sino por una de esas casualidades de la vida.

Me caen muy bien el pulpo y la copa, aunque siento cierta tristeza ante el recuerdo del animal. Quizá la ingestión del Nolotil me haya deprimido un poco. Son las seis de la tarde. Había pensado trabajar hasta la noche, pero creo que me merezco un descanso.

Veo, pues, un par de capítulos de la nueva temporada de *Fargo* y me voy a la cama para dormirme escuchando las noticias por la radio. Pero las noticias son todas terribles y me despejan. Apago la radio, saco de mi archivo mental una fantasía inconfesable y caigo poco a poco en el sueño.

MIÉRCOLES. A media mañana, repasando un cuento de encargo que terminé ayer, me doy cuenta de que le falta algo. Una ampolla de Nolotil, pienso de golpe, le falta una ampolla de Nolotil. Yo hay días en los que estoy bien, pero en los que, sin embargo, me falta algo (por lo general, un fármaco). A algunos cuentos les sucede lo mismo. Los observas desde todos los puntos de vista posibles y son perfectos (si hay cuentos perfectos), pero les vendría bien una debilidad, algún defecto, quizá un poco de fiebre.

¿Cómo añadir dolor a un cuento? Con un Nolotil, por ejemplo. Miro la hora. Aún no es mediodía. Como un autómata, me dirijo a la cocina, abro el armario de las conservas, tomo una ampolla de Nolotil y me la bebo a morro. Luego me preparo un té verde bien caliente y regreso a la mesa de trabajo. Al segundo sorbo de té, encuentro el lugar por el que herir al cuento para dejarlo un poco maltrecho. Lo releo de nuevo. Ahora está menos bien que antes, pero transmite dolor, y también un poco de miedo. Ya está listo, en fin. Yo también.

JUEVES. Recibo el informe oficial de los resultados de la colonoscopia, que ya me habían anticipado verbalmente. Hay una frase que me impresiona. Dice: «Se progresa hacia el ciego sin problemas». Así son algunos de mis días desde que me levanto hasta que me acuesto: progreso sin problemas, vale, pero hacia el ciego. Incluso a ciegas. De hecho, se escribe a ciegas, se progresa hacia el final de las novelas a ciegas. Cuando las novelas son buenas, se leen a ciegas también. Se avanza como por un pasillo oscuro con puertas a los lados y quizá algún juguete abandonado en el suelo. El juguete con el que tropiezas y te rompes la crisma.

VIERNES. El sintagma «cómo huir de casa» tiene en internet 463.000 entradas. Esto significa que cientos de miles de personas piensan en hacerlo. Algunas de estas entradas son muy prolijas. No es preciso señalar, por ejemplo, que para huir de casa conviene llevar ropa interior. Lo sabíamos.

Semana 40

LUNES. Estoy embotado en el sentido literal de la palabra: mi cabeza parece encontrarse dentro de un barril. Hablo y pienso con eco, sueño con eco y observo las cosas con eco. Tengo retorno, que diría un técnico de sonido. Me digo: «Estoy enfermo», y un segundo después el «estoy enfermo» regresa de dondequiera que se hubiera ido. Telefoneo a mi psicoanalista, que jamás coge el teléfono, y le dejo un mensaje en el contestador:

—Mañana no acudiré a sesión, me ha surgido una cosa de trabajo.

Cuelgo y el eco me devuelve la frase que acabo de pronunciar: «Mañana no acudiré a sesión...». Me gusta el verbo acudir. Significa lo mismo que ir, pero tiene un toque pijo, un toque de escritor que quiere parecer escritor (la doble impostura). Escribo un artículo sobre la Bolsa (¡sobre la Bolsa!) y decido pasar el día leyendo la biografía de Patricia Highsmith. Vienen fotos de la joven Pat, que era una mujer bellísima, y fotos de la vieja Pat, que devino en una bruja horrible. Me impresiona ese tránsito. Luego me doy cuenta, una vez más, de que soy un lector insufriblemente lento. Apenas leídas las primeras páginas me entra la tentación de releer *El diario de Edith,* quizá la mejor novela de la Highsmith, y la más siniestra, una novela en la que no ocurre nada, es decir, en la que solo ocurren esas minucias diarias que van transformando a una joven hermosa en una vieja malcarada. La novela me provoca un estado de ánimo siniestro. Ahora estoy siniestro y embotado, o sea, lúcido: me asomo a la ventana y comprendo el mundo.

MARTES. Recibo a primera hora una llamada en la que alguien que me había citado a las cinco me descita. Quiere decir que me quedo de súbito sin coartada para no acudir a la psicoanalista. Decido no hacerlo de todos modos, lo que me proporciona un pequeño ataque de culpa. Por la mañana escribo un artículo titulado «Periodismo y metafísica». Como unas verduras a la plancha y un muslo de pollo. A medida que se acerca la hora de la sesión voy poniéndome nervioso. A las cuatro y media mi mujer, que me ve deambular sin dirección de un sitio a otro, me pregunta:

—¿No tienes psico hoy?

—No, me ha llamado, está enferma.

El que está enfermo soy yo. Me pregunto cuántas veces proyectamos sobre los demás lo que nos ocurre a nosotros. Me pregunto también cuántas veces los demás proyectan sobre nosotros lo que les ocurre a ellos. Somos máquinas proyectoras, me digo mientras la taza con la bolsita de té da vueltas en el interior del microondas.

Por cierto que este microondas recién adquirido (¿por qué no digo «comprado» como todo el mundo?), este microondas recién adquirido, decía, admite metales. Si no he entendido mal las instrucciones, conviene introducir dentro de la taza una cucharilla, para evitar que al abrir el aparato el agua hirviente salte y nos queme las manos.

MIÉRCOLES (MÁS O MENOS). Hago la precisión de «más o menos» porque este miércoles tiene algo de jueves. He soñado que acudía por alguna razón a la casa de mi psicoanalista y que acababa en el cuarto de los niños, jugando con ellos. Luego me desnudaba y me metía en la cama del más pequeño. El significado es tan obvio que da risa. Tengo que salir de esa cama. Se me ocurre entonces que quizá haya llegado el momento de sustituir de nuevo el diván por la silla. Será más difícil hablar desde la silla, viendo el rostro de la analista, que desde el diván. En todo caso, quizá pasar a la silla desde el diván implique algún grado de maduración anímica. Significa reconocer a la terapeuta como otra. Desde el diván, la realidad entera parece una especie de magma indiferenciado. El diván tiene algo de útero.

JUEVES (CREO). ¿Por qué mentí a mi mujer cuando el martes me preguntó por qué no iba a consulta? ¿Son esas imposturas insignificantes las que contribuyen al desdoblamiento del que somos víctimas? ¿Hay en la vida de cada uno de nosotros una mentira fundacional, una invención remota por la que, sin dejar de ser quienes éramos, nos convertimos en quienes no éramos?

Semana 41

LUNES. Nunca he estado en Australia, pero Australia ha estado en mí. Hay gente que no ha ido a Nueva York, pero Nueva York, como Australia, se sirve ahora a domicilio, igual que el sushi. Los domingos, en casa, pedimos por teléfono para comer un plato de sushi variado, y nos lo traen a la media hora, con sus palillos, su soja y su wasabi, o mostaza japonesa. El único defecto es que nos lo trae un chino en vez de un japonés. Pero no se puede tener todo. Nueva York no tienes que pedirlo, te lo llevan a domicilio quieras o no continuamente. Basta con que te asomes a la tele un par de horas diarias. La primera vez que estuve en San Francisco me sorprendió que todo me resultara tan familiar. Al comentárselo a mi acompañante, me ilustró con la frase citada más arriba:

—Nunca habías estado en San Francisco, pero San Francisco había estado en ti.

En efecto, y no solo a través de las películas y los documentales, sino también a través de las novelas ambientadas en aquella ciudad. Todo esto significa que la exploración ingenua se ha vuelto imposible. Todos los lugares a los que vamos han estado en nosotros, todo nos resulta ya familiar. El niño actual, antes de ver un tren de verdad, ha jugado con uno de mentira. Cuando ve el de verdad, cree que es una copia del de mentira. El San Francisco que vi en mi viaje era una copia mala del que había visto en la literatura, etcétera.

Pero hay un mundo sin explorar: el de la adolescencia. Cuando el chico o la chica alcanzan ese estadio, ese estadio no había estado en ellos. La adolescencia es como Marte. De ahí que resulte un espectáculo tan inquietante. Lo digo porque he descubierto una terraza situada frente a un instituto donde me tomo desde hace días el gin-tonic de media tarde viendo salir y entrar a los chicos (y chicas, el genérico no siempre funciona). Han llegado a la Adolescencia (con mayúscula) como Colón llegó a América: sin tener ni idea acerca de su vegetación, de su fauna, su clima, sus pobladores, su geografía. Un mundo extraño, en fin.

MIÉRCOLES. Llego media hora tarde a la clase de escritura y los alumnos están ahí, esperándome, charlando alegremente de sus cosas. Les pregunto uno a uno que por qué no se han ido y van dando respuestas confusas hasta que llego a Carlota, que es barrendera del Ayuntamiento de Madrid, aunque estudió Filología y ha escrito una tesis sobre Dostoievski.

—Yo creo que no nos hemos ido —dice— para que te sintieras mal cuando llegaras.

—Crimen y castigo —digo yo.

—Más o menos —concluye ella.

Me preguntan por qué he llegado tarde y les digo la verdad: estaba lloviendo y el limpiaparabrisas del coche dejó de funcionar en un semáforo. Al principio pensé que podría conducir si dejaba que se formara sobre el cristal una película uniforme de agua, pero la película devino tan espesa que solo veía figuras borrosas. Me dio miedo atropellar a alguien y tuve que buscar un sitio para dejar el coche, lo que tampoco resultó sencillo. Nada es sencillo.

—¿Pero tú no venías siempre en metro? —pregunta Carlota con desconfianza.

—Habitualmente sí, pero hoy, al acabar la clase, tenía que ir al hospital a visitar a un amigo.

—Pues a ver si deja de llover —dice ella.

El caso es que había pensado llamar al seguro para que enviara una grúa y arreglara la avería, lo que me parecía una lata, cuando pensé que era mejor limitarme a conducir los días que no lloviera. No iría a ver a mi amigo hasta que dejara de llover.

JUEVES. Dejó de llover a última hora de la tarde, pero mi amigo ya se había muerto. Aunque la operación había ido bien, tuvo un derrame intracraneal o algo por el estilo.

—¿Por qué no fuiste ayer a ver a Rodrigo? —me preguntó mi mujer.

—Porque llovía —dije—, y solo puedo conducir los días que no llueve.

Mi mujer me lanzó una mirada clínica y abandonó toda esperanza de comunicarse conmigo.

Durante los días siguientes el tiempo alternó entre lloviznas suaves y niebla de puré de guisantes. El primer día que hizo sol cogí el coche y fui a visitar a la viuda, a quien encontré molesta conmigo. Me disculpé por no haber estado más presente durante los momentos decisivos de la enfermedad de Rodrigo, pero le expliqué que solo podía conducir los días sin lluvia. Fingió que le vibraba el teléfono y se alejó de mí. Yo también intenté alejarme de mí, pero me resultó imposible.

Semana 42

Lunes. Suena el teléfono a las 10:00 de la mañana. Es Fermín, un compañero de colegio con el que tropecé hace poco en la calle, al salir de la consulta de mi psicoanalista, y que logró sacarme, en un momento de debilidad, el número de teléfono.

—Para avisarte cuando haya una comida de la asociación de antiguos alumnos —dijo entonces.

Por fortuna, no me llama para comer. Dice que se ha muerto Ricardo Otero Sandoval y que su cuerpo estará a partir de las 13:00 en el tanatorio de la M-30. Le digo que no sé quién es Ricardo Otero Sandoval y me refresca la memoria.

—¿Ese hijo de perra? —pregunto cuando logro recordar la cara del interfecto.

—A esas edades —dice Fermín, conciliador— no se es ni malo ni bueno, se es un niño a secas.

—Hay hijos de perra desde los siete años, incluso antes, y Ricardo Otero Sandoval era uno de ellos.

—Además —añade Fermín—, y esto que quede entre nosotros, se ha suicidado. Su familia está hecha polvo.

Ricardo Otero Sandoval fue un psicópata desde su más tierna infancia. Tenía razones para suicidarse; lo raro, y lo malo para la humanidad, es que no lo hubiera hecho antes. De todos modos, no deja de sorprenderme que mi odio permanezca intacto después de tantos años. No he perdonado nada de lo que me hizo aquel cabrón. Por supuesto, no acudo al tanatorio.

Martes. Dedico la sesión de psicoanálisis a Ricardo Otero Sandoval, que en el infierno esté. Tras abandonar el diván, ahora hablo desde un sillón viendo la cara de mi psicoanalista, que también ve la mía. Le cuento el día en el que Otero Sandoval, en un campamento de verano, orinó sobre mi litera, para decir luego a todos que me meaba en la cama. Era verdad, me meaba en la cama, por eso me pasé la semana del campamento sin dormir, vigilando mi vejiga. Tanto esfuerzo para que aquel hijo de perra pusiera al descubierto mi debilidad. Casi se me saltan las lágrimas de rabia al recordarlo.

—¿Por qué le duele tanto todavía? —pregunta mi psicoanalista.

Me parece advertir en la pregunta un tono de censura, como si el hecho de no haber superado aquel episodio (y otros que me reservo) revelara que no he madurado.

—Admito que soy poco maduro —digo—, pero esta es mi condición, la toma usted o la deja. Odio a todos los cabrones del tipo de Otero Sandoval, los odio todo el rato y con idéntica intensidad. Nací odiándolos y me moriré odiándolos. Y si hay vida más allá, Dios no lo quiera, seguiré odiándolos si me encuentro con ellos.

Mi psicoanalista calla. Yo también callo. Pasamos el resto de la sesión en silencio, hasta que ella dice: «Es la hora». Me levanto y me voy y me meto en un bar y pido un gin-tonic y con el gin-tonic me tomo un ansiolítico muy suave, una especie de inductor del buen rollo. Al poco, la rabia comienza a desvanecerse de mi pecho como un tumor que se diluyera. Respiro mejor. El odio a los demás me hace más daño a mí que a ellos, pero no puedo remediarlo. Cuando odio, odio.

VIERNES. Acudo a una comida de periodistas. La gente está deprimida por la falta de horizonte. Se comentan los últimos despidos de este medio o de este otro. Se mencionan nombres de profesionales conocidos que se han quedado en el paro. En el segundo plato, como la cabra tira al monte, aparece la política, se comentan las últimas encuestas y se habla de la cuestión árabe.

A mi lado hay una mujer de unos cuarenta años con la que he coincidido en otras ocasiones, pero no sé muy bien quién es ni para qué medio trabaja. En un momento en el que el resto de los comensales se encuentra enfrascado en una discusión para mí incomprensible sobre el «mundo árabe», ella hace un aparte y me pregunta qué pienso de la amniocentesis. Al observar mi gesto de sorpresa, me explica que se trata de un método de diagnóstico prenatal. Le digo que sé lo que es, pero que no tengo opinión. Me informa de que está embarazada, su primer embarazo, y de alto riesgo, por la edad. No sé qué decir. Entonces ella me pide perdón y nos incorporamos a la conversación general. Vuelvo a casa con sentimiento de culpa, conmovido por el problema de mi compañera de mesa.

Semana 43

LUNES. Me duele la garganta desde que tengo memoria. No sé si antes también, si me dolía en el útero o de lactante. Me dolió desde luego el día de la primera comunión, al tragar la hostia. Me dolió como si fuera una rueda de molino, y quizá lo era. La intensidad del dolor va por épocas. De joven, cuando vendían los antibióticos sin receta, me los tomaba a puñados y me jorobé el hígado. Me quité de ellos, claro, pero el dolor continuó. Al abandonar el tabaco sentí una ligera mejoría que duró un año o dos. Las temporadas peores coinciden con aquellas en las que tengo miedo.

¿Miedo a qué? A nada y a todo. A levantarme de la cama y a meterme en ella. A salir a la calle y a no salir. A viajar y a no viajar.

A la muerte, no.

En los diarios de Imre Kertész he leído una observación muy acertada. Dice que de joven la relación con la muerte es melodramática. En la madurez, se convierte en un asunto filosófico. Finalmente, en la vejez deviene en un asunto de orden práctico que conviene resolver como se resuelven en general las cuestiones burocráticas. Entonces, ya digo que la muerte no me produce dolor de garganta. La mía, al menos, no. Hace tiempo, en la consulta del otorrino, sugerí al doctor la posibilidad de que mi faringitis crónica fuera en realidad una vaginitis.

—¿Y eso? —preguntó con asombro.

—Tengo entendido —dije— que la vagina y la faringe están hechas del mismo tejido.

El caso es que empezaron a tratarme la faringitis como si fuera una vaginitis y los dolores desaparecieron del todo durante un tiempo. Pero en el último mes han vuelto a darme la lata. Dice el médico que hay actividad bacteriana, aunque no tanta como para atacarla con antibióticos. Decido resignarme.

MARTES. Estoy en Buenos Aires, Argentina. Me despierto a las cinco de la madrugada y decido hacer tiempo hasta las siete para salir a dar un paseo. No sé en qué parte de la ciudad me encuentro, pues llegué ayer noche, me dejaron en el hotel, que tampoco sé cómo se llama, y aquí es donde he amanecido.

A medida que recorro la ciudad, la memoria me va conduciendo a los lugares en los que ya estuve en otras ocasiones. He olvidado el nombre de las calles, pero no su geometría ni sus edificios. Me resulta extraño estar a miles de quilómetros de Madrid, pero manejándome con códigos idénticos a los de allí. Voy mirando hacia arriba, para disfrutar de las particularidades arquitectónicas de los edificios y elegir mentalmente los áticos en los que viviría.

Cuando decido regresar al hotel porque, pese a ser primavera, hace fresco, me extravío y doy varias vueltas por calles que no reconozco. Noto que se me hincha la garganta por el miedo y que la saliva (escasa, pues se me ha secado la boca) no encuentra hueco para pasar al esófago. En esto descubro un edificio alto, del BBVA, que me sirve de referencia, y encuentro el camino. La banca patria siempre dispuesta a echarnos una mano.

La habitación del hotel es grande y cómoda, aunque está un poco destartalada. Tiene algo de pasillo, diríamos que de conducto vaginal, de manera que cada vez que salgo a la terraza tengo la impresión de nacer. Escribo estas líneas sobre una mesa de trabajo colocada en uno de sus rincones.

MIÉRCOLES. Estoy en la terraza de un café del Palermo Viejo, en Buenos Aires, sin meterme con nadie, cuando pasa un autobús turístico lleno de gente en cuyo lateral hay una foto enorme del Papa junto a la siguiente leyenda: «Buenos Aires, la ciudad de Francisco».

Parece un anuncio de detergente porque el Papa lleva una sotana muy blanca, de un blanco nuclear, como suele decirse. Que el Papa haya acabado vendiendo detergentes, incluso vendiendo una ciudad, da una idea de cómo está el mundo. Al pedir la cuenta, me cobran por un gin-tonic lo que me habrían costado dieciocho misas por el alma de mi madre. El camarero me explica que el atraco se debe a que estamos a cuatro cuadras de donde vivió Borges, otro Papa.

—¿Y María Kodama sabe que podría reclamar derechos de autor por los gin-tonics? —pregunto ingenuamente.

El taxista que me devuelve al hotel da un rodeo para cobrarme el precio de otras diez o doce misas de muertos. El muerto soy yo.

Semana 44

Lunes. Le digo a mi psicoanalista, o a mí mismo, porque hablar con ella es como hablar conmigo, que nunca tuve buena opinión de los geranios.

—¿Y eso? —pregunta ella, que es como si lo preguntara yo, pues parte de su trabajo consiste en hacer de mí.

—Se dan demasiado bien —digo.

—Pero eso es bueno, ¿no?

—Es bueno, pero a mí no me gusta. Odio todo lo que se da demasiado bien.

—¿Prefiere lo que se da demasiado mal?

Estoy tumbado, bocarriba, observando las sombras del techo, porque he vuelto al diván tras una breve incursión por la butaca de las entrevistas cara a cara. ¿Prefiero lo que se da demasiado mal?, me pregunto.

—Quizá no —me respondo tras unos segundos de meditación.

—Ni lo que se da demasiado bien ni lo que se da demasiado mal —concluye ella.

No digo nada porque estoy jodido. Acabo de descubrir que solo soporto lo que se da regular. Pura clase media. En otras palabras: una mierda.

Venía todo esto a propósito de un geranio que ha puesto mi psicoanalista en un rincón de la consulta, sobre una estructura de madera bastante hermosa. Creo que la estructura se merecía otra planta. Me jode que el puto geranio se haya convertido en una trampa intelectual. Se lo digo.

—He mencionado lo del geranio por decir algo. No quería llegar a la conclusión a la que he llegado.

—Ya sabe usted —dice ella— que todo lo que se dice aquí significa algo.

Cambio de tema y a medida que avanza la sesión me da por pensar que el geranio es de plástico. Es lo que faltaría, que fuera falso. Pero no digo nada.

MARTES. Me tomo la tensión con un aparatito que me compré en la farmacia, por recomendación del médico, y tengo 19, 5 de máxima y 14,10 de mínima. Es lo que se llama un pico. Un pico de tensión. Me acojono y llamo al médico.

—Ya te dije —dice— que deberías comenzar a tratártela. La tensión es el asesino silencioso. No da síntomas, pero mata.

—¿Y? —digo.

—Vete ahora mismo a la farmacia y cómprate una caja de enalapril de diez miligramos. Tómate uno al día de momento y ya iremos modulando según te vaya sentando.

—¿Esto significa que es ya para toda la vida?

—Hazte a la idea.

Ya tengo incorporadas cuatro pastillas que son para toda la vida. Todos los días de mi puta vida me las he de tomar con el desayuno o con la comida o con la cena. No se trata de un gran trabajo, pero su ingesta posee un significado simbólico de la hostia. El significado simbólico es que me hago viejo de manera real, palpable. Luego está el asunto de las incompatibilidades: la que no es incompatible con el café es incompatible con el alcohol. Aunque del vino de las comidas y del gin-tonic de media tarde no me quito ni a tiros.

Muerte a las incompatibilidades y a la división del trabajo.

MIÉRCOLES. Después de leer toda la tarde, salgo, ya de noche, a caminar un poco por el barrio. Las calles están extrañamente vacías. Solo un tipo con un perro portátil, un perro de los de bolsillo, un bicho que no resistiría media patada. Me pregunto por qué pienso en ese pobre perro de mierda en estos términos; por qué, en fin, estoy tan agresivo, y no sé qué responderme. Pero sí, estoy rabioso, rabioso conmigo y con la vida. El tipo del perro se va acercando a mí. Cuando lo tengo al lado, y sin otro objeto que el de molestar, le digo:

—Los perros no pueden salir a la calle sin bozal.

—Esto no es un perro —dice él—, es una cucaracha.

Su respuesta me hace gracia, me río, trabamos conversación y al final nos vamos juntos a tomar un gin-tonic en una terraza cercana donde no hay nadie, por la crisis. El tipo tiene mi edad, así que le pregunto cuántas pastillas toma al día.

—Cinco —dice—: la del colesterol, la de la tensión, la de dormir, la del hígado y el antidepresivo de las mañanas.

—Una más que yo —constato, dando el primer sorbo a la pócima.

—No tengas prisa en alcanzarme —dice él.

Mientras hablamos, el perro cucaracha nos mira desde el suelo con expresión de desamparo, como un maldito huérfano.

De súbito, mi agresividad se diluye en la atmósfera como el hielo en la ginebra. ¡Pobre perro, me digo, pobre de mí y de todos los otros!

Semana 45

Lunes. En el parque hay un rincón con mucho arbusto y una docena de árboles muy juntos. Observado desde lejos, parece una verruga. A media mañana, cuando el sol llega ya a todas partes, un coágulo de niebla permanece adherido a este complejo vegetal, como vaho procedente de una boca subterránea. Los paseantes lo evitan, también yo, y no solo por la incomodidad que supone atravesarlo, sino porque despide un halo frío. Tiene uno la impresión de que si se acerca hallará un cadáver y que perderá el resto de la jornada en comisaría, describiendo una y otra vez las circunstancias en que lo encontró. Como hoy no tenía mucho trabajo, y además me apetecía toparme con un muerto, me desvié de mi camino habitual y entré en la zona maldita. A los pocos pasos, oculta tras la maleza, descubrí una piedra de granito con forma de lápida pequeña en la que habían escrito con pintura negra: «Gata Carlota. 2001-2015. Ramón no te olvida». Me impresionó más que si hubiera tropezado con el cadáver de un hombre o de una mujer, para lo que ya me había preparado.

Martes. Entro en un foro de insomnes al que soy aficionado para ver si hay noticias nuevas sobre una mujer que lleva tres años sin dormir, eso es al menos lo que dice ella. Me preocupa porque hace un par de semanas que no se manifiesta y temo que esté hospitalizada o, peor, que esté haciendo compañía a la gata Carlota. Tampoco hoy aparece, pero tropiezo con un nuevo participante que es capaz de dormir tres días seguidos. Enseguida le advierten de que este foro es de insomnes, aconsejándole que busque uno de narcolepsia. Googleo por curiosidad «narcolepsia» y doy con un chat de somnolientos que se duermen escribiendo, algunos dejan la frase a medias. Una somnolienta peruana dice que en su país no creen en esta enfermedad, de modo que es muy difícil conseguir la baja médica. Cuenta que empezó a consumir anfetaminas para resistir despierta la jornada laboral y que por culpa de ellas se ha vuelto insomne. Pregunta qué puede hacer y uno de los participantes la desvía al foro de insomnes, al que me dirijo de vuelta.

MIÉRCOLES. En el taller de escritura una de las alumnas, Paula, se queja de que no aprende. Le digo que empezaré a preocuparme cuando se queje de que no enseño.

—A lo mejor es que no sirves para escribir —añado.

Paula se queda desconcertada ante mi crudeza. La gente puede soportar cualquier cosa, excepto que le digas que no sirve para escribir. Todo el mundo cree que tiene esa capacidad oculta en alguna parte de su ser y que bastará con que se ponga a ello para que se desarrolle. La gente piensa que una de las ventajas de jubilarse es que por fin va a tener tiempo para escribir. Para escribir no hace falta tiempo, sino destiempo. El destiempo es una zona oculta y misteriosa del día que se descubre como yo descubrí el lunes la tumba de la gata Carlota: por curiosidad malsana.

—¿Tú tienes curiosidad malsana? —le pregunto a Paula.

—No sé qué quieres decir —responde molesta.

—¿Tienes tendencias enfermizas?

—¿Enfermizas en qué sentido?

Paula es una chica de buena familia, sin conflictos aparentes. Se lleva bien con sus padres, con sus compañeros, consigo misma, no tiene insomnio ni narcolepsia, es guapa, de buen trato, en fin, no advierto en ella ninguna de las carencias que se necesitan para escribir. Para escribir literatura, quiero decir, no el código penal. Llevo tres meses intentando desanimarla, pero es tozuda como el amanecer. No falta a clase nunca.

—Te voy a poner unos deberes —le digo—: no vengas a clase en un par de días.

Casi desfallece ante mi propuesta. Dice que eso no puede ser, que la matrícula le ha costado muy cara y ni siquiera ha comenzado a amortizarla. Los alumnos se miran, alarmados, entre sí. Jamás la habían visto tan descompuesta. Está al borde del desmayo. Me digo que una persona con tal capacidad para la angustia debe de poseer también capacidades para la escritura creativa. Tiene madera, pero la tiene muy oculta.

Semana 46

MIÉRCOLES. En el taller de escritura creativa tenemos un alumno paranoico que se niega a leer sus trabajos en voz alta por miedo a que se los plagiemos. Está convencido de que todo lo que sale de su pluma es una obra maestra que debe registrar antes de hacerlo público. Pero como también teme a los empleados de la propiedad intelectual, no ha registrado nada todavía. Acude a las clases con regularidad y realiza bastantes comentarios sobre los trabajos de los otros, pero no hay manera de que veamos algo suyo. Cuando le pregunto por qué no lleva sus cosas a una editorial, dice que también las editoriales están llenas de gente que roba las ideas a los ingenuos que les envían sus trabajos. Vive presa del terror al plagio. Hoy ha llegado a clase con una revista en la que aparecía por fin un texto suyo. Cuando nos lo ha enseñado, no nos lo podíamos creer: se trataba de la copia exacta de un cuento que hace un mes leyó otro de sus compañeros.

JUEVES. Hace tiempo recibí un correo electrónico de alguien que firmaba como «La mujer sin piernas». Me proponía que hiciéramos juntos un documental sobre la importancia de las extremidades inferiores. Di por hecho que se trataba de una broma y no contesté. A los dos días atacó de nuevo. Aseguraba disponer de financiación para el proyecto y adjuntaba un guion incipiente de cuatro folios que era un disparate. Tampoco contesté. A los cuatro días, recibí por correo certificado un paquete en cuyo interior había una Barbie mutilada a la altura de las ingles. La muñeca portaba una tarjeta con la siguiente nota: «¿Se lo imagina ahora?». No sabía qué hacer con la Barbie sin piernas, pues me producía aprensión arrojarla a la basura. En esto entró en la habitación mi mujer y me sorprendió con ella en la mano, a punto de esconderla en un cajón de mi escritorio.

—¿Qué es eso? —dijo.

—Una Barbie sin piernas —dije yo.

—Eso ya lo veo —dijo ella—. Te pregunto qué relación tenéis.

Le conté la historia y me aconsejó llamar a la policía. Le dije que me parecía una exageración y así quedó el asunto. Durante semanas esperé otro correo u otro paquete, pero no llegó ni uno ni otro. La mujer sin piernas enmudeció como tantas cosas que en la vida aparecen y desaparecen de manera gratuita. Hoy he abierto el cajón, he contemplado la muñeca mutilada y he imaginado una novela que nunca escribiré.

VIERNES. El coche no arranca a la primera ni a la segunda ni a la tercera. Tampoco a la cuarta. A la quinta, se queda sin batería. Un vecino se asoma a la ventana. «Es por el frío», dice.

Semana 47

LUNES. Venía de comer con un escritor cuyo nombre omitiré cuando vimos a unos metros de distancia un chupete viejo. ¿Qué hizo el tipo al llegar a su altura? Lo pisó y sonó como si le rompiera los huesos a un crío. Estoy hablando de un escritor con fama de sensible, un tipo muy apreciado por los medios. Me detuve, observé el chupete aplastado, lo recogí y lo guardé en el bolsillo de la chaqueta. ¿Quién pisaría un chupete? Hay que tener un temperamento de torturador para pisar un chupete. Hay que ser un hijo de perra porque en el acto de pisar el chupete estás pisando metafóricamente al bebé. Las cosas como son.

—¿Qué haces? —preguntó el escritor sensible de los cojones.

—¿Qué crees que hago? —le dije—. ¿Qué crees que has hecho tú?

—He pisado un chupete viejo —dijo.

—A eso me refiero. Hay que tener el alma completamente negra para pisar un chupete.

Me miró como si me hubiera vuelto loco y continuamos andando sin hablar hasta la siguiente esquina, donde nos despedimos con un gesto. Llegué a casa, metí el chupete lleno de bacterias en un cajón y me lavé las manos.

MARTES. Estoy tratando de escribir cuando entra mi mujer en la habitación agitando el chupete. Llevaba quince años sin abrir ese cajón y de repente le atacó la necesidad de encontrar no sé qué.

—¿Tú tienes idea de qué es esto? —dice.

—No —digo yo.

—¡Qué asco! Estaba en un cajón de la cómoda.

—Será de cuando los chicos eran pequeños —digo yo.

—No —dice ella—, entonces no eran tan anatómicos. En fin, lo voy a tirar.

—No lo tires —digo yo.

—¿Y qué hago con él? —dice ella.

Al final consigo que me lo entregue y lo guardo en un cajón de mi escritorio. Mi mujer no dice nada, pero sospecha que tengo una especie de perversión con los chupetes.

MIÉRCOLES. Saco a relucir, en la consulta de mi psicoanalista, el asunto del chupete. Le digo que desprenderme de él me parece una especie de profanación.

—¿Por qué? ¿Qué le recuerda? —dice ella.

—No se trata de lo que me recuerde a mí —digo yo—. Se trata de que el chupete es el objeto que sustituye al pezón, y el pezón es sagrado.

—Usted —dice ella— suele reconocer que fuma porque fumar es un modo simbólico de mamar. Sin embargo tira las colillas en cualquier sitio, quizá las pisa incluso después de haberlas arrojado al suelo.

—Así como el chupete es el sustituto del pezón —digo yo—, el cigarrillo es un sustituto del chupete. No es lo mismo tratar mal al sustituto del pezón que al del chupete. Hay grados.

Mi psicoanalista se calla y yo también. Como el silencio se prolonga, me quedo dormido en el diván y me despierta ella cuando llega la hora. Al salir, me siento en una terraza cubierta, con estufas, pido un gin-tonic, enciendo un cigarrillo y me lo fumo con la expresión de dicha de un bebé agarrado a la teta. Luego no sé qué hacer con la colilla, me da no sé qué aplastarla contra la base del cenicero. Finalmente, la apago con cuidado y me la guardo en el bolsillo de la chaqueta. Al llegar a casa, la coloco en el cajón, junto al chupete roto.

JUEVES. Perra vida. Se me acaba el cartucho de la impresora a medias de un trabajo importante. Y no tengo ninguno de repuesto. Luego me meto en la ducha y se corta el agua con la cabeza a medio aclarar. Cuando regresa, está fría como el hielo, así que mientras me aclaro me pongo a llorar. En esto oigo a mi mujer al otro lado de la puerta.

—¿Oyes llorar a alguien? —dice.

—No —digo yo sorbiéndome los mocos—. Debe de ser la radio.

—¿Qué radio? —dice ella.

—No sé, una radio —digo yo.

Cuando salgo del cuarto de baño, regreso a mi estudio, abro el cajón donde guardo el chupete roto y la colilla vieja y me pongo a llorar de nuevo. Nostalgia del pezón.

Semana 48

Lunes. Creo que no hice bien comprándome un tensiómetro. Siempre me sale alta. Adquirí al mismo tiempo un termómetro digital y me lo pongo después de tomarme la tensión, pero nunca tengo fiebre. Preferiría tener fiebre (dos o tres décimas, se entiende) a tener la tensión alta. Pero el cuerpo hace lo que quiere, no sabemos de quién recibe órdenes.

Por lo visto, la tensión alta peligrosa es la baja, valga la contradicción. Yo estaba convencido de que era la alta, pero me ha dicho el médico que no, que controle si la que está alta es la baja. Pues sí, está alta, de modo que voy en el metro y veo, pegado al cristal de la ventanilla, un anuncio terrorífico acerca del ictus, uno de los posibles efectos de la tensión alta. He aquí los síntomas a los que debes prestar atención:

• Si de repente no puedes mover el brazo.
• Si la persona que te habla dice cosas raras.
• Si tienes la boca torcida.

No sé si el metro es el mejor sitio para este tipo de campañas. En hora punta, por ejemplo, no puedes mover el brazo. En cuanto a escuchar cosas raras, no tienes más que pegar el oído a cualquier conversación. Y frente a determinados olores corporales, torcemos la boca en un rictus de desagrado. Por cierto, qué semejanza inquietante la de rictus e ictus.

Semana 49

Lunes. Escucho el repiqueteo de la lluvia sobre la ventana de la buhardilla mientras dejo caer una gota de colirio sobre mis ojos secos. Vengo empapado de la calle, de mi sesión de terapia. Antes de abandonar la consulta, y al ver cómo llovía, le pedí prestado un paraguas a mi psicoanalista.

—No tengo —dijo.

—¿Y ese de ahí? —pregunté señalando uno negro, muy negro, que permanecía abierto a la entrada, como secándose.

—Ese es para mí —concluyó.

Bajé las escaleras confundido. Un paraguas no se le niega a nadie. Se lo reprocharé en la siguiente sesión.

Luego, ya en la calle, bajo la lluvia, pensé en el paraguas abierto y me pareció que simbolizaba algo, no tengo ni idea de qué. Si me lo hubiera prestado, no habría sabido qué hacer con él en casa. Quizá ocultarlo para que no lo viera nadie, para que mi mujer no me preguntara de dónde lo había sacado. El inventor del paraguas negro debió de ser un tipo siniestro. Los de colores y los transparentes llegaron mucho más tarde, como si la negritud se hubiera resistido.

Cierro el botecito de colirio, enciendo el ordenador y lanzo un largo suspiro antes de ponerme a trabajar.

Martes. A partir de cierta edad, deberían añadir a nuestro nombre el prefijo «des». Así, yo ahora me llamaría Desjuanjo, en vez de Juanjo. ¿En qué momento empezar? A eso de los cuarenta, cuando nos hallamos más o menos en la mitad de la vida. Si durante la primera parte tiene uno todo el derecho a ser llamado Antonio o Luis, durante la segunda, y habida cuenta de que comienza la deconstrucción, lo lógico es atender a los nombres de Desantonio o Desluis. De ese modo estarían las cosas más claras y no nos sorprenderíamos cuando la muerte golpeara con sus nudillos nuestra puerta (es un decir, la muerte tiene llave). Se me ocurre esto a media tarde, mientras me preparo en la cocina el gin-tonic que marca el fin de la jornada de trabajo. En esto entra mi mujer y le digo que a partir de ahora, si no le importa, me llame Desjuanjo.

—No me importa —dice—, pero controla la bebida.

MIÉRCOLES. Vuelve a estropearse el limpiaparabrisas del coche. Me falló hace uno o dos meses, pero se arregló solo. Casi preferiría que no arrancara, porque si no arranca no arranca. Pero llueve poco y la tentación de cogerlo, pese a la avería, es grande. Lo cojo, y cuando estoy a medio camino empieza a llover con fuerza. Como no puedo parar, porque no hay sitio para hacerlo, espero a que la lluvia forme una cortina de agua a través de la cual la realidad se aprecia como en un sueño. Viene a ser como conducir por otra dimensión. Las figuras de las personas se estrechan y se ensanchan como si estuvieran hechas de gelatina. Llega de todos modos un momento en el que resulta imposible continuar conduciendo sin correr graves riesgos. Pero en ese instante, justo en ese instante, el limpiaparabrisas comienza a funcionar de manera espontánea y barre el agua, que producía un efecto lupa en el cristal. Las cosas que se arreglan solas nos proporcionan alivio e inquietud. ¿Cuándo se volverán a estropear?

JUEVES. Continúa lloviendo. No ha dejado de hacerlo en toda la semana. Dejo el coche en el garaje, por lo del limpiaparabrisas, y tomo el metro, que está a dos minutos de casa y puedo llegar hasta él protegiéndome debajo de las cornisas. Al llegar a mi estación, hay un chino vendiendo paraguas plegables a cuatro euros. Le compro dos, pero solo abro uno, con el que llego sin mojarme apenas al portal de mi psicoanalista. Cuando me abre la puerta, le entrego el paraguas sin estrenar.

—Es un regalo —le digo.

Observo que duda, no sabe si aceptarlo o no. Finalmente lo coge y lo abandona sobre un mueble que hay a la entrada de la consulta.

Una vez instalado en el diván, me pregunta que a qué viene el obsequio. Le digo que es para compensar su mezquindad del lunes y me niego a hablar durante el resto de la sesión. Ya en la puerta, al despedirme, me da un paraguas suyo. Pero me advierte de que no se trata de un intercambio.

—¿Entonces de qué? —digo.

—Ya lo analizaremos —dice ella.

Semana 50

LUNES. Esta mañana, cuando iba a por el periódico, me falló el tobillo derecho y caí cuan largo era, casi sin darme tiempo a parar el golpe con las manos. Me golpeé en la mejilla izquierda y escuché el ruido de mi calavera contra el suelo. Aunque apenas me ha quedado señal, me obsesiona la idea de haberme astillado un poco el hueso.

Me falla el tobillo con una frecuencia preocupante. He tenido en los últimos meses un par de episodios parecidos. Lo peor es la sensación de ridículo. Cuando me caí, pasaba cerca de un colegio en el momento en el que los críos entraban. Algunos de los padres vinieron a echarme una mano, pero yo rechacé su ayuda de un modo, creo, un poco grosero. Mañana, por si acaso, compraré el periódico en otro quiosco.

MARTES. Estaba poniendo gasolina cuando llegaron dos coches juntos que se detuvieron en la zona donde se inflan las ruedas. El conductor del segundo se bajó y se subió al primero, donde intercambió unas palabras con la persona que lo ocupaba. Luego regresó a su automóvil y partieron los dos como habían venido. De repente, la gasolinera me pareció un microcosmos raro. Me demoré por si veía algún otro movimiento sospechoso, pero no pasó nada. Al pagar, el de la caja intentó venderme un décimo de lotería de Navidad, pero dije que no porque el recargo me pareció excesivo (tres euros). Dijo que era para ayudar a un equipo de fútbol de un colegio cercano.

—No me gusta el fútbol —señalé zanjando la cuestión.

Luego me sentí culpable pensando que no había actuado con cordialidad. Estuve antipático, como ayer con las personas que me ayudaron a levantarme cuando me falló el tobillo. A ver si se me está agriando el carácter, me dije preocupado, y noté un pinchazo en la calavera, donde el golpe. Lo malo es que por una de esas rarezas de la memoria se me quedó grabado el número del décimo. Era el 3012. ¿Qué hacer? Regresé a la gasolinera por la tarde y el hombre, rencoroso, me dijo que los había vendido todos, aunque yo los estaba viendo expuestos detrás de él. La vida está hecha de pequeñas miserias de este tipo, y las gasolineras son lugares especialmente aptos para su manifestación.

MIÉRCOLES. He ido al médico para contarle lo del golpe del lunes y mi sensación de que tengo la calavera astillada. El hombre me ha tocado la mejilla y ha dicho que a simple vista no aprecia nada, pero que me pueden hacer una radiografía. La idea de sacarme una radiografía de la cabeza me espanta, de modo que le digo que vamos a esperar, a ver qué pasa, y me da la razón.

Al salir de la consulta tropiezo con una administración de lotería, donde entro y pregunto si tienen el número 3012. La lotera, que se está comiendo una ración de calamares, me dice que no, pero me ofrece un número también muy bajo que termina en 2. Me lo enseña y se me queda grabado, es el 102. Como estoy francamente autodestructivo, y porque me revienta que la mujer coma calamares mientras atiende al público, lo rechazo también. De modo que estas Navidades no juego ya a dos números, el 3012 y el 102. Bien pensado, se trata de un modo inverso de apostar.

Semana 51

MARTES. Ayer me puse la vacuna de la gripe y me ha dado reacción. Malestar general y décimas de fiebre. El malestar general es bueno, muy bueno. Puedes bajar la guardia, buscar el rincón. El rincón es el lugar del que huimos para regresar a él. El rincón, en la infancia, era el lugar del castigo.

—¡Millás, al rincón!

Pero el rincón es también el lugar donde se refugia el boxeador para respirar durante tres minutos. Pues eso, que sentí un malestar general y me marché al rincón. Me encogí. Como tenía fiebre, mis huesos parecían de plastilina. Podía encogerme mucho, pues. Y me encogí mucho. Fue un alivio. Fueron dos alivios, tres, cuatro alivios, las cuatro horas que duró el malestar general, la dulce reacción de la vacuna. Luego llegó la culpa. Tienes que hacer esto y lo otro, tienes que levantarte, has de hacer esta llamada telefónica, has de rellenar este cuestionario, has de ponerte a trabajar... Has de. Has de. Mi vida, observada con perspectiva, ha sido un «has de». Una infancia de *has de,* una adolescencia de *has de,* una juventud de *has de,* una madurez también de *has de.* Estoy del *has de* hasta los cojones, así que voy a encogerme un poco más, un rato más. Has de cuidarte.

MIÉRCOLES. En la terraza del bar. La han cubierto con cierta gracia y han puesto calefactores eléctricos porque los de gas, me dice el camarero, enrarecen el ambiente.

—¿Qué es enrarecer? —le pregunto.

El camarero me mira como si me hubiera vuelto loco. No es normal preguntar a alguien el significado de la palabra que acaba de utilizar. El otro día pregunté a un alumno por el significado de «virtual», que acababa de utilizar en un ejercicio, y no tenía ni idea. Lo buscamos en el diccionario: *virtual,* «que tiene capacidad para producir un efecto». De ahí que se diga, por ejemplo, que el Real Madrid es el virtual ganador de la Liga. Pues bien, ¿qué significa que el aire se enrarece?

—Que se pone rancio —dice al fin el camarero por asociación fonética.

Me gusta la solución. He comido pan rancio, fruta rancia, chocolate rancio, mortadela rancia, he tenido relaciones rancias, he respirado el aire rancio de las estufas de gas butano, el aire con poco oxígeno que producía ese atontamiento con el que recitábamos la tabla de multiplicar. Enrarecer. Mientras el camarero va a buscar mi copa, saco el iPhone y entro en el diccionario de la RAE. Busco la palabra enrarecer. Aparecen cuatro acepciones y ninguna se ajusta a lo que pensaba el camarero, tampoco a lo que pensaba yo. No le digo nada. Me tomo el gin-tonic despacio, buscando la aparición de un efecto que no se manifiesta, que quizá ya nunca se vuelva a manifestar. Nostalgia del primer gin-tonic.

JUEVES. En el autobús. El día está encapotado, no excesivamente frío, pero sí triste. Detrás de mí hablan dos mujeres en cuyos rostros no me he fijado al subir. No sé qué edad tienen ni cómo visten ni qué relación guardan entre sí. Una dice:

—Sé que tendré que vivir con esto.

—Se te pasará, el tiempo lo cura todo.

—Esto no. Viviré abrazada a ello todos y cada uno de los días de mi vida.

Son frases perfectamente tópicas, pero de una eficacia, aún, asombrosa. Sé que tendré que vivir con esto. Se te pasará. No, viviré abrazada a ello todos y cada uno de los días de mi vida. Pongo más atención, si cabe, y deduzco que «ello» es un aborto. La mujer acaba de abortar. Quien intenta consolarla, acabo adivinando, es su madre.

—De esto —dice al fin la madre mientras se incorporan para salir—, ni una palabra a tu padre.

De esto, ni una palabra a tu padre. Otra frase desgastada por el uso que tampoco ha perdido eficacia. Ni una palabra a tu padre. Los padres, las madres, los hijos, los abortos de las hijas. ¡Qué red de afectos dolorosos!

VIERNES. La bomba del estanque del jardín no funciona desde hace tres o cuatro días. Hace solo dos años, no habría permitido este desarreglo. Pero me voy volviendo perezoso. El agua se pudre poco a poco, se enrarece, podríamos decir, frente a mi mirada acuosa. ¿Cuánto resistirán todavía los peces?

SÁBADO. Voy logrando, de alguna manera misteriosa, que las fiestas navideñas ocurran en una dimensión paralela sin dejar de suceder en esta. Como cuando se está en la peluquería de toda la vida que, sin embargo, no es la peluquería de toda la vida.

—¿Va a ser lo de siempre? —pregunta el peluquero.

Yo le digo que sí sabiendo que va a ser lo de nunca porque mi estado de conciencia es diferente. Pues eso, que las fiestas navideñas de este año son las de siempre, pero yo, sin dejar de estar en ellas, permanezco en otra dimensión.

Semana 52

SÁBADO. Una niña, en el parque, finge hablar con alguien a través de un teléfono móvil de juguete. Está sentada en un banco, junto a su madre, que habla de verdad por un teléfono genuino, un iPhone, para decirlo todo. La niña imita sus gestos, sus palabras, sus inflexiones de voz. Impresiona pensar que nadie la escucha. Aprendemos a hablar así, con nadie, o con alguien que solo se encuentra en nuestra imaginación. Entonces me pongo a escuchar las palabras de la madre y enseguida advierto que también ella habla sola, incluso aunque haya alguien al otro lado.

Semana 53

MIÉRCOLES. Ayer me acosté dándole vueltas a la expresión «cuerpo extraño». Se utiliza para nombrar algo que se encuentra donde no debe. Cuando dentro de una lata de fabada, por ejemplo, hallamos una tuerca. Una tuerca no es un cuerpo extraño en la caja de herramientas, pero sí en un bote de alcachofas. Si al abrir un huevo de gallina encontráramos en su interior una perla de ostra, esa perla sería un cuerpo extraño. Confieso que abro los huevos y las latas de conserva con cierta inquietud, como con miedo a que aparezca dentro lo que no es. Cuando yo era pequeño, mi madre tropezó, al vaciar una lata de sardinas, con un pequeño envoltorio de plástico en cuyo interior había un papel con la siguiente leyenda: «¡Socorro!». Recuerdo que dijo que había que denunciarlo y que mi padre la convenció para que desistiera de ello.

—¿Quieres que vayamos a la cárcel? —le preguntó.

En aquella época ibas a la cárcel por cualquier cosa, por nada. Todo, absolutamente todo, tenía una dimensión política.

JUEVES. La expresión «metales pesados» me produce tanta extrañeza como la de «cuerpo extraño». La escuché por primera vez durante el bachillerato, en clase de Física y Química. Predicar de un metal su pesadez me parecía una redundancia, pues entonces no conocía ningún metal ligero. Aparte del efecto redundante, la expresión contenía también una amenaza mortal.

Dice el periódico que el descontrol en el procesamiento de los metales pesados constituye un peligro para la naturaleza. ¿Hay, por cierto, «cuerpos extraños» en la naturaleza? Seguramente sí, y no son los escarabajos ni los ornitorrincos, por raros que parezcan. Los verdaderos cuerpos extraños de la naturaleza somos los seres humanos. Cuerpos pesados, metales extraños.

Viernes. Llego a la consulta de mi psicoanalista, me tumbo en el diván, coloco las manos sobre el pecho y me paso media hora hablando de los cuerpos extraños y de los metales pesados. Mi psicoanalista pregunta qué relación tienen conmigo los cuerpos extraños y los metales pesados.

—Creo que soy ambas cosas —digo—, un cuerpo extraño y un metal pesado.

—¿Así es como se percibe?

—Sí.

—Si le parece, hablaremos de esto el martes, ya es la hora.

Al abandonar la consulta acudo a una cafetería cercana, donde, acomodado en la barra, pido un gin-tonic. Hay a mi lado un hombre mayor, con barba, en compañía de uno joven. El mayor le dice al joven que debe tener los dos pies en la tierra. Recalca la palabra dos, como si la dijera en negrita (dos).

—¿De qué te ha servido a ti tener los dos pies en la tierra? —pregunta el joven.

—No empieces con eso —responde el hombre mayor, y se hunden ambos en un silencio rencoroso.

Muevo mi vaso y los hielos producen un ruido incómodo en aquella atmósfera tensa. Al poco, entra en la cafetería un cura vestido con sotana y se dirige hacia los dos hombres. El de la barba, tras darle la mano, le presenta al joven:

—Este es mi hijo, Enrique, del que le hablé el otro día.

Luego cogen sus consumiciones y se retiran a una mesa del fondo. ¿Tienen los curas los dos pies en la tierra?, me pregunto. ¿Y yo? ¿He vivido yo con los dos pies en la tierra? Ha empezado a llover. Semana dura, de tormentas.

Semana 54

LUNES. Me llama un amigo loco, aunque felizmente controlado gracias a la medicación y a los cuidados familiares, para preguntarme si he notado algo extraño en la presentadora del telediario de una cadena cuyo nombre omito por discreción.

—¿Está embarazada? —pregunto por decir algo.

—No —dice él—, vamos, creo que no. Me refiero a los ojos. ¿No le has notado nada en los ojos?

—La verdad, no. ¿Qué les pasa?

—Pues que se los han cambiado por unos de madera.

Ante mi silencio, mi amigo se extiende en el asunto. Prefiero no decirle, para no llevarle la contraria, que, de habérselos cambiado, le habrían puesto unos de cristal, que dan mejor el pego.

Por la noche, me pongo frente a la tele, dispuesto a ver el telediario de la susodicha, y a los dos minutos yo mismo caigo en la sugestión de que esa chica tiene, en efecto, los ojos de madera. De madera policromada, desde luego, como los de las vírgenes de la parroquia, pero de madera. La idea me proporciona un malestar sin límites, de modo que cambio de cadena. Antes de acostarme, observo con atención en el espejo del cuarto de baño mis propios ojos y me parece que son de carne y hueso (lo del hueso es un decir), pero su modo de mirar, sin embargo, es el de la madera. ¿Que cómo es la mirada de la madera? Opaca. Tengo un mirar opaco. Me tomo dos ansiolíticos, en vez de uno, y aun así me cuesta conciliar el sueño.

MARTES. Me levanto con un picor de ojos terrible. No puedo ponerme delante de la pantalla del ordenador, ni leer un libro, ni cocinar siquiera. El saco lacrimal se ha desbordado y estoy todo el rato enjugándome las lágrimas. Acudo a la farmacia y solicito un colirio.

—Es por la sequedad y por la contaminación —me dice la farmacéutica.

Por la sequedad característica de la madera, pienso yo. El colirio me alivia un poco, pero cada vez que me paso las manos por los ojos, para frotármelos, noto dos bolas duras, como de madera, donde deberían estar los globos oculares. Por la tarde, suelto el rollo en la consulta de mi psicoanalista.

—Es usted muy sugestionable —dice ella.

—Lo malo —digo yo— es que hasta la lengua se me está volviendo de madera. ¿No me nota las dificultades para pronunciar?

Mi psicoanalista me recuerda el cuento de Pinocho, donde un muñeco de madera se convierte en un niño de verdad.

—Parecería —añade— que está usted sufriendo el proceso inverso.

La asociación con el cuento de Collodi me parece iluminadora. Pero ¿por qué querría yo ser un hombre de madera?, pregunto en voz alta.

—Quizá para no sufrir —responde ella.

Salgo de la sesión con sabor a serrín en la boca y doy un paseo imaginando que mis piernas y brazos son movidos por unos hilos invisibles. También mis pensamientos. No digo nada en casa, para no preocupar a la familia.

MIÉRCOLES. Comienza a pasárseme la sugestión de la madera. Poco a poco, recupero la carne y el hueso. Me convierto en un hombre de verdad. Soy yo el que mueve los brazos y las piernas, el que decide en qué posición debe permanecer mi mandíbula. Pero el sentimiento de ser pensado y ser hablado continúa. He atravesado ya épocas así. Creo que se me pasará y volveré a ser un autómata sin conciencia de autómata.

JUEVES. Me piden un cuento para una revista literaria. Acepto y nada más colgar me arrepiento. Telefoneo a la revista para desaceptar, pero la persona con la que he hablado acaba de salir. Como los encargos me tensionan mucho, empiezo a escribir el relato. Trata de un hombre que descubre que a la chica del telediario le han cambiado los ojos. Ahora los tiene de madera policromada, como los de las vírgenes de la parroquia. Me parece un buen arranque, pero no sé cómo continuar. Entonces se me ocurre que esa noche, al meterse en la cama, la chica descubre que el pene de su marido es de madera. Bien, ya tengo unos ojos de madera y un pene de madera. Ella observa con sus ojos de madera el pene de madera de su esposo... Entonces noto una presión entre mis propias ingles. Dios mío, el pene no, me digo sin valor para llevarme las manos al lugar del crimen.

Semana 55

LUNES. Hay sitios en los que siempre llueve del mismo lado. Lo decía mi madre, quejándose de un rincón de la cocina permanentemente húmedo. A mí me resultaba sorprendente aquella capacidad de la naturaleza para la rutina. Pero los días de lluvia miraba por la ventana y, en efecto, las gotas se inclinaban del lado derecho, castigando indefectiblemente aquel costado de la casa. Años más tarde, supe de un panteón familiar sobre el que llovía siempre del lado izquierdo. Como había muertos a derecha e izquierda, los dueños del sepulcro los cambiaban cada dos o tres años de lugar, para que los difuntos húmedos se «secaran».

La simetría perfecta es imposible. Ni tenemos los dos brazos igual de largos ni las dos piernas igual de fuertes. A mí, todas las enfermedades me atacan en el lado derecho. El asunto es tan espectacular que puedo constiparme solo de ese sector. Ahora mismo tengo un ataque de lumbago concentrado también en esa zona. Por eso me he acordado de la humedad de la cocina que tanto molestaba a mi madre.

MARTES. En el supermercado he descubierto un pulpo entero, cocido y envasado al vacío, que me he llevado a casa con curiosidad. Buscando en internet un modo de servirlo, he averiguado que se trata de un animal muy inteligente y dotado de gran memoria. Es capaz de aprender de la experiencia (al contrario que yo) y posee tres corazones y nueve cerebros, uno general, grande, y otro pequeño para cada uno de sus brazos, que actúan de forma independiente, como los dedos de un pianista. El tercer brazo derecho es también el órgano copulador, que introduce en la «cloaca» de la hembra para depositar los espermatóforos (no me ha gustado que llamen «cloaca» al órgano reproductor del pulpo hembra, pero he repetido varias veces el término espermatóforo, que sabe a erizo de mar). Se mimetiza con el medio y cambia de color cuando copula. Hay en la red vídeos interesantísimos que muestran sus habilidades y abundantes foros sobre el modo de pescarlos. Al final lo he preparado al ajillo, con unas patatas también precocidas, muy tiernas. Estaba bueno.

Miércoles. He comido un poco del pulpo que quedó de ayer y un huevo frito. El huevo frito me ha recordado, claro, a la gallina, de modo que por la tarde he buscado un foro sobre gallinas para enterarme de que es uno de los animales más explotados de la creación. Uno de los participantes confesaba que tiene en uno de los armarios empotrados de su casa, en régimen de esclavitud, una docena de estos animales. Carecen de movilidad y viven con una luz permanentemente encendida, para que se crean que es de día todo el rato y pongan más huevos. Lo explicaba sin culpa alguna, como animando a los participantes en el foro a hacer lo mismo. Me ha dejado mal cuerpo.

Jueves. Pensando seriamente en la posibilidad de dejar de comer carne, he entrado en un foro de vegetarianos, donde se daban las siguientes razones para adoptar este modo de alimentación:
• Siempre tendrás tema de conversación a la hora de comer.
• Mejorarás la lectura debido a la cantidad de etiquetas que leerás en los supermercados.
• Aprenderás sobre nutrición.
• Sabrás quiénes son tus verdaderos amigos.
• Tendrás un buen tema de conversación para ligar.
• Quieras o no, se hablará más de ti.
• Mejorarás la memoria, ya que tienes que recordar las marcas buenas.
Al principio me ha parecido una broma, pero resulta que no, que iba todo en serio, de modo que he descongelado un chuletón de Ávila y me lo he preparado a la plancha. El chuletón sale de las vacas lecheras viejas. Al jubilarse, devienen en chuletones de Ávila. Lo que no he logrado averiguar es si para que el chuletón sea de Ávila la vaca debe ser de allí también. Lo digo porque tengo un reloj suizo made in China.

Semana 56

MARTES. En el extranjero puedes hacer cosas que en tu país te dan miedo. Puedes sentarte en un parque, por ejemplo, y fumarte un cigarrillo. Es como si se lo fumara tu primo. No cabe la menor duda de esto: los cigarrillos que fumamos en el extranjero le fastidian la garganta a otro. Puedes beberte también un gin-tonic a media mañana, no pasa nada. Emborrachará a un aborigen al que ni siquiera conoces.

MIÉRCOLES. Dado que las salas de espera de las puertas de embarque han devenido en auténticos corrales para ganado, mi consejo es que no se intente mantener en ellas la dignidad de un ser humano. Aborrégate, a menos que prefieras sufrir un ictus. Conviértete en un animal y déjate llevar por el miedo de las ovejas a los ladridos del perro.

Muy importante: cuando escuches el primer aviso para embarcar, no te lo creas. Siempre dan uno falso para que la gente se ponga en fila. Pero los tendrán ahí, cargando el peso del cuerpo alternativamente en uno u otro pie, media hora o tres cuartos. Mientras la gente se fatiga, algún perverso, en un despacho con siete monitores, se masturba observando el rostro de los pasajeros que han llegado a esa situación de indignidad después de haber sido desnudados en el control de la policía. En cuanto al *finger,* debes aceptar la posibilidad de morirte en él de frío o de calor, quizá de frío y de calor alternativamente. No olvides que *finger* significa «dedo», y que te encuentras dentro del dedo corazón de un dios malo, un dedo colocado seguramente en forma de peineta por el que te deslizas mansamente hacia la rendija que llaman asiento. Que tengas buen viaje.

JUEVES. ¿Cuándo se jodió la aviación comercial? Cuando la desregularon con la promesa de que si participaban de ese mercado muchas compañías, competirían entre ellas por ver quién trataba mejor al pasajero. Misteriosamente, ocurrió lo contrario: compiten, sí, y con fiereza, pero por ver quién lo trata peor.

Semana 57

LUNES. En el metro, rumbo al taller de escritura creativa, pasan cuatro mendigos por mi vagón. Me pregunto por qué no somos más generosos con ellos. Hay mucha gente para la que desprenderse de una moneda no requiere otro esfuerzo que el de llevarse la mano al bolsillo. Veinte céntimos, cincuenta céntimos, incluso un euro diario alteran poco la mayoría de los presupuestos, pero resultan de gran ayuda para los pobres. Cuando llego a la escuela, propongo a los alumnos debatir sobre el asunto.

—Aquí venimos a aprender a escribir —dice Roberto.

—¿Y cómo se aprende a escribir? —pregunto yo.

—Usted sabrá, es el profesor —arguye el joven.

—Pues la verdad es que no tengo ni idea —concluyo.

En esto interviene Marta, que es una mujer de unos cuarenta años que ha sido policía antes que alumna. Recibió un tiro en la cabeza y le dieron la baja total. Creíamos que quería escribir novelas policíacas, pero está más interesada en una literatura que podríamos llamar «social», por entendernos.

—En la antigüedad —dice, refiriéndose a mi juventud—, la gente no daba limosna porque creía que era un modo de perpetuar la injusticia. Ahora que la injusticia forma parte de la normalidad, la gente no da limosna por vergüenza.

—¿Por vergüenza? —pregunto extrañado.

—Sí, les da apuro que alguien conocido les sorprenda en ese trance. Ayudar a un mendigo implica en cierto modo identificarse con él. Es una cuestión de imagen.

La explicación de Marta excita la imaginación de los alumnos y la clase, que se presentaba aburrida, resulta muy enriquecedora, toda ella a costa de los pobres. Les encargo para el miércoles unas líneas sobre el tema.

MIÉRCOLES. El trabajo más interesante de la clase de escritura, como cabía suponer por lo escuchado ayer, es el de Marta, la expolicía. Según su tesis, a la gente no le importa comprar algo (si puede pagarlo, claro está), de ahí que obtengan más recursos los indigentes que cantan, bailan o recitan un poema. Hay un marketing de la pobreza que obedece a leyes perfectamente clasificables. Por ejemplo, es más práctico pedir para el perro que acompaña al mendigo que para el mendigo. Dar para un perro no proporciona la vergüenza de la que hablábamos ayer. «Un pobre con marketing —afirma Marta— puede ganar siete o diez veces más que un pobre sin marketing».

JUEVES. Me despierto a las tres de la madrugada y dudo si tomarme un ansiolítico o trabajar un poco. Ahora son las tres y diez, lo que significa que no me he tomado el ansiolítico. Salgo de la cama, doy una vuelta a modo de calentamiento por la prensa digital y me detengo en una noticia procedente de Francia. Dice que un hombre sometido a un tratamiento experimental contra la ansiedad ha entrado en coma. Hay gran preocupación por el asunto en el país vecino. A mí, en cambio, me parece un éxito. La palabra coma debería figurar como antónimo de ansiedad. Carezco de la experiencia del coma, pero me han anestesiado un par de veces y las dos veces me ha decepcionado volver. Lo malo de escribir a estas horas de la noche es que los dedos se te hacen huéspedes. Escriben lo que ellos quieren porque tú estás pendiente de los ladrones. Cualquier crujido es una amenaza y la calefacción está apagada. Dejaré a los dedos que hagan mi trabajo durante media hora y luego volveré a la cama. Quizá me tome un ansiolítico.

VIERNES. «El dominio de los impulsos naturales con el objeto de satisfacer necesidades futuras constituye la base de todos los logros de la humanidad.» La frase, de John M. Roberts, se refiere a la capacidad de anticipación, que parece exclusiva del ser humano. La escribe a propósito de ese hombre primitivo en cuyo cerebro acaba de aparecer la capacidad del pensamiento abstracto. Naturalmente, el advenimiento de esa capacidad fue el resultado de un proceso, pero la posibilidad de que ocurriera de un momento a otro es fascinante. Que tú fueras un ser completamente opaco cuando se muere tu padre, a las siete de la mañana, y que a las ocho de la tarde sientas la necesidad de enterrarlo y colocar una piedra sobre su tumba.

Semana 58

MARTES. Se me ha roto el cordón del zapato derecho de mi calzado favorito. Esta mañana, al hacer la lazada, me quedé con un trozo en la mano. Hace años que no compro cordones, de manera que tampoco sé dónde los venden. Por la tarde le comento el asunto a mi terapeuta.

—¿No tiene usted otros zapatos? —pregunta.

—Sí, pero estos son los que más me gustan.

Desde su posición puede ver los agujeros vacíos de mi zapato derecho, pues he decidido ponérmelo aunque sea sin cordón.

—¿La pérdida de ese cordón evoca en usted otras pérdidas? —pregunta al cabo de un rato.

Pienso en el cordón umbilical, pero me parece muy obvio y no digo nada. No digo nada, pero me estremece la idea de haber estado unido en una época remota a otro cuerpo por medio de ese cordón. Otro cuerpo, el de mi madre, que ya está muerto. No somos conscientes de lo raro que es venir a la vida y permanecer en ella durante tanto tiempo como vengo permaneciendo yo, observando la fragilidad de todo. Dan ganas de llorar con efectos retroactivos por los tanatorios en los que hemos hecho guardia, por los entierros o incineraciones a los que hemos asistido.

La terapeuta me dice que los venden en El Corte Inglés.

—¿El qué? —pregunto yo, abstraído como me encuentro.

—Los cordones —insiste ella.

Cuando salgo de la consulta, me acerco a una sucursal de los grandes almacenes y, en efecto, los tienen de todas las longitudes y colores. El color que necesito es marrón, pero de los centímetros no tengo ni idea, por lo que pido ayuda a un dependiente. Ya en casa, busco en Google la longitud del cordón umbilical: unos cincuenta y seis centímetros.

Semana 59

Lunes. La idea del suicidio es tan potente como difícil de llevar a cabo. Hay más ideas que actos. Si lleváramos la contabilidad de aquellas y de estos, no cuadrarían las cuentas. Siempre habría un desfase en contra de los actos. ¿O no? No sé. Planteo el asunto en el taller de escritura y los alumnos me observan perplejos. Solo Lola, la exmonja, ha pensado alguna vez en el suicidio.

—¿Cuándo? —le pregunto.

—Cuando decidí abandonar el convento. Pensaba en la decepción que iba a provocar en mis padres y en mí misma y me quería morir. Ya no creía en Dios, pero había dentro de mí un resto de fe o de superstición que me impedía dar el paso.

—¿Y cómo lo habrías dado?

—Ahorcándome.

Beatriz interviene para señalar que esa clase de suicidio es más común en los hombres que en las mujeres. Caemos en una discusión absurda que corta Marta, la expolicía, para relatarnos que un compañero suyo se pegó un tiro en la boca con el arma reglamentaria. La expresión «arma reglamentaria» asociada al suicidio provoca cierta perplejidad. ¿Hay suicidios reglamentarios? Tal vez sí, no sé qué decir porque la conversación me está provocando un ligero ataque de angustia. Los alumnos, ante mi palidez, callan y me observan expectantes.

—No es nada —les digo antes de desmayarme—, solo una lipotimia.

Me despierto en secretaría y me piden un taxi.

Martes. La ensoñación tiene su razón de ser. Quizá una de las primeras manifestaciones de la división del trabajo consistió en separar a los individuos entre «actuadores» y «ensoñadores». Es posible que los autores de las pinturas rupestres tuvieran la función de ensoñar mientras los otros cazaban. Meditar es una forma de ensoñar. En los conventos de clausura se medita a tiempo completo, es decir, se ensueña. Desconocemos los efectos de esa ensoñación colectiva sobre el resto de los ciudadanos, porque no se puede cuantificar. Lo cierto es que las sociedades necesitan a los productores de bienes prácticos tanto como a los ensoñadores. Una sociedad que solo ensueña perece de inanición. Pero una sociedad que solo produce bienes prácticos se vuelve mezquina.

MIÉRCOLES. Pido disculpas a los alumnos del taller de escritura por mi lipotimia del lunes. Desmayarse en público da mucha vergüenza. Te hace tremendamente vulnerable. Ellos escuchan mis palabras con una piedad no exenta de conmiseración. Aunque no lo dicen, piensan que desmayarse es propio de gente floja. Quizá sea cierto. He tenido diez o doce lipotimias en mi vida, todas en defensa propia. La más aparatosa me sucedió en Buenos Aires, adonde había ido a presentar una novela. La sala en la que celebrábamos el acto, por alguna razón misteriosa, estaba llena. De hecho, tuvo que quedarse gente fuera por falta de espacio.

Aquello me agobió. Empecé a pensar en las dificultades para abandonar el local en caso de que se produjera un incendio. Mientras mi presentador hablaba y hablaba, yo calculaba disimuladamente por dónde escapar cuando gritaran ¡fuego! Pero todas las salidas estaban cegadas. Y el presentador no hacía más que hablar y hablar, como en una pesadilla. Pensé que cuando me cediera la palabra se me pasaría el ataque de pánico. Pero no me la cedía. Por si fuera poco, el escenario estaba iluminado con varios cañones de luz, uno de los cuales me daba directamente en el rostro, provocándome un sudor que se enfriaba al bajar por la espalda en dirección a la cintura. Supe que me iba a desmayar y me desmayé. Recuerdo que una décima de segundo antes de caer, me dije: «Que le den por el culo a la realidad». Pero me dieron por el culo a mí, pues no me pagaron la intervención que no llegué a realizar.

Al terminar la clase, encargo a los alumnos que escriban un texto titulado «El profesor que sufría lipotimias». La idea les gusta y nos despedimos en buena armonía.

Semana 60

LUNES. Hay matrimonios que viviendo juntos viven separados y matrimonios que viviendo separados viven juntos. Esto significa que se puede estar cerca, pero lejos, y lejos, pero cerca. Luego hay combinaciones raras, como la que he oído esta noche en la radio. Trataba de una pareja divorciada cuyos miembros vivían uno enfrente del otro. Lo habían decidido así en su día porque los niños eran pequeños y resultaba cómodo que para pasar de una casa a otra solo tuvieran que atravesar un pasillo. Los hijos se hicieron mayores y los padres envejecieron como vecinos. Ambos se pasaban la mitad del día asomados a la mirilla de la puerta para observar los movimientos del otro: con quién entraba o salía, a qué horas, etcétera. Esto lo contaba el exmarido para anunciar que aunque su exmujer había fallecido hacía un mes y el piso de enfrente estaba vacío, él seguía asomándose a la mirilla.

—¿Y qué ve? —le preguntó la locutora.

—Nada —dijo él con desaliento.

MARTES. Si el Hijo de Dios volviera a reencarnarse, pienso que se psicoanalizaría. Se me ocurre esta idea en el diván y se la cuento a mi psicoanalista, que no dice nada.

—¿Sigue usted despierta? —pregunto.

—¿Me he dormido alguna vez? —responde.

—No lo sé —digo.

—Siga con lo de Jesucristo, por favor.

Me imagino a Jesucristo tumbado en el diván, hablando de sus dos familias: la de arriba (Dios Padre y el Espíritu Santo) y la de abajo (San José y la Virgen).

—¿Qué pensaría —pregunto en voz alta— el terapeuta de un paciente que afirma ser hijo de Dios y que su madre es virgen? ¿Lo tomaría por un delirante? ¿Le aconsejaría medicarse?

—¿Usted qué cree? —pregunta mi psicoanalista.

—Creo que lo tomaría por un delirante —respondo.

Aunque no soy creyente, la idea me parece triste. De súbito me identifico con las penalidades familiares de Jesucristo, que tenía una familia invisible y otra visible. Y la real era la invisible. Al acabar la sesión, entro en una iglesia cercana y permanezco media hora sentado en un banco, intentando conectar conmigo mismo en esa atmósfera con olor a incienso. No escucho nada dentro de mí. Ni fuera.

MIÉRCOLES. Voy a la ferretería del barrio a comprar un tornillo para arreglar el tirador de un cajón de la cocina. Aunque el establecimiento está abierto, no hay nadie dentro. Toso un poco, por si el ferretero se encontrara en la trastienda, pero no se produce movimiento alguno.

—¡Hola, ¿hola?! —grito sin resultado.

Me siento incómodo, como si fuera un ladrón. La escena me trae a la memoria una anécdota de la infancia: había ido a la pastelería para comprar, por encargo de mi madre, un cuarto de pasteles variados para agasajar a una visita. Antes de que acabara de despacharme, el empleado se metió en la trastienda para atender el teléfono, y yo me tragué a toda prisa un bocadito de nata de la bandeja que estaba sobre el peso. Cuando el empleado volvió, puso cara de extrañeza, pero repuso el pastel que faltaba.

Me encuentro en una situación parecida, solo que en una ferretería. Si ahora mismo apareciera alguien, me vería cara de culpable, sobre todo porque estoy al lado de la caja registradora. No sé qué hacer, si esperar o salir. Finalmente, abandono de manera furtiva el establecimiento y cuando ya estoy lejos de él respiro con alivio, como si hubiera corrido un gran peligro. Quizá haya sido así.

JUEVES. Vuelvo, lleno de prevenciones, a la ferretería. Antes de entrar, me detengo delante del escaparate para observar si hay alguien en su interior. Me parece distinguir al ferretero, de manera que entro y me atiende enseguida. Antes de irme, sin poder resistirlo, le digo que ayer estuve y no había nadie.

—Ah, ¿era usted? —dice con naturalidad.

—Sí —digo yo.

Él no añade nada y yo no me atrevo a indagar más. Salgo de la tienda con el tornillo y con un sentimiento de vacío extraño, como si a la realidad le hubieran arrancado un pedazo de su composición. Ya en casa, arreglo el cajón de la cocina y luego no sé qué hacer. Si viviera solo me metería en la cama, aunque apenas hace dos horas que he salido de ella.

Semana 61

LUNES. En el piso once de un hotel de una ciudad latinoamericana. No importa cuál. Si la menciono, me veré obligado a decir algo de ella. El piso once, decíamos. Las ventanas, en esta parte del mundo, son practicables. A nadie le importa si te suicidas o no arrojándote por ellas. Es tu problema, no el del hotel. Abro la de mi habitación y me asomo con sensación de vértigo, intentando reproducir las impresiones del suicida, momentos antes de volar. Allá abajo hay una piscina redonda de la que un hombre vestido con un mono recoge las hojas con una especie de retel de mango largo. Desde esta altura el hombre es diminuto. Entonces se me escurren las gafas, y antes de que me dé tiempo a detenerlas comienzan a caer.

Me quedo sin respiración porque es como si cayera una parte de mí, no sé, un ojo, un labio, un par de muelas. Instintivamente, devuelvo el cuerpo al interior de la habitación para no ir detrás. Pasado el susto, vuelvo a asomarme y veo al hombre del mono con las gafas en la mano, mirando hacia arriba. Le hago señas de que son mías y que voy a por ellas. En el ascensor imagino tres o cuatro excusas, cada una más idiota que la anterior. Finalmente, cuando estoy frente al hombre me limito a decir:

—Se me han escurrido.

—Pues ha habido suerte de que hayan caído dentro del agua —dice él—. Fíjese si me dan en la cabeza.

No sé qué busca con el reproche, si una propina o meterme el miedo en el cuerpo, simplemente.

MARTES. Mientras desayuno en el restaurante del hotel, escucho una conversación sobre neurolingüística en la mesa de al lado. Los comensales son cuatro hombres que participan sin duda en un congreso. Distingo a un congresista a cien metros.

Uno de ellos anuncia que su ponencia va a versar sobre la palabra cariño.

—Sobre el vocablo cariño y la palabra coño —añade—. Todo el mundo, cuando pronuncia el término cariño, evoca de manera inconsciente la palabra coño. Por asociación de sonidos.

No es mi caso, o no lo era hasta este momento. Pero estoy seguro de que en el futuro me ocurrirá. Este neurolingüista me acaba de joder la vida.

MIÉRCOLES. Estoy en Medellín, Colombia. La ciudad se encuentra en un valle cuyas laderas están ocupadas, en el norte, por construcciones humildes que se apoyan unas en otras como una sucesión infinita de castillos de naipes. En las laderas del sur se observan altas torres de excelente arquitectura. Los ricos aquí viven en el sur. A lo que iba es que en la zona pobre existe un barrio conocido como la Comuna 13 donde el Ayuntamiento ha puesto unas escaleras mecánicas para facilitar la subida y la bajada de sus habitantes, que casi tenían que escalar para llegar a su vivienda. La instalación no ha sido sencilla, pues requería introducir maquinaria pesada en un espacio casi vertical y donde el derribo de una casa podía suponer la caída de todas en una especie de efecto dominó. Una gran obra de ingeniería, en fin, con la que los excluidos han pasado a formar parte de la ciudad.

Las escaleras mecánicas, cuyo estado es impecable porque los propios vecinos, orgullosos de ellas, se preocupan de su mantenimiento, parecen una cicatriz de lujo en un cuerpo pobre. Como una cremallera de plata en una maleta de cartón. La sensibilidad demostrada por el Ayuntamiento es la hostia. Pero, al mismo tiempo, es la hostia que sea la hostia. Significa que regreso de la visita enormemente confundido.

JUEVES. En el avión de vuelta, busco una película para pasar el rato. Pero todas me aburren. En cambio, cada vez que miro de reojo la que ha seleccionado mi compañero de asiento, me parece que es la buena. Hay gente que tiene esa habilidad para seleccionar lo mejor. Por ejemplo, cuando llega la hora de la cena y nos dan a elegir entre carne y pescado, yo elijo pescado y mi vecino carne. Al llegar los platos, el bueno, evidentemente, es el suyo. Tras la cena, se toma una pastilla con la que se queda dormido al instante. La que me tomo yo, en cambio, me despeja. Mi compañero de asiento ha comenzado a roncar, ajeno a mi odio. Hijo de perra.

Viernes. ¡Qué felices son los matrimonios desdichados! Conozco al que quizá sea el más desdichado de este mundo. No hay un solo instante en el que sus cónyuges no estén conspirando el uno contra el otro. Ignoran la tregua, el descanso, la paz. Se pelean en el coche y fuera del coche, en el restaurante y en la cocina de su casa, en el campo y en la ciudad, en el sofá y en la cama. Si hablas con ella, te contará que él está planificando asesinarla; si lo haces con él, que ella ha intentado envenenarle varias veces cambiándole las medicinas. Llevan así toda la vida y son unos ancianos decrépitos, quizá uno de ellos no tarde en fallecer. Pero los miro ahí, discutiendo por cualquier cosa, y recibo, como en una revelación, que son dichosos, dichosos hasta decir basta, mucho más que la mayoría de los matrimonios felices que vemos en las cafeterías y en el cine. Y aunque cada uno está deseando que el otro se muera, el que quede no le sobrevivirá más de cuatro días.

Sábado. Me cuentan la historia de un joven del que no había forma de sacar partido. Por decirlo en términos antiguos, un bala perdida. Pues bien, su padre, en el lecho de muerte, pidió al hijo que se acercara para decirle al oído segundos antes de expirar: «Hijo, no seas tonto».
He ahí una frase oportuna pronunciada en el momento justo.

Semana 62

LUNES. De viaje, en Vigo. Me invitaron a cenar en un restaurante en cuyas sillas había una plaquita de cobre con la siguiente inscripción: «En esta silla se ha sentado Fulano de Tal». Fulano de Tal era un cantante famoso, un escritor conocido, un actor, una actriz, un locutor de radio... Impresionaba un poco poner tu culo en el mismo sitio en el que lo había puesto una de estas personas, sobre todo porque algunos de los culos ya estaban muertos. Concretamente, a mí me tocó el asiento de un cadáver. No diré su nombre porque no sentía ningún respeto por él y no es cuestión de cagarse ahora en un muerto que ni nos va ni nos viene. Pero estuve toda la cena incómodo, preguntándome qué rayos hacía yo allí, picoteando un pulpo a la brasa que sabía a cadaverina. De otro lado, el asunto de la silla me llevó a preguntarme quién habría bebido en la copa en la que ahora estaba bebiendo yo, quién habría utilizado antes mi cuchara, quién mi servilleta de cuadritos rojos y blancos.

—¿Estás desganado? —preguntaron mis anfitriones.

—La verdad es que sí —dije—, no me encuentro muy bien.

Logré que me llevaran al hotel lo antes posible y me dejé caer sobre una cama en la que afortunadamente no había ninguna chapita de cobre indicando quién se había masturbado antes sobre ese colchón.

MARTES. Leo en una novela que «la tormenta se anunció con un rumor sordo». ¿Pero qué es un rumor sordo? Ni idea. ¿Quizá un rumor que no se oye a sí mismo? La expresión me persigue todo el día, como uno de esos estribillos musicales que te acompañan incomprensiblemente durante unas horas y luego se marchan por donde han venido. Al caer la tarde, se levanta un poco de viento y las copas de los grandes árboles del parque tropiezan entre sí. El aire, al abrirse camino entre las ramas, produce una suerte de silbido de tono grave, sombrío. Hay ruidos luminosos y ruidos oscuros. El de esta tarde es oscuro. Esto es el rumor sordo, me digo, e inmediatamente comienza a llover.

MIÉRCOLES. En mi barrio, que es periférico, hay más moscas que personas. En el centro, en cambio, hay más personas que moscas. Me parece un reparto injusto, de modo que, aprovechando una invitación a comer por parte de un amigo que vive en la Gran Vía, cazo cincuenta o sesenta moscas, las meto en un frasquito de los que se usan para los análisis de orina y durante la comida, fingiendo que voy al baño, suelto los bichos en el dormitorio de mi anfitrión. Dada la velocidad a la que se reproducen, pronto tendrán la casa invadida. Al despedirme, le digo a mi mujer lo que he hecho y dice que estoy loco.

—¿Pero por qué vamos a tener nosotros más moscas que Julio?—le pregunto decepcionado por esta falta de comprensión.

—Porque él tiene más dinero que nosotros —dice mi mujer.

—De modo que si eres pobre —insisto yo— estás obligado a tener moscas hasta en la sopa.

—Pues sí —concluye ella—, hasta en la sopa.

Hace mucho que no tomo sopa por eso, por si las moscas. Pero bueno, dejemos eso. El caso es que al día siguiente he de hacerme un análisis de orina (para eso tenía el frasquito en casa) y de repente me entra la duda de si el frasquito seguirá siendo útil. De hecho, me parece que el médico me lo dio esterilizado. ¿Qué ocurriría si mezclo mi orina con algún germen de las moscas? Llamo al médico, para preguntarle, y me pide que se ponga mi mujer.

—¿Qué pasa? —le pregunto cuando cuelga.

—Nada, que te olvides por el momento de los análisis.

JUEVES. Creo que me ha dado un infarto sordo. Entiendo por infarto sordo aquel del que no se enteran los demás. Estás viendo la tele con tu mujer y tus hijos, por ejemplo, y notas en el pecho una opresión seguida de un dolor que tratas de disimular para no establecer sospechas. El dolor, a veces muy punzante, dura tres o cuatro minutos y se va. No te ha matado, es evidente que no, pero ha necrosado una zona del músculo cardíaco. De hecho, te levantas como si fueras a la cocina, de hecho vas a la cocina, corres allí un poco sin moverte del sitio y notas que te cansas enseguida. Te dan ganas de volver al salón y decírselo a tu familia. Pero te lo callas.

Semana 63

Lunes. En la sala de espera del médico (me duele la garganta) hay una mujer con el brazo derecho más corto que el izquierdo. No mucho más: un palmo. Pese a ello, se trata de un brazo perfecto, reducido, sí, pero sin ninguna de las malformaciones que suelen acompañar a esta condición.

Martes. Ayer, después de auscultarme y examinarme sin pasión la garganta, el médico me dijo que había perdido la fe en sí mismo.

—¿Y eso? —le pregunté, poniéndome de nuevo la camisa.

—No creo en mis diagnósticos, ni en mis tratamientos. Juanjo, no te fíes de mí.

—¿Pero tengo placas o no?

—Tienes la mucosa enrojecida, pero sin pus. Yo no tomaría antibióticos aún. Pero no me hagas mucho caso.

Mi médico sufre depresiones, me gusta por eso, su debilidad es mi fortaleza. Salí de la consulta lleno de optimismo.

Semana 64

LUNES. Invito a merendar en mi casa a un grupo de alumnos del taller de escritura para aproximarme humanamente a ellos. Y qué más humano que una merienda. Les saco ensaimadas pequeñas, muy buenas, y cruasanes diminutos, todavía mejores, de una pastelería de aquí al lado, y yo cedo a la tentación de prepararme un gin-tonic. Al rato, Gloria, la alumna argentina, me pregunta si se puede escribir sobre cualquier cosa. Le pregunto qué es cualquier cosa y dice que yo ya sé lo que es cualquier cosa. Insisto en que no y le pido un ejemplo.

—Y yo qué sé —dice ella molesta—, esta silla.

—Esta silla —digo yo— la fabricó mi padre pieza a pieza, cuando a mi madre le diagnosticaron un principio de escoliosis y le aconsejaron que cuando se sentara permaneciera con la espalda erguida. La altura y la forma del respaldo están pensadas para eso, para obligar al cuerpo a permanecer recto. Originalmente, en vida de mi madre, tenía a la altura de los hombros unas correas con las que se sujetaba si quería dar una cabezada sin perder la postura recomendada por el médico.

—Ya —dice Gloria avergonzada.

La verdad es que no sé de dónde sacamos esa silla, creo que de una de esas tiendas de «arte étnico», signifique lo que signifique la expresión. Es, en efecto, una silla cualquiera. O no. No lo sabemos.

¿Se puede escribir sobre cualquier cosa? ¿Qué clase de pregunta es esa? ¿Por qué tendría que ser más interesante la novela de un coronel en particular que la de un soldado raso cualquiera?

MARTES. Por la tarde, en la cafetería, esperando el gin-tonic con almendras, observo a una mujer que parece tener una boca más pequeña dentro de la boca normal (si se puede llamar normal a una boca). Una mujer con dos bocas que, según aprecio, no están sincronizadas, pues a veces, cuando la de fuera permanece abierta, la de dentro permanece cerrada. Me acuerdo del encuentro de ayer con los alumnos. ¿Podría escribir algo sobre este suceso o se trata de un hecho cualquiera?

MIÉRCOLES. Al caer la tarde, hago una especie de contabilidad de las pequeñas anormalidades que he encontrado a lo largo del día incrustadas dentro de la normalidad normal: un huevo con dos yemas; un hombre (en el metro) con seis dedos en la mano izquierda (dos meñiques); un redondel negro, en un espejo, a la altura de mi frente, como si hubiera recibido un tiro entre ceja y ceja; una burbuja notablemente más grande que las otras en el gin-tonic de media tarde... Pequeñas asimetrías, en fin, de la realidad que parecen señales de que algo no va bien. Como el rumor sordo que precede a la tormenta.

JUEVES. Aplasto el cigarrillo cerciorándome de que queda bien apagado. A veces las colillas reviven y se queman, solas, hasta llegar a la boquilla. Me voy a la cama y quiero que todo quede en orden: el cigarrillo, muerto; las puertas, clausuradas; la llave del gas, cerrada; la tierra del gato, limpia...
Me duermo pronto, pero me despierto a eso de las tres de la madrugada, como un cigarrillo mal apagado. Enciendo la radio y escucho a una mujer que ha telefoneado a la emisora para decir que su padre, tras ponerse la vacuna de la gripe, se quedó desorientado, no sabía quién era él ni quién la hija, que permanecía a su lado. En Italia, me parece, una partida de vacunas en mal estado ha provocado la muerte de diez personas. Leí en algún sitio que el asunto se estaba investigando, pero luego le perdí la pista a la noticia.

VIERNES. ¿Me tomo un plátano o una manzana? Vuelve esta duda rara, adquirida en la infancia.
—¿Prefieres una manzana o un plátano? —preguntaba mi madre a media tarde, mostrándome una de las frutas en cada mano.

Siempre pensé que debía elegir en función de mi preferencia por el aspecto, no por el sabor. Eso significa que atendía más a la forma que al contenido. Y dudaba: la manzana había sido la perdición de Adán y Eva (contenido), pero el plátano me recordaba a mi pene (forma). Elegir la manzana me daba miedo, y escoger el plátano me daba vergüenza.

¿Qué me tomo?

Semana 65

MARTES. Me llama L. y quedamos para tomar un gin-tonic esa misma tarde. Cuando llego a la cafetería, me está esperando desde hace un rato, según deduzco del volumen de líquido de su copa. No tiene buena cara. Pido un gin-tonic y él se apunta a otro (al segundo, claro). Hablamos de esto y de lo de más allá. Finalmente me pregunta si los ansiolíticos caducan. Le digo que no sé, pero que en todo caso duran más de lo que se indica en la tapa.

—Es que tengo cincuenta cajas —me dice.

—¿Cincuenta cajas de ansiolíticos? —digo yo—. ¿Has heredado una farmacia?

—No, las he ido ahorrando durante los últimos años, por si un día quería suicidarme. Pero ayer iba a matarme cuando comprobé que más de la mitad estaban caducadas.

—¿Cómo que ayer ibas a matarte? ¿Me puedes explicar eso?

—Bueno, no llegué a intentarlo por la caducidad. Pensé que a lo mejor no me hacían efecto.

Como hemos quedado en una cafetería con una de esas terrazas medio cerradas y estufas de butano en las que se puede fumar, le pido al camarero un cigarrillo, pues he decidido dejarlo y el primer paso, creo, es no llevarlo encima. Observo que mi amigo habla del suicidio como quien habla de la gripe, lo que me desconcierta profundamente.

—Pero, vamos a ver, ¿por qué te ibas a suicidar? —pregunto.

—Para acabar con todo —dice él.

—¿Qué es todo? —digo yo.

—Todo es todo: los semáforos, el IPC, el IBI, la ITV, la declaración de la renta, las Navidades, Papá Noel, los Reyes Magos, el Ratoncito Pérez...; todo es la lluvia, todo es los lunes, los martes, los miércoles, los jueves...

Le digo, por decir algo, que comprendo que quiera terminar con los jueves, pero que lo demás me parece exagerado. Me mira como si me hubiera vuelto idiota y en cierto modo así ha sido, me he vuelto idiota, no sé qué decirle porque en el fondo creo que lleva razón. Si yo hubiera conseguido ahorrar cincuenta cajas de ansiolíticos quizá haría lo mismo, aunque estuviesen caducados. A lo mejor los caducados te matan con efectos retroactivos.

Bueno, L. y yo nos tomamos un par de gin-tonics más y nos despedimos sin aclarar nada. Lo único evidente es que estamos borrachos y que no se va a suicidar: cuando se habla de ello es para evitarlo.

MIÉRCOLES. La alumna exmonja del taller de escritura creativa me pregunta si puede introducir la palabra hediondo en un poema. Le digo que depende.

—¿Pero no se trata de una palabra demasiado solemne? —dice.

—Un poco enfática sí es, pero lo enfático también tiene su sitio. La cuestión es que lo encuentres.

Le pregunto, de todos modos, por qué ese empeño y dice que escuchó la palabra el otro día en una parada de autobús, a una señora con aspecto de hada madrina, y que no se le va de la cabeza, como si se tratara de un mensaje. Pensó que la mujer le ordenaba introducirla en un poema.

Semana 66

MARTES. Mi madre carraspeaba en la iglesia. Igual había quinientas personas oyendo misa y yo me encontraba en un banco alejado del suyo. Pero sabía que era ella y la localizaba al instante. Se pasó la vida intentando expulsar de la garganta algo que tenía en el corazón. A veces, ahora, escucho ese carraspeo, pero viene de mi garganta. Y es el de ella. De ese modo extraño viven los padres en los hijos: con un tic, una manía, un modo de contestar al teléfono, un estar de pie o un estar acostado. Parecen detalles pequeños, pero su capacidad para contaminar la globalidad es enorme. Así, cuando mi madre carraspea a través de mi garganta, vuelvo por unos instantes a la iglesia aquella, donde, cuando ella desaparecía para irse a comulgar, yo la seguía como un radar gracias a aquellos carraspeos.

MIÉRCOLES. Estoy en un hotel muy cómodo y muy acogedor de Lisboa. Tanto es así que decido no salir de él. Que la ciudad espere, me digo disfrutando de la extraña confortabilidad de mi habitación. El asunto va más allá de lo explicable, de lo lógico. Como si me hubiera reencontrado con un espacio en el que una vez fui dichoso sin necesitar de nada más. Siento una plenitud inédita. Jamás había encajado de ese modo dentro de mí. No tienen nada que ver los muebles ni la cama, que son más bien modestos, algo vulgares, aunque de una vulgaridad solidaria.

Me siento en la butaca, apoyo el codo derecho en el brazo izquierdo y la cara en la mano y siento que podría estar así horas. ¡A ver si es un ictus!, dice el hipocondríaco que llevo dentro. Pero no, las extremidades me responden, incluidos los dedos de los pies, tan remotos.

A media tarde, bajo al bar a tomar una copa sin que la sensación de bienestar me haya abandonado. No hay ansiedad, no hay prisa, no hay agobio, como si cada uno de mis movimientos estuviera previsto en el conjunto de los movimientos del universo como la pieza de un puzle está pensada para su hueco. Yo había encontrado mi hueco.

Me metí en la cama pronto, para dejarme llevar por las ensoñaciones. Cuando apagué las luces, una de ellas, la de la entrada, permaneció encendida. Su resplandor no era excesivo, pero resultaba molesto si te obsesionabas con él.

Me levanté en busca del interruptor, que no hallé por ningún sitio. Como sabía que no hay bombilla sin interruptor, empleé mucho tiempo en buscarlo detrás de los muebles, incluso dentro del armario. En el transcurso de ese tiempo, la paz interior se fue yendo al carajo sin que me diera cuenta, del modo en que el humo del cigarrillo se disuelve en el aire. Finalmente, como resultaba imposible dormir con aquella luz, llamé a recepción y me enviaron a un señor de mantenimiento que tampoco encontró el interruptor. Parecía una cosa del diablo. El operario llamó a algún sitio y al poco llegó un colega que nada más ver el panorama dijo:

—Esto es obra del loco de las luces.

El loco de las luces, según nos explicó, era un tipo que recorría los hoteles de Portugal colocando en las habitaciones bombillas independientes, conectadas a una batería. Hacía un hueco en la escayola del falso techo, limpiaba los restos y se iba. En efecto, extrajeron la bombilla de su agujero y resultó ser un artefacto enormemente ingenioso y económico. Cuando los operarios abandonaron la habitación, me tomé un ansiolítico y regresé a la cama. Pero ya no recuperé la paz.

Semana 67

MIÉRCOLES. Dolor de muelas. No hay infección y tampoco la encía está inflamada. Todo es normal, como cuando te levantas y hace sol. ¡Qué día tan bueno!, dices. Pero ya el hecho mismo de que tengas que subrayarlo indica que algo no marcha. El día, en efecto, es bueno. Sin embargo, desde lo más profundo de ti asciende un rumor sordo. El pasajero oscuro, que decía el poeta, está despierto y si el pasajero oscuro está despierto el día no puede ser bueno.

Dolor de muelas.

Después de observarte y de hacerte una radiografía, el dentista dice que todo está en orden.

—¿Y el dolor? —dices tú.

—Descríbamelo.

—Un dolor sordo —dices—, de baja intensidad, pero continuo, un dolor que te desgasta poco a poco y que viaja lentamente hacia el oído derecho y hacia el ojo de ese lado.

—Mmm —dice el médico.

Me doy cuenta de que acabo de describirle el dolor de vivir. Un dolor que apenas duele, pero que... El dentista le pide a la enfermera que le traiga un poco de hielo que aplica sobre mi muela. El frío llega al nervio y doy un salto.

—Es el nervio —dice él—. El nervio de la muela, que quizá esté un poco al descubierto.

—¿Y qué hacemos?

—Matarlo.

JUEVES. Ayer, por fin, no matamos el nervio. Decidimos darle una oportunidad. De modo que comienzo la jornada con un Nolotil que actúa enseguida sobre el dolor sordo y este desaparece a la media hora de habérmelo tomado. Con la desaparición del dolor se instala en mí, a modo de efecto secundario, una suerte de extrañeza. La realidad es la de todos los días, pero a mí me choca, como el que se levanta un lunes cualquiera y se pregunta si sus padres son sus padres. No es que hayan cambiado, son los de siempre, pero ese lunes uno no los reconoce. ¿Seré adoptado? Esto es lo que me ocurre hoy, gracias al Nolotil, con la realidad: que siento que no le pertenezco, quizá que no me pertenece. Se ha establecido entre ella y yo una desconfianza pequeña, pero patente. Y la realidad lo nota, percibo que nota mi desconfianza. Entonces, como me da miedo la idea de ser adoptado, finjo que todo es normal y mi mujer advierte que sobreactúo.

—¿Te ocurre algo? —dice.

—No —digo yo—, todo es normal.

—Demasiado normal —añade ella con expresión de sospecha.

Según el prospecto del Nolotil, no se deben consumir bebidas alcohólicas durante el tiempo que dura el tratamiento. El fármaco puede aumentar los efectos del alcohol o de la medicina. ¿Seré capaz de prescindir de la copa de media tarde? No, no soy capaz. De hecho, estoy en la cafetería y acabo de pedir un gin-tonic con un poco de culpa y un poco de miedo. Me ha parecido que el camarero me miraba con expresión reprobatoria, y pienso que tal vez se me noten los efectos del Nolotil. Doy un sorbo tímido, como si se tratara del primer gin-tonic de mi vida, y enseguida percibo sus efectos en las sienes. Me viene entonces a la memoria que Sándor Márai se suicidó pegándose un tiro en la sien. Vivía en San Diego y tenía ochenta y nueve años, me parece. Un suicidio a los ochenta y nueve años, más que un suicidio, es un acta de defunción, una rúbrica. Mientras pienso en Márai, doy dos o tres sorbos más de forma distraída y al poco llega el bienestar. Se trata de un bienestar distinto al de otras tardes, un bienestar que posee ciertas cualidades budistas. Tendría que hacer yoga, pienso.

Viernes. Comienzo a leer un libro acerca de las experiencias cercanas a la muerte. Gente que ha estado en coma, sin actividad cerebral, y que cuando vuelve recuerda sin embargo las cosas que ha hecho. El autor mantiene la hipótesis de que la conciencia puede vivir separada del cuerpo. Me he tomado ya dos nolotiles, el segundo por vicio, y continúo preguntándome si mis padres eran mis padres. No sé si la conciencia puede vivir separada del cuerpo, pero es evidente que el cuerpo puede vivir separado de la conciencia.

SÁBADO. Ayer encargué a la asistenta que comprara un conejo, para la paella de los sábados, y resulta que lo trajo entero, con cabeza. Además de decapitarlo, he de trocearlo también. Mientras me dedico a ello, los ojos del animal me observan con extrañeza, como si el cadáver se hubiera tomado un Nolotil.

Semana 68

MARTES. Voy en el metro, sin meterme con nadie, cuando en Cuatro Caminos entra un indigente que comienza a pedir limosna con platillo y siguiendo una metodología semejante a la del que pasa el cepillo en la iglesia. Un niño que viaja a mi lado le pregunta a su padre quién es.

—Es un pobre —responde el padre.

Me doy cuenta de que es la primera vez que el niño hace esa pregunta y que recibe, por tanto, esa respuesta. Siempre hay una primera vez para esa situación. Recuerdo como hoy la primera vez que yo dije de alguien a mis hijos que era un pobre. Lo recuerdo con tanta intensidad porque me dio vergüenza confesarles ese defecto del mundo al que los había traído. En cierta ocasión, cuando era pequeño, mi madre, ajena a mi presencia, hablaba con una vecina del cáncer de otra. Claro que entonces no se hablaba del cáncer con la naturalidad con la que lo hacemos ahora. Tampoco con el mismo conocimiento de causa. El cáncer era una leyenda. De hecho, mi madre estaba diciendo en el momento en el que más atención prestaba yo al asunto:

—Le ponen en la herida filetes de este tamaño y el cáncer se los come.

La imagen era terrible. Una enfermedad que comía carne cruda y a la que había que alimentar continuamente para que no se cebara en el propio cuerpo. Más tarde le pregunté a mi madre qué clase de personas sufrían esa enfermedad.

—Todas —me dijo—, puede atacar a cualquiera.

De modo que yo era candidato también. Era candidato a pobre (ya me habían enseñado al primero, que era cojo) y a canceroso. Sentí que el mundo de los adultos estaba lleno de peligros, como comprobaría cuando me hice mayor. Creo que mi insomnio es un modo de permanecer atento a los peligros que nos acechan. Duermo como los pistoleros, con un arma en la mano y un ojo abierto. Cuando tu hijo te pregunte quién es ese señor que pide limosna, búscate la vida.

MIÉRCOLES. Estoy escuchando la radio mientras preparo unas vieiras congeladas con alcachofas de bote, cuando ponen la famosa ranchera, que dice «De piedra ha de ser la cama, de piedra la cabecera...». Me paso el resto de la mañana intentando descifrar esos versos. «De piedra ha de ser la cama, de piedra la cabecera, la mujer que a mí me quiera me ha de querer de veras.» Entiendo que la mujer que le quiera ha de quererle de veras, a eso aspiramos todos. ¿Pero por qué la cama y la cabecera, más allá de la necesidad de la rima, han de ser de piedra? Durante la comida (las vieiras han salido muy buenas) pregunto a la concurrencia por el sentido de esa canción y todos me miran con una sonrisa irónica, como si esos extraños versos contuvieran una alusión de no sé qué carácter pecaminoso que no he entendido. Cambio de conversación, porque hay niños delante, pero horas después todavía sigo preguntándome qué rayos ocurre en esa ranchera que tanto éxito, por otra parte, tiene.

Semana 69

Lunes. Viaje relámpago a Lisboa. Consigo dos horas libres durante las que vagabundeo al azar por las calles cercanas al hotel. Trato de tomar conciencia de mi extranjería, pero todo me resulta demasiado familiar. Intento perderme cambiando de calle una y otra vez, pero mi sentido de la orientación, extraordinariamente agudizado por razones misteriosas, me señala la dirección del hotel, al que permanezco amarrado por una correa invisible. Fantaseo con la idea del infarto. Morirme aquí, de golpe, en esta plaza cuyo nombre busco, sin encontrarlo, en las fachadas. Me harían la autopsia en portugués. Por cierto, que ayer terminé de leer una biografía de Joyce que incluye los resultados de su autopsia. Tenía problemas de colon.

Martes. Llego a Madrid a las dos de la tarde y decido comer en el aeropuerto, como si en vez de llegar estuviera a punto de irme. Elijo un japonés que sirve comidas en la barra. Mientras viene mi pedido, observo al resto de los clientes con la satisfacción de ser un impostor. Soy el único que se queda en Madrid, pero nadie lo diría por mi aspecto.

—¿Adónde viaja usted? —me pregunta una señora con bastón que come a mi lado.

—En realidad —le digo—, soy un impostor. Acabo de llegar.

—¿De dónde?

—De Lisboa.

—Yo también acabo de llegar —dice ella—, de Vigo, pero me vuelvo a ir. A Buenos Aires.

—Entonces no ha llegado —digo yo—, está en tránsito.

—Llámelo como quiera, pero no deje de hablar. Me he fumado un canuto y me ha dado mal rollo.

La señora no tiene aspecto de fumar canutos, aunque nunca se sabe. Me cuenta que se lo metió un nieto suyo en el paquete de tabaco (es fumadora), para que diera cuenta de él entre avión y avión, pues el viaje a Buenos Aires le resulta pesado.

—¿Y dónde se lo ha fumado? —le pregunto.

—En el oratorio. No había nadie.

El oratorio es una especie de iglesia aconfesional en la que nunca he entrado. Sirve lo mismo para un católico que para un budista. Se trata de un lugar de meditación. El hecho de que estuviera vacío da una idea de lo poco que meditamos.

La señora con bastón pide un plato detrás de otro («la hipoglucemia», dice) mientras yo le cuento que estoy casado y que tengo dos hijos y que en Lisboa me ha brotado un herpes genital que es una auténtica tortura. Resulta que la mujer es doctora.

—Tómese este antiviral —dice apuntando un nombre en una servilleta (Nervinex)— y aplíquese esta crema.

La crema la saca de su bolso. Está sin usar, dice que siempre la lleva encima por si acaso. Le doy las gracias y pedimos de postre, para compartir, un helado de jengibre.

—Sería fantástico que se viniera usted conmigo a Buenos Aires —dice.

Estoy de acuerdo, me iría con ella, pero no tengo billete ni pasaporte ni modo de justificar esa locura. En cualquier caso, parece que el ataque de pánico ha cedido. Me pide que la acompañe al oratorio y lo hago con mucho gusto. No hay nadie, de modo que saca un paquete de Marlboro del bolso y nos fumamos un cigarrillo a medias, mientras meditamos sobre la vida. Después la acompaño hasta su puerta de embarque y salgo al fin del aeropuerto. Ahí está Madrid, una vez más. Llego a casa, abro la puerta, dejo caer al suelo la bolsa de viaje y voy a la cocina a prepararme un té. Mi mujer grita desde la habitación:

—¿Pero a qué hora llegaba tu vuelo?

—¡Salió con retraso! —grito yo.

Y ya. He aquí la normalidad.

MIÉRCOLES. El herpes progresa a buen ritmo. Es muy doloroso. Llamo a mi médico y me recomienda el mismo tratamiento que la señora con bastón, que ya habrá llegado a su destino. Se ve que era doctora de verdad.

—¿Dónde se cogen los herpes? —le pregunto.

—El tuyo —dice— lo llevabas dentro. Es el virus de la varicela que de vez en cuando despierta, unas veces por estrés, otras por ausencia de estrés, no lo sabemos, no sabemos nada.

Recuerdo mi varicela como si la hubiera padecido ayer. Tenía seis años, y la camiseta de tirantes se me pegaba a las vesículas reventadas del pecho y de la espalda. Mi madre me la quitaba con un cuidado enorme, para no hacerme daño.

Dios mío, mi madre.

Semana 70

LUNES. Estoy tomando un gin-tonic con un buen amigo que tiene una hija de cuatro años. Lo noto abstraído, pues me presta solo una atención mecánica y sonríe cuando no hay que sonreír o viceversa. Le señalo su ensimismamiento. Dice:

—Es que no paro de darle vueltas. Acabo de recoger a mi hija del colegio. Cuatro años, ya sabes. Pues bien, la pongo en el asiento especial para niños, le cruzo las correas, le hago cuatro gracias y nada, ella en su mundo. Arranco el coche y no contesta a ninguna de mis preguntas sobre el cole, sobre los compañeros. Cuando ya he desistido de entablar algún tipo de comunicación, me dice: Papá. Qué, hija, digo yo. Lo sé todo, dice ella.

Lo sé todo.

La frase se me queda grabada. Por la noche, ya en la cama, se me ocurre la idea de que quizá la cría hubiera dicho la verdad. Tal vez hay en torno a los tres o cuatro años un instante de revelación en el que se te abren los misterios más profundos del universo y de la vida. Es posible que nos pasemos el resto de la existencia desaprendiendo aquello que un día aprendimos de manera gratuita. Quizá durante un instante de un día de cuando teníamos cuatro o cinco años lo supimos todo.

MARTES. El gato que tenemos en casa (dónde si no) toma decisiones por sí mismo. Además, antes de tomarlas las piensa. Está ahí tumbado, durmiendo, mientras yo leo o escribo. De súbito abre los ojos, se estira, abandona el cojín, se dirige a la puerta de la habitación y me mira lanzando un maullido. Quiere decir que se la abra. Lo hago y él desaparece como si tuviera que hacer un recado en otra parte de la casa. Yo sigo a lo mío, pero ya no me concentro porque empiezo a darle vueltas al asunto. Me pregunto qué diferencia habrá entre sus decisiones y las mías. También me pregunto quién se aburre más. La respuesta es que el gato no se aburre ni cuando se aburre. Utiliza el aburrimiento como un juguete. Y otra cosa: no estoy seguro, pero creo que atraviesa las paredes. En ocasiones, después de que ha abandonado mi estudio y yo he cerrado la puerta detrás de él, vuelve a manifestarse junto a mí. ¿Por dónde entra?

MIÉRCOLES. Una de las cuestiones que más me torturaron de niño fue que no tomé la primera comunión con el estómago vacío. Resulta que aquella mañana, al pasar por la cocina, cogí una de las mediasnoches preparadas para la fiesta posterior y me la zampé. Era de chocolate fundido. Enseguida caí en la cuenta de que en esas condiciones no se podía comulgar, pero tampoco era cuestión de arruinarles el día a mis padres, que habían ahorrado para el traje de almirante y todo lo demás.

¿Qué hacer?

Comulgar, claro, aunque cometiera un pecado mortal, es más, a sabiendas de que cometía un pecado mortal. Prevariqué, por decirlo en términos actuales.

Hoy me he encontrado frente a un dilema semejante. Resulta que tenía que hacerme unos análisis de sangre, en ayunas, claro, como todo el mundo sabe. Pues bien, me olvidé y me comí un plátano al levantarme. Podía haber llamado a la consulta para suspender la cita, qué pereza. Me había costado mucho encontrar hueco y no era cuestión de desperdiciarlo. Total, que he ido a hacerme los análisis con el plátano en el estómago, ocultándoselo, lleno de culpa, al médico. Veremos qué pasa.

VIERNES. Me llama el médico, por lo de los análisis, y me los lee por teléfono, para evitarme el viaje. Están bien, quizá el azúcar un poco alta y el colesterol en el límite, pero puedo tirar un año más.

¿Y el plátano?, me pregunto. El plátano, nada, no aparece por ningún sitio.

Semana 71

LUNES. El desasosiego comenzó al mediodía, ignoro por qué. Me levanté a las seis de la mañana, como siempre, escribí un par de horas y salí a caminar dándole vueltas a lo que había escrito. En líneas generales estaba bien, pero había que afinar más en los matices. Cuando pronuncié mentalmente el término afinar, me salió con hache (hafinar), lo que me produjo un escalofrío que atribuí a la temperatura exterior. Hafinar, así, con la hache, resultaba una especie de monstruosidad. Una palabra terrorífica. Acorté el paseo y regresé a casa para afinar lo que había escrito a primera hora. Todo iba bien, excepto ese pequeño incidente verbal. Leí la prensa y continué trabajando hasta el mediodía, momento en el que me levantó de la silla una punzada de ansiedad. Conozco la ansiedad, es una vieja compañera, pero esta vez tenía una calidad diferente. A la desazón habitual se unía ahora un malestar físico que afectaba a todo el cuerpo, sin que lograra localizarlo claramente en ninguna de sus partes. Permanecí en ese estado el resto del día, pensando que se trataba del anuncio de un infarto o de un ictus. Pero llegó la noche sin que hubiera ocurrido nada malo (ni bueno), excepto que la ansiedad había evolucionado hacia la hansiedad.

MARTES. Los momentos de trance son escasos, pero quedan en el recuerdo como una especie de milagro inexplicable. Estoy en la barra de una cafetería, sentado sobre un taburete alto. Había quedado aquí con alguien que me acaba de avisar por el móvil de que no vendrá. Le retiene un asunto familiar. Pide disculpas. Se las acepto. Cuelgo y cuando el camarero se acerca le pregunto qué está tomándose un hombre solo al que veo en el otro extremo de la barra absorto en sus pensamientos.

—Un vodka con hielo —dice.

—Póngame lo mismo —digo yo.

Mientras me prepara la bebida, observo al hombre. Es evidente que se ha precipitado al interior de su conciencia como un escalador imprudente se precipita al interior de una sima inaccesible. Quizá está perdido en una fantasía de tal intensidad que lo ha arrancado momentáneamente de este mundo. De vez en cuando se lleva el vaso mecánicamente a la boca, le da un sorbo muy pequeño y vuelve a dejarlo sobre la barra.

¡Cómo lo envidio!

Hace meses que no logro para mí un trance tan profundo. Los trances son unas pequeñas vacaciones de la realidad. Vuelves a ella restaurado, como si hubieras dormido siete horas seguidas. Me traen el vodka, doy el primer sorbo y noto enseguida los efectos del alcohol en mi sistema circulatorio, también en mi cerebro. Pero la sensación no es de paz, sino de euforia. Lo único que no necesito en estos momentos es euforia. A veces, la misma medicina produce reacciones individuales diferentes. Dejo el vodka a medias, pago la consumición y abandono el establecimiento. Al pasar junto al hombre, me da la impresión de estar atravesando un campo magnético que altera las cosas. Ya en la calle, me siento en un banco público y recito de memoria unos versos de San Juan de la Cruz. Pero el trance no llega.

MIÉRCOLES. Le hablo a mi psicoanalista del sentimiento de fragilidad que me ataca con una frecuencia incómoda. Me pide que desarrolle un poco en qué consiste.

—Consiste —digo yo— en la idea obsesiva de que va a ocurrir algo, de que estoy a punto de recibir una noticia que no llega.

—Una noticia de qué tipo —dice ella.

—Una noticia buena, fabulosa.

—¿Y eso le fragiliza?

—Sí, porque una parte de mí teme que a esa noticia buena la siga inmediatamente una mala.

—¿Entonces es un alivio que no llegue la buena?

—En parte sí, claro, pero en parte no.

Me pregunta si tengo alguna fantasía acerca de la noticia buena o de la mala. Y la tengo, acerca de las dos, pero me da vergüenza confesarlas.

VIERNES. Llego al fin de semana cansado, como si regresara de un viaje agotador. Como si hubiera dormido en hoteles de mala muerte, comido mal y bebido peor.

Semana 72

LUNES. Nos invitan a comer en un restaurante bastante caro. Pedimos para todos la recomendación del chef, congrio en salsa verde, que nos sirven en una gran fuente de barro. Tenemos hambre porque hemos caminado un par de horas. Por alguna razón me corresponden los honores de servir, de modo que pido que me acerquen uno a uno los platos y allá voy. En esto, descubro entre la salsa una avispa muerta que oculto bajo una de las rodajas del pescado, aquella que teóricamente me tocaría a mí. Cuando llega mi turno, digo que me acaba de dar un ataque de inapetencia.

—¿Qué es eso de un ataque de inapetencia? —pregunta mi mujer con cara de pocos amigos.

—Pues como un ataque de hambre pero al revés —respondo.

—Anda, deja de llamar la atención y come.

Me sirvo, pues, procurando coger también el cadáver de la avispa oculto bajo la rodaja. Se trata de no arruinar la comida a nadie. Además, me siento inexplicablemente culpable de esa presencia. Me doy cuenta de que cuando acabe de comerme con asco mi ración, el insecto quedará al descubierto, así que decido comerme la avispa, y me la como, haciéndola pasar con una bola de miga de pan. Todos felices, pedimos postre y café.

Par délicatesse j'ai perdu ma vie.

MIÉRCOLES. Estoy de viaje. En la recepción del hotel, sin que venga a cuento, me relatan la historia de un hombre que vivía con su madre (y un perro pequeño). Ella estaba vieja y enferma, él estaba solo y desesperado. Entonces deciden suicidarse juntos, en una especie de monumento literario al complejo de Edipo (lo del complejo de Edipo es una aportación personal). El hombre solo y desesperado reúne las pastillas necesarias, se las da a su madre y espera a que muera. Después decide salir a tomar unas copas. Vuelve a casa borracho y se toma su ración de narcóticos, pero no se muere por aquellas cosas de la vida (nunca mejor dicho). En el juicio confiesa que no habría sido capaz de hacer con el perrito lo que hizo por su madre.

Jueves. La oración «soy una frase incorrecta» es correcta en términos gramaticales. En cambio, «soy un frase correcto» es incorrecta. Quiere decirse que lo que las frases y los hombres afirmen de sí mismos tiene poca importancia.

Domingo. El alquiler de úteros deviene tendencia. Nicole Kidman y su marido Keith Urban (cantante de country) tuvieron un hijo por este procedimiento. Se trata de utilizar lo menos posible el propio cuerpo para evitar su desgaste. No es un asunto nuevo. La expresión «mano de obra», muy antigua, alude ya a ese instinto tan arraigado entre nosotros. Técnicamente hablando, quizá no haya tanta diferencia de carácter moral entre alquilar una mano y alquilar un útero, no sé, no tengo ni idea. El alquiler de manos está tan generalizado (todos, en algún momento, lo hemos practicado) que no nos llama la atención. Pero las vísceras son otra cosa. ¡Ah, las vísceras, las entretelas, los penetrales, las entrañas! Ignoro si la Kidman ha estrenado su útero. Hay gente que pasa por la vida sin estrenar las manos. Pienso en todo esto mientras me observo en el espejo (o el del espejo me observa a mí). Creo haber usado todo mi cuerpo, incluido el cerebro. Otra cosa son los resultados. Ni todos los úteros producen hijos excelentes ni todos los cerebros fabrican ideas brillantes. Pero a los hijos de uno y a las ideas propias se les quiere con independencia de sus virtudes.

Semana 73

LUNES. Observo que ayer, domingo, hablé de «ideas propias» comparándolas con los hijos. Me equivoqué, no hay ideas propias, todas son comunes, aunque algunas más comunes que otras. Cuando una es muy poco común, parece propia. De ahí los líos de hoy día acerca de las posesiones intelectuales.

Por la tarde, después de comer, me quedo dormido y sueño que voy con una niña en el brazo izquierdo y una maleta colgando del derecho. Me dirijo a algún sitio al que no logro llegar porque olvido todo el rato la maleta y he de regresar a por ella. Me despierto agotado y veo en la tele un capítulo de *Dexter,* sobre un asesino en serie que trabaja para la policía. Vive simultáneamente en el lado de aquí y en el de allá. En Estados Unidos, según se dice en la serie, hay unos quince asesinos de este tipo sueltos. Dexter se pregunta cómo les irá a los otros, qué vida llevarán. Todos formamos parte de alguna sociedad sin estatutos. Me meto en la cama tarde, con la sensación de haber malgastado el día, quizá de haber malgastado la vida.

MARTES. Hay quien oye voces. Yo oigo toses. Un actor amigo me contaba que en el escenario escuchaba siempre la tos de su madre, aunque no se encontrara entre el público. Triunfó cuando, años después de que muriera, dejó de escucharla. Me recordó la tos de la mía. No era exactamente una tos, sino el resultado de un ajuste de las cuerdas vocales, como cuando se cruzan o se descruzan las piernas. Un cambio de postura. Ejercitaba esa tos falsa en la iglesia. Yo sabía que ella estaba allí, aunque nos encontráramos cada uno en un extremo, porque oía su tos. Como el actor citado más arriba, no he dejado de escucharla nunca, ni después de su muerte. A veces estoy solo en casa, frente al ordenador, dándole vueltas a una idea, cuando ella, invisible, se aclara la garganta a unos metros de mí.

MIÉRCOLES. Leo, en una crónica sobre los desaparecidos en México, que la gente acude a los lugares donde sospechan que podrían haber sido enterrados sus seres queridos e introducen en la tierra una vara. Si al sacarla huele mal, es que hay un muerto. La imagen me recuerda al modo en que los expertos adivinan si un jamón está bien curado: introducen en la carne una aguja que luego se llevan a la nariz. La asociación entre una cosa y otra es tremenda, pero no soy responsable de ella. Ha aparecido en mi cabeza de forma espontánea, igual que respiro o pestañeo. A mí mismo me repugna, pero cómo evitarla. Lo cuento en el taller de escritura y los alumnos, sin excepción, hacen un gesto de asco.

—¿Por qué nos cuenta esto? —pregunta Lola, la exmonja.

—Para que reflexionemos sobre el proceso asociativo —digo yo—. Sin proceso asociativo no hay escritura creativa.

—Pero al establecer esa asociación —insiste la alumna— insulta a las víctimas de los criminales mexicanos.

—No las insulto —me defiendo—, lo que hago es preguntarme por qué una cosa me ha llevado a la otra sin que yo pusiera voluntad alguna en ello. Estaba leyendo la noticia de los desaparecidos cuando me vino a la cabeza la imagen del catador de jamón.

—Eso es porque usted es un perverso —añade la alumna enana.

—No soy un perverso —insisto—. De hecho, es probable que no pueda volver a probar el jamón en mi vida, porque una cosa me llevará a la otra. ¿Ninguno de vosotros ha establecido nunca una asociación que le avergonzara?

Se produce un silencio estremecedor. Observo los rostros del alumnado y lo que veo en ellos es sentimiento de culpa. Vaya usted a saber lo que está pasando por sus cabezas. Como no parecen dispuestos a hablar, doy por terminada la clase.

—Esto me recuerda una cosa —añade entonces la exmonja.

Los rostros se vuelven hacia ella con expresión interrogativa.

—Me recuerda —dice— a la clausura de los ejercicios espirituales, en el convento. Siempre salíamos de ellos con sabor a difunto.

—Bueno —digo yo—, hasta la semana que viene.

JUEVES. Horas de pereza. La silla de trabajo inclinada hacia atrás, la nuca apoyada en su cabecero, observando los cambios de luz en el techo. La circulación de ideas es notable. Las voy puntuando mentalmente: esta sí, esta no. Son principios de cuentos o de novelas que nunca escribiré, a veces aparece un diálogo suelto.

VIERNES. Investigando, por razones de orden personal, sobre el diablo, me entero de que se llamaba Lucifer antes de la Caída y Satanás después. De ese modo, podemos afirmar que Satanás (o Satán) es el lado oscuro de Lucifer, como el que durante el día se hace llamar de un modo y de noche de otro. Los dos nombres son de una belleza extrema.

Semana 74

MIÉRCOLES. Le digo a mi psicoanalista que tengo un hombrecillo dentro de la cabeza.

—¿Qué clase de hombrecillo? —pregunta.

—Una versión reducida, aunque a escala, de mí mismo.

—¿No escribió usted una novela con ese argumento?

—Sí —respondo—, pero entonces era ficción, en la actualidad es real, un hombrecillo real que se mueve con enorme habilidad entre mis pliegues cerebrales. Ahora mismo se encuentra en este lado, en el área del lenguaje, creo que buscando una palabra.

—¿Qué palabra?

—¿Cómo voy a saberlo si no la ha encontrado todavía?

—¿Le da órdenes ese hombrecillo? —pregunta preocupada.

—Se las doy yo a él, pero no siempre me obedece.

—¿Ha dejado usted la medicación? —pregunta.

—No, pero creo que le hace más efecto al hombrecillo que a mí. Con los somníferos, por ejemplo, yo ya no me duermo. En cambio, él cae fulminado y ronca de tal modo que no me deja pegar ojo.

—Quizá convenga cambiar la medicación —dice ella.

—Quizá —digo yo, y permanezco un rato más en el diván, sin decir nada, hasta que mi psicoanalista dice que ha llegado la hora.

—¿La hora de qué?

—Usted lo sabe, la de irse.

Semana 75

LUNES. Estoy en una librería, firmando ejemplares de mi última novela, cuando una mujer me pide que se la dedique a Zurc Yram. Levanto la cabeza para observar sus rasgos, pues pienso que será, no sé, pakistaní o afgana, pero es como de aquí, como de mi calle. Una mujer mediterránea que se llama Zurc Yram. Me doy cuenta de que está esperando que le pregunte de dónde viene ese nombre. Se lo pregunto, en efecto, porque soy una persona dócil.

—¿Y ese nombre? —digo.

—Es Mary Cruz al revés —dice ella.

Entonces, sin que yo se lo pida, me explica que a ella todas las cosas le gustan al revés. Todas: lleva el forro de la chaqueta por fuera, el zapato izquierdo en el pie derecho, y les ha dado también la vuelta a los pantalones vaqueros. Ya había notado al primer golpe de vista algo raro, pero al detenerme ahora en los detalles siento una punzada de temor en el estómago.

—Soy capaz de hablar hacia atrás —dice ahora, mientras le entrego el libro dedicado y firmado.

—Enhorabuena —digo yo, urgiéndola con un gesto a que deje paso al siguiente.

Por la noche, en la cama, cuando cierro los ojos, me viene a la cabeza el rostro de Zurc Yram y el miedo regresa intacto. Zurc Yram, qué vida.

SÁBADO. Firmando ejemplares en la Feria del Libro de Madrid se me acaba el bolígrafo que he traído de casa y pido auxilio al librero, que me da un rotulador azul del tamaño de un bazooka.

—Los rotuladores grandes —dice— son buenos para las dedicatorias pequeñas.

En efecto. Escribes: «A Fulano, cordialmente» y has llenado la página. Me gusta por eso y porque despide un fuerte olor a gasolina. La gasolina coloca lo suyo, de modo que al cuarto de hora estoy completamente ido. Se ha instalado delante de mis ojos una suerte de niebla que difumina los contornos más ásperos de la realidad. Soy feliz dentro de la caseta, observando el ir y venir de las personas como el que contempla la actividad de un hormiguero transparente. Tanto es así que empieza a molestarme que interrumpan mi éxtasis para solicitarme una dedicatoria. En esto se acerca una mujer joven y rubia, aunque más rubia que joven, para señalarme que llevo puesta la misma chaqueta que el año pasado.

—Es por la crisis —digo—. Este año no he podido renovar mi vestuario.

—Ya —dice la mujer joven y rubia, aunque más rubia que joven.

Durante unos instantes permanecemos en silencio, observándonos. Me da la impresión de que ella viene también un poco colocada, aunque de una sustancia distinta a la gasolina, una sustancia que le proporciona un punto de agresividad molesto, pues yo me encuentro budista. Finalmente toma uno cualquiera de mis libros y me lo acerca para que se lo firme. Yo cojo mi rotulador y escribo: «Para Aurelia, cordialmente». Aurelia toma el libro, lee la dedicatoria y dice:

—Me has puesto lo mismo que el año pasado.

—Por la crisis también —digo yo.

—Pues yo —dice entonces ella— lo único que llevo del año pasado son las bragas.

Ante tamaña grosería la invito a marcharse y detrás de ella viene un chico que dice:

—No te lo vas a creer, pero el año pasado me firmaste un libro detrás de esa mujer, que también te dijo lo de la chaqueta, lo de la dedicatoria y lo de las bragas.

—A ver si vamos a estar en el año pasado en lugar de en este —digo por decir algo.

Domingo. Me había comprometido a volver hoy a la Feria del Libro del año pasado, pero me quedo en casa, oliendo el rotulador que ayer me regaló el librero. Tengo un lío increíble con el tiempo. No sé si hoy es ayer o mañana, tampoco estoy seguro de que sea domingo, pero actúo como si lo fuera, para normalizarme. Leo en el periódico que la Seguridad Social dejará de recetar, entre otros fármacos, las lágrimas artificiales. El que necesite llorar, que se pague el llanto. No supe de la existencia de estas lágrimas hasta hace unos meses, cuando me las recetó el médico. Las probé en un tanatorio donde supuestamente tenía que llorar y funcionaron bien, incluso muy bien. Me metí con ellas en un servicio, me las puse y salí lagrimeando, como si estuviera muy afectado por el fallecimiento de mi primo. Pienso que en una situación de crisis como la actual, en la que la gente necesita desahogarse, es un error que dejen de administrar gratis estas lágrimas. La rabia que no sale por un sitio puede salir por otro.

Semana 76

LUNES. En el metro, sentado, con el aire acondicionado golpeándome en la nuca. Voy leyendo un libro de poemas que de vez en cuando me obliga a levantar un poco la vista, para digerir un verso. Levantar la vista, dada la posición inclinada de mi cabeza, significa tropezar con los pies de los viajeros. Veo zapatos menesterosos, calcetines caídos, bordes desgastados de pantalones. También las piernas desnudas de las mujeres con falda. En esto, entre todo ese muestrario, descubro un pie maravilloso, prácticamente desnudo, con las uñas pintadas de un rojo intensísimo. La sandalia sobre la que se asienta, de tacón de aguja, solo tiene dos tiras, la del talón y otra muy delgada que atraviesa en diagonal la extremidad. El erotismo clásico que desprende el conjunto me obliga a regresar, avergonzado, al libro. Entonces me doy cuenta de que solo he visto un pie, no su pareja. La busco por los alrededores sin resultado alguno, y cuando levanto la vista siguiendo la línea del cuerpo advierto que pertenece a una chica a la que le falta una pierna. Lleva una falda muy ligera, por encima de la rodilla, y sustituye la pierna ausente (la derecha, a la altura, calculo, del muslo) con una muleta sorprendentemente ligera y funcional. Es muy guapa y va muy bien arreglada, con los labios pintados del mismo rojo intenso que las uñas del pie y una melena negra, muy espesa, que le llega a los hombros. Le calculo unos treinta años. Me levanto, le ofrezco mi asiento y lo acepta con una sonrisa de gratitud. Una vez sentada, hace el gesto de querer decirme algo. Agacho la cabeza para colocar la oreja a la altura de su boca y me dice:

—Me encanta esa poeta.

Se refiere a Idea Vilariño, la autora del libro que iba leyendo yo. A continuación, casi en un susurro, recita unos versos suyos que precisamente acabo de leer:

—«Qué fue la vida / qué / qué podrida manzana / qué sobra / qué desecho.»

Me pongo en pie aturdido, con la respiración entrecortada, preguntándome por qué el destino nos envía, sin avisar, estos ángeles que entran en nuestras vidas y salen de ellas como una corriente de aire.

En efecto, dos paradas más allá, la chica sin pierna se incorpora sobre su sandalia de tacón de aguja, me lanza una sonrisa de afecto y abandona el vagón. Durante unos instantes, la veo caminar por el andén como una gaviota que tuviera dificultades para emprender el vuelo, arremolinándose la falda en torno a la ausencia.

MARTES. Le cuento a mi psicoanalista el encuentro de ayer con la mujer sin pierna, en el metro, y me explica que lo más probable es que se tratara de una amputación reciente.

—De otro modo —añade—, ya tendría una pierna ortopédica.

Asombrado por esta información que no le he pedido, permanezco en silencio unos segundos. Finalmente abro la boca:

—¿Por qué me ha dicho eso? —pregunto.

—Por si usted no lo sabía —dice—. El proceso de implantación de una prótesis de esa naturaleza lleva tiempo.

Continúo sin comprender la actuación de mi psicoanalista, da la impresión de que trata de tranquilizarme, pero no sé respecto a qué: la chica del metro no necesitaba para nada una pierna artificial, ni siquiera una pierna real. Esto me lleva a pensar en las prótesis psíquicas. La del tipo, por ejemplo, que a falta de un padre real, se fabrica uno imaginario. Yo estoy lleno de prótesis psíquicas, por eso pienso en la valentía con la que la chica del metro habría renunciado, si así era, a una pierna artificial.

JUEVES. En la mesa de al lado dos chicos de instituto discuten acerca de si es mejor tener un candado o sus llaves. Uno de ellos dice que lo normal es tener las dos cosas.

—Pero si no pudiera ser, si tuvieras que elegir entre una y otra, ¿qué preferirías? —dice el otro.

—El candado, ¿no?, porque es más artístico, más escultural. Además, si es pequeño, puedes usarlo de colgante.

Mientras apuro el gin-tonic, me planteo el mismo dilema, ¿el candado o las llaves? No lo sé, pero no lo sé de un modo que me produce desesperación. ¿El candado o las llaves? Se trata de una elección diabólica.

Putos críos.

Semana 77

MIÉRCOLES. He aquí un minuto de mi vida abierto en canal. ¿Qué tiene dentro? Segundos. Los segundos son las vísceras de los minutos, y los minutos de las horas. Pero ahora estoy delante de este minuto de mi vida al que he abierto como a un cordero para observar su interior. Cuento atentamente sus segundos y no me salen sesenta, que sería lo lógico, sino cuarenta y cinco. Me acuerdo de un amigo a quien le descubrieron, al poco de cumplir cincuenta años, que solo tenía un riñón. Y no había notado nada. Resulta que mis minutos tienen cuarenta y cinco segundos, aunque no sé desde cuándo. Cierro el minuto tras colocar todos sus segundos dentro, y lo coso con la habilidad de un cirujano. Por la noche, mientras vemos el telediario, se lo comento a mi mujer:

—¿Sabes que mis minutos solo tienen cuarenta y cinco segundos?

—Ya —dice ella, y seguimos viendo la tele.

JUEVES. Esguince de tobillo, al bajar las escaleras del metro. Acudo a un traumatólogo y a un osteópata, por este orden. El traumatólogo me recomienda descanso y el osteópata ejercicio, de modo que hago un poco de bicicleta estática, que es una forma de ejercicio en reposo. La vida como ejercicio de reconciliación de contrarios.

Semana 78

Lunes. Hay gente que sueña con argumento y gente que sueña a lo loco, del mismo modo que hay pintores figurativos y pintores abstractos. Algunos teóricos dicen que la abstracción es una forma de argumento y la figuración una forma de abstracción. Nos pasamos la vida separando las cosas, colocando etiquetas, y al final uno se da cuenta de que no hay ningún problema en el hecho de que el frutero venda también carne y el ferretero pescado. Si la muerte viene de serie con la vida, todo es posible.

Estaba en el bar, tomándome el gin-tonic de media tarde, cuando en la mesa de al lado alguien dijo:

—Es la primera vez que sueño con argumento.

La que hablaba era una chica de instituto. Su interlocutor, un adolescente con granos al que le parecía increíble encontrarse al lado de aquella compañera tan guapa. Se notaba esto en su afán de agradar, en su modo de darle la razón, en la curvatura servil de su espalda. Ni en sus mayores delirios habría podido imaginar que una tarde se encontraría sentado en una cafetería junto a aquella chica.

—¿Y qué soñaste? —preguntó él.

—Que yo estaba dentro de tu cuerpo y tú del mío. O sea, que yo era psicológicamente yo, pero físicamente era tú. Y tú eras tú, pero dentro de mi cuerpo.

Al chico le turbó la idea de estar dentro del cuerpo de aquella belleza. También que aquella belleza se encontrara dentro del suyo.

—¿Y qué más? —dijo él.

—Pues el caso es que estaba haciendo los deberes de mates cuando entró mi madre en la habitación y me castigó sin salir el sábado próximo por haberme convertido físicamente en ti. Entonces yo te odiaba y me arrancaba un grano de la frente para hacerte daño. Bien, esta mañana me despierto, me ducho, me visto, desayuno, voy al instituto y veo el destrozo que te has hecho precisamente en el grano que yo me arrancaba en el sueño.

El chico se llevó una mano a la frente con vergüenza. La chica prosiguió.

—¿Cuándo te lo hiciste? —preguntó ella.

—Esta noche, en sueños —dijo el chico.

—Pues todo esto es una señal de que debemos salir —concluyó la chica.

Yo acabé mi gin-tonic, me fui a casa y estuve dándole vueltas al asunto el resto de la tarde. Finalmente llegué a la conclusión de que la chica, contra sus principios estéticos, se había enamorado de aquel adolescente granuloso y se había inventado la historia del sueño para justificarse. Una justificación metafísica. En todo caso, es verdad que hay gente que sueña con argumento y gente que no.

MARTES. Desde mi mesa de trabajo veo un montón de libros apilados sin orden ni concierto que avanzan hacia mí. Los odio, se han comido mi espacio. Muchos de ellos tienen lepismas, o pececillos de plata. Las lepismas son unos bichos microscópicos que viven dentro de los libros viejos y que navegan a través de sus páginas utilizando los poros del papel, como usted y yo buceamos debajo del agua, en la piscina. *Guerra y paz,* para una lepisma, es como un océano para nosotros. Tienen su gracia, pero no dejan de ser una enfermedad, una infección que les sale a las novelas y a los libros de ensayo, incluso a las biografías de los santos. Mi pila de libros viejos viene a ser, en fin, un gigantesco tanque de peces diminutos que se comen lentamente los sustantivos de los libros que me invaden. He pensado en venderlos al peso, pero no sé si me los pagarían como papel o como carne. Seguramente, a estas alturas, tienen ya más carne que papel.

JUEVES. Me he levantado con un grano en la frente, quizá el grano del adolescente del lunes, que va migrando de un cuerpo a otro en busca de una piel en la que quedarse. Se trata de un

grano con mala pinta, la verdad. De esos que te los tocas y acabas yendo al cirujano. No me lo toco, pues. A lo largo del día,
enrojece y se hace el doble de grande. Por la noche, mi mujer me
pone una cataplasma de cebolla hervida.

—Duerme bocarriba —dice—, para que no se te caiga, y
mañana no tendrás ni rastro.

Viernes. Me despierto, me toco la frente y, en efecto, ni
rastro del grano. Se lo he transferido todo, de forma misteriosa,
a la cebolla.

Semana 79

MARTES. Me despierto con uno de esos ataques de relevancia de los que ya he hablado en otras ocasiones y que consisten en que aprecias cada uno de los detalles de los objetos a los que te acercas. La nevera parece una nevera de Antonio López, lo mismo que los productos que guardo en su interior. Tomo un plátano, por la cosa del magnesio, y me quedo un rato embobado en su forma, en sus colores. La cáscara, de súbito, se me revela como una funda de una perfección inaudita. Al desgarrar la piel para abrirlo, siento que estoy accediendo a un recinto sagrado. La desnudez del plátano es una desnudez orgánica, excitante, sexualmente excitante, quiero decir. Lo muerdo despacio y percibo con enorme placer la pequeña resistencia que me ofrece su carne. Cuando acabo con él, me tomo un té verde. Luego cierro los ojos e imagino de forma minuciosa la convivencia del té con el plátano en el estómago.

Me levanto con idea de ir a por el periódico, y en ese instante cesa el ataque de relevancia. La realidad ha abandonado su carácter hiperreal. Los objetos han regresado a la opacidad que les es propia. Han dejado de hablarme, se han marchado a su mundo. La cáscara del plátano, que hace unos instantes parecía una funda de oro, no es más que un resto orgánico que arrojo a la basura. FIN.

MIÉRCOLES. Hay días en los que te despiertas, y días en los que resucitas. Los días en los que resucitas son tremendos, pues en lugar de salir de entre las sábanas, parece que sales de la mortaja. Los primeros movimientos de la resurrección proporcionan un desgaste enorme. Es casi como si tuvieras que aprender de nuevo a andar, a utilizar el cepillo de dientes, a ducharte.

Aquí estoy, en efecto, bajo la ducha. Como me sentía agotado, he metido dentro una banqueta de plástico y me he sentado en ella. Debo de llevar ya veinte o veinticinco minutos bajo el agua, que tropieza con mi cabeza y se deshace en hilos que recorren mi cuerpo. Intento seguir uno de estos hilos, pero lo pierdo a la altura de los ojos cerrados. ¿Dónde he estado esta noche, además de en la cama? Ni idea. La impresión es que no he estado dormido, he estado muerto. ¿Cómo entender si no estas dificultades para llevar las manos al pelo y extender el champú?

Pienso en Lázaro saliendo de su tumba e imagino en su rostro el mismo estupor. Hay un cuento terrible de Gustavo Martín Garzo sobre la resurrección de Lázaro. Ha vuelto a la vida, sí, pero anda como perdido en el interior de sí mismo. Una de sus hermanas le pregunta qué le ocurre y él responde que al otro lado no hay nada, nada, nada. Tras la ducha intento vestirme, pero me fallan las fuerzas y decido acostarme otra vez. La depresión amenaza.

JUEVES. Visita al dentista para la limpieza anual. Tomo asiento en el sillón anatómico, cierro los ojos y me entretengo con la claridad del foco que se cuela en mi calavera a través de los finos párpados. El dentista, inclinado sobre mi boca, me cuenta una novela de Ken Follett, pero no le presto atención porque en medio de la luminosidad se manifiesta de repente un agujero negro que parece una salida por la que me escapo.

Semana 80

LUNES. La pregunta es: ¿tengo un cuerpo o soy mi cuerpo? La respuesta varía con la edad. De joven, tienes un cuerpo al que conduces alocadamente, como corresponde a la enajenación propia de esos años. Lo pones a ciento ochenta por hora, lo pasas de revoluciones y casi siempre te responde.

Durante esa época, la identificación entre tu cuerpo y tú no es demasiado alta: la misma que tienes con un juguete o con un coche. Tu juguete se puede estropear o tu coche puede envejecer, pero tú sigues ahí, rompiendo la pana, como un tío. Quiere decirse que no crees en la muerte. Pero a medida que pasan los años, misteriosamente, uno se va convirtiendo en su cuerpo.

Un día te levantas de la cama, caminas hacia el espejo, te miras y la revelación te alcanza de golpe: yo soy mi cuerpo, yo soy esto, yo soy mi continente y mi contenido, todo a la vez. Si un texto, literario o no, pudiera hablarse a sí mismo, caería en la misma conclusión: mi contenido es mi forma. De modo, decíamos, que a partir de cierta edad el cuerpo deja de ser el vehículo del yo para convertirse en el yo del vehículo. Una revelación que acojona.

MARTES. Me levanto de la cama con una sensación animal. No solo soy mi cuerpo, como decía ayer, sino que además soy un cuerpo animal. Estoy hecho de la misma carne y de la misma sangre que mi perro, poseo la misma textura que este solomillo que me llevo a la boca.

A media mañana voy al mercado y me detengo con fascinación en la carnicería. Yo soy esos cuerpos colgados de los ganchos. Quienes hemos visto muchos documentales sobre las costumbres de los animales somos atacados con frecuencia por la sensación de que alguien nos graba. Debe de haber en algún sitio una cámara oculta que me filma haciendo cola frente a la carnicería. Las escenas se montarán luego y una voz en off explicará a los televidentes marcianos los raros hábitos de este raro animal llamado hombre, que adquiere cuerpos de otros animales que devorará en casa, en compañía de los suyos. Cuando acabo en la carnicería, me acerco a la casquería, a la que la crisis ha devuelto a la vida. Ahí están los riñones, los hígados, los testículos de toro... De algún modo misterioso, sé que son mis hígados, mis riñones, mis testículos...

MIÉRCOLES. Quedo a comer con un amigo escritor al que se le ha podrido una novela. Me lo cuenta con desesperación.

—Llevaba dos años trabajando en ella —dice—. Doscientos folios. Y de repente me freno en seco, no sé cómo seguir, cómo continuar, porque he estado construyendo, sin darme cuenta, un *cul de sac,* un callejón sin salida.

Le digo que una novela con la forma de un *cul de sac* puede ser un hallazgo. A mí me gustan los callejones sin salida, llevo toda la vida introduciéndome en ellos. Me fascina tropezar de golpe con una pared, con un límite. Es muy simbólico de algo, quizá de la propia vida, que conduce al *cul de sac* de la muerte. La muerte, más que la última puerta, es la última pared.

Mi amigo se anima al escucharme. A veces necesitamos la perspectiva de otro para valorar lo propio. Me doy cuenta también de que se identifica con su obra como yo me identifico con mi cuerpo. Él es su obra. De ahí la angustia frente a la novela podrida. Se trataba de la angustia frente a la muerte. Envidio a los escritores que aprecian tanto lo que escriben. Ayer, en el periódico, un columnista se remitía a un texto suyo de 1990 para aclarar algo. ¿Cómo puede acordarse alguien de una cosa escrita tantos años atrás? Yo olvido el segundo párrafo de mis artículos cuando me encuentro en el tercero. No creo en la salvación, ni en la del cuerpo ni en la de la literatura. Soy un ateo contumaz.

VIERNES. Cuando estoy nervioso, hago un sofrito. En la vida se puede hacer todo deprisa, todo menos un sofrito. Picar cebolla y ajo requiere, si no eres experto, una concentración de tipo zen. Así que ahí estoy, dándole al cuchillo, sobre una tabla de madera llena, supongo, de bacterias.

Lo de las bacterias lo he leído en un libro de cocina. Por lo visto, es muy difícil eliminarlas, pues se cuelan en irregularidades donde no llega el estropajo y se reproducen durante todo el día. Pero volvamos al sofrito. El más sencillo es el de cebolla, ajo y perejil, aunque si estás muy nervioso le puedes añadir pimiento y tomate, previamente pasado por el chino. El problema es qué hacer luego con los excedentes de sofrito. Yo los congelo en frascos de cristal y voy utilizándolos poco a poco. Sobre un sofrito, congelado o no, puedes echar cualquier cosa. Mi mujer dice que ya, por favor, que tenemos el congelador lleno de sofritos. No me lo pide como se solicitaría un favor a una persona normal, sino como se pediría clemencia a un loco. En tales situaciones me doy cuenta de lo mal que estoy y regreso voluntariamente a la medicación. O a la escritura.

DOMINGO. Llevo dos días sin hacer sofritos, sin medicarme y sin escribir, así que estoy de los nervios. En otras ocasiones he combatido la situación con la lectura de una novela, pero no encuentro ninguna que me guste y no es cuestión de volver otra vez a *Crimen y castigo*. La Biblia me calma también mucho, pero no está en su sitio. Me la esconden porque piensan que el contacto con ella me hace mal.

—Dispara tus peores fantasías —ha dicho mi mujer cuando le he preguntado por ella—. Casi prefiero que hagas un sofrito —ha añadido luego con resignación.

Y en ello estoy ahora, en un sofrito complejo, con pimiento y tomate pasado por el chino.

Semana 81

MARTES. Le amputan la pierna izquierda a un conocido y asisto involuntariamente a la discusión familiar sobre si la deben incinerar o enterrar. El propietario de la extremidad es partidario de enterrarla en la sepultura que tiene la familia en uno de los cementerios de Madrid. El hijo y la hija, en cambio, dicen que la idea les resulta enfermiza.

—Ya puestos a enterrarla —añade el hijo—, nos tendríamos que plantear si la enterramos vestida o desnuda, con zapato o sin zapato.

Viendo el cariz que toma la disputa, me disculpo e intento abandonar la habitación del recién operado. Pero su esposa no me lo permite.

—No te vayas, Juanjo. Ayúdanos con esto.

La esposa (y viuda de la pierna por tanto) no tiene una opinión clara. A ratos se inclina hacia la posición del marido y a ratos hacia la de los hijos.

—¿Tú qué harías? —me pregunta con lágrimas en los ojos.

—¿Yo? ¿Si a mí me amputaran una pierna?

—Sí, qué harías.

Pienso en la pierna separada de mi cuerpo, intento imaginarla con calcetín largo y calcetín corto, con zapato y con chancla.

—¿Hay ataúdes para piernas? —pregunto incongruentemente.

La familia, viendo que de mí no puede obtener ayuda alguna, me da la espalda y continúa la discusión. Yo aprovecho para fugarme.

MIÉRCOLES. Navegando por internet encuentro en un foro la siguiente frase: «Querida Nuria, nunca dejé de quererte, solo dejé de molestarte». Me impresiona esa sinceridad, también la escasa indulgencia del autor consigo mismo: da por supuesto que su amor era una carga. Intento imaginarme la frase al revés: «Nunca dejé de molestarte, solo dejé de quererte». Tanto del revés como del derecho, la oración parece obra de un psicópata. Lleva cuidado, Nuria, estas cosas acaban mal.

Semana 82

LUNES. El muslo de pollo caduca hoy, de forma que no sé si ha caducado o está en trance de caducar. Le quito el plástico, lo huelo. No sé. Al final lo meto en la freidora y dejo que se queme un poco, para desinfectarlo. Me lo he comido como quien se come un cadáver y de momento no me ha sentado mal.

MARTES. Quedo a comer con una vieja amiga que odia a su marido. Y que lo ama. Lo ama y lo odia con la misma intensidad y casi al mismo tiempo. Han comprado un pájaro —un periquito— y se queja de que él no lo cuida.

—Y eso —añade— que se parece a su padre.

—¿Cómo dices?

—Digo que el pájaro se parece a mi suegro. Su viva imagen, su carácter, todo.

Nos conocemos desde los tiempos de la facultad, así que me da mucha pena que envejezca tan mal, obsesionada con estas historias de pájaros.

—Me tendría que haber casado contigo —dice ahora, como si para casarse conmigo no fuera preciso pedirme permiso.

—No habríamos sido felices —digo—, no me gustan los pájaros.

El segundo plato tarda en venir y la conversación no fluye. Me pregunta entonces si estoy escribiendo algo y le digo que sí, que siempre estoy escribiendo algo.

—Pues mi marido —dice ella— siempre está no escribiendo algo.

El marido de mi amiga es un escritor conocido por su lentitud. Publica cada siete u ocho años. En su obra ocupa más lo que no ha escrito que lo que ha escrito.

—Cada uno tiene sus ritmos —digo.

—Él tiene el ritmo de su padre —dice ella.

El padre está en una residencia de ancianos que pagan en parte con su jubilación y en parte con una cantidad que ponen ellos. Mi amiga le ha dicho a su marido de vender el piso de su padre, pero su marido dice que no. Me pregunta qué opino y le digo que no es buen momento para vender, es momento para comprar (lo he leído en el periódico).

—Eso es como decir que el domingo es para descansar —dice ella, molesta.

Por fin traen el segundo plato, que comemos casi en silencio.

—¿Te he contado lo de mi hermana? —pregunta de súbito.

La miro con expresión de horror y por un instante se da cuenta de aquello en lo que ha convertido su vida. Al final me deja pagar la cuenta y al despedirnos, tras darme un beso, dice:

—Espero que vengas a mi entierro.

MIÉRCOLES. Estoy en un bar con un amigo que acaba de leer un artículo mío en el que afirmo que el mundo se ha acabado y que nos encontramos ya en el posmundo. A demanda de él, le explico que el posmundo es el trastero del mundo. Allí aparece todo mezclado, en confuso desorden. Las conversaciones banales sobre las dificultades digestivas conviven con los discursos filosóficos de altura, y los libros de cocina en fascículos con los grandes títulos de la historia de la literatura. El posmundo parece obra de un dios con el síndrome de Diógenes, un dios que lo almacenara todo sin otro objeto que el del almacenamiento mismo. El posmundo, concluyo, es un desván. Mi amigo ha pedido un té y yo un gin-tonic. Me pregunta ahora si el posmundo es lo mismo que el fin de la historia y le digo que no, que el posmundo es una parte de la historia. Con la historia no hay quien acabe, aunque todos la empiezan. La historia es como uno de esos libros prestigiosos de mil páginas que todo el mundo se deja a la mitad.

—Yo no he terminado el *Quijote* —dice mi amigo.

—Pues eso —digo yo.

Tras un breve silencio pregunta si puede probar mi gin-to-nic («solo un sorbo») y le digo que no porque sé que es un alcohó-lico rehabilitado.

—Ya soy mayor para saber lo que me conviene —dice él.

—Nunca has sabido lo que te convenía —digo yo.

—Llevas razón —dice él con expresión de derrota.

—De nada —digo yo, y bebemos en silencio.

Semana 83

LUNES. Un amigo me cuenta que su mujer ha cambiado de hábitos, asunto que le obsesiona.

—¿Qué hábitos? —inquiero.

—Ha empezado a dormir la siesta —dice.

—¿Pero la duerme en casa o fuera? —pregunto.

—En casa, en casa, claro.

Frente a mi perplejidad, insiste en que se trata de una novedad inquietante. Le pregunto por qué y dice que porque la disfruta demasiado. Antes de comer ya está pensando en el momento en el que se irá a la cama.

—Como yo pienso en el cigarrillo que me fumo con el café —añade.

No sé qué decir. Por un lado, la preocupación de mi amigo me parece desproporcionada, pero por otro percibo que hay algo oscuro en esa afición reciente de su esposa.

—Habla con ella —me pide.

—¿Pero qué dices? ¿Cómo voy a hablar con tu mujer de su siesta? Me tomará por idiota.

Noto, al despedirnos, que se queda desolado. Pero no estoy dispuesto a meterme en ese lío.

MARTES. Aparece en mi sueño una mosca con ubres. Con ubres grandes, aunque con pezones cortos. La mosca da de mamar a cuatro crías, tres hembras y un macho. Cuando me hallo absorto, contemplándolas en el interior del sueño, alguien dice a mi lado:

—Son moscas mamíferas.

Al volverme no veo a nadie. Ha sido Dios, me digo.

—¿Qué dices de Dios? —pregunta mi mujer.

Abro los ojos y resulta que estamos los dos en el sofá, después de comer, con la tele encendida. Se supone que he dado una cabezada de la que me ha despertado ella con su pregunta. Pero se trata de un falso despertar. Significa que continúo dormido aunque creo que estoy despierto. Veo una mosca en la ventana, me levanto, me acerco a ella, la observo con atención y le descubro las ubres.

—¿Qué miras? —dice mi mujer.

—Nada —digo yo mientras regreso corriendo al sofá. Me da miedo que ella averigüe también que hay moscas mamíferas. Creo que es un secreto que me ha revelado Dios, aunque soy ateo. Entonces me despierto dulcemente. No estoy en el sofá, sino en la cama. Jamás duermo la siesta en la cama. Lo hice hoy al acordarme del nuevo hábito de la mujer de mi amigo. El resultado ha sido un sueño extraño, pero muy estimulante. Quiero decir que me ha gustado. Paso el resto de la tarde pensando en las moscas mamíferas. Me parece que hay en ese sueño una revelación que ha desatado un nudo en mi inconsciente. Moscas mamíferas. Mañana, me digo, volveré a meterme en la cama después de comer. Noto que deseo que sea mañana.

MIÉRCOLES. Apenas he terminado de comer cuando le digo a mi mujer que me voy a la cama.

—¿A qué? —dice ella.

—A dormir la siesta —digo yo.

—Ya la dormiste ayer —dice ella.

—¿Qué tiene que ver? —digo yo.

—Nunca has dormido la siesta en la cama —dice ella.

Noto que la altera este cambio de hábitos y comienzo a entender entonces la preocupación de mi amigo. Al mismo tiempo, me irrita tener que dar explicaciones sobre un asunto en apariencia tan banal. Vuelvo a tener sueños raros que desatan nudos en mi interior. Siento, al despertar, que estoy a punto de descubrir algo fundamental acerca de mi vida.

JUEVES. Mi mujer y yo cenamos en casa de ese amigo cuya esposa ha empezado a dormir la siesta en la cama sin venir a qué. Mi amigo saca a relucir el asunto en el segundo plato.

—Rosalía —dice— ha empezado a dormir la siesta en la cama.

—Lo mismo que Juanjo —añade mi mujer.

La mujer de mi amigo se ruboriza. Yo también, estúpidamente. Mi mujer y mi amigo, por su parte, se miran como si hubieran encontrado la explicación a algo que les torturaba. La situación es absurda, la atmósfera se vuelve pesada. Entonces me despierto porque lo de la cena era un sueño, un sueño de la siesta de hoy, jueves. Mientras me ducho le doy vueltas al asunto, sin alcanzar ninguna conclusión interesante.

—Ya sé para qué duermes la siesta —dice mi mujer por la noche, mientras vemos el telediario y comemos una pizza de verduras braseadas.

—Para qué —digo yo.

—Para preocuparme —dice ella.

—¿Y te preocupas? —digo yo.

—Sí —dice ella.

Semana 84

LUNES. La palabra «amor» no tiene un sinónimo preciso, de modo que tenemos que acudir a ella cuando hablamos de amor, del mismo modo que pronunciamos «tenedor» cuando nos referimos al tenedor, otra palabra que carece también de alternativa. Ignoro qué término pronunciamos más al cabo de un año, si tenedor o amor, no hay estadísticas, pero amor nos plantea más problemas que tenedor. De ahí que haya un libro titulado *De qué hablamos cuando hablamos de amor* (Raymond Carver) y que no haya ninguno titulado *De qué hablamos cuando hablamos de tenedor.* Significa que en la vida, y en la lengua, hay cosas claras y cosas confusas. El tenedor es claro. El amor es confuso.

MIÉRCOLES. De la prosa se puede afirmar todo lo que se afirma del cuerpo. Así, hay prosas estreñidas, prosas sueltas, prosas hipertensas, prosas alérgicas, prosas jóvenes, viejas, cojas, mancas, prosas calvas, prosas con sida, con sífilis, con ladillas, incluso prosas inguinales.
—Deme usted una prosa inguinal.
—No nos quedan. Le puedo dar una rectal.
Una prosa rectal sería, digo yo, una prosa que te diera por culo.

JUEVES. Todavía a vueltas con la prosa, con la puta prosa. No es fácil elegirla, porque por lo general es ella la que te elige a ti. Acabas de escribir una novela, la relees y te cagas en todo: te ha salido una novela constipada, estreñida, cuando tu intención era escribir una historia con disentería. ¿Qué ha ocurrido? Que la maldita prosa se ha colocado sobre ti, como las lenguas de fuego sobre las cabezas de los apóstoles, y te ha dictado el tono. La prosa tiene capacidad para dictarte el contenido también, pero si logra imponerte el tono se da por satisfecha, puesto que una cosa determina la otra. A ver dónde encuentras ahora una editorial estreñida que te la venda bien.

VIERNES. Leo en un libro de prosa correcta, un libro para ser entendido por todo el mundo, que el estado de vigilia perfecto no existe. Asombra esa afirmación tan inquietante en una prosa tan amable. Significa que no estamos despiertos del todo cuando estamos despiertos. Se trata de una experiencia verificable por cualquiera. Escribo esto a media tarde, pero cuando rememoro el desayuno, lo recuerdo como si hubiera sido un sueño. Es más, como si hubiera sido un sueño de otro. Nos movemos por la vigilia un poco como muertos vivientes. Estamos despiertos, sí, pero en parte también dormidos. Cabe suponer que tampoco existe el estado de sueño perfecto. En todo sueño hay algo de vigilia: quizá aquello que denominamos pesadilla.

Semana 85

MARTES. Procuro estar de vacaciones, pero no me sale. No sé levantarme tarde ni pasar el día haraganeando ni ver la tele durante horas. Tampoco sé hacer las cosas despacio para que las horas pasen deprisa. Apenas son las diez de la mañana y ya estoy soñando con las siete de la tarde, por el gin-tonic. Se me ocurre de súbito la posibilidad de adelantarlo, de tomármelo ahora mismo. Nunca he bebido alcohol antes de las siete de la tarde, pues me parecía que era un modo de dejarse deslizar por la pendiente, pero qué carajo, estoy de vacaciones.

La idea me atrae y me produce pánico en idénticas proporciones. Precisamente ayer, en el foro de internet sobre la cirrosis, muchos participantes hablaban mal del gin-tonic. Decían que se trataba de una mezcla diabólica, eso es lo que me gusta de él. El caso es que voy a la cocina, tomo un vaso bajo, de boca ancha, le meto cuatro piedras de hielo seco y dos dedos de ginebra, además de la tónica, y se me hace la boca agua. Miro el reloj: son las diez y cuarto de la mañana. Pienso que este trago puede ser mi perdición, pero que también, de un modo misterioso, podría salvarme. Me llevo el vaso a los labios, lo inclino... Pero no soy tan transgresor, de modo que arrojo el contenido a la pila, regreso al salón y leo las primeras líneas de la Biblia. Me impresiona mucho aquello de que en el principio el espíritu de Dios se moviera sobre las aguas. Imagino un océano infinito y oscuro sobre el que baten unas alas invisibles.

MIÉRCOLES. Doy una charla en una biblioteca pública. Digo a los oyentes que el que ha sido lector en su juventud lo será ya el resto de su vida, incluso aunque deje de leer.

—Del mismo modo —añado— que el que ha sido alcohólico será para siempre un alcohólico, aunque no beba más.

Me doy cuenta de que el público me observa extrañado. No les convence esta asociación entre lectura y alcohol, sobre todo porque algunos han acudido con sus hijos adolescentes, a quienes han convencido de que leer es bueno. Intento arreglarlo explicando que del mismo modo que el alcohólico añora siempre el vino, el lector, tarde o temprano, recae en la lectura. Pero se ha producido ya entre el público y yo un vacío imposible de rellenar. Y solo llevo diez minutos hablando. Lo que queda, hasta completar los cincuenta pactados, constituirá un ejercicio penoso de retórica hueca. Me salva el oficio, que es también el que me mata. Al final, el presentador del acto invita a la gente a preguntarme lo que quiera.

—¿Usted gana mucho dinero? —pregunta una chica de dieciocho o diecinueve años.

Mientras respondo malamente, me doy cuenta de que la pregunta de la chica, quizá en el paro, es el resultado de un cálculo, como si dudara entre estudiar contabilidad o apuntarse a un taller de escritura creativa.

Está todo muy mal.

JUEVES. ¿A qué edad el cuerpo se convierte, no ya en un tema de conversación, sino en «el tema» de conversación? He comido con un par de amigos con los que en otro tiempo intercambiaba opiniones existenciales, literarias o de carácter político. Hoy nos hemos pasado la comida hablando del cuerpo humano. Me he enterado de que existe un músculo llamado piramidal que atraviesa el centro de la nalga. Cuando ese músculo se contrae, oprime el nervio ciático, que pasa por ahí, produciendo un dolor parecido al de la ciática, aunque no se trata de una ciática propiamente dicha, sino de una «falsa ciática». De postre hemos pedido un tiramisú con tres cucharas.

Semana 86

LUNES. A mi amigo O. le picó una araña en un brazo, le salió una roncha exagerada, se empezó a rascar, se le infectó... A los cuatro o cinco días acudió a un hospital y le amputaron el brazo. El izquierdo. Me lo cuenta por teléfono, desde Francia, donde se encontraba de vacaciones, con el mismo tono con el que se lo contaría a sí mismo, como para creérselo. Yo escucho la historia espantado, porque a mí me pican muchos bichos y me rasco hasta hacerme sangre. Mi mujer me hace señas interrogativas. Cree que se ha muerto alguien. Tapo el auricular y le digo bajando la voz que a O. le han amputado en Francia un brazo. El hecho de que haya sucedido en Francia le añade un plus de algo, no sé de qué. Quizá de garantía. Piensa uno que en Francia no cortan por lo sano a menos que encuentren razones para ello. Si le hubiera sucedido en Turquía, pensaríamos que se lo amputaron por amputar.

Cuelgo el teléfono apesadumbrado y le doy detalles a mi mujer, que me pregunta qué han hecho con el brazo. No sé, le digo, creo que los incineran.

MARTES. Espero hasta el mediodía para telefonear a O., a ver qué tal ha pasado la noche. Pienso que si estuviera en un hospital español iría a verle. Pero en Francia... Además, se encuentra en una localidad del norte, con problemas de comunicaciones. Coge el teléfono él, a la primera (imagino que con la mano derecha, claro). Lo noto animado, aunque se encuentra bajo el efecto de calmantes. Le pregunto si necesita algo (es soltero), pero ya ha viajado un hermano suyo para atenderle y hacerse cargo de lo que sea preciso. Dice que se ha levantado para ir al baño y que se iba hacia la derecha por la falta de contrapeso. Me pregunto cuánto pesa un brazo. Luego me lo imagino en el baño, utilizando solo una mano para hacer pis, para lavarse. Me lo imagino delante del espejo, demediado, mirando obsesivamente hacia el vacío provocado por la extremidad ausente. O. es abogado, por lo que no es probable que su déficit le afecte laboralmente. Paso el resto del día fingiendo que no tengo brazo izquierdo, para intentar aproximarme a su experiencia. Por la noche vuelvo a llamarle y acaba de cenar, me dice. Ceno con una sola mano hasta que mi mujer me pregunta si me pasa algo.

MIÉRCOLES. Voy al dentista, a que me observe un desperfecto que lleva molestándome un par de semanas. Nada más abrir la boca dice que necesito una limpieza. Lleva razón, me he descuidado. Mientras me introduce los aceros por la boca, imagino a un dentista con un solo brazo. La imagen me distrae. Luego imagino que la humanidad, en su conjunto, solo tuviera un brazo, el derecho. ¿Qué cosas no se habrían inventado? Los botones de las camisas, por ejemplo. Los cordones de los zapatos. Las soperas de dos asas... La cabeza no me da para más en esos instantes. Estamos a miércoles, me digo, y sigo obsesionado con el asunto de O. Si llego así al domingo, llamaré a esta semana «la de la amputación». La semana de la amputación.

JUEVES. Escribo en Google: «¿Qué ocurre si te amputan un brazo?». Pero no encuentro nada. Explican en cambio para qué sirve el dedo gordo del pie y lo que sucede cuando te lo cortan. Se trata de una intervención sencilla y frecuente. No es que se la haga todo el mundo, claro, pero hay más gente de la que imaginamos sin ese feo y simpático apéndice. Imagino una caja llena de dedos gordos del pie, con sus uñas crecidas, espesas y poco cuidadas.

VIERNES. Hoy trasladan a mi amigo amputado, O., desde el norte de Francia. Llegará a Madrid a eso de las ocho de la tarde. Dudaron si traerlo en ambulancia (aunque salía por un ojo de la cara), pero el médico ha autorizado a que viaje en un coche normal. Iré a verle antes de cenar, desde luego, pero no le llevaré una botella de vino, como de primeras había pensado. Es una de esas cosas (el abrirla) para las que se necesitan las dos manos.

Semana 87

LUNES. En el AVE, de camino a Barcelona, me quedo medio dormido y escucho entre sueños la siguiente frase:

—No iríamos a rechapados, iríamos a melanina.

La pronuncia, al teléfono, un hombre que va detrás de mí. Gran frase, ¿no?, no iríamos a rechapados, iríamos a melanina. Un ebanista, pienso.

Luego me despierto del todo y observo que mi vecina de asiento, una mujer de unos cuarenta años, se está enrollando un fular en el tobillo izquierdo. Le pregunto si se ha hecho un esguince y dice que no, que se protege del aire que sale por la rejilla de los bajos del vagón. Me ofrezco a cambiarle el asiento y acepta. Tardo cinco minutos en arrepentirme, ya que, en efecto, el chorro de aire acaba por constiparme del lado izquierdo. Tomo nota: en el AVE hay que pedir siempre pasillo.

—¿A qué va usted a Barcelona? —me pregunta la mujer.

—A volver —digo yo.

—¿A volver?

—Sí, cuando llego tomo un tren de regreso sin abandonar la estación. Estoy tratando de escribir una novela desde el tren, pero sin que salga el tren.

Añado que se trata de un experimento literario patrocinado por Renfe y tengo la impresión de que se lo cree.

MARTES. Regreso de Barcelona, donde he hecho noche, todavía constipado del lado izquierdo, por el aire acondicionado de ayer. Tengo pasillo y no pienso cambiárselo a nadie, así se muera congelado. Esta vez me toca de vecino un joven que va, increíblemente, en camiseta. Saco de la cartera un libro sobre Shakespeare que he comprado en la tienda de la estación y el tipo, señalando la portada, me hace el siguiente comentario:

—Shakespeare se dice Chéspir.

—Más o menos —digo yo.

—Nunca lo he entendido —dice él, y se echa a dormir sin abrigarse.

Al rato se despierta tosiendo. Le explico que muy cerca del suelo del vagón hay una rejilla por la que, sea invierno o verano, sale aire frío, el famoso aire frío del AVE. El tipo pone la mano donde le digo, suelta un silbido de admiración y se ríe.

—¿No tienes miedo a los catarros? —le pregunto.

—Mi madre es la que tiene miedo a los catarros —dice él.

—¿A los suyos o a los tuyos?

—A los míos, aunque no me he acatarrado jamás.

—Lo que más constipa a los hijos —sentencio yo— es la preocupación de los padres.

—No en mi caso —concluye él.

MIÉRCOLES. El catarro del lado izquierdo se ha extendido al derecho. Ya tengo las dos fosas nasales atascadas, además de dolor de cabeza y malestar general. Con el correo llega una carta manuscrita de alguien a quien no conozco y que no logro leer porque está escrita con letra de médico. Se la enseño a mi mujer, por si fuera importante, pero tampoco ella consigue descifrar más que alguna palabra suelta. La devuelvo al sobre y la guardo en un cajón, pero no me la quito de la cabeza, de modo que al poco la tengo otra vez entre las manos. El remite es también ilegible. Parece que pone Jerónimo, pero el apellido, igual que la dirección, es como si estuvieran en chino. No conozco a ningún Jerónimo. Me tomo un ibuprofeno antes de comer y por la tarde me meto en la cama.

JUEVES. Llamo al médico y me dice que todo el mundo está igual. Es lo que te dicen cuando coges un trancazo, que todo el mundo está igual. Flaco consuelo. Me recomienda que me quede en la cama y tome paracetamol. Le hago caso, pero pido a mi mujer que me traiga el portátil, desde donde escribo estas líneas. Luego me duermo, o me medio duermo, y escucho una voz que dice:

—No iríamos a rechapados, iríamos a melanina.

Es la voz del lunes, cuando fui a Barcelona y me constipé por cambiarle el asiento a una mujer. Dentro del sueño caigo en la cuenta de que la melanina es un pigmento que se encuentra en las células del cuerpo y del que depende el color de la piel. ¿De qué hablaba entonces el tipo del AVE al que tomé por un ebanista?

Semana 88

LUNES. Mi amigo V. se ha casado dos veces. Viudo de su última esposa, fallecida hace un año, inició hace un mes una relación en la que todo iba bien hasta que se fueron a la cama y descubrió que su amada tenía una verruga grande bajo el pecho izquierdo. El problema, según me cuenta mientras cenamos en su casa, es que esa misma verruga la han tenido todas sus mujeres en diferentes partes del cuerpo.

—Qué tonterías dices —digo.

—Lo curioso —añade, ignorando mi comentario— es que no me había dado cuenta hasta ahora de que era la misma. Pensé que las mujeres eran propensas a las verrugas.

Según él, la verruga de Pilar, su última novia, es tan parecida a la de todas las mujeres que ha conocido que solo puede tratarse de la misma, que ha ido migrando del cuerpo de una al de las otras.

—Mi primera mujer —dice— la tenía en la espalda, junto a la paletilla derecha. La segunda, en la nuca. Y Pilar, ya digo, bajo el pecho izquierdo. La he mirado hasta con una lupa mientras dormía y es la de siempre.

Para que no quepa lugar a dudas, me dibuja la verruga en un papel. Me recuerda al excremento de un pájaro, negra y muy porosa. La tiene tan estudiada que me hace dudar.

—¿Y qué vas a hacer? —digo.

—No sé —dice él—. Pilar me gusta, pero cada vez que nos metemos en la cama y tropiezo con la verruga siento un escalofrío. No es normal que a uno le persiga una excrecencia de esta naturaleza. Debe de significar algo.

MARTES. Estoy solo, en la terraza de verano de un hotel, al caer la tarde. He trabajado todo el día, de modo que cuento a mi favor con la satisfacción del deber cumplido y todo eso. Pido un gin-tonic y me lo bebo con una ansiedad que no se corresponde con la situación que acabo de describir. Debería disfrutarlo sorbo a sorbo, mientras recibo en el rostro la suave brisa que acaba de levantarse contra el calor reinante. Ninguna preocupación importante en mi cabeza, ningún conflicto sentimental o familiar, ningún dolor de muelas o de cualquier otro tipo. ¿De dónde, pues, procede esta ansiedad? Del subsuelo, me digo. Tenemos un subsuelo que arde, aun cuando la superficie permanece fría. Pido otro gin-tonic, dispuesto a consumirlo con lentitud. Pero la lentitud me provoca más nervios, más angustia. Al final, pago, me levanto y me pongo a caminar como un loco. Al cabo de hora y media estoy sudoroso y agotado. Me siento en una terraza, pido una tercera copa y, esta vez sí, logro bebérmela despacio. El cansancio físico a modo de ansiolítico.

MIÉRCOLES. He soñado que cuando iba a ducharme la bañera estaba llena de peces muertos, peces muy grandes, quizá atunes, con un cerco plateado alrededor de los ojos. Había en el cuarto de baño un policía al que solicitaba que hiciera algo. Entonces él sacaba la pistola y disparaba contra los peces muertos.

—No me refería a eso —le decía yo.

Entonces el policía sacaba la porra y la emprendía a golpes contra los animales. Yo, comprendiendo internamente que el asunto no tenía solución, decidía dejar las cosas como estaban y salía del cuarto de baño en dirección a la cocina, donde me lavaba por partes, como cuando éramos pequeños y pobres. Luego, en vez de desodorante, me ponía fuagrás en las axilas. El sueño era muy pastoso, sueño de ese modo desde que empecé a tomar la melatonina. Al despertar, estuve un rato sentado sobre el borde de la cama meditando acerca de mi vida y de la vida de los demás. Sentí piedad por todos nosotros.

Tras el desayuno, me acordé del estanque. Al acercarme a ver cómo iba todo, comprobé que el nivel del agua estaba muy bajo, quizá tuviera alguna pérdida. El caso es que los peces habían comenzado a boquear. Rápidamente apliqué la manguera, que dejé abierta hasta rellenar lo que faltaba. Los peces recuperaron enseguida su actividad habitual. Les eché también un poco de comida y pronto comenzaron a picotear. La tortuga, en cambio, no apareció. Mientras observaba a los peces recordé de nuevo el sueño, preguntándome si no habrían sido ellos los que, de un modo misterioso, lo habían provocado para que no me olvidara del estanque. No es la primera vez que me ocurre algo así. Con el paso de los años, entre el estanque y yo ha ido estableciéndose una suerte de sometimiento mutuo. Los peces dependen de mí, desde luego, pero también yo de ellos. Tengo la superstición de que si murieran por un descuido mío, yo sufriría un castigo. El estanque tiene forma de hígado.

JUEVES. Salgo al jardín, para comprobar que todo está en orden en el estanque, y tropiezo con una gallina. No tengo ni idea de cómo puede haber llegado hasta allí, pues las vallas que separan mi jardín de los de mis vecinos son altas, insuperables en todo caso para el vuelo corto de una gallina. La melatonina, me digo, a ver si estoy soñando. Pero no, estamos despiertos la gallina y yo. Quizá alguien la haya abandonado, como quien abandona a un bebé, para que me haga cargo de ella. Mientras el animal y yo nos observamos con desconfianza, advierto que le falta un ojo, o sea, más espeso todo, como si la melatonina hubiera comenzado a afectar también a la vigilia. ¿Cómo se deshace uno de una gallina? Podría matarla, mueren miles de gallinas al día sin que la realidad se altere lo más mínimo. Durante mi infancia, resultaba normal retorcerles el cuello, lo hicieron decenas de veces en mi presencia, pero son especulaciones bobas, sé que no tengo valor, de modo que la dejo picoteando el césped, donde ha encontrado una lombriz larguísima.

VIERNES. La gallina ha puesto un huevo, como para pagarme el hospedaje, de modo que lo frío y me lo como con arroz blanco. Estaba fresquísimo, claro.

Semana 89

LUNES. De paseo por San Sebastián, me cruzo con una señora que lleva un conejo en brazos. Es blanco y grande. Un conejo radiactivo, me digo, no sé por qué. El animal va cómodamente instalado, como un perro faldero. Decido seguir a la señora y, llegados a una esquina que se encuentra a cien metros, se detiene y mira el reloj, como si esperara a alguien. Al poco, a bordo de una silla de ruedas eléctrica, aparece un tipo de mediana edad al que entrega el conejo sin intercambiar una palabra. Luego parten en direcciones distintas. Dudando a quién seguir, pierdo a los dos y regreso al hotel, donde, dándole vueltas al asunto, llego a la conclusión de haber asistido a un suceso fantástico camuflado en los pliegues de la vida diaria. No sé quiénes eran el hombre de la silla de ruedas ni la mujer del conejo, pero, sean quienes sean, están ya entre nosotros.

MARTES. De vuelta en Madrid, tras un vuelo movido, entro en un taxi que huele a vainilla. Llueve como si se hubiera producido un cataclismo sideral. El taxista me cuenta que ha llovido así toda la noche y que se le ha inundado el garaje, por cuya rampa se deslizaba una manta de agua del espesor de cuatro dedos.

—A las tres de la madrugada —añade— estábamos mi mujer, mi hijo y yo achicando agua a cubos porque el sumidero se había atrancado con las hojas. No ha llovido en todo el invierno y las tuberías estaban medio obstruidas.

El hombre me lo cuenta con una resignación admirable. A mí me ocurre algo así y me suicido o llamo a los bomberos. Ya sé que no es lo mismo suicidarse que llamar a los bomberos, es un decir. El caso es que no me veo en el garaje de casa, arrastrando cubos de cinco litros al exterior con el agua hasta las rodillas, en pijama y a las tres de la madrugada. De súbito siento por este hombre una admiración sin límites.

—Su familia y usted —le digo— son admirables.

Debo de haber pronunciado la frase con un énfasis excesivo, porque el hombre me mira a través del retrovisor como si hubiera recogido a un loco. Hacemos el resto del viaje en silencio, escuchando el repiqueteo de la lluvia contra el techo del coche.

Jueves. Suena el móvil cuando acabo de encender el segundo cigarrillo del día (doy cuenta del primero antes de comer, para quitarme el hambre). A ver qué hago: o apago el cigarrillo o atiendo la llamada. Decido apagar el cigarrillo y respondo a mi amigo M., viudo desde hace quince días. Tras los saludos de rigor, me pregunta qué haría yo si en una de las paredes de mi dormitorio hubiera aparecido una pequeña grieta de la que salieran sonidos articulados.

Permanezco unos segundos en silencio. Luego pregunto a qué llama él sonidos articulados.

—Pues no sé —indica—, a sonidos que parecen palabras, aunque palabras de otro idioma. Vamos, que no son mero ruido.

Todos los amigos estamos preocupados por M., que desde la muerte de su esposa tiene un comportamiento extraño. No extraño del todo, solo ligeramente extraño, lo que quizá es más preocupante. El otro día llamó para preguntarme a qué hora me acostaba. Cuando le dije que a las once, exclamó un «ya lo decía yo» y colgó.

Como vivimos cerca, me invita a escuchar los sonidos de la grieta. Le digo que vale, que ya voy, y me fumo el cigarrillo de la caída de la tarde de camino a su casa.

—Hueles a tabaco —dice nada más abrirme la puerta.

—Ahora fumo un par de cigarrillos al día —me justifico.

Sin más preámbulos me conduce al dormitorio, donde, en un rincón, veo, amontonada, la ropa de la difunta. Observo también que la cama está sin hacer. Incómodo por mi intrusión en una intimidad que huele a sudor, aplico el oído a la grieta que me indica M. Como cabe suponer, no escucho nada, pero siento una envidia enorme de su alucinación auditiva y le digo que sí, que llegan, como desde muy lejos, pronunciadas en un tono muy agudo, unas palabras en francés.

—El abuelo de Rosa —dice mi amigo— era francés.

Lo del francés lo he dicho por decir, sin conocer la ascendencia de Rosa, su mujer.

De vuelta a casa, me fumo otro cigarrillo.

DOMINGO. Compro cuatro periódicos, cada uno con sus típicos suplementos dominicales (o complementos alimenticios), y me paso el día leyéndolos, despreciando en cambio el diario que los acompaña. Noto una cierta extrañeza corporal, no desagradable, que atribuyo a la melatonina, sobre la que descubro casualmente un artículo que habla de ella como de un poderoso antioxidante. La hormona de la juventud, la llaman algunos. Este es el primer domingo, en mucho tiempo, que no me provoca efectos secundarios indeseables.

Semana 90

LUNES. Mi amigo H. vivía en el piso número catorce de una torre de quince. Desde la ventana de su salón, que recorría de lado a lado una de las paredes, se veía, a lo lejos, una de las carreteras de circunvalación que rodean Madrid (la M-30). El paisaje, sobre todo por la noche y debido a las luces de los automóviles, resultaba sobrecogedoramente urbano. Pero también de día daba gusto asomarse a esa ventana y perderse en la contemplación del río de vehículos que discurría, como un caudal incesante, por el cauce de asfalto. Si hacía sol, porque hacía sol; si llovía, porque llovía, el panorama resultaba siempre de una belleza rara.

¿La atracción del abismo?

El piso tenía además la ventaja de hallarse lo suficientemente alejado de la autopista para que el ruido de los coches no resultara molesto. De hecho, se colaba por la ventana como el rumor lejano y monótono de las olas del mar. De ahí que esa ventana permaneciera abierta, durante el verano, las veinticuatro horas del día. Y he de dejarlo aquí porque precisamente he quedado a comer con H. y se me hace tarde. Mañana sigo.

MARTES. Pues bien, un sábado del pasado mes de agosto mi amigo H. se encontraba solo en casa (la familia se había ido a la playa), dando una cabezada en el sofá después de comer. Doblemente arrullado por el soniquete de la tele y el zumbido lejano de la M-30, entró enseguida en un sueño letárgico interrumpido al poco por el timbre de la puerta. Antes de que lograra salir de su sopor, el timbre volvió a sonar y volvió a sonar con una insistencia agobiante, como si hubiera un fuego en el edificio. H. se levantó, llegó tambaleándose a la puerta, la abrió y vio al otro lado a un vecino del primer piso, que entró sin decir buenas tardes, atravesó el hall de la vivienda, cruzó el salón y se arrojó por la ventana. Todo en apenas siete segundos. H., todavía con el pomo de la puerta en la mano, paralizado por el pánico, dudó si estaba despierto o continuaba dormido. Luego se acercó despacio a la ventana, se asomó, y vio allá abajo, sobre la acera, el cadáver de su vecino.

Desde ese día, mi amigo no podía mirar en dirección a la ventana sin sentir por ella una atracción de carácter suicida. Tampoco se podía quitar de la cabeza aquellos siete segundos de un sábado de agosto durante los que había presenciado la escena más espantosa de su vida. Para colmo de males, dado el estado de somnolencia en el que había abierto la puerta, el recuerdo poseía unas calidades oníricas que lo hacían aún más confuso. A veces se preguntaba si lo había soñado, pero se trataba de una pregunta retórica.

Su mujer y sus hijos empezaron a notar que su comportamiento respecto a la ventana no era normal. Siempre estaba alejado de ella, preferiblemente de espaldas al paisaje urbano que tanto le había gustado en otro tiempo. Cuando, a preguntas de su mujer, no tuvo más remedio que sincerarse, vendieron la casa (lo que les costó lo suyo) y se fueron a vivir a un primero de un edificio del centro de Madrid. Lo que su familia no sabe es que ahora se pasa la vida imaginando que un día sube al sexto piso, llama a la puerta del vecino que vive allí, le abren, atraviesa la casa sin decir nada y se arroja por la ventana del salón, que da a una calle muy transitada.

Jueves. Ha venido a comer a casa H., por lo que hemos cerrado todas las ventanas. Dice que ha empezado a ir al psicólogo, y le felicitamos por ello.

—Lo malo —añade— es que tiene la consulta en un octavo piso.

Semana 91

LUNES. A mi lado, en el metro, un cura con sotana, de unos cincuenta años. Va leyendo un libro de tapas negras muy manoseado: el breviario, ese resumen de lecturas religiosas que acompaña a los sacerdotes las veinticuatro horas del día. Contiene salmos y oraciones para cada momento de la jornada. Yo llevo una novela que no he abierto, absorto como estoy en la observación de la gente.

De súbito, descubro cerca de una de las puertas a un joven con chándal cuyo rostro recuerda al de Jesús. El Jesús icónico de los libros de religión, quiero decir, que, según testimonios, poco tenía que ver con el real. El joven observa fijamente al sacerdote que viaja junto a mí, enfrascado en la lectura del breviario. Por un momento se me ocurre la idea de que ese joven sea Dios. En esto, el cura, como si hubiera recibido un aviso, levanta la mirada, que se cruza con la del supuesto Jesús. Durante unos instantes se observan el uno al otro con una intensidad estremecedora. Luego, el cura le hace una seña para indicarle que le cede el asiento. El joven, que evidentemente es un drogadicto a punto de caerse al suelo, se sienta a mi lado sin dar las gracias y el cura se dirige a una de las puertas guardándose el breviario en el bolsillo de la sotana. En la siguiente estación nos abandona. Yo sigo junto a Dios sin que ningún otro viajero se haya percatado de lo ocurrido.

MARTES. Voy al cine, a ver *Irrational Man,* la última de Woody Allen. Solo hay tres personas más en la sala, de modo que nos alejamos las unas de las otras para disfrutar de una mayor intimidad con la película, que me atrapa desde los primeros instantes. Hacia la mitad de la proyección me viene a la memoria aquel verso de Rilke: «La belleza no es más que ese grado de lo terrible que todavía soportamos». El protagonista sobrepasa ese grado en apenas unas décimas y conoce lo insoportable. Salgo del cine aturdido, como cuando era adolescente, y camino en dirección a cualquier parte. En un semáforo, alguien me pone una mano en el hombro.

—Hola, Juanjo. ¿Te acuerdas de mí?

Se trata de un hombre de mi edad. No lo recuerdo, pero le digo que sí. Siempre digo que sí aunque me apetezca decir que no, porque yo siempre me reprimo.

—¿Cómo te va? —le pregunto.

—Me acabo de divorciar —dice—. ¿Por qué no tomamos un café y te cuento?

Yo me aferro desesperadamente a la película de Woody Allen, de cuya atmósfera me resisto a salir. Le digo que no puedo, que tengo prisa, y él dice que yo daba la impresión de no ir a ningún sitio.

—Ibas como abstraído —añade.

—Es mi modo de ir —arguyo intentando zafarme.

—Bueno —dice el tipo—, pues te digo la verdad y te largas: ni nos conocíamos ni me acabo de divorciar. Que te den.

El individuo se mezcla con la gente y yo continúo caminando, fuera ya del poder sugestivo de las imágenes de *Irrational Man*. Entonces, al rememorar las facciones del intruso, me viene a la memoria su apellido: Pueyo. Fuimos compañeros en la facultad, hace mil años. En fin. Cuando llego a casa, mi mujer dice que me ha llamado por teléfono un hombre.

—¿Qué ha dicho? —pregunto.

—Que era un viejo amigo tuyo que se acaba de divorciar. Me ha dejado un teléfono para que le llames.

Miércoles. Estoy comiendo con un escritor en un restaurante italiano. Me llamó hace un par de días para invitarme. De haber contado con los reflejos suficientes, le habría dicho que tenía un viaje. Soy víctima de muchos compromisos absurdos por esta falta de reflejos que tengo. El restaurante está como sin acabar y los espaguetis duros. Más que al dente, al tridente. De beber, un espumoso repugnante que me da ardor de estómago antes de llevármelo a la boca. El escritor me presenta a su hermano, el dueño del restaurante, cuyas maneras parecen la parodia de un *maître* de verdad. En el segundo plato (un pescado irreconocible que flota en una salsa pálida) me dice que tiene un piso franco.

—¿Un piso franco? —digo yo.

—Sí, para escribir en la clandestinidad —dice él.

Me propone que lo compartamos y le digo que lo pensaré. Cuando consigo huir del italiano, me meto en el cine, a ver otra vez la peli de Allen.

Semana 92

LUNES. Navegando sin rumbo por internet caigo en un foro de relojeros. Mucha gente habla del reloj de su padre. Deduzco que una de las pocas cosas que se recuerdan (y conservan) de los padres es el reloj. Hubo un tiempo en el que significaba algo, aunque no sabría decir qué. Quizá que te habías hecho mayor. La primera noción del paso del tiempo nos llegaba a través de las agujas de aquel aparato. Recuerdo haberlas adelantado en las clases de matemáticas con la fantasía de que de ese modo durarían menos. Y haberlas retrasado en el intento de volver a vivir una hora feliz. En el foro, mucha gente pregunta dónde llevar a reparar un reloj antiguo, es decir, dónde llevar a arreglar el reloj de sus padres. Yo usé el de mi padre durante algún tiempo. Se me estropeó, lo arreglé y se volvió a estropear.

—Esto le va a salir muy caro —me advirtió el relojero la última vez.

Renuncié, pues, a la antigüedad y me compré un Casio. Se trata de un reloj curioso, que hace el cambio de hora estival e invernal gracias a un satélite con el que se pone misteriosamente en contacto. Para ello, has de colocarlo en la ventana por la noche. Creo que el satélite pasa a las tres de la madrugada.

MIÉRCOLES. Leo que la tristeza aumenta las posibilidades de sufrir un infarto. De ser cierto, yo tendría que haber muerto a los siete u ocho años, pues fui el niño más triste de mi generación. Luego, al crecer, y a base de disimular, cambié de carácter. Quiero decir que me fabriqué un carácter falso, un carácter de individuo alegre, una prótesis. Y ha funcionado. Todavía hoy muchas personas creen que soy alegre. Si he de decir la verdad, soy triste, triste, soy muy triste. Y jamás he padecido del corazón.

Jueves. Cuando regreso de comprar el periódico, me sigue un perro evidentemente perdido. ¿Por qué me ha elegido a mí? Ni idea, pero tampoco es la primera vez que me ocurre. Tengo una especie de imán para los perros perdidos o abandonados. Para los perros abandonados y para los agentes de aduanas, que siempre me ordenan abrir la maleta.

—Vete, perro —le digo amenazándole con el periódico.

Pero el animal se da cuenta de que no voy en serio y se limita a mirarme con las orejas gachas. Es un perro normal, de tamaño mediano. Café con leche y el morro un poco afilado, quizá un cruce de ratonero con otra especie que no se me ocurre. La última vez que llegué a casa con un perro detrás de mí, mi mujer, en contra de mi opinión, se empeñó en que nos lo quedáramos y vivió diecisiete años. Le tomé cariño, un cariño de diecisiete años, y no estoy dispuesto a pasar por ello de nuevo. El cariño conlleva muchas responsabilidades. Tenía que sacarlo dos o tres veces al día, ocuparme de las vacunaciones, de las comidas... Tuve que enseñarle a no ladrar cuando se quedaba solo... Resumiendo: fue un cariño coñazo por el que no pienso volver a pasar. Así que huyo del perro como de la peste. Pero él me sigue como si yo fuera un protector nato. Empiezo a esconderme detrás de los coches y, sin darme cuenta, al poco estoy haciendo el ridículo.

—No es mío —le digo a una señora que me observa desde una ventana con expresión de censura.

—Pues lo parece —dice ella.

Al final me tengo que subir a un autobús. Cuando vuelvo a casa, me siento culpable. Pero se trata de una culpabilidad liberadora.

Semana 93

LUNES. Llama un señor a un programa nocturno de la radio y pregunta que cómo es posible que dando vueltas la Tierra sobre sí misma a una velocidad de mil ochocientos quilómetros por hora, el agua de los océanos no salga despedida como consecuencia de la fuerza centrífuga. La imagen del agua escapando de sus lechos naturales me obliga a abrir los ojos. Estaba haciéndome efecto el somnífero cuando, vaya por Dios, surge este asunto interesante. Le responden que la fuerza de atracción de la Tierra es mayor. Le explican también que los océanos forman parte del conjunto Tierra como una mosca que viaja en el interior de un coche que va a cien por hora forma parte del conjunto coche. Por eso la mosca se mueve con libertad. Por eso nosotros, cuando vamos en un avión que vuela a ochocientos quilómetros por hora podemos desplazarnos sin problemas por su interior.

MARTES. Si se habla tanto del sentido de la vida, es porque no lo tiene. También se habla mucho del pan cuando se carece de él. El lenguaje se inventó para nombrar lo ausente. Lo presente está ahí, al alcance de las manos o de la vista. Viene esto a cuento del sentido de la vida de los peces de piscifactoría, sobre los que acabo de leer un reportaje. Nacen en jaulas, viven en jaulas, se reproducen en jaulas y llegan a la cocina sin haber conocido su medio natural. ¿Qué clase de sentido es ese? Ninguno, cero, como alguien que se pasara la vida en una oficina. Y sin embargo la oficina, en la medida en que proporciona trabajo, da sentido, un sentido de mierda, pero sentido al fin. Creo que no me ha venido bien tropezar con este reportaje sobre animales de piscifactoría. Me he identificado con ellos.

MIÉRCOLES. Leo que la abuela del Papa Francisco decía que el sudario no tiene bolsillos. Una frase brutal, de solo cinco palabras, que dice más de lo que dice. Hay gente que cuando habla dice más de lo que pronuncia (los poetas), y gente que dice menos de lo que articula (los políticos). Luego está la gente que dice lo que dice. Esta es la que tiene más mérito. Decir lo que se dice exige una precisión de microcirugía casi imposible de lograr, pues donde menos lo esperas salta la metáfora.

VIERNES. Salgo de viaje, a Bogotá, así que voy al banco y cambio euros por pesos. Me siento políglota.

Semana 94

LUNES. Cuando vas muy deprisa de un sitio a otro, corres el peligro de llegar aquí antes de que tu cuerpo haya salido de allí. Hay individuos en las esquinas que parecen esperar a su cónyuge, cuando en realidad esperan a su cuerpo. No a su cuerpo físico, sino al cuerpo inmaterial que nos acompaña y al que prestamos poca atención. Como es invisible, no concedemos mucha verosimilitud a su existencia. Meditar, en cierto modo, consiste en entrar en el cuerpo. La frase «estar fuera de sí» expresa muy bien esta situación. Nos pasamos la vida fuera de nosotros mismos, y más en estos tiempos de crisis. «Estar fuera de quicio» es una variante de «estar fuera de sí». Significa que no cierras bien, como la maldita puerta del armario de debajo de la pila de la cocina. Esta semana he regresado a la meditación, que tenía abandonada, con resultados decepcionantes. No consigo concentrarme ni desconcentrarme, no logro entrar en mí. Ese tipo de la esquina que parece esperar a alguien soy yo. He quedado conmigo a las cinco de la tarde, pero no llego.

MARTES. El problema de permanecer fuera de uno mismo se agrava con los viajes. Estos días tengo que viajar mucho. Cuando me bajo del tren aquí o allá, se baja un hombre hueco. Yo soy ese hombre al que han ido a recibir para llevarlo a un sitio donde tendrá que pronunciar unas palabras, etcétera. Nadie se da cuenta de que ese hombre que soy yo se encuentra completamente vacío porque no le acompaña el cuerpo inmaterial que proporciona interés al material. Esto significa que uno de los dos cuerpos, no sé cuál, vive a la intemperie. De ahí la bronquitis.

MIÉRCOLES. Me compro un cuaderno. Los cuadernos son con frecuencia lugares de acceso a uno mismo. Los abres por la primera página, escribes unas líneas y de súbito estás otra vez dentro de ti. Eso quiere decir que cada uno de nosotros tiene mucho de cuaderno. Hay personas cuadriculadas y de rayas, aunque también las hay que tienen todas las páginas en blanco. Estas últimas dan más vértigo. Yo prefiero los cuadernos con rayas, para escribir recto. En la pizarra del colegio, de pequeño, empezaba a escribir en la parte de abajo y sin darme cuenta iba deslizándome hacia arriba, como si la escritura tirara de mí. El profesor decía que eso era una enfermedad que intentó, el muy hijo de perra, curarme a reglazos.

Me ocurre también al caminar por lugares en los que las líneas no están muy marcadas. Un día, ya de mayor, le pregunté al médico y me dijo que era un problema de equilibrio. Algo del oído interno. Bueno, pues he abierto el cuaderno, he puesto la fecha y he escrito unas líneas. Luego lo he cerrado, lo he metido en un cajón y me he levantado de la mesa de trabajo con la impresión de que mi cuerpo inmaterial y mi cuerpo físico se habían encontrado de nuevo. Ya no soy ese hombre sin alma que duerme en habitaciones de hoteles sin alma y que pronuncia conferencias desalmadas.

Jueves. Fallece, en Madrid, la madre de un amigo. Yo vuelvo a estar fuera, muy lejos, y no me da tiempo a regresar para el entierro. Le llamo por teléfono y tenemos una conversación absurda:

—¿Cómo estás? —le digo.

—Ya ves —dice él.

—Procura no venirte abajo —le digo, pues sé que está en tratamiento por culpa de una depresión antigua.

—¿Te han dicho que se ha muerto mi madre? —dice.

—Te llamaba por eso —digo yo.

—Ah, pues sí. Falleció esta madrugada.

—Lo siento.

—Bueno, te tengo que dejar —dice.

Cuelgo y me quedo con mal sabor de boca. Me parece que el hombre estaba un poco ido. Hay medicinas que calman, pero atontan. Mi amigo lleva varios meses calmado y atontado. Ha elegido esa forma de vida que la química pone a nuestra disposición. Me pregunto cuánta de la gente que te encuentras por ahí, calmada, está atontada también.

VIERNES. Abro el cuaderno a través del cual logré entrar en mí mismo. Escribo: «Hoy dejo los antidepresivos». Y lo cierro, conmigo dentro. Conmigo dentro del cuaderno. Dentro de mí, por tanto.

Semana 95

LUNES. En la clase de escritura creativa, el alumno manco al que sus compañeros llaman cruelmente Cervantes dice que una monja aseguró en la tele que San José y la Virgen tenían sexo, como cualquier pareja normal.

—Normal, cómo —pregunta Lola, la exmonja atea, que por alguna razón se ha sentido aludida.

—Normal, normal —dice Cervantes.

—¿Pero hay parejas normales? —insiste Lola.

El asunto genera cierta inquietud, no porque ofenda los sentimientos religiosos de nadie, sino porque rompe los esquemas de un relato muy asentado. Si Jesucristo, de repente, es hijo de San José y no de Dios, toda la geometría narrativa de esa historia se va al cuerno. Marta se pregunta en voz alta por qué una monja, precisamente una monja, y en la tele, ataca de ese modo una historia que, creyentes o no, nos afecta a todos.

—Es como si nos dijeran que los enanitos de Blancanieves eran en realidad gigantes. Necesitamos que sean enanitos.

—A ver qué dice el Vaticano —concluyo yo para abandonar el asunto y empezar a trabajar.

MARTES. Me compro un nebulizador que actúa sobre la mucosa nasal sin efectos vasoconstrictores. Me lo explica una farmacéutica amabilísima que me advierte sobre los descongestionantes habituales, que suben la tensión y pueden, en casos extremos, provocar un ictus. Como no tengo prisa y a ella le gusta hablar, me siento en una silla que hay al lado de la báscula, como para aliviar los riñones, y la escucho. Se expresa con una sintaxis de prospecto, pero sin su frialdad. El secreto está en su voz, que parece salir de una garganta frágil. Una garganta de cristal fino, semejante al de los relojes de arena. Me invita a un caramelo de eucalipto y le digo que sí. Habría aceptado, de ofrecérmela, una pastilla de cianuro. Mientras hablamos, los clientes entran y salen del establecimiento, pues ella es capaz de atender a todos sin dejar por eso de darme conversación. Luego, sin venir a cuento, me pregunta de qué murió mi madre, de qué mi padre. Se lo digo, aunque de forma aproximada, y pone cara de circunstancias. Sus padres, dice, viven todavía, pero no se habla con ellos porque no les gusta que sea farmacéutica.

Antes de irme me toma la tensión, y tengo la baja un poco alta. Fuera llueve, por lo que camino refugiándome debajo de las cornisas hasta que en una esquina un chino me vende un paraguas de usar y tirar por cuatro euros. Cuando pienso en la farmacéutica, tengo la impresión de haber asistido a un suceso portentoso, a una conversación sin pies ni cabeza y, al mismo tiempo, extrañamente lógica, como si contuviera, escondido, un relato sobre mi propia vida.

Miércoles. Vuelvo a la farmacia de ayer, que cae muy lejos de casa, pero me dicen que la persona que me atendió está enferma. Me preguntan si deseo darle algún recado, digo que no y regreso al hogar con una rara mezcla de frustración y alivio. Habría resultado un poco violento encontrarla.

Jueves. Utilizo el nebulizador nasal como un amuleto. Mi mujer me pregunta por qué lo uso tanto y le digo que porque no es vasoconstrictor.

—Ya —dice ella—, pero huele demasiado a eucalipto.

—Puede —concluyo yo.

Viernes. En la casa de enfrente a la nuestra, un gato se ha caído desde un cuarto piso y no le ha ocurrido nada. Me lo cuenta una vecina en la tienda de los chinos, cuando voy a comprar el pan y una caja de pastillas para hacer caldo de pescado. Habla de ello con una pasión semejante a la que ponía la farmacéutica al enumerar las propiedades del nebulizador, de modo que me quedo un rato en la tienda, escuchándola fascinado. Luego salimos a la vez y nos despedimos en la esquina, donde cada uno toma una dirección. Miro la hora. Es pronto. Por un instante me ataca la tentación de coger el metro e ir a ver cómo sigue la farmacéutica. Pero me reprimo. Yo siempre me reprimo.

Semana 96

MARTES. En una feria del libro, no importa ahora de qué ciudad, se acerca un joven y me pide que le firme un ejemplar de mi novela para su madre. Le pregunto si él no piensa leerla y compone un gesto de superioridad, como si él no perdiera el tiempo con «esas cosas de mujeres». Le pregunto entonces a quién está llamando idiota, si a su madre o a mí, y arroja el libro sobre el mostrador antes de marcharse. Ofendido. Ocurre con cierta frecuencia que vengan hombres a comprar libros para sus madres o novias haciéndote ver de un modo u otro que su nivel intelectual es superior al de estas mujeres que leen narrativa. Lo increíble es que no se dan cuenta de la misoginia y el machismo implícitos en su actitud. Jamás se da el caso contrario. Cuando una mujer solicita una dedicatoria para un hombre, lo hace desde la idea de compartir con ese hombre algo que previamente le ha gustado a ella.

MIÉRCOLES. Corro detrás del autobús y lo pierdo. No estoy en forma, no volveré a estarlo nunca más. Ya en mi despacho, frente al ordenador, corro detrás de una idea y la atrapo. Una cosa por otra. El consuelo es la cabeza. ¿En qué consiste estar bien de la cabeza? En recordar y asociar. En abrir el periódico y seguir el relato de la actualidad, aunque no te interese. En comprender que entre la noticia publicada en la página dos y la publicada en la página cuarenta hay un hilo secreto que las une.

JUEVES. Me llama por teléfono el hijo adolescente de unos amigos de toda la vida a los que no veo desde hace tiempo. El chaval me cuenta que sus padres se han separado.
—No sabía nada —digo.
—No se lo han dicho a nadie —dice él.

Conozco a este chico desde que nació, lo he tenido en mis brazos y todo eso. Pero me pregunto para qué me llama.

—Te lo digo —añade como si escuchara mis pensamientos— por si me puedo ir a vivir unos días a tu casa. Es que estoy enfadado con los dos.

Dudo unos instantes, porque me parece que me estoy metiendo en un lío. Al final digo que sí, claro, que mi casa es la suya, y queda en que se presentará en una hora. Pasa esa hora y no llega. Pasan dos y tampoco. Tres y no aparece. Empiezo a preocuparme como si fuera su padre. Como su número de teléfono ha quedado registrado en la memoria del mío, le llamo varias veces, pero está apagado o fuera de cobertura. No me importa que el móvil esté apagado o fuera de cobertura, pero sí que lo esté el chico. A las dos de la madrugada, cansado de esperar, me voy a la cama, pero duermo mal y sueño que llaman al timbre de la puerta.

Viernes. Tras intentar localizar de nuevo al chico llamo a su padre. Le cuento lo ocurrido y me dice que no se han separado.

—¿Entonces? —pregunto.

—No tengo ni idea —dice él—. El chico está en su cuarto, durmiendo, porque ayer llegó un poco tarde.

Observo, por el tono de mi amigo, que piensa que me he vuelto loco. Su hijo jamás haría eso. Quedamos en comer un día y nos despedimos con un abrazo.

Sábado. Según Pesach Lichtenberg, reputado psiquiatra israelí, en Jerusalén no existe una línea clara que separe una experiencia mística profunda de un brote psicótico.

Domingo. La esquina es la parte luminosa del rincón.

Semana 97

Jueves. En la televisión hablan de una mujer perteneciente a una tribu de un lugar de nombre irrepetible. Tenía nueve hijos que, por unas cosas o por otras, fue perdiendo hasta quedarse sin ninguno. Por cada hijo que perdía se amputaba un dedo de los pies, de manera que solo le queda uno, el pulgar del pie izquierdo, que la mujer muestra a la cámara con expresión de extrañeza. Por lo visto, cocinó cada uno de los dedos amputados y se los comió en una suerte de ritual que ni siquiera pertenecía a la tribu, sino que había inventado ella. Si cada uno de los dedos simbolizaba a cada uno de los hijos perdidos, su ingestión era un modo de hacerlos regresar al interior del cuerpo del que salieron. La mujer parece completamente cuerda. Añade que tiene grandes dificultades para andar porque los dedos de los pies, pese a su aparente insignificancia, son fundamentales para la marcha.

Viernes. Los delgados también se mueren. Un amigo de mi mujer que llevaba años clavado en los setenta quilos, midiendo uno ochenta, falleció ayer. Hoy hemos ido al tanatorio para acompañar a la familia y el comentario general era ese: la injusticia que suponía que se muriera un hombre delgado.

—Dan ganas de no cuidarse —me comentó un cuñado del difunto que parecía también en plena forma.

Me acerqué al escaparate para ver el cadáver, con el que había tenido muy poca relación, y era, en efecto, un hombre delgado.

—Con un índice de grasa corporal bajísimo —me dijo su hermana, que se había manifestado de repente junto a mí.

Le pregunté si el muerto había sido fumador y me dijo que no, lo que hacía, si cabe, más incomprensible su muerte.

Puerco gobierno.

232

SÁBADO. Leo en algún sitio que no hay más que dos categorías de hombres: la de los anfitriones y la de los invitados. Tratando de averiguar a qué clase pertenezco, concluyo que soy un anfitrión sin invitados. Lo que significa que hay al menos tres categorías.

Semana 98

MIÉRCOLES. Me encargan un texto sobre la muerte súbita y digo que sí porque pagan bien. He perdido la curiosidad de preguntar el porqué de las cosas, sobre todo si me interesa el cuánto. Me siento a la mesa y empiezo a darle vueltas al asunto. Todo empieza así, dándole vueltas al asunto. La expresión «muerte súbita» me conduce a su contraria: «vida súbita». No existe la vida súbita, se llega a la vida tras un proceso raro que parece sacado de un cuento de terror. Ya saben, el óvulo que cae, el espermatozoide que se refugia en él, la formación de la placenta... Por asociación de ideas, llego enseguida al sintagma «generación espontánea».

Mi padre me contaba que en la antigüedad se creía que los insectos pequeños nacían por generación espontánea. No estaban y de repente estaban. Vida súbita, podríamos decir. El texto empieza a cobrar forma. Cuando he escrito la mitad, me llaman para anular el pedido. La persona que está al otro lado del hilo telefónico lo dice así, «anular el pedido», como si yo fuera un supermercado. Quizá lo soy, un supermercado abierto dieciocho horas al día los trescientos sesenta y cinco días del año. Por el insomnio.

—¿Y eso? —pregunto.

—Perdone, pero nos hemos equivocado de Millás. Hay un Millás médico.

Cuelgo y continúo escribiendo el artículo, por la curiosidad de ver cómo termina. Y termina mal.

Semana 99

LUNES. Llevo días sin registrar ninguna conversación de interés en la cafetería. Me pregunto si el problema está en los otros o en mí. Tal vez he perdido sensibilidad para escuchar lo que se dice por debajo de lo que se dice. Hoy, por ejemplo, me coloqué al lado de una pareja de novios que solo hablaban de lo que hablaban. En otras palabras, hablaban sin doble intención. Cuando él señalaba que se les iban a echar las fiestas encima sin haber comprado ningún regalo, solo quería decir que se les iban a echar las fiestas encima sin haber comprado ningún regalo. No había en su observación ningún otro matiz, tampoco sentimiento de culpa o de agobio. Y ningún reproche, por supuesto. Pero si ella respondía que las navidades, este año, le daban más pereza que otros, solo pretendía señalar eso, que este año le daban más pereza que otros. Tenían algo de robots, pues se manifestaban sin sentimiento alguno, como si llevaran la cinta de la conversación grabada dentro de sí. Me desazonó escucharlos, pues me pareció que de repente el mundo era únicamente lo que veíamos de él. Salí a la calle y comprobé que los edificios solo eran edificios y las personas solo personas y los escaparates solo escaparates. Y yo, un tipo opaco que recogía conversaciones sin sustancia, sin fondo, sin magia.

MIÉRCOLES. Tengo invitados a comer. Preparo colas de cangrejo de río con vinagreta. Las colas de cangrejo de río vienen ya peladas, en salmuera. Se trata de un aperitivo con el que por lo general triunfo. En esta ocasión, uno de los invitados (editor de libros científicos) dice que el cangrejo le sabe a batería.

—¿Cómo que sabe a batería? —digo yo un poco molesto.

—Más exactamente —dice él—, a pila de un voltio y medio, de las del mando a distancia de la tele.

La cosa queda ahí, pero cuando se van busco en Google la palabra salmuera y averiguo que en 1800 Alessandro Volta usó la salmuera junto con el cobre y el cinc para crear la pila voltaica. Desde entonces, tengo en la boca un sabor como a electricidad que no logro quitarme con nada.

Jueves. Mi amigo L. escribió y publicó en su juventud una novela que no tuvo ningún éxito. No volvió a escribir, pero siempre confió en que un día alguien importante descubriría esa novela, la publicaría de nuevo y alcanzaría la gloria y la fama; también la riqueza, claro. Hace poco sufrió un ictus que lo condujo a un sitio de su conciencia del que vuelve a ratos. El otro día fui a verle y, al poco de estar con él, volvió.
—Hola —me dijo.
—Hola —le dije.
Tras unas frases de calentamiento, me confesó lo siguiente:
—Ya solo confío en los japoneses para salir del anonimato.
—¿En los japoneses? —pregunté.
Tras obligarme a comprobar que no había nadie escuchando detrás de la puerta, me explicó que había tenido una revelación según la cual un japonés traduciría su vieja novela, la colgaría en la red y se vendería a millones. Solo en Tokio, harían siete ediciones en un mes. Más tarde, por contagio, el éxito se reproduciría en Estados Unidos y en Australia y así hasta llegar a Europa, donde se convertiría en el fenómeno del siglo.
Cuando iba a preguntarle por qué todo comenzaba en Japón, se largó allá de donde había venido y yo, tras despedirme de su mujer, volví a casa con un sentimiento de extrañeza que no me abandonó hasta que me metí en la cama y me dormí. Los japoneses. Jamás se me habría ocurrido pensar en los japoneses como salvadores de nuestra literatura. ¿Por qué no?

Sábado. Me corto un dedo al partir un limón por la mitad, preparando unos gin-tonics para unos amigos que han venido a verme. En uno de los vasos cae una gota de sangre que se precipita hasta el fondo, donde revienta y se expande, proporcionando a la ginebra una tonalidad crepuscular. Tonalidad crepuscular... Nunca pensé que llegaría a escribir una expresión de este tipo.

Semana 100

LUNES. Viene a verme el hijo de un amigo.

—Hace un año —dice— me captó en la universidad un agente del Centro Nacional de Inteligencia. Dijo que yo era una persona discreta y que necesitaban tipos así. Mi trabajo consistiría en recibir y entregar sobres en un piso franco que pondrían a mi disposición. Me pagaban poco, pero lo suficiente para vivir, sobre todo teniendo solucionado el alquiler del piso. Como el CNI me parecía un organismo serio, del Estado, y yo quería emanciparme de mis padres, acepté. Me fui a vivir al piso franco y durante los primeros meses estuve recibiendo y entregando sobres. A veces los tenía que abandonar en una papelera o detrás de la cisterna del retrete de un bar. Todo sencillo, sin peligro aparente. Luego la actividad bajó, y yo empecé a sospechar que en el asunto había gato encerrado. Hice averiguaciones y acabé descubriendo que ni Centro Nacional de Inteligencia ni leches. Mi padre se había inventado todo ese montaje para que me fuera de casa sin pasar por la humillación de que él se hiciera cargo de mis gastos.

—¿Y por qué me cuentas esto a mí? —le pregunto.

—Porque tú eres su amigo y quiero que averigües si se está demenciando, porque la historia no es normal.

La historia no es normal, desde luego, así que telefoneo a mi amigo y le invito a comer, a ver qué ocurre.

MARTES. Me encuentro en un restaurante japonés con mi amigo, el padre del joven espía del CNI. Hace un año o así que no nos vemos, aunque nos intercambiamos felicitaciones en fechas señaladas. A estas edades, en unos meses la gente puede cambiar mucho, de modo que acudo con la guardia alta. En el segundo plato, cuando le pregunto por la familia, dice que está muy preocupado por su hijo.

—¿Y eso? —pregunto.

—Anda metido en historias raras, relacionadas con los servicios de inteligencia. Creo que es espía.

Deduzco, en fin, que se han vuelto locos los dos, el padre y el hijo, o que el CNI intenta volverme loco a mí, lo que no es probable, pues ni siquiera me conocen. En fin, es una prueba, una más, de que la gente está mal, muy mal. Por la tarde me llama el hijo para preguntarme cómo he encontrado a su padre. Le digo que bien, muy ágil de cabeza, y le deseo felices fiestas.

JUEVES. Una mujer le pregunta a otra qué es la homeopatía.

—Pues lo de las medicinas que no son medicinas —responde la interpelada.

—¿Pero curan igual que las medicinas de verdad? —insiste la amiga.

—Yo creo que curan las enfermedades que no son de verdad.

—Ya —concluye la que comenzó la conversación.

Entonces me traen mi gin-tonic, doy un sorbo y me pierdo en mis ensoñaciones.

Semana 101

LUNES. En un banco del parque, a primera hora de la mañana, cuando salgo a caminar, encuentro un tenedor con una fresa grande ensartada en sus púas. Me siento en un extremo del banco y observo con perplejidad el hallazgo. Hay niebla, hace frío y salvo por un corredor con el que me crucé a la entrada, no he vuelto a ver a nadie. Al poco, empiezo a discutir conmigo mismo. Una parte de mí dice: cómetela, cómete la fresa. La otra parte pregunta que por qué tendría que hacerlo. Para demostrarte que superas el asco. No tengo ninguna necesidad de superar el asco. Sí la tienes, te pasas la vida proponiéndote retos absurdos, te mueres por comértela. Está bien, qué me das si me la como. No te doy nada, no necesito darte nada porque bastante satisfacción obtienes con comerte una mierda. No es una mierda, es una fresa. Pero alguien podría haberla chupado. ¿Qué sentido tiene que alguien deje una fresa chupada en un banco del parque? Cosas más raras se ven.

El combate entre las dos partes de mí continúa subiendo de tono hasta que al fin, por descansar, cojo el tenedor, me meto la fresa helada en la boca, la mastico y me la trago. No era más que una fresa. Nadie la había chupado, nadie le había inyectado veneno. Guardo el tenedor en el bolsillo, me lo llevo a casa y lo disimulo entre la cubertería familiar.

MARTES. Durante el desayuno, mi mujer tropieza con el tenedor intruso y me lo muestra extrañada:

—¿De dónde ha salido esto? —dice.

—Ni idea —digo yo destapando un yogur.

Esa tarde, le cuento a mi psicoanalista la historia de la fresa. Me pregunta si llevo a cabo episodios de ese tipo con frecuencia. Le digo que sí, que me peleo todo el rato conmigo mismo.

—En cierta ocasión —añado—, me comí un escarabajo solo por ver si era capaz de comérmelo.

—¿Un escarabajo? —dice ella.

—Sí, hace muchos años, de joven. Salí al jardín de una casa que habían alquilado mis padres en la sierra para pasar el mes de agosto, arranqué la corteza de un árbol y debajo apareció el animal. Una parte de mí decía que no sería capaz de comérmelo. La otra, que sí. Venció la del sí. Siempre vence la voz que transgrede.

—¿Lo masticó?

—Un poco. Lo mastiqué para sufrir, sí, porque sabía a verde. Ya le he dicho en alguna ocasión que soy sinestésico y que los colores me saben.

—¿Y a qué sabe el verde?

—A bilis. El azul es salado y pica un poco, como si llevara jengibre.

La terapeuta me pregunta luego por el tenedor intruso, pero no se me ocurre nada, excepto que yo me siento entre los seres humanos como ese tenedor que no pertenece a la cubertería en la que está.

Miércoles. Mi mujer sigue dándole vueltas al asunto del tenedor. ¿De dónde ha salido, cómo ha llegado a un cajón de nuestra cocina? Le recuerda aquel día, hace uno o dos meses, en el que descubrió entre nuestras sábanas una que no era nuestra, y que también la había puesto yo, a escondidas, después de comprarla en un mercadillo de segunda mano al que fui a caer de casualidad. Yo pongo cara de extrañeza y le digo que, si no le gusta, que lo tire.

—No se trata de si me gusta o no —dice ella—, sino de cómo llegan a nuestra casa cosas que no son de nuestra casa. Porque además este tenedor, como la sábana, está usado. ¿Es que a ti no te preocupa?

—Yo creo en el misterio —le digo, y me retiro a leer el periódico.

Jueves. Intento mantener unas rutinas que me hagan menos dolorosas las navidades. Pero su atmósfera se cuela por todas partes. Se cuelan en el correo electrónico felicitaciones de gente que no conozco y que reenvío al correo de mi mujer, para que vea que no solo llegan sábanas y tenedores que no nos pertenecen, también textos empalagosos y mal escritos que seguramente iban dirigidos a otras personas. Ella me responde que no es lo mismo una felicitación de Navidad que un tenedor o una sábana, y yo no insisto para no parecer sospechoso.

Semana 102

MARTES. Los viudos mayores se convierten en sus mujeres. No inmediatamente, no todos, pero sí muchos de ellos y en un proceso que dura un año más o menos. Lo he comprobado con dos amigos. Los cambios, al principio, son casi imperceptibles. Empiezan a comer pan integral, por ejemplo, como hacían ellas en vida. O cosen botones por entretenimiento. Mi amigo Luis, viudo desde hace catorce meses, tiene una especie de sábana sobre la que cose botones mientras ve la tele. Botones de camisas, de chaquetas de pijama, botones de abrigos, de gabardinas, o sea, grandes, pequeños, medianos, de colores... Los va arrancando de sus propias prendas y de las que todavía conserva de su mujer en el armario. Hace poco fui a verle y cuando me abrió la puerta, durante unos instantes, me pareció que él era ella, la muerta. Tomamos un café y hablamos de esto y de lo otro. Me di cuenta de que todas sus opiniones eran las de Marta, su esposa, con la que no solía estar de acuerdo cuando vivía. También se toma las pastillas que ella tomaba para la tensión. De un momento a otro, me dije, comenzará a utilizar su ropa. Quizá ya lo hace cuando se encuentra solo en casa. Tal vez por eso había tardado tanto en abrirme la puerta.

Semana 103

LUNES. Sostengo una discusión conmigo mismo acerca de si es más conveniente trabajar con la puerta de la habitación cerrada o abierta. Lo normal es que trabaje con ella cerrada, pero hace un rato, tras sentarme frente al ordenador, me doy cuenta de que se ha quedado abierta. Observo, a través de su vano, una parte del pasillo y, al fondo, el cuchillo de luz producido por la puerta entreabierta de uno de los dormitorios. Me encuentro solo en casa y tengo miedo, los mismos miedos de cuando era pequeño, también las mismas fantasías sexuales, hay cosas que no cambian. De súbito, me percibo como un mero receptáculo de miedos y de fantasías venéreas que quizá sean la misma cosa, quizá el sexo sea un productor de miedo, incluso de pánico. Tal vez las puertas tengan un contenido simbólico de carácter sexual.

Y bien, ¿qué hago? ¿Me levanto para cerrar la puerta o no? Si no la cierro, me dedicaré a vigilar el pasillo, por si sucede algo en él. Decido que es más importante vigilar el pasillo que escribir y me pongo a ello. Imagino que se manifiesta en él una mujer desnuda con alas, un ángel. Va descalza también y no lleva el pubis rasurado, como es habitual ahora. A la altura del ombligo, suena el teléfono y desaparece la visión.

—Dígame.

—Olvídate de las cancelas —dice una voz al otro lado— y reúne las bolsas de la basura.

El comunicante, que evidentemente se ha equivocado, cuelga. Olvídate de las cancelas y reúne las bolsas de la basura. Se trata de un mensaje en clave. Algo relacionado con drogas. Busco en la pantalla el número entrante, pero pone OCULTO. Total, que me levanto, salgo al pasillo, cierro todas las puertas de la casa, incluida la del cuarto de trabajo, y me pongo a escribir un artículo sobre la reforma educativa. No le dejan a uno soñar.

MARTES. Descubro, sobre una piedra del jardín, un animal desconocido, semejante a una lapa. Lo toco, no sin aprensión, con la punta de un palo y el animal se descompone en cientos de bichitos pequeños. Me acerco y resulta que son arañas diminutas, quizá recién nacidas. La sorpresa es mayúscula. Al disgregarse permanecen enlazadas aún por finísimos hilos, pero cuando suponen que el peligro ha pasado vuelven a unirse para formar ese extraño animal del principio.

Anotación mental: buscar en la enciclopedia el proceso de reproducción de las arañas.

MIÉRCOLES. Hay dos amigas en la mesa de al lado. Una es guapa y la otra fea. Las dos son adolescentes, las dos toman tortitas con nata y un batido de fresa. Yo he pedido un gin-tonic. La amiga guapa recibe todo el rato llamadas al móvil. Mientras habla con quien sea, la amiga fea chupa distraídamente la pajita del batido procurando no consumir demasiado. Ya ha dado cuenta de las tortitas y teme que cuando se le termine el batido no sepa qué hacer con las manos mientras su amiga habla y habla y habla. La amiga guapa, por culpa de las llamadas, no ha tocado apenas las tortitas ni el batido. Cada vez que cuelga, hace a la fea comentarios irónicos sobre el chico que la acaba de llamar.

—Es guapo —dice, por ejemplo—, pero se lo tiene creído.

La amiga fea asiente, le da la razón en todo porque teme perderla, teme que alguna de aquellas llamadas haga salir pitando de la cafetería a la amiga guapa y ella se quede sin plan, colgada en medio de la tarde del miércoles, ese día que no es martes ni viernes, ni carne ni pescado. Finalmente, tal como la amiga fea teme, la guapa recibe una llamada del chico platónico, con quien coquetea durante unos minutos que resultan terroríficos para la amiga fea. Tras colgar, dice:

—Perdona, pero he de salir corriendo. Me ha llamado Pedro, imagínate.

Y sale corriendo, sin pagar siquiera su consumición. La amiga fea se queda, como yo, más sola que la una, con su batido de fresa, que ni siquiera posee las propiedades consoladoras del gin-tonic. En algún momento su mirada y la mía se cruzan, y entonces me parece la adolescente más bella del universo, un verdadero ángel. Pero no logro transmitírselo. Puta vida, putas guapas. Yo también, en tiempos, fui el amigo feo de otro gilipollas.

Semana 104

LUNES. Mi amigo N. acaba de separarse de su mujer y le hemos ofrecido nuestra casa hasta que encuentre acomodo. Aunque intentamos ser comprensivos con él, no siempre tenemos la paciencia que solicita. Entra en mi despacho a media mañana y rompe sin contemplaciones la concentración que tanto me ha costado alcanzar para contarme historias de su matrimonio desde la perspectiva de un muerto. Es lo que dice él, que su punto de vista es ya el de un muerto. Pienso que debería ducharse, pero no le digo nada para tener la fiesta (o el velatorio) en paz.

El caso es que fue él quien tomó la decisión de separarse, de la que se arrepintió al día siguiente. Ya era tarde: su mujer se había acostumbrado a vivir sola en veinticuatro horas y no estaba dispuesta a renunciar a los placeres recién descubiertos de la casa vacía y la tapa del retrete bajada.

N. se ha traído una gata cuya custodia reclamó al abandonar el hogar y que se ha apareado con mi gato, de quien creíamos que estaba castrado. Forman una pareja feliz a la que N. contempla con envidia y nostalgia.

MARTES. Me escapo de casa sin que N. me vea salir para evitar su compañía. Desde la calle telefoneo a su exmujer y la pongo al tanto del desastroso estado anímico de su ex.

—Es que yo ahora soy muy feliz —dice—. En realidad no lo soportaba desde hacía tiempo, pero no se lo digas.

Me pregunto si fue ella la que empujó sutilmente a N. a la ruptura para que él, además de dejarle la casa, cargara con la culpa. Me respondo que sí.

MIÉRCOLES. Salgo con N. a mirar pisos. Ninguno le gusta. A mí, en cambio, todos me parecen amplios, luminosos, acogedores. Ideales, en fin, para comenzar una nueva vida.

—Si no te importa —dice N.—, seguiré en vuestra casa una temporada.

A la vuelta, mi mujer me pregunta si hemos encontrado algo y le digo que no. N. se retira a su habitación sin pronunciar palabra. Mi mujer y yo hacemos un gesto de impotencia y nos vamos cada uno a lo nuestro.

JUEVES. Ayer invitamos a cenar a una amiga divorciada que, por su carácter, podría congeniar con N. Y congeniaron. De hecho, pasaron la noche juntos en nuestra habitación de invitados y esta mañana han aparecido en la cocina a medio vestir y con la expresión lela y autosatisfecha de los encuentros sexuales históricos. Ella se fue a trabajar tras el desayuno y N., que no sale porque está de baja por depresión, me dio detalles que habría preferido no escuchar. En esto sonó el teléfono. Era la mujer de N. Se lo pasé y me retiré discretamente. Al rato entró en mi despacho sin pedir permiso y sin respeto alguno a mi estado de concentración para contarme que su mujer quería volver.

—¿Y qué le has dicho? —pregunté ansioso.

—Que deberíamos pensarlo un poco más.

VIERNES. Mi mujer y yo nos vamos a comer fuera y al cine para dejar a N. solo con nuestra amiga divorciada. Tenemos la incómoda sensación de que nos está echando de casa, pero la amistad, pensamos, requiere sacrificios. Cuando volvemos, a media tarde, N. está solo, cortándose las uñas de los pies en el salón.

—Hemos discutido —dice levantando la vista.

—¿Por qué? —preguntamos al unísono.

—Resulta que su exmarido fue jefe mío cuando trabajaba en IBM. Un auténtico hijo de perra. Y se lleva bien con él.

Le digo, con cierta violencia, que deje de cortarse las uñas delante de nosotros y me pregunta si le estoy echando.

—Pues mira, sí —confieso—. Debes arreglar la situación cuanto antes.

Sorprendentemente, se echa a llorar. Resulta que después de discutir con la divorciada ha llamado a su exmujer para decirle que lo ha pensado y que vale, sí, que vuelven, y ella le ha mandado a la mierda. ¿Qué fin de semana nos espera?

Semana 105

MARTES. 8:30 de la mañana, en el metro. La chica del asiento de enfrente mira el reloj, saca parsimoniosamente un envase de medicinas, extrae una de las pastillas, vuelve a guardar la caja y saca ahora un Actimel con cuya ayuda se traga la píldora. Después carraspea (anginas o faringitis, pienso, tres antibióticos al día) y permanece con el frasco vacío de Actimel en la mano, sin saber qué hacer con él. Quizá, me digo observando el brillo de sus ojos, tenga fiebre. Finalmente, saca del bolso un pañuelo de papel en el que envuelve el envase y se lo mete en el bolsillo del abrigo.

Semana 106

LUNES. Estaba yo solo, en la cocina, al amanecer, con la luz apagada. Parpadeé y cambió la tonalidad de los muebles, que se mostraron, no sé, como más optimistas, con mayores ganas de vivir. La lavadora pedía a gritos que la cargara y la pusiera en marcha, y eso fue lo que hice sin pereza alguna. Los pequeños electrodomésticos, como la licuadora, solicitaban también un poco de actividad que les proporcioné enseguida. Los objetos me contagiaron su estado de ánimo, de modo que fui a por el ordenador, lo trasladé a la cocina y me puse a escribir escuchando de fondo la música de la lavadora y el lavavajillas. A las dos o tres horas, cuando mi mujer se levantó y vino a desayunar, se quedó sorprendida ante la escena.

—¿Has empezado a tomar los antidepresivos? —preguntó.

—No —dije yo—, solo quería aprovechar la tarifa nocturna.

—¿Y ahora quién tiende la ropa?

Le dije que no se preocupara, que también lo haría yo, y me puse a ello enseguida. Las prendas olían bien y daba gusto acariciarlas o pasárselas por la mejilla. Comprendí, de súbito, la gran verdad que encierran los anuncios de detergentes y suavizantes. Cuando volví de tender, me quedé quieto en medio de la cocina, parpadeé y todo, incluido yo, regresó a la opacidad anterior.

MARTES. Me acerco a visitar a un amigo enfermo que lleva una semana en cama por culpa de una perforación accidental sufrida en el transcurso de una colonoscopia. El hombre está fastidiado, con barba de tres o cuatro días. Le llevo un libro de Stephen King que compré con el periódico del domingo y cuya lectura abandoné en el primer capítulo. La habitación, aunque ordenada, está triste. El espejo del armario refleja las cosas, como es su obligación, pero da la impresión de hacerlo sin ganas. Tiene mi amigo, cerca de la cama, un galán de noche que ahora, desnudo, parece el esqueleto de un antepasado. Intento hablar, pero la conversación no fluye. Entonces parpadeo a cámara lenta, y cuando abro los ojos todo ha cambiado de tonalidad. Incluso el enfermo parece haber mejorado en unos instantes. Le cuento este nuevo truco del parpadeo y me escucha sin creerme, pero agradecido de que le venga con alguna historia fantástica. En esto, entra su mujer en la habitación.

—¿Qué le has dado? —pregunta al notar un cambio evidente en la actitud del marido.

—No me ha dado nada, se ha limitado a parpadear —dice él, y nos echamos a reír los tres.

Al poco, nos ponemos a jugar al ajedrez y las piezas se deslizan por el tablero con una alegría inusitada. Estoy a punto de ganar yo, pero finjo un descuido para dejarle ganar a él, que se pone muy contento.

—¿Sabes qué te digo? —dice—, que hoy me voy a levantar para ver una peli por la tele.

Al despedirme, me llevo disimuladamente la novela de Stephen King, pues al recordarla a la luz de este nuevo estado me parece que no estaba tan mal.

MIÉRCOLES. No es que la consulta de mi psicoanalista esté sucia, pero me da la impresión, al entrar, de que necesita un lavado de cara. Quizá una mano de pintura (de una pintura más alegre que la habitual) y una renovación de los cuadros de las paredes, cuyos marcos resultan un poco siniestros. Me tumbo en el diván, que hoy tiene algo de catafalco, y parpadeo muy lentamente sin que nada cambie. Lo intento de nuevo y todo sigue igual de triste. Hay en la atmósfera una especie de aflicción lluviosa. Como de tarde de domingo húmeda. Se lo digo y me dice que quizá yo esté proyectando mi estado de ánimo sobre la realidad.

—La consulta es la de siempre —concluye.

Le cuento entonces el truco del parpadeo, que inexplicablemente en este espacio no funciona, y se echa a reír. En ese instante me doy cuenta de que, en efecto, un simple parpadeo no puede cambiar las cosas. Entonces, ¿cómo explicar lo que viene sucediéndome desde el lunes?

JUEVES. Definitivamente, el parpadeo ha perdido sus propiedades mágicas. Me he levantado de madrugada, para probar en la cocina, sin resultado alguno. Mi mujer me pregunta por qué no pongo la lavadora para aprovechar la tarifa nocturna.
—Porque estoy deprimido —le contesto.

Semana 107

LUNES. Tropiezo, al salir del metro, con un conocido al que hace tiempo que no veo. Nos detenemos a hablar y me cuenta que hace tres meses sufrió un infarto. Le solicito por cortesía los detalles y dice que se despertó a media noche con malestar estomacal, como si se le hubiera cortado la digestión de la cena. Dice que anduvo vagando por la casa con cuidado de no despertar a su mujer ni a sus hijos y que vio un rato, por entretenerse, un canal de teletienda. Le dolía el cuello también y tenía acorchadas las yemas de los dedos de la mano izquierda. Pensó en la posibilidad de un infarto, pero decidió que eran gases mezclados con angustia, pues atravesaba por una época de problemas personales. Dice que se quedó dormido en el sofá y que se despertó con más ánimos al amanecer. Dice que se tomó un café y un antiácido, que se duchó, se vistió y se marchó al trabajo. Dice que, ya en el coche, empezó a dolerle el hombro, un dolor intensísimo, asegura, como si le clavaran un puñal. Dice que pese a todo conservó la serenidad y que se dirigió al hospital más cercano frenando a las puertas mismas de urgencias. Dice que allí perdió el sentido y que se despertó en la cama, donde un médico le contó lo ocurrido.

Yo le escucho fascinado por el ritmo del relato, que me parece excelente.

MARTES. Sugestionado aún por la historia de ayer, mi cuerpo reproduce, a pequeña escala, todos los síntomas de un infarto. Pero no digo nada ni voy a urgencias porque sé que es un corte de digestión, quizá mezclado con un ataque de angustia. Después de comer, me tomo un antiácido y duermo un rato en el sofá. Al despertarme me encuentro mejor, más animado, y acometo la lectura de las pruebas de un libro que publicaré en mayo. Finalmente solo soy capaz de leer las dos primeras páginas porque me atacan todo el rato dudas sintácticas absurdas que resultan paralizantes.

MIÉRCOLES. Devuelvo a la editorial las pruebas de mi libro sin haberlas leído con una nota en la que les aseguro que confío en su criterio. Al regresar de la oficina de Correos me arrepiento y vuelvo para recuperar el paquete, pero acaba de salir hacia su destino.

—Es que tenía que añadir una nota —le digo a la funcionaria, que evidentemente, por su expresión, no me cree.

—Pues no podrá ser —concluye—. Telefonee usted al destinatario.

Como no tengo ganas de volver a casa, me tomo un café en el bar de la esquina, donde mantengo una conversación insustancial con un vecino. Horas de inquietud y desasosiego.

JUEVES. Días de frío y lluvia. Días oscuros. Días de desaliento y de pereza. Me siento frente al ordenador y en vez de escribir navego por la superficie de internet deteniéndome en lugares absurdos. En una página de salud hay una chica que dice que la paella le sienta mal, pero que el arroz chino y el del sushi le sientan bien. Dice que es un problema porque su suegra hace los domingos una paella que toda la familia alaba y que a ella le produce ardor de estómago. La mayoría de los comunicantes coinciden en que lo que le hace daño es el almidón. Por eso le caen bien los arroces lavados.

VIERNES. Hablamos en la radio de la *deep web,* o la web oscura, de la que no tenía noticias. Por lo visto, debajo de la capa superficial, donde la gente cuenta que le sienta mal el arroz de la paella, hay un mundo peligrosísimo al que se accede a través de buscadores especiales. En esa web oscura se trafica con órganos, se contratan sicarios, se venden y se compran pasaportes falsos o tarjetas de crédito clonadas. Siento que hablamos de mi subconsciente, pero no me atrevo a decirlo.

Al abandonar la emisora suena el móvil. Es mi editora, dice que ha recibido las pruebas de mi libro sin corregir y que me las ha devuelto para que haga mi trabajo. Le digo que me da pereza y dice que me aguante.

—No haber escrito el libro —concluye antes de colgar.

Semana 108

MARTES. Hoy pensaba haber madrugado, para escribir un par de horas antes del desayuno, pero he dormido mal. A eso de las tres de la madrugada, me levanté y estuve buscando por toda la casa un ibuprofeno. Por lo general están en un armario de la cocina, pero hemos hecho obra hace poco y todas las cosas han cambiado de lugar. Finalmente he dado con unas pastillas compuestas por paracetamol y codeína cuyo nombre comercial no me viene ahora. Son efervescentes, así que me he sentado a la mesa de la cocina en actitud meditativa, observando las burbujas que producía el fármaco al disolverse. Su aspecto me ha recordado un poco el de la tónica, de modo que le he añadido unos cubitos de hielo, un chorro de ginebra y una corteza de limón, además de unas bayas de enebro que nos ha regalado alguien (se han puesto de moda este tipo de obsequios). El sabor es muy distinto al del gin-tonic convencional, pero no tiene nada que envidiarle.

Tampoco sus efectos, que se han manifestado de inmediato con una sensación de bienestar impagable. Ya puestos a transgredir, he encendido también un cigarrillo. Mientras fumaba y bebía, he intentado meditar, pero enseguida me he dado cuenta de que era yo el meditado. Alguien, quizá Dios, me digería, entendiendo la digestión como una manera de meditación. Y yo me dejaba digerir, me diluía en los jugos gástricos de ese ser monstruoso en cuyos intestinos habitaba como una bacteria. El ser monstruoso (lo comprendí luego) era la noche. Desde la calle llegó el sonido de la sirena de una ambulancia. ¿Vendrán a por mí?, me pregunté. Pero no, pasó de largo. Entonces volví a la cama, cerré los ojos, comencé a pensar en mi vida y me dormí.

JUEVES. Cuando llego al juzgado para asistir a la boda del hijo de un amigo, me comunican que la ceremonia se ha suspendido por el fallecimiento de un tío del contrayente (el hermano pequeño de mi amigo). Me dicen que lo han llevado al tanatorio de la M-30, adonde me dirijo en un taxi para presentar mis condolencias a la familia. Al entrar en la sala, advierto que vamos todos vestidos de boda, lo que produce un efecto chocante en un tanatorio. La novia se ha cambiado apresuradamente el vestido, pero se ha dejado el maquillaje y el peinado, que llaman más la atención entre el resto de las cabezas que «una tarántula en un plato de nata» (cortesía de Raymond Chandler). Al hablar con unos y con otros me doy cuenta, con sorpresa, de que la preocupación dominante es que habrá que pagar el banquete al que no acudiremos.

VIERNES. Hace poco cumplí años y superé la edad a la que falleció mi madre. Ya tengo un año más de los que ella cumplió. Durante doce meses tuve su mismo tiempo. A medida que se acercaba la fecha en la que la sobrepasaría, me preguntaba si no me daría antes un infarto, una subida de tensión, un ictus que acabara conmigo. También si no me atropellaría un coche, me caería por unas escaleras, me envenenaría con un alimento en mal estado o me suicidaría. Finalmente, el caballo de mi existencia saltó con agilidad sobre su sepultura y aquí sigo, vivo, dirigiéndome ahora al galope a la edad a la que murió mi padre (hacia la de mi madre viajé al trote).

SÁBADO. Me ha venido a la memoria la imagen de mi padre cortándose los pelos, como alambres, de las narices. Se acercaba mucho al espejo con el rostro un poco torcido, se levantaba con el índice de la mano izquierda la punta de la nariz e introducía con la derecha en las fosas las tijeritas curvas de cortarse las uñas. De cuando en cuando, bajaba los brazos para descansar y permanecía unos segundos observándose en el espejo con una mirada desprovista de opinión. Con la misma con la que yo me observo en estos instantes.

Semana 109

LUNES. Llama a la radio una señora a la que le duele la cabeza. Es de noche, claro. Solo a esos programas que suceden fuera de la realidad diurna llama la gente para decir que le duele la cabeza. La señora añade que ha estado picando cebolla toda la tarde y que tiene que ser de eso.

—¿La cebolla es vasodilatadora o constrictora? —pregunta.

De inmediato, sin esperar la respuesta, la señora explica que hay dos tipos de dolores de cabeza: los que se producen por un estrechamiento de los vasos sanguíneos o, al contrario, los provocados por una dilatación de estos. Los dolores son idénticos, con independencia de la causa, pero se combaten con remedios diferentes. Si tomas algo para dilatar, cuando deberías estrechar, estás jodido. Habrás aumentado la intensidad del dolor.

La locutora logra intervenir para confesar que no conoce las propiedades vasculares de la cebolla. Pero que si algún oyente sabe del asunto, que llame.

MIÉRCOLES. El sobrino de un amigo pierde una oreja, la derecha, en el supermercado. El crío tiene trece o catorce años y es muy pasivo. Todo lo hace a cámara lenta, como si estuviera permanentemente agotado. Pues bien, iba detrás de su madre en el supermercado, arrastrando el carrito y los pies, cuando de uno de los pasillos (el de pastas y salsas, creo) salió un demente con un cuchillo afiladísimo, le cortó el pabellón auricular y se lo llevó a la boca. El chico, debido a la falta de reflejos ya señalada, apenas se movió. El corte fue limpio, a ras de la cara, como si, más que cortado, se la hubieran rasurado. Cuando consiguieron abrirle la boca al demente para sacársela, estaba hecha polvo. Era como un chicle rosa. El médico dijo que, de haber estado en buenas condiciones, la podrían haber reimplantado. Dice mi

259

amigo que le van a colocar una prótesis preciosa, mejor que la oreja de verdad.

—Y no se distingue de ella —añade.

JUEVES. Mi mujer ha conocido a un cura que no tiene dónde decir misa y le ha ofrecido nuestra casa. Le recuerdo que somos ateos y dice que eso no tiene nada que ver. Reflexiono un poco y deduzco que, en efecto, no tiene nada que ver. Siempre que reflexiono, llego a la conclusión de que me he equivocado. Aunque a veces, si vuelvo a reflexionar sobre lo reflexionado, es decir, si rerreflexiono, regreso a la posición anterior. Es lo que me ocurre con este asunto.

—Sí tiene que ver —digo.

—Lo que tú digas —dice ella, y continúa extendiendo el mantel blanco sobre la mesa del salón, convertida en altar.

Al poco suena el timbre y es el cura amigo de mi mujer, que se hace con el espacio en un santiamén. Como no hay feligreses y nos parece descortés dejarle solo, asistimos a una santa misa privada. Luego, mientras desayunamos los tres juntos, el hombre me explica que lo han echado de su parroquia, y que no tiene dónde decir misa y que muchas gracias.

Semana 110

LUNES. Duermo en una habitación con forma de ataúd de un hotel de cuatro estrellas. No me doy cuenta de esto hasta que caigo de espaldas en la cama, agotado, y descubro en el techo una moldura de escayola que dibuja las formas de un féretro. La habitación, rectangular, es casualmente la 666, el número del diablo. Cuando giro el rostro hacia la ventana para huir de la sensación de encierro consecuente, descubro que da a un patio interior aún más claustrofóbico. Estoy en el infierno, me digo. En un infierno de cuatro estrellas, que los hay. Salto de la cama, me pongo la chaqueta y bajo al restaurante para tomar algo, pues no he cenado todavía. El camarero, muy huesudo, de labios finos y ojos saltones, parece el cochero de Drácula. Le pido que me sirva algo rápido, a lo que responde que allí todo tarda. Le falta añadir que tenemos la eternidad por delante. En vez de eso, me revela en voz baja que ha habido recortes de personal y que en la cocina andan como locos.

—No damos abasto —concluye.

Al final me sirve unas sardinas de lata en un plato rectangular. Advierto entonces que en ese hotel casi todo tiene esa forma: las mesas, los asientos de las sillas, las fuentes con ensaladilla rusa, las rebanadas de pan con tomate. Los empleados llevan en el pecho una plaquita rectangular con su nombre. Las referencias al ataúd, en fin, son constantes, de modo que las sardinas me saben a cadáver. ¿Qué hacer? Resistir. Telefoneo a casa para convencerme de que no he caído en un departamento del más allá, pero no lo coge nadie, de modo que me tomo un gin-tonic con un ansiolítico y regreso a la cama.

Duermo mal, pese al cansancio. Sueño que me despierto a media noche, me asomo al patio interior, que también tiene forma rectangular, y veo caer cadáveres desde las habitaciones a su fondo alquitranado. Despierto, ahora de verdad, y enciendo la tele (rectangular) para distraerme un poco, lo que consigo a medias. ¿Quién me manda salir de casa?

MARTES. Escribo en el tren, de vuelta de dondequiera que haya estado (me olvido a velocidades siderales de los lugares a los que viajo). El paisaje discurre ante mi vista a doscientos cincuenta quilómetros por hora. Veo unas encinas y, entre ellas, unos cerdos comiendo bellotas. Mi vecino de asiento los señala con entusiasmo.

—Son míos —dice orgulloso.

—¿Cómo que son suyos? —pregunto.

Me cuenta que se dedica a la cría del cerdo, para lo que ha alquilado no recuerdo cuántas hectáreas de encinares. Luego abre la cartera —una cartera negra, rectangular, si he de decirlo todo— y saca de ella cien gramos de jamón envasados al vacío.

—Tenga —me dice—, se lo regalo. Paletilla de bellota.

Le doy las gracias e intento, tras guardar el jamón en mi bolsa de viaje, regresar al mutismo anterior. Fingiendo leer, caigo en la cuenta de lo curioso que resulta todo. Ni en mil años habría averiguado a qué se dedicaba este hombre. Abandono el libro, tomo mi cuaderno de apuntes y empiezo a contar lo que me acaba de ocurrir. Mi vecino pregunta si escribo sobre él y le confieso que sí.

—Ponga —me ruega— que el jamón de bellota aumenta el colesterol bueno.

Lo pongo.

MIÉRCOLES. En casa me dicen que han llamado del hotel. Que he olvidado en uno de los cajones del armario de la habitación unos calzoncillos. Reviso mi bolsa de viaje y no me falta nada. Calculo que deben de pertenecer a un huésped anterior. No devuelvo la llamada, pero la sola idea de haber cohabitado con una prenda íntima, aunque ajena, en aquella habitación mortuoria me pone enfermo. Por la tarde, mientras estoy solo en casa, suena el teléfono. Es del hotel, insisten en que me he dejado unos calzoncillos y que si deseo que me los envíen a casa. Les digo que no son míos.

—Pues tienen sus iniciales —me responden.

Por no discutir digo que sí, que me los envíen. Luego caigo en la cuenta de que no he preguntado si estaban limpios o sucios.

JUEVES. Llegan, en un paquete rectangular, los calzoncillos, que tienen bordadas, en efecto, mis iniciales. Los cojo con aprensión y los tiro al cubo de la basura. Deben de ser los calzoncillos del diablo.

Semana 111

LUNES. Intentando averiguar en Google por qué tengo los pies fríos aunque haga calor, tropiezo con un texto sobre la «mano alienígena», un síndrome que parece de novela, aunque pertenece a la realidad. Un día te despiertas y tu mano (la derecha, por ejemplo) no es tuya. Está ahí, en su sitio, sí, al final del brazo, pero resulta que es una impostora. Lejos de acatar tus órdenes, actúa por su cuenta (y también por tu riesgo), obedeciendo a intereses que te son ajenos. En ocasiones, puede llegar a estrangularte.

El asunto me trae a la memoria el síndrome de Capgras, consistente en que un día te levantas y tu familia no es tu familia, sino que ha sido suplantada por otras personas que no son sino dobles perfectos de tu padre, tu madre, tus hermanos, etcétera. Los individuos que sufren este síndrome pueden hacer dos cosas: denunciar el caso en comisaría y acabar en el frenopático, o fingir que no se han dado cuenta del cambiazo. Aconsejo lo segundo, que es lo que vengo haciendo yo desde hace años.

En cuanto a por qué siempre tengo los pies fríos, parece que se debe a un problema neurológico, o de riego, o neurológico y de riego a la vez. Aconsejan baños de agua fría y caliente, de forma alternativa, para estimular la circulación.

MARTES. Una señora se desmaya en la cafetería en la que yo me encuentro tomándome el gin-tonic de media tarde sin meterme con nadie. El camarero mira a la concurrencia y pregunta lo de siempre: si hay algún médico entre los presentes. No hay ningún médico, pero sí un azafato que ha hecho un curso de primeros auxilios. Entre él y un par de parroquianos recogen a la señora del suelo y la colocan sobre dos sillas. Parece que tiene el pulso bien. Enseguida abre los ojos y mira a su alrededor como si acabara de aterrizar en Marte. Creo que trata de disimular su vergüenza (desmayarse en público da mucha) con esa expresión de extrañeza. Lógicamente, debe de ser una casualidad, pero es la segunda señora que se desmaya en este mes en un establecimiento en el que yo apuro un gin-tonic. ¿Qué ocurriría, me pregunto, si el desmayo se convirtiera en algo tan habitual como la tos? Vas en el autobús y del mismo modo que dos o tres viajeros tosen a la vez, tres o cuatro se desmayan al mismo tiempo. Nos acostumbraríamos.

MIÉRCOLES. Veo en el periódico la esquela de un antiguo conocido cuya pista perdí hace mil años. Es una esquela grande, de donde deduzco que le fue bien en la vida.

JUEVES. El frío ha cedido un poco y salgo a caminar a primera hora. Me da la impresión de estar estrenando las piernas, pues entre unas cosas y otras apenas he tenido tiempo para hacer ejercicio en el último mes. Al cuarto de hora de andar a buen ritmo, mi cabeza se pone a cien (las endorfinas). Estoy deseando volver a casa para ponerme a trabajar, pero regreso cansado, me doy una ducha, leo los periódicos y me quedo sin energías para escribir. El deseo de escribir guarda una relación directamente proporcional a la distancia de la mesa de trabajo: cuanto más alejado se encuentra uno de ella, mayor es el deseo. Cuando se está sentado a ella, en cambio, lo normal es que se busque una coartada para empezar al día siguiente.

VIERNES. Me entero de que nuestros relojes llevan un segundo de retraso respecto al movimiento de los astros. Dicen que el segundo que falta se añadirá el próximo 30 de junio. Ese día tendrá 86.401 segundos en vez de los 86.400 habituales. Por lo visto, el movimiento de rotación de la Tierra viene sufriendo una desaceleración que obliga a realizar estos ajustes. Un segundo, en la vida de una persona no es nada, pero en la del universo, como vemos, es un follón.

¿Regalaría yo un segundo de mi vida a cambio, no sé, a cambio de nada? Pues sí, desde aquí lo digo: me importa un pito morir un segundo antes. Y dos, y tres, y cuatro, y cinco minutos... A partir de los cinco minutos comenzaría a negociar: que se acabara el hambre en el mundo y cosas de esas. Ahora bien, ¿estaría dispuesto a vivir un segundo o diez minutos más a costa de la desgracia de otro? Ni hablar. El caso es que somos millonarios en segundos, pero pobres en años. «La vida es corta, pero las horas son tan largas...» (Borges).

Semana 112

MARTES. Fallece un amigo de la juventud con el que me veía a menudo. Me llama su hermana, a la que también trato bastante. Todo ha sido muy rápido, un infarto, una ambulancia, un intento de reanimación... La familia ha donado los órganos. Las balas silban cada vez más cerca.

En el tanatorio, tras abrazar a la viuda, que está hecha polvo, y saludar a algún conocido, me acerco al libro de condolencias para estampar mi firma. Por curiosidad, vuelvo unas páginas hacia atrás para ver los lugares comunes que utiliza la gente en estas situaciones, cuando tropiezo con el siguiente mensaje: «Gonzalo, eras un cabrón, ojalá te pudras en el infierno». Me quedo de piedra, lógico, y paso corriendo las páginas, como si intentara ocultar un delito cometido por mí.

—¿Estás muy afectado? —me pregunta la hermana del fallecido al observar mi palidez.

—Mucho, sí —digo.

—Él estaba muy orgulloso de ti y de vuestra amistad.

—Lo sé —respondo con expresión de lástima.

Luego me siento en uno de los sofás de la sala tratando de imaginarme el efecto que producirán en la familia, cuando las lean, esas frases. Entonces decido arrancar la página donde figuran, para lo que he de esperar un momento de despiste general. Pasan los minutos, los cuartos de hora, las medias horas y las horas. Finalmente, cuando estoy a punto de desistir, entra en la sala un cura que se dirige a la viuda, atrayendo la atención del resto de los asistentes. Como un autómata, me levanto, me dirijo al atril, busco la página maldita y comienzo a tirar de ella tosiendo al mismo tiempo, para tapar el estrépito que provoca, o que a mí me parece que provoca. Lo logro casi *in articulo mortis*. Hago una bola con ella y me la meto en el bolsillo. Ya en casa, con los nervios destrozados, desenvuelvo la hoja para comprobar que no ha sido una ilusión, pues sigo sin dar crédito. Y no lo ha sido. Por alguna razón inexplicable, en vez de desprenderme de la página, la guardo en una carpeta de apuntes.

MIÉRCOLES. Si sueñas que te envías una carta a ti mismo, lo lógico es que no esperes que te llegue. Pero yo no soy lógico. La semana pasada soñé que me encontraba de viaje en Turín y que al pasar por una tienda de regalos compraba una postal en la que escribía unas líneas de cortesía dirigidas a mí mismo. En la zona del destinatario ponía mi nombre y mi dirección de Madrid. Alguien, dentro del sueño, me preguntaba por qué me escribía a mí mismo y yo respondía que para tener constancia, al regresar, de que había estado en Turín. Ahí quedó la cosa. Lo raro, ya digo, es que desde entonces abro cada día el buzón con cierta ansiedad, por ver si la postal ha llegado. Y al ver que no, siento una leve decepción.

JUEVES. Estoy en la cafetería, tomándome tranquilamente el gin-tonic de media tarde, cuando se sienta a la mesa de al lado una pareja de novios. Ella es rubia y menuda, muy guapa. Él, a primera vista, no se la merece. Al poco de sentarse, y después de que el camarero les haya servido, la chica le pregunta al chico:

—¿Me seguirías queriendo si me faltara una pierna?
—Te querría más —dice él.
—¿Y si me faltaran las dos?
—Si te faltaran las dos, te adoraría.
—¿Y si además de las piernas me faltara un brazo?
—Entonces te idolatraría.
—¿Y si me faltaran las dos piernas y los dos brazos?
—Créeme que estaría loco por ti.
—¿Y si no tuviera cuerpo?
—Si no tuvieras cuerpo, mi amor por ti carecería de límites.

Tras este diálogo absurdo, la chica se queda pensando unos instantes para luego añadir:

—Si no tuviera cuerpo, no existiría, imbécil. ¿Me estás diciendo que te molesta mi existencia?

El chico, desconcertado, mira a su alrededor, como solicitando ayuda. Finalmente aduce:

—Mujer, lo decía por decir.

—Tú todo lo dices por decir.

A partir de ahí se enfangan en una discusión de novios convencional, sin ningún interés. Una pena, pienso yo pidiendo otra copa, porque ese comienzo habría merecido un mejor final. La vida está llena de buenos comienzos.

Semana 113

LUNES. Hay en casa un ratón, un ratón pequeño, de los de campo, muy parecido a los que nos muestran los dibujos animados de ratones. Nadie, excepto yo, sabe de su existencia. Tengo la costumbre un poco loca de acercarme a los armarios de la casa sin hacer ruido y abrir sus puertas de repente, para descubrir lo que está ocurriendo en su interior sin que a la realidad le dé tiempo a fingir que permanece en estado de reposo. Es un poco como el que abre la nevera muy deprisa con la idea imposible de averiguar si la luz estaba apagada o no mientras se encontraba cerrada.

El caso es que hoy me desperté muy pronto, todavía de noche, y me dirigí calladamente a la cocina donde abrí a la velocidad del rayo el armario que hay encima de la vitrocerámica y por el que pasa el tubo del extractor de humos. Como no había encendido la luz para evitar el clic del interruptor, que podía poner en alerta a los objetos, me serví de la linterna del móvil, que es muy potente. Así que ahí estaba yo, sujetando con la mano izquierda la linterna mientras con la derecha tiraba hacia mí de la puerta. El interior del armario quedó completamente iluminado. Vi el tubo por el que circulan los humos y un conjunto de cacharros de plástico desechados que habían ido a parar allí. Entre los cacharros estaba el ratón, deslumbrado por la luz, y quizá hipnotizado por ella, pues permaneció quieto, tal vez asombrado por aquella manifestación de la naturaleza. Inmediatamente, cerré el armario y tomé asiento en una silla para recuperarme de la impresión.

Pienso en las circunstancias: dos seres vivos, uno de gran tamaño en comparación con el otro, se encuentran de súbito frente a frente. Los dos se tienen miedo, pese a lo que los une, pues los dos son mamíferos, los dos han dependido de una teta, los dos tienen cabeza, tronco y extremidades, los dos están dotados de inteligencia, los dos necesitan abrigo y comida... Eran las seis de la mañana, creo, y allí estábamos ambos, el animal dentro del armario; yo, fuera. Cada uno cavilando sobre la situación. Dos seres vivos, en medio de la noche, en medio del universo, cuyas miradas se habían cruzado unos instantes y ya nada. Decidí que había sido una alucinación y regresé a la cama.

MARTES. No he vuelto a abrir el armario del ratón, y es muy poco probable que la familia lo abra. Al estar atravesado por el tubo de la campana extractora de humos, no hay en él nada de primera necesidad. Cacharros que ya no se usan, quizá algún plato de plástico que sobró de un cumpleaños. Pero mi vida entera gira en torno a ese armario. Por supuesto, no he dicho nada en casa, para no provocar en los otros la inquietud moral de la que soy víctima yo. Lo que sí he hecho ha sido revisar la cocina, por si hubiera alguna huella del animal. Pero no he encontrado mendrugos de pan mordido ni tampoco las galletas, muy accesibles, daban muestras de haber sido atacadas. Ni rastro, por otra parte, de sus cagadas, que conozco bien de mi infancia: son negras y muy pequeñas. Si no son muy abundantes, no reparas en ellas a menos que las busques. He llegado entonces a la conclusión de que el armario es un compartimento estanco al que seguramente solo se puede acceder a través del tubo por el que pasan los humos, en el que quizá el ratón ha practicado una pequeña abertura (es de un material plástico fácil de horadar).

MIÉRCOLES. He soñado con el ratón. Me pregunto si se acordará él de mí como yo me acuerdo de él. ¿Pudo ver mi cara o se lo impidió el haz de luz de la linterna del móvil? Si el techo de mi casa se abriera de repente y por él entrara una luz como aquella, yo caería de rodillas pensando que se trataba de Dios, sobre todo si a los dos segundos volviera a cerrarse con idéntica rapidez, abandonándome de nuevo en la penumbra. Por fin, a media tarde, encontrándome solo en casa, me he acercado a la cocina y he abierto poco a poco, conteniendo la respiración, la puerta del armario. A simple vista no parecía estar allí, aunque tampoco hallé la vía por la que entra y sale. Después de cerrar la puerta, he hecho planes para acabar con él, para matar al mamífero enemigo.

Semana 114

LUNES. En el metro, a las 8:30 de la mañana, una chica que ha salido corriendo de casa acaba de arreglarse con disimulo entre los viajeros. Pero yo la observo. Ha entrado acalorada en el vagón, se ha colocado junto a una de las puertas y se ha quitado el abrigo. Debajo lleva una blusa blanca, como de seda, vaqueros y botas de media caña. Utilizando el abrigo a modo de pantalla con el brazo izquierdo, se recoloca la ropa interior con la mano derecha. Luego se ajusta la cintura del pantalón y se agacha para introducir las perneras por el interior de las botas. Al incorporarse de nuevo realiza un par de movimientos de cadera que completan el ajuste. La blusa ha quedado fuera por un lado, me dan ganas de señalárselo, pero me aguanto. Ahora saca del bolsillo del abrigo un pintalabios rojo y se los pinta con movimientos furtivos mirándose en el reflejo de la ventanilla de la puerta. Inmediatamente, se ahueca la melena con una mano al tiempo que sacude la cabeza para completar el efecto que busca. Mira el reloj y da un suspiro de alivio. Ha quedado guapísima. Se baja en la siguiente parada.

MARTES. Entro en una librería y no me llevo nada por culpa de mi estado de ánimo. Para comprar libros hace falta un cierto grado de optimismo o cierto grado de desesperación. Pero me encuentro átono. Finalmente me detengo en la zona de las agendas y elijo la que menos me disgusta, porque no encuentro ninguna que me satisfaga. Se trata de una industria en vías de extinción. Mientras hago cola para pagar veo, junto a la caja, un cartel en el que se anuncia que no se admiten billetes de quinientos euros. Hay algo razonable en no admitir esos billetes, pero algo profundamente irracional también. Me acuerdo de cuando llamé a una biblioteca para hacer una donación de libros y me los rechazaron. Que un comerciante no quiera dinero (aunque sea esa mierda de quinientos euros), ni una biblioteca libros significa que el fin del mundo está cerca. Estas son las señales.

MIÉRCOLES. Aunque no tengo que ir a ningún sitio, cojo el metro a la misma hora del lunes y me meto en el mismo vagón para ver si vuelvo a coincidir con la chica de la blusa blanca y los vaqueros. Su recuerdo ha ido creciendo en mi memoria, pero sus rasgos han comenzado a desvanecerse y tengo miedo de que desaparezcan del todo. Se me ha ocurrido que si vuelvo a verla, podré fijarlos bien en mi imaginación, de modo que cuando la reclame con el pensamiento regrese a mi cabeza y pueda observarla como en una fotografía. No aparece. Me bajo entonces en la parada en la que se apeó ella y doy una vuelta por un barrio que me es del todo ajeno. Compro el periódico y lo leo en una cafetería levantando la cabeza cada vez que se abre la puerta, por si de casualidad entrara la chica.

No entra.

Salgo a la calle, continúo paseando y tropiezo con un mercado tradicional en el que entro a ver el género. Hay una pescadería magnífica, con un apartado de ahumados donde compro un cuarto de quilo de bacalao en aceite de oliva. Es el ahumado que más me gusta, con el de la anguila, pero anguila no tienen. Me detengo en un puesto de variantes y compro un bote de aceitunas. Voy de un puesto a otro con la fantasía de que en uno de ellos encontraré a la chica. Pero no está en ninguno. Hacia el mediodía vuelvo a casa. Mi mujer me pregunta que de dónde vengo y le digo que de comprar bacalao ahumado y aceitunas.

—¿Te estás volviendo loco? —me dice.

—No, ¿por qué?

—Es que si te estás volviendo loco —insiste—, me gustaría ser la primera en saberlo.

Semana 115

MARTES. Al cambiar la comida del gato, encuentro entre sus restos una hormiga muerta. Una sola. Es muy raro, porque las hormigas aparecen siempre en grupos de cien o de doscientas. A ver si es otro bicho..., no sé, una pulga, un piojo, una garrapata... La extraigo con ayuda de un palillo de la masa gelatinosa en la que ha perdido la vida como en un pantano y la observo a través de una lupa. Se trata, en efecto, de una hormiga doméstica, de las que anidan entre los azulejos de la cocina o del cuarto de baño. ¿Qué rayos hacía allí? ¿Por qué había abandonado el hormiguero sin el ejército que suele acompañarlas? La tiro a la basura (cubo de restos orgánicos), y me paso el resto de la mañana dándole vueltas al asunto. Quizá, me digo, hubo en su comunidad una catástrofe en la que perecieron todas menos ella. Pobre.

JUEVES. Un taxista me dice que hay pueblos que no están a la altura de su paisaje. Le pregunto si se trata de una frase que ha escuchado en algún sitio o se le ha ocurrido a él.

—Se me ha ocurrido a mí —dice, orgulloso, observándome por el retrovisor—. Es que voy los jueves a un taller de escritura creativa y me han encargado un cuento que he decidido empezar así: «Hay pueblos que no están a la altura de su paisaje». Va de ETA, pero no he logrado pasar de esa primera frase.

—A veces, uno se atasca nada más empezar.

—Es que es muy difícil estar a la altura de ese arranque.

Advierto que se ha enamorado de la primera línea, en la que permanece atrapado como un zorro en un cepo, y le aconsejo que tenga el valor de tirarla a la basura.

—Que sea el lector —concluyo— quien, tras la lectura del relato, deduzca que hay pueblos que no están a la altura de su paisaje.

El taxista me mira ahora con desconfianza, aunque también con pánico. Adivino lo que acaba de pasar por su cabeza: que le quiero robar la frase (quizá, de hecho, se la he robado ya). Tras unos instantes de un silencio denso y oscuro, me dice que mucho ojo con plagiarle. Entonces veo una hormiga, una sola, recorriendo el cabezal de su asiento. Algo malo está a punto de ocurrir.

Semana 116

LUNES. Aquí cerca vive una familia de jabalíes que por la noche viene a revolver en los cubos de la basura. Nunca los he visto. Cuando salgo a caminar, me interno en los caminos que se abren entre la maleza del monte. Hay un instante en el que el camino se acaba al modo de un callejón sin salida, como si los animales, al llegar a ese punto, se evaporaran. Oigo que son aficionados al olor de la gasolina (¿les recuerda al olor de las trufas?), por lo que algunos vecinos les tienden trampas empapando la tierra de carburante.

MARTES. «No teníamos vida social porque nuestros hijos estaban siempre enfermos», escucho decir a una mujer por la radio. Me sorprende la asociación entre una cosa y otra. Creo que si mis hijos estuvieran siempre enfermos, lo último que echaría en falta sería llevar o no llevar vida social. Echaría de menos la salud (la de ellos). Si uno permanece atento, escucha a lo largo del día frases sueltas que forman un rosario surreal. Quizá yo mismo pronuncio mecánicamente algunas de esas frases que los otros escuchan con un estupor semejante al que siento yo al recibir las suyas.

MIÉRCOLES. Alguien ha matado al jabalí padre de la familia a la que me refería el lunes. Está expuesto en la plaza, custodiado por un guardia civil. Su cadáver, más que visible, es la visibilidad en estado puro. La muerte, al hacernos más opacos, nos dota de cuerpo. Me acerco con curiosidad al difunto, que tiene un tiro en el cuello alrededor del cual se ha coagulado la sangre. La herida, más que un agujero, parece un boquete. Y él, más que un animal, parece ya una cosa. Un niño pequeño se acerca con una mano extendida a tocarle el rabo, pero se asusta y retrocede antes de alcanzar su objetivo.

JUEVES. Resaca. Resaca de cerveza. Ayer, ingenuamente, me bebí cuatro o cinco botellas de una marca alemana que contiene un porcentaje inusual de alcohol. No pensé que pagaría un precio tan alto. Me acuerdo de un tipo, a cuya autopsia acudí para escribir un reportaje, que se murió bebiendo cerveza en el porche de su casa, sentado en una mecedora. Era invierno, en la sierra, se quedó dormido y se murió de frío. Cuando el forense lo abrió, tenía el estómago vacío y un hígado enorme. No puedo dejar de imaginarme a mí mismo sobre aquella mesa de acero. No me he muerto, quizá porque no hace frío, pero estoy torpe y ni siquiera me apetece salir a caminar. Además, tengo en la zona interior del labio una herida a la que me llevo continuamente la punta de la lengua. La herida sabe a electricidad.

VIERNES. Suena el móvil. No conozco el número, no está en mi agenda. Decido no cogerlo, pero a los dos minutos vuelve a sonar. Descuelgo.

—¿Quién es usted? —pregunta una mujer desde el otro lado.

—¿Y usted? —pregunto a mi vez.

—No sé —dice—, dígame adónde llamo.

—Soy Juan José Millás —respondo, conmovido por la confusión de la mujer.

—¿Y a qué se dedica? —insiste.

En ese momento, alguien le arrebata el teléfono. Ahora es la voz de un hombre.

—¿Quién está ahí? —dice.

—¿Y ahí? —digo yo.

—Nada, nada, perdone, nos hemos confundido.

El suceso ocurre a primera hora de la mañana y, pese a su nimiedad, me impresiona y no puedo dejar de pensar en él en todo el día. A última hora de la tarde tomo el móvil, busco el número desconocido y pulso la rellamada. Lo coge una mujer; la misma, me parece, de la mañana.

—¿Quién está ahí? —digo.

—No sé —responde la mujer.

Permanezco unos segundos sin decir nada, escuchando su respiración, y vuelvo a colgar.

SÁBADO. Salgo a primera hora dispuesto a darme una caminata. Cuando llego al monte, descubro uno de los caminos abiertos en la maleza por los jabalíes y me interno en él. Al poco, siento entre los matorrales una agitación enorme y enseguida pasan corriendo junto a mí, rozándome, tres jabalíes, uno muy grande y dos pequeños. Los restos, supongo, de la familia cuyo macho fue abatido el miércoles en una trampa de gasolina. La visión apenas dura unos segundos que me dejan sin respiración. Regreso a casa demudado, como si hubiera sido víctima de una aparición de extraterrestres. ¿O el extraterrestre era yo?

DOMINGO. Empieza a popularizarse la expresión «zona de confort».

—Tú es que no sales de tu zona de confort —me dijo hace algunos meses un amigo en el transcurso de una discusión sobre cine y literatura.

Creo que se refería a las ideas que me proporcionan cierta seguridad, aquellas desde las que observo el mundo. A partir de ese instante empecé a escuchar la frase en todas partes. Se había convertido en tendencia. La zona de confort puede ser indistintamente un sofá o un sistema filosófico. Mejor que sea un sistema filosófico.

Semana 117

LUNES. Propongo a los alumnos, en el taller de escritura creativa, que escriban sobre la muerte del padre. Se miran unos a otros, carraspean, tosen, fingen que se les ha caído al suelo un bolígrafo. Finalmente, uno de ellos dice:

—Pero aquí no hay ningún huérfano.

—¿Qué tiene que ver eso? —respondo—. ¿Acaso nunca habéis imaginado la muerte de vuestro padre?

Otro silencio atronador. Luego, más carraspeos, más toses, más bolígrafos al suelo. A Lola, la exmonja, le da una risa nerviosa y abandona la clase. Me dirijo a Enrique y le conmino a que diga con sinceridad si alguna vez ha pensado en el tema. Confiesa que sí y describe la muerte de su padre tal y como la ha imaginado, con enorme crueldad. El resto se anima. No es probable que nadie fantasee con la muerte de un hijo, pero todo el mundo fantasea con la del padre.

MARTES. Había un chiste de Eugenio sobre un niño que jamás había pronunciado una palabra. Un día, cuando tenía ya cuarenta años, y después de que su madre le pusiera el plato sobre la mesa, dijo:

—La sopa está fría.

La madre, asombrada, se volvió hacia él, exclamando:

—¡Hijo, sabías hablar! ¿Por qué no habías dicho nada hasta ahora?

—Porque hasta ahora todo era perfecto —respondió fríamente el vástago.

Resulta que acabo de tropezarme con el chiste en un libro de la autora francesa Agnès Desarthe, *Cómo aprendí a leer*. El libro es tan interesante como sugiere su título. El caso es que Desarthe, tras contar el chiste, concluye que para que aparezca la palabra es preciso un cierto grado de incomodidad. ¿Fue eso, la incomodidad, lo que nos impulsó a hablar a los seres humanos? Tomo nota del asunto para hablar de ello en el taller. La escritura creativa requiere también un cierto grado de conflicto. Sin conflicto no hay literatura. Ni periodismo.

VIERNES. Un cura me detiene en la calle. Sé que es cura porque me lo dice él, pues va de paisano. Ha perdido la cartera y necesita cuatro o cinco euros para regresar a la parroquia, que está en las afueras. Le pido que recite un padrenuestro en latín y lo hace sin ningún tropiezo. Le entrego un billete de cinco euros y a cambio me da una bendición.

Semana 118

Lunes. Conozco a un editor que a veces me invita a un baño turco. Vamos a unas instalaciones en las que también hay sauna, pero la sauna es muy seca, para su gusto y para el mío. En el baño turco te cueces al vapor. He buscado en internet qué es más sano, si el calor húmedo o el seco, y no he acabado de aclararme. El húmedo, en cualquier caso, va bien para los pulmones. Los limpia, por lo visto. Los deja tan limpios que lo primero que te apetece, al salir, es fumarte un Camel. Quien dice un Camel dice un Winston, pero yo tengo mitificado el Camel por razones que no vienen al caso. En realidad, nada viene al caso, pero tenemos que seguir viviendo. A los cinco minutos de hallarme en el baño turco, mi cabeza se dispara en diferentes soluciones narrativas para la novela que tengo entre manos. Lo curioso es que aparecen soluciones en apariencia incompatibles. En esto, como si me estuviera leyendo el pensamiento, escucho, entre los vapores, la voz del editor:

—¿Cómo va la novela?

—Avanza a buen ritmo —miento.

Siempre digo que avanza a buen ritmo, aunque a veces se frena en seco y permanezco una semana o dos sin tocarla. O ella sin tocarme a mí. Resulta curioso que, cuantas más novelas escribas, más difícil te resulte escribirlas. Como si el oficio o la experiencia no sirvieran de nada.

—¿Por qué no me envías las primeras páginas, para que les eche un vistazo?

—Porque no —respondo, y reímos al unísono.

A los veinte minutos abandono la sala, me doy una ducha fría y regreso al baño turco. Soy la persona que durante más tiempo aguanta los baños de vapor. Me quedaría a vivir en uno de ellos. Al principio me provocaban claustrofobia, por lo que me daba un poco de miedo entrar. Ahora me da miedo salir.

MARTES. Le cuento a mi psicoanalista el encuentro de ayer con el editor, en el baño turco.

—¿De qué hablaron? —dice ella.

—De mi novela —digo yo—, pero poco. Me preguntó cómo iba. Le dije que bien, aunque no sé cómo va.

—¿Es normal no saber cómo va una novela? —pregunta.

—¿Cómo va mi análisis? —pregunto yo.

Ella calla. Quizá no tenga ni idea de cómo va mi análisis o quizá no quiera decírmelo, del mismo modo que yo no quiero decirle a mi amigo y editor cómo va la novela. La novela y el análisis discurren por caminos paralelos. No se encuentran, pero se envían señales. La novela modifica el análisis, y el análisis modifica la novela.

—¿Se daría usted un baño turco conmigo? —pregunto a la terapeuta.

—Desde luego que no —responde al segundo.

—Pues sería un buen sitio para hablar, mejor que el diván. Deberían preparar consultas que sirvieran al mismo tiempo como baños de vapor. Es bueno expulsar sudor por los poros a la vez que se expulsan palabras por la boca. Las palabras, a veces, son una forma de sudor.

—¿En qué sentido son una forma de sudor?

—En el sentido de que con ellas se eliminan impurezas.

—Bueno, le animo a que patente ese tipo de consultas.

Al salir a la calle, me siento en un bar, pido una copa, e imagino a mi psicoanalista y a mí, desnudos, rodeados de nubes de vapor, yo hablando y ella interpretando. La idea, aunque excelente, resulta inviable por cara. Si analizándome en seco me cobra lo que me cobra, no quiero pensar en el dineral que me costaría analizarme al vapor.

MIÉRCOLES. Abro a primera hora el ordenador y me pongo a trabajar en la novela. En realidad me pongo a releer lo que llevo escrito, para ver si va a alguna parte. Y va a alguna parte, de eso estoy seguro, pero a una parte que no tiene mucho que ver con la idea que me había hecho al comenzarla. Es como si, pretendiendo viajar a Valladolid, se dirigiera uno, por error, a Nueva York. En cierto modo es mejor la alternativa neoyorquina. Los errores son fundamentales en la creación y en la ciencia. Hace poco, por un error, se ha descubierto que el gusano de la cera es capaz de degradar en minutos el plástico que la naturaleza elimina en cien años. ¿Sigo, pues, el camino que me marca la novela (el que marca mi inconsciente, cabría decir), o el que había previsto mi pobre yo desde el principio? Conozco la respuesta, pero la retraso.

Semana 119

Lunes. ¿Era Baudrillard, con perdón, el que dijo que estábamos muertos, pero que no lo sabíamos porque aún no lo habían dicho por la tele? Se lo comento a mi psicoanalista.

—¿Por qué le preocupa eso? —dice ella.

—Estaba intentando explicarme el éxito de las series y películas sobre muertos vivientes. Quizá la gente intuye que somos zombis, aunque nos falta información.

—¿Y quién debería darla?

—Ese es el problema. A un muerto viviente no le creeríamos, y a un vivo nos lo comeríamos antes de que hubiera acabado de dar la noticia. De uno u otro modo, hasta que no salga en el telediario continuaremos en esta especie de limbo.

—¿Considera que usted y yo somos muertos vivientes?

Permanezco en silencio unos minutos, evaluando la situación. Ahí estamos, esa mujer y yo, encerrados en una habitación de un piso cualquiera de Madrid. Yo, como amortajado sobre el diván, las manos en el pecho, los ojos a ratos abiertos y a ratos cerrados, diciendo naderías. Ella, detrás de mí, quizá haciendo punto mientras me escucha. No sé, hay algo muy raro en esta situación. Trato de imaginar qué ocurre en los pisos de abajo, en los de arriba, en los miles o millones de viviendas dispuestas en colmena que hay en el mundo. ¿Cuántos ancianos que viven solos se habrán dejado hoy sin querer el gas abierto? Hablo de ancianos de Madrid, de Barcelona, de Nueva York, Londres, Delhi, París, Estocolmo, Dublín, Berlín, Moscú... Demasiados ancianos para tan pocos accidentes. A menos que estemos realmente muertos.

Acabamos la sesión sin alcanzar ningún acuerdo (mi psicoanalista cree que estamos vivos). Bajo a la calle, me dirijo como un zombi al metro, lo tomo, viajo en él durante unas cuantas estaciones junto a otros zombis, cada uno a lo suyo, llego a casa, me preparo un gin-tonic, pongo la tele, escucho, pero tampoco hoy dan la noticia.

MARTES. Me llama mi hijo para preguntarme si los cubitos de hielo caducan. Tiene una de esas neveras autolimpiables, que no se apagan nunca, y hace años que no utiliza los hielos porque no tiene afición al gin-tonic ni en general a las bebidas frías.

—Ha venido mi jefe a comer —añade en voz baja— y me ha pedido un vaso de agua con hielo.

—Yo creo que no, hijo. O sea, que no, que no caducan, estate tranquilo.

Cuelgo el teléfono y permanezco pensativo. El problema de las medicinas, cuando caducan, es que pierden propiedades. No hacen efecto. ¿Cabe imaginar un hielo que no enfría? En absoluto, los hielos de la Antártida, me digo, tienen lustros de existencia y en la Antártida sigue haciendo un frío que pela. De todos modos, entro en internet para investigar y tropiezo con un artículo según el cual hay que llevar cuidado con los cubitos, sobre todo con los de carácter industrial (los que compramos en las gasolineras), porque en un porcentaje altísimo de ellos, una vez derretidos, se han descubierto cantidades interesantes de materia fecal, o sea, de mierda. No puede uno hacerse preguntas. A veces encuentra las respuestas.

MIÉRCOLES. Leo, para comprobar si las escribo bien, un libro sobre cómo escribir una novela. El autor debe de venir del mundo de la repostería, pues se expresa como un pastelero. Asegura que antes de empezar hay que tener todos los ingredientes dispuestos sobre la mesa de trabajo. Aquí la harina, aquí la levadura, aquí la sal, aquí la canela, aquí la nata, etcétera. Dice que la harina es la trama, de modo que tiene que ser de muy buena calidad. ¿Y cómo se nota la buena calidad de una trama? Probándola, asegura, con un dedo. Como guía para escribir una novela no sirve, es completamente idiota. Pero se trata de una idiotez que engancha. El hombre pretendía escribir una gramática y le ha salido una novela que no está mal del todo. Así es la vida.

Otras veces se pone uno a escribir una novela y le sale una gramática.

JUEVES. Leo un curioso publirreportaje sobre la «región periocular», que es, lógicamente, la que rodea al ojo. Dice que en esa región se envejece rápido. Me vienen entonces a la memoria las enormes bolsas que tenía mi abuelo debajo de los ojos y me echo a llorar como un idiota.

Semana 120

LUNES. En el taller de escritura, Marta, la expolicía, plantea la posibilidad de aprender a escribir sin escribir.

—Es como aprender a andar sin andar —le digo.

—Yo siempre he pensado que... —arguye Marta.

La interrumpo:

—Recuerda esto que te voy a decir, hija de perra —lo de hija de perra lo digo para mis adentros—: jamás empieces una frase de ese modo: «Yo siempre he pensado que».

—Es que siempre lo he pensado —insiste.

—Da igual. No lo repitas.

Nos quedamos callados, observando cómo circula la tensión entre Marta y yo.

—Para el miércoles —digo al fin— vais a escribir un ejercicio que empiece de este modo: Yo siempre he pensado que...

MARTES. Hay desde hace tiempo en la cocina una fuga de agua tan pequeña que no localizo su origen. Cada cuatro o cinco horas aparece un charquito debajo del fregadero. Por las mañanas es un poco más grande. Paso la fregona por encima y hasta la siguiente.

—Voy a llamar al fontanero —dice mi mujer.

—Ni se te ocurra —digo yo.

He convertido el asunto en una cuestión de orden personal.

MIÉRCOLES. Tengo que salir a primera hora y no regreso hasta las diez de la noche. Lo primero que hago al entrar en casa es ir a ver el charquito, que no está.

—¿Acabas de pasar la fregona? —pregunto a mi mujer.

—No, ha desaparecido solo.

—No puede desaparecer solo —digo yo.

—Ya lo ves —dice ella—, vino por su cuenta y se ha ido por su cuenta.

No digo nada, pero me ataca la sospecha de que durante mi ausencia ha llamado al fontanero. La idea me llena de un rencor absurdo.

MIÉRCOLES. Acudo al taller de escritura suponiendo que nadie ha cumplido el encargo. Soy ese tipo que camina de forma un poco irregular, como si padeciera una disimetría, ese tipo de cuyo brazo izquierdo cuelga una cartera negra.

Soy ese tipo que parece un empleado de pompas fúnebres.

Por un momento pienso que lo de las clases de escritura creativa es un delirio, y que mi verdadera condición es la de empleado de una funeraria. Ahora mismo me dirijo al Hospital Ramón y Cajal para informar de sus derechos a la familia de un muerto que estaba asegurado con nosotros. Casi sin darme cuenta, por pura deformación profesional, empiezo a asignar nombres, sexos y edades a los deudos. Pero no llego al hospital, sino al lugar donde imparto las clases de escritura creativa. Esta era mi verdadera condición. ¿Cómo mantendré mi autoridad, si la tengo, en el caso de que tampoco hoy hayan escrito nada?

—Marta —digo—, empieza tú. A ver qué has hecho.

—He escrito el principio de un cuento partiendo de la frase que nos indicaste —dice ella.

—Estupendo. Léelo.

Marta se aclara la voz y lee:

—«Yo siempre he pensado que la vida era una mierda...»

Me mira, la miro, arqueo las cejas en señal de que puede continuar, pero dice que se ha quedado atascada ahí.

—Eso —le digo— es porque ni tú misma te crees que la vida sea una mierda.

—Al contrario —dice ella—, la vida es tan mierda, tan mierda, pero tan mierda, mierda, que no vale la pena ni hacer el esfuerzo de escribir.

—Vale, vale —digo, asustado por la sinceridad brutal de la chica. Me ha parecido que estaba a punto del suicidio.

Imagino a Marta suicidándose en medio de la clase con su pistola reglamentaria, que quizá conserve, y noto que me falta la respiración.

Titular del periódico: «A Millás se le mata una alumna en la clase de escritura».

—Mirad —les digo—, no me encuentro muy bien. Dejemos la clase por hoy.

SÁBADO. Me paso el día dándole vueltas al comienzo del cuento de Marta: «Yo siempre he pensado que la vida era una mierda». Puedes poner lo que quieras a continuación, porque cualquier cosa que pongas será mejor que eso.

Semana 121

MARTES. Una mujer ciega, de unos cuarenta años, muele a bastonazos a un hombre de unos cincuenta que ha intentado ayudarla a cruzar la calle. La escena, que sucede a cinco o seis metros de mí, me deja sin habla, pues yo mismo estaba dispuesto a echar una mano a la invidente cuando el otro hombre se me adelantó. Me he librado de la paliza por apenas unos segundos. La víctima levanta los brazos para proteger la cabeza, pero no se defiende. En mi estupor, me pregunto si el bastón blanco, que parece flexible, hace más daño que si fuera rígido. En esto, la gente se acerca y el agredido se ve obligado a explicar que él no ha hecho nada. Pero noto que nadie le cree.

MIÉRCOLES. Salgo por la tarde a caminar y veo a la ciega de ayer tanteando con la punta de su bastón un conjunto de muebles viejos que alguien ha dejado sobre la acera. Al tratarse de un obstáculo no habitual, la mujer intenta comprenderlo para hallar su camino. Mi primer impulso es acudir en su ayuda, pero me reprimo (yo siempre me reprimo) por miedo a ser víctima de su ira. Luego, una mujer se acerca y la toma del brazo para reorientarla, recibiendo a cambio una tanda de bastonazos que la hacen caer al suelo.

La ciega golpea un par de veces el aire, buscando la cabeza de su bienhechora, y al no encontrarla da la vuelta y sigue su camino. Otro hombre y yo nos acercamos a la mujer caída para ayudarla a levantarse y resulta que tiene en la frente una brecha por la que sangra en abundancia. Aplicándole un pañuelo sobre la hemorragia, detenemos un taxi que nos lleva a las urgencias del hospital más cercano. La mujer llora, sin decir una palabra, por la humillación a que ha sido sometida. Le dan cuatro puntos y desde allí, con el parte de lesiones, nos vamos a la comisaría, a denunciar los hechos. El otro hombre y yo la acompañamos porque la mujer dice que no tiene marido ni hijos, ni hermanos, no tiene a nadie en el mundo. Tras poner la denuncia la invitamos a un café, pero al llegar al bar pide un vodka con hielo. El hombre y yo también. El vodka nos anima y pasamos más de media hora charlando, cada uno de sus preocupaciones, de su vida. Entre unas cosas y otras, vuelvo a casa a las tantas. Mi mujer me pregunta que de dónde vengo.

—No te lo creerías —le digo.

—Entonces mejor no me lo cuentes —dice ella.

JUEVES. A ver, yo podría matar a un pato. No me resultaría fácil, pero si tuviera que hacerlo, lo haría. Cogería al animal por el cuello y apretaría durante unos minutos angustiosos hasta que dejara de aletear. Sería capaz de hacerlo si no me quedara otro remedio. En una situación límite, podría incluso cortarle el cuello con un cuchillo de cocina y derramar su sangre sobre un recipiente hasta dejarlo exangüe. No digo que disfrutara con ello, pero si el hambre apretara y lo único que tuviera cerca fuera un pato, acabaría con él. Ahora bien, ¿cómo se mata a veinticuatro mil patos? Es el número de esta clase de aves que han tenido que sacrificar en una granja de Gerona debido a la gripe aviar.

Pues eso yo no sería capaz de hacerlo yo. Me dicen que tengo que quitar la vida a veinticuatro mil patos y prefiero quitarme la mía. No es retórico. Cuando digo que prefiero quitarme la mía, es que prefiero quitarme la mía. ¿Cómo? Con pastillas. Desde que mi amigo L. me dio la idea, ahorro pastillas, para cuando llegue el momento, como otros ahorran dinero. El problema es que cuando he reunido el número que calculo suficiente para matarme, las primeras cajas han caducado. Siempre me faltan tres o cuatro. Pero no cejo.

VIERNES. Cuento en la clase de escritura creativa el episodio de la ciega y les animo a escribir un relato sobre la ceguera. La alumna exmonja cuenta que la directora de su convento, antes de que ella colgara los hábitos, era ciega.

—Pero veía más que nadie —añade—. Parecía que tenía un ojo en la punta del bastón. Daba mucho miedo que te apuntara con él.

La imagen del ojo en la punta del bastón tiene éxito y nos pasamos el resto de la clase hablando de ojos y de bastones. A todo el mundo le ha pasado algo con un bastón. O con un ojo.

Semana 122

MARTES. Me entero por casualidad (cómo si no) de que en China hay entre cuarenta y cincuenta millones de pianistas. No están todos juntos, claro. Si se reunieran, formarían una nación. Me los imagino inclinados sobre las teclas, golpeándolas con cuidado, como el que corta verduras en juliana. Las teclas hieren tanto como el cuchillo. Dar una mala nota equivale a dar la nota. Entre cuarenta y cincuenta millones de pianistas, decíamos, el número de habitantes de un país como España. Si los pianistas chinos no fueran pacíficos, podrían invadir Japón con sus pianos. Japón, por poner un ejemplo.

MIÉRCOLES. Voy a visitar a un amigo enfermo. Más que enfermo: desahuciado. Le han dado unos siete u ocho meses de vida. ¿De qué hablas? ¿Le das ánimos? ¿Le desanimas? ¿Finges que no ocurre nada?

Me ofrece un gin-tonic y al rato, no sé cómo, estamos hablando de política, de las elecciones generales, en las que él ya quizá no pueda votar. Me doy cuenta de que se da cuenta de mi estupefacción y dice que no me apure. Es un hombre que ha viajado mucho, ha pasado miles de noches en cientos de habitaciones de hotel.

—Cuando estaba en alguna de esas habitaciones —dice—, imaginaba a mi mujer y a mis hijos en casa y fantaseaba con la idea de que me había muerto. Mira, ya me he hecho a la idea: palmarla es como irse a Valladolid.

—¿Por qué a Valladolid? —pregunto.

—No sé, es lo primero que me ha venido —dice él.

Regreso a casa preocupado. Precisamente tendría que viajar esta semana a Valladolid por cuestiones de trabajo.

JUEVES. Mi psicoanalista está a punto de despedirme. De hecho, ya lo ha intentado un par de veces. Como me he resistido, me ha dado dos meses de vacaciones, para que me lo piense. En el hospital, el alta te la da el médico. En el diván, cuando todo va bien, el alta es el resultado de una negociación entre el paciente y el terapeuta. Significa que los dos deberíamos ponernos de acuerdo. Dos meses de vacaciones, si tenemos en cuenta que estamos casi en junio y que después el verano está a la vuelta de la esquina, es casi un despido (improcedente a todas luces). Me pregunto si debería pedirle una indemnización, y en qué podría consistir.

VIERNES. Estoy tomando un reconstituyente que tiene mucho hierro y que me deja en la boca un sabor como a metal. Se lo digo al médico y dice que estoy obsesionado con el hierro.

Semana 123

LUNES. Acudo a una reunión de alcohólicos en fase de rehabilitación. No voy por mí: soy un alcohólico moderado, un alcohólico de dos o tres vasos de vino en la comida y un gin-tonic a media tarde. He logrado detenerme ahí. Ahora estoy intentando detenerme en dos cigarrillos al día, dosis con la que es prácticamente imposible sufrir un enfisema. Al grano: acudo a la reunión de alcohólicos por curiosidad, quizá con la idea de escribir un reportaje. En esto interviene uno de los participantes para decir:

—Yo llevo un perro dentro, y no bebo para mí, sino para el perro, que es insaciable. No duerme, no descansa, siempre quiere más de todo: más dinero, más reconocimiento, más alcohol, más bollería industrial...

Lo de la bollería industrial nos deja perplejos. No casa con la necesidad de reconocimiento ni de dinero ni de alcohol. Digamos que pertenece a una categoría distinta. Aparte de ese fallo narrativo, el hombre se ha expresado con una vehemencia conmovedora. La imagen del perro interior es de una eficacia tremenda que el terapeuta aprovecha para preguntar a los demás alcohólicos qué clase de animal llevan dentro. La gente duda. Finalmente interviene una mujer de unos cincuenta años con los dientes manchados por el carmín de los labios. Dice:

—Yo también llevo un perro insaciable, pero es un caniche, cuando el del compañero, me parece a mí, debe de ser un dóberman.

A partir de ahí, y por sugerencia del terapeuta, cada uno describe al animal que lleva dentro, lo que resulta un ejercicio imaginativo interesante. Todos los alcohólicos llevan animales con dientes, y todos mamíferos (zorros, ardillas, ratas...). En esto, alguien se vuelve a mí para que me pronuncie.

—Yo he venido a observar —me excuso.

—Pero expóngase —solicita el terapeuta.

Tras pensarlo unos instantes, me expongo:

—Yo llevo dentro una cucaracha.

Entonces noto que la corriente de empatía que había logrado establecer se corta con la instantaneidad con la que se va la luz cuando se funden los plomos. La acabo de cagar. Todos y cada uno me observan con expresión de superioridad. Ellos serán alcohólicos, pero yo llevo una cucaracha dentro. ¡Pobre tipo!

MARTES. Leo, con una sacudida emocional, en un poema de Emily Dickinson, la expresión «tornillo de carne». Con un tornillo de carne, en efecto, está sujeta el alma al cuerpo. Pienso en ello a primera hora de la mañana, mientras camino por el parque casi desierto. Puedo ver el tornillo, de color rosado, su cabeza, su rosca, la ranura para la pala del destornillador. Imagino ese tornillo en un bebé, en una joven atractiva, en mí mismo. El mío, calculo, ha ido creando con el tiempo cierta holgura, de manera que el alma y el cuerpo están desajustados. Quizá ese desajuste sea la causa de mi malestar. Por la tarde se lo comento a mi psicoanalista, que me ha readmitido.

—¿Qué relación ha tenido usted, en general, con los tornillos? —pregunta.

—Mucha —digo yo—, mi padre tuvo un taller. Me volvía loco atornillar y desatornillar.

—Pero aquellos tornillos no eran de carne.

—No, no eran de carne.

—Ni atornillaba con ellos el alma al cuerpo.

—Tampoco.

Entonces, sin venir a qué, me echo a llorar y suspendemos la sesión. Un tornillo de carne.

MIÉRCOLES. A propósito o a despropósito, no sé, del bosón de Higgs y del Premio Nobel, me doy cuenta de que yo mismo tengo a veces más masa que energía y a veces más energía que masa. Suena el despertador un martes y me levanto más flaco o más gordo que el lunes, sin tener ni idea de por qué. No sé qué días prefiero, si aquellos en los que soy pura energía o pura masa. Los dos son muy cansados para quien lleva dentro una cucaracha insomne. Lo ideal sería llegar con la masa y con la energía al acuerdo que he alcanzado con el alcohol y al que estoy intentando alcanzar con los cigarrillos. A ver qué pasa.

VIERNES. Suena el teléfono. Me llaman de un hospital para comunicarme, en tono grave, que mi padre acaba de expirar.
—Murió hace más de veinte años —digo yo.
—Perdón, perdón, nos hemos equivocado.
Me quedo de luto.

Semana 124

Lunes. Presento el libro de un amigo y los dos llevamos camisas de cuadros idénticas. Hacemos como que no nos hemos dado cuenta. No hay nada de malo en la coincidencia, pero el asunto pesa de una manera incómoda sobre la presentación. Pesa como aquello de lo que no se habla. Si hubiéramos sido capaces de hacer una broma, la cuestión se habría disipado. ¿Qué nos detuvo? ¿Por qué nos reprimimos? No tengo ni idea, pues no somos de esa clase de personas a las que les dé vergüenza la falta de originalidad en estas cuestiones.

¿O sí?

Martes. En el metro, un tipo va leyendo un libro forrado. ¿Lo ha forrado para cuidarlo o para que no veamos el título? Sujeta el libro con la mano izquierda, a la que le falta un dedo, el pulgar. Parece imposible sujetar un libro sin la ayuda de este dedo, y sin embargo el hombre lo consigue. Ha reconvertido el índice en pulgar a base de forzarlo, supongo. Pasa las hojas con la mano derecha, que es normal. Está sentado en el asiento situado frente al mío. El vagón está medio vacío. La gente va abstraída en sus asuntos, en sus móviles. Todos están en otra parte. Todos menos yo.

De súbito, tengo la impresión de ser el único que está realmente en el mismo sitio en el que se encuentra. La idea me provoca un leve ataque de angustia. Me falta un poco el aire. Me bajaré en la próxima estación, pienso, saldré a la calle, caminaré un poco y luego tomaré un taxi. Cuando el tren se detiene, el tipo al que le falta un dedo levanta los ojos del libro, me mira y hace un gesto de negación con la cabeza.

¿Está diciéndome que no me baje?

No lo sé. En todo caso, presa de esa sugestión, permanezco sentado, con el pequeño ataque de angustia agarrado al pecho. En la parada siguiente vuelve a mirarme, y esta vez hace un gesto de afirmación con la cabeza. Me levanto dócilmente y abandono el tren. Ya en la calle, me doy cuenta de lo extraño que ha sido todo. Me digo que tengo que escribir un reportaje sobre estas pequeñas señales de la realidad.

MIÉRCOLES. Voy y vengo de Barcelona en el día. Me siento como un bulto, como una saca de correos a la que transportan de acá para allá. El libro que me he llevado para leer en el tren no me gusta. La película que ponen, tampoco. Reclino el asiento hacia atrás y pierdo la mirada en el paisaje. No parece que vayamos a doscientos setenta quilómetros por hora. En esto, pasa corriendo por el pasillo una joven detrás de un niño. La joven (su madre, a todas luces) tropieza y se cae muy cerca de mí. Me levanto para ayudarla y al tomarla del brazo noto, debajo de la tela del jersey, un tacto duro, como de metal. ¿Un brazo ortopédico? No, porque la mano, según advierto, es de carne. De vuelta en mi asiento, me doy cuenta de que paso por temporadas así, temporadas en las que casi todo me parece una prótesis. Yo mismo me siento como una ortopedia. ¿Pero al servicio de qué clase de amputación?

JUEVES. Hablo sobre las prótesis con mi psicoanalista. Ella sabe de esta vieja obsesión mía por las piezas de recambio. De las prótesis físicas me deslizo hacia las prótesis emocionales.
—Las prótesis emocionales —digo— no se ven.
—¿Y? —pregunta ella.
—Nada —digo yo—, que no se percibe su calidad de orto-pedia.
—¿Y eso le preocupa?
—Sí, porque nadie se da cuenta de que eres un inválido.
—¿Se siente usted como un inválido emocional?
—Sí, un inválido emocional lleno de prótesis inmateriales.
—¿Y son de buena calidad esas prótesis?
—No me quejo.

VIERNES. ¿Es la escritura una especie de prótesis? Sin duda, sí. Una prótesis multiusos. Una navaja suiza. Lo mismo la utilizo para descorchar que para cortar y recortar. Es decir, para descorcharme, cortarme y recortarme. La escritura como brazo mecánico, como alma sustituta. La escritura como una forma alternativa del yo. Como un ojo de cristal que mira sin ver.

Semana 125

MARTES. En la mesa de al lado, dos periodistas conocidos y de edad semejante bromean acerca de quién escribirá la necrológica del otro. Calculan, en fin, quién se morirá antes y los dos piensan, por sus expresiones, que será el otro. La gente siempre piensa que se morirá el otro antes. Sé de una familia de siete hermanos en la que los siete se han imaginado yendo al funeral de los otros seis. Me lo contaron para un reportaje que no llegué a escribir. Me sirven el gin-tonic en una gran copa, aunque yo lo prefiero en vaso de sidra, y doy el primer sorbo (el mejor) sin dejar de prestar atención a los periodistas, que acaban de alcanzar el siguiente acuerdo: cada uno escribirá su propia necrológica y se la dará al otro, de forma que el sobreviviente, cuando llegue el momento, la entregue al periódico como si la hubiera escrito él.

Me pregunto qué escribiría yo si me pidieran mi necrológica por anticipado. No sé. Supongo que rechazaría el encargo, o que mentiría. Hacerme a mí ese encargo sería como hacérselo a mi peor enemigo. Casi prefiero que la haga él. Cuando acabo el gin-tonic y las almendras tostadas, los periodistas siguen hablando de la muerte. Pero de la muerte del otro, aunque están convencidos de que hablan de la propia. Me voy al cine.

MIÉRCOLES. Viene a cenar un amigo vegetariano y al descubrir en uno de los enchufes del salón un aparato eléctrico antimosquitos, me pide que lo quite de inmediato. Le pregunto que por qué y dice que esos chismes no solo matan al mosquito que viene del jardín, sino también al que llevamos dentro.

—¿Cómo al que llevamos dentro? —digo yo.

—Todos llevamos dentro un mosquito —dice él—, y no solo un mosquito: también una araña y una salamanquesa y un pez de colores. Hemos sido todas esas cosas antes de seres humanos.

—¿Y cucarachas? —pregunto.

—Y cucarachas —corrobora.

Total, que quitamos el chisme para tener la fiesta en paz y servimos la puta cena vegetariana.

Semana 126

LUNES. El taxista, sin que le haya dado motivos, me toma por un experto y me pregunta cuánto dura, una vez abierta, una botella de vino tinto. Yo salgo de mi ensimismamiento y repregunto:

—¿Cómo dice?

—Que cuánto dura, una vez abierta, una botella de vino tinto.

—No tengo ni idea.

—Es el tercer cliente al que se lo pregunto y ninguno sabe nada.

—¿Está haciendo una encuesta?

—No, es que abrí ayer una muy buena, que me ha regalado un primo rico, y entre mi mujer y yo solo nos hemos bebido dos copas. Tenemos miedo de que se nos estropee.

—Espere un momento —le digo.

Saco el móvil, entro en internet y planteo la pregunta en el buscador.

—Aquí dice —digo— que en el instante mismo de abrirla, con la entrada del oxígeno, comienza su muerte. Pero, resumiendo, de dos a tres días. Póngale usted cuatro, que la gente es muy exagerada.

—Gracias. Creo que la terminaremos por los pelos.

MARTES. Al volver de comprar el periódico, me muerde un perro pequeño en un tobillo. Cuando digo pequeño, quiero significar que es del tamaño de una rata. Lo lleva una vecina con la que me cruzo todos los días.

—Usted perdone —dice—, el pobre animal está fuera de sí porque se nos ha muerto el canario.

Mientras me acompaña a la farmacia de la plaza para que me desinfecten y me pongan una tirita, la señora me cuenta que tenían, en efecto, un canario al que acaban de dar sepultura y que era muy amigo del perrito. Desde su fallecimiento, el animal tiene un comportamiento errático, da muestras de desorientación y no conoce a las personas. La señora se empeña en pagar los gastos de la farmacia, que incluyen un ansiolítico para su mascota, pero insisto en invitar yo y se rinde enseguida. Cuando vuelvo a casa, mi mujer me pregunta por qué cojeo y le digo que me he torcido el tobillo.

MIÉRCOLES. Con la llegada del calor, todos los rincones de la casa se han llenado de pequeños animalillos que uno duda si alimentar o matar. Alimento a las arañas con moscas, pero luego me siento culpable y dejo a las moscas un plato con azúcar sobre la encimera de la cocina. Un sexto sentido me dice que es preferible que sean los insectos los que me deban un favor a mí a que sea yo quien se lo deba a ellos.

JUEVES. Entre los animalillos que se vienen manifestando desde que comenzara el calor hay un ratón que lo mordisquea todo: las galletas, los cereales, el pan, las barritas energéticas... Lo tengo más o menos localizado, pero no sé cómo acabar con él sin mancharme las manos de sangre inocente. Se lo comento a un vecino y me explica su método:
—Yo les pongo un cuenco con harina en la que mezclo un poco de cemento. Al lado del cuenco con la comida, pongo otro con agua. Cuando beben, el cemento se les fragua en el estómago y *kaputt.*
Se me ponen los pelos de punta, pero finjo que me hace gracia. Por lo demás, el vecino en cuestión es un buen tipo, siempre dispuesto a echar una mano.

VIERNES. He cambiado las sábanas de la cama, aunque aún no olían. Cambiamos las sábanas por no cambiar de piel, que es lo que hacen las serpientes. Esa sensación tan agradable de meterse entre las sábanas limpias debe de parecerse a la de los reptiles cuando hacen la muda. Por cierto, que he comido en un japonés donde me han puesto unos cangrejos que pescan en el momento mismo en el que cambian de caparazón y todavía lo tienen blando. Estaban crujientes y me han sabido a sábanas limpias.

SÁBADO. Me cruzo de camino al quiosco de los periódicos con la señora del perrito tamaño rata. Me pregunta por mi tobillo y le digo que bien manteniéndome a dos metros del animal. Me cuenta que ha comprado otro canario, pero que el perro no se adapta a él.

—Cambie de perro —le sugiero con una sonrisa.

—No lo diga ni en broma. Por cierto, ¿no le interesará a usted quedarse con el canario?

—Se lo preguntaré a mi mujer —le digo.

Naturalmente, no se lo pregunto. Pero por la tarde viene ella a donde estoy escribiendo y dice que por qué no le he dicho que una vecina nos ha ofrecido un canario. Odio tener que dar explicaciones, pero me pongo a ello.

Semana 127

LUNES. Un hombre tiene el azúcar alto y el colesterol por las nubes. Eso es lo que me dice. Yo le escucho de pie, con un vaso de cerveza en una mano, mientras miro disimuladamente alrededor y veo a más gente en la misma actitud. Corros de tres o cuatro personas bien trajeadas, una de las cuales, a instancias de un protocolo implícito, se separa de súbito del grupo para integrarse en otro en el que ha quedado un hueco libre. Pasan camareros con bandejas llenas de canapés. La celebración es al aire libre, por la tarde-noche, en la terraza de un edificio alto desde la que se aprecia toda la ciudad.

Deduzco que se acaba de presentar un libro o de estrenar una obra de teatro y que nos encontramos celebrándolo. Soy capaz de reconocer la situación, pero no entiendo qué papel desempeño yo dentro de ella. Poco a poco, tras un esfuerzo asociativo notable, voy regresando a mi vida, a mi identidad. Soy Juan José Millás y estoy aquí por esto o por lo otro. No se trata de la presentación de un libro ni de un estreno teatral. Es una boda y soy amigo de los padres del novio. Mientras recupero mi existencia, o ella me recupera a mí, el sujeto del azúcar alto me confiesa que tiene el bazo hinchado. Luego se aparta el faldón de la chaqueta y me muestra un bulto considerable en el lado derecho de su cuerpo, por encima de la cintura. Percibo que es la hora de cambiar de grupo y, tras despedirme cortésmente, me integro en otro en el que se habla de las resonancias magnéticas.

MARTES. «Seas quien seas, estés donde estés, sea cuando sea que estés leyendo esto, o no leyendo esto, estoy casi seguro de que estás librando una pelea. Tal vez sea una pelea contra un mal trabajo, o un jefe cruel, o una empresa que te explota. Tal vez sea una pelea interna, contra una duda paralizante, o un temor que te desgasta o una pena sin fondo. Tal vez pelees contra una enfermedad, o un dolor, o una separación nada amistosa, o algún otro monstruo amorfo que parece decidido a devorarte entero...: la locura, la culpa, una deuda.»

El fragmento entrecomillado pertenece al libro *El campeón ha vuelto,* de J. R. Moehringer. Se trata de un reportaje magnífico sobre la identidad, repleto de reflexiones como la reproducida más arriba. Como voy leyéndolo en el metro, levanto brevemente la vista y puedo ver en los semblantes que me rodean esa pelea interna que libra cada uno de los ocupantes del vagón. Luego vuelvo la vista hacia la ventanilla oscura y observo al otro lado mi rostro. Y en él, las marcas de mi propio debate interno, de mi pánico.

MIÉRCOLES. Vuelvo a tener un vacío de memoria semejante al del lunes. Esta vez me ocurre en la consulta del dentista, donde hojeo una publicación de carácter médico. Siento un movimiento extraño en mi interior, como si una víscera hubiera cambiado de lugar, y levanto la vista del texto. Lo que veo es una habitación pintada de azul con un par de tresillos y varias sillas dispuestas alrededor de una mesa baja de la que he tomado la revista que tengo entre mis manos.

En el tresillo de enfrente a aquel junto al que me encuentro hay una señora con un niño al lado. Su hijo, deduzco. La señora se asusta al ver mi expresión y me pregunta si me sucede algo. Le digo que no y bajo la mirada al texto que leía cuando me extravié de mí mismo. Luego entra una joven vestida de enfermera y me indica que la siga. Acabo sentado en la silla del paciente. El odontólogo me hace un par de preguntas que me dan pistas acerca de mí mismo. Cuando introduce la jeringuilla en la boca, al sentir el pinchazo, vuelvo en mí. Me duele el yo.

JUEVES. Me levanto de la cama al amanecer, voy hasta la cocina y tengo, frente al microondas, la revelación de que esta vida ya la he vivido y la he olvidado varias veces.

Semana 128

MARTES. Llamo al médico y viene el electricista. Como no me fío de mí ni de la realidad, porque tengo razones para no fiarme, le invito a pasar y le digo que el diferencial del cuadro eléctrico salta cada dos por tres. El hombre echa un vistazo y no ve nada raro.

—¿Le han puesto ya el contador inteligente? —pregunta.

—Creo que sí —respondo.

—A lo mejor es por eso. Por el limitador que lleva incluido. Cuando se pasa de la potencia que tiene contratada, salta.

—Ya —digo.

El electricista decide revisar de todos modos algunas zonas de la instalación. Mientras vamos de un sitio a otro de la casa, le comento que llevo varios días con carraspera. Me pregunta si fumo y le respondo que ya no. Opina que puede ser una alergia al frío y me recomienda que tome un hongo que venden en las herboristerías. Tomo nota y seguimos revisando la instalación y hablando de enfermedades. Al salir se cruza con mi mujer, que viene de la calle. Me pregunta quién era y le digo que el médico.

—Pues parecía un electricista —dice ella.

Regreso a mi estudio, le echo un vistazo a la prensa y decido contestar algunas llamadas que tengo pendientes. Empiezo por mi editora, pero, misteriosamente, responde una prima hermana de mi madre de la que no tenía noticias desde hace años. Creía que estaba muerta. Quizá, por el modo de hablar, lo esté. Cuando nos despedimos, observo el teléfono con desconfianza. Lo apago y vuelvo a encenderlo, para ver si se arregla. Una voz interior me dice que sería a mí mismo a quien debería apagar y encender de nuevo, pero ignoro dónde tengo el interruptor.

MIÉRCOLES. La realidad se ha arreglado por sí misma durante la noche. He llamado a El Corte Inglés, para probar, y se ha puesto un empleado de El Corte Inglés.

—No sabe usted lo que me alivia que trabaje en El Corte Inglés —le he dicho.

—Yo también estoy contento —ha dicho él—. Ayer cumplí veinticinco años en la empresa y me han dado una insignia. ¿En qué puedo ayudarle?

—En nada, solo quería estar seguro de que cuando telefoneo a El Corte Inglés me responden de El Corte Inglés.

—Pues ya lo sabe, a su servicio.

Después he llamado a mi editora y me ha respondido mi editora. Y así todo, de forma sucesiva. El hecho de que la realidad volviera a su cauce me ha puesto un poco eufórico y he abandonado el cuarto de trabajo para tomar un café con mi mujer. En vez de con mi mujer, me he tropezado en el pasillo con una señora a la que no conozco de nada, pero que me ha saludado con naturalidad. Yo he hecho lo mismo, pues en estas situaciones nunca sé a qué atenerme, y me he metido en el cuarto de baño, como si tuviera ganas de hacer pis. Tras tirar de la cadena, para disimular, y lavarme las manos, he vuelto a salir con mil precauciones y me he asomado al salón, donde mi mujer leía tranquilamente un libro.

—¿Quién era esa señora? —le he preguntado.

—¿Qué señora? —me ha preguntado ella.

—No sé, me pareció que hablabas con alguien.

Mi mujer ha opinado que tengo alucinaciones antes de regresar a su lectura. De vuelta a mi estudio he intentado recomponer las facciones de la señora del pasillo, por si me recordara a alguien, pero no la he hallado en mis archivos mentales.

JUEVES. Mi mujer me invita al cine, dice que ha sacado por internet dos entradas para no sé qué película que está teniendo mucho éxito. Nos metemos en el coche y conduce ella. Cuando llegamos a destino, resulta que se trata de un teatro.

—¿Pero no íbamos al cine? —pregunto.

—Al cine no, al teatro. Cada día estás más confundido.

Como es lógico, no consigo atender a la obra, pero al salir afirmo que me ha gustado mucho.

Semana 129

LUNES. Deduzco, leyendo un libro de física, que la materia apareció cuando la energía no podía más. Una especie de apretón intestinal, en fin; un estallido neurótico, si lo prefieren. Quizá, mejor, un brote psicótico. Me gusta esto: la materia como la versión loca de la energía, de ahí nuestros trastornos de carácter. Aquí el universo, aquí un amigo. Pienso, durante el insomnio, en las relaciones entre la energía y la materia e imagino a los planetas como gigantescas cagadas de una energía con problemas de estreñimiento. Estreñimiento me remite a extrañamiento, y desde el extrañamiento viajo a la Luna, donde pongo pie a eso de las tres de la madrugada, hora española. En la Luna es el momento del crepúsculo. Me adormezco.

MARTES. Solo en casa, suena el teléfono. Lo cojo.
—Diga —digo.
—Usted perdone —dice una mujer al otro lado—. Le voy a pedir un favor: no me cuelgue enseguida.
—¿Qué vende? —le pregunto.
—No vendo nada, es que estaba aquí, angustiada y sola, y no tenía a quién llamar. He marcado su número al azar.
Un concurso televisivo, pienso, quizá un programa de radio, pero no cuelgo, que es lo que hago habitualmente. Hay en la voz de la mujer un toque de ansiedad difícil de fingir.
—¿Qué puedo hacer por usted? —digo.
—Nada —dice ella—, estar ahí. Mientras usted siga ahí no me pasará nada.
—¿Y qué le ocurriría si me voy?
—Que regresaría el síntoma.
—¿Qué síntoma?

—Verá, solo me ocurre cada cuatro o cinco meses, pero es muy angustioso. Estoy tan tranquila, viendo la tele, cocinando o limpiando, da lo mismo, y me ataca la sensación de que se me ha paralizado la faringe y que no puedo hacer con ella el movimiento de tragar. La saliva se me acumula en la garganta y he de abrir mucho la boca, para respirar. Pero si hablo con alguien se me va pasando poco a poco.

—¿Ha ido al médico? ¿Qué le han dicho?

—No lo saben, no tienen ni idea de qué es.

Cuando estoy empezando, por identificación, a tener problemas para tragar saliva, ella dice que bueno, que ya se encuentra más tranquila, que quizá pueda colgar y dejar de molestarme. Le digo que no, que ahora soy yo el que necesita de sus servicios, de modo que seguimos hablando un rato y resulta que es guardia civil.

—¿Guardia civil? —pregunto perplejo.

—Sí, qué pasa —responde un poco molesta.

—Nada, mujer, que no es fácil imaginar a una guardia civil con un ataque de ansiedad.

—Pues los tenemos.

—Vale.

—Vale.

—Adiós.

—Adiós.

Cuando cuelgo se me ha pasado el síntoma, pero me quedo con el miedo al síntoma. Parálisis faríngea, como si yo necesitara más ideas para sufrir.

MIÉRCOLES. Como fuera de casa, con un amigo, y tras el postre me apetece un café (normalmente tomo una infusión). Pido un descafeinado e insisto al camarero en que sea descafeinado. Si a la poca calidad de mi sueño le añado un café después de comer, esa noche no pego ojo.

Lo cierto es que me lo tomo con aprensión, y cuando me meto en la cama parece que me he tomado un estimulante.

Me cago en el café.

Tras viajar tres o cuatro veces de forma imaginaria a la Luna y vuelta, a eso de las tres de la madrugada me enchufo a la radio.

Un hombre que acaba de llamar al programa está contando que un día, en el duermevela, vio a tres o cuatro personas cuchicheando a los pies de su cama. En un momento dado, una de ellas se acercó y le metió una palabra en la cabeza. Eso ocurrió hace años y nunca ha conseguido recordar de qué palabra se trataba, pero asegura que a partir de entonces ha gozado siempre de una paz interior enorme.

«Una palabra tuya bastará para sanarlo», le dijo un centurión, cuyo criado estaba enfermo, a Cristo. Eso es al menos lo que recuerdo de mi lectura de los Evangelios, hace mil años. Lo que no recuerdo es si Cristo se la dio o no. En todo caso, hay palabras que sanan y palabras que matan. Seguramente hay también palabras que duermen, pero no sé cuál me dormiría a mí, de modo que me levanto y me tomo un somnífero del que me arrepentiré mañana, cuando me sienta torpe y no sea capaz de juntar una palabra con otra.

Semana 130

MARTES. Sueño que voy a comprar el periódico y que cuando llego al quiosco, en vez del vendedor habitual, está atendiendo una chica a la que no conozco. Se trata de una joven que viste una camiseta muy ligera en la que se marca, a modo de una nervadura delicada, su ropa interior. La nervadura me recuerda los entramados de capilares que se distinguen en las hojas secas de los árboles.

Advierto entonces que la belleza que posee, intensísima, es también muy inestable, muy volátil, que diría un economista. No sé por qué se me ocurre el adjetivo volátil, que solo se aplica a determinados compuestos químicos y a ciertos comportamientos de la Bolsa. El caso es que, de súbito, la belleza, como una nube que se deshilacha, desaparece del rostro de la joven sin que ella parezca darse cuenta. En su versión fea es horrible. Pero lo más curioso es que no ha sido necesario realizar grandes cambios. Su fealdad estaba tan cerca de su belleza (y al revés) que bastaba un ligero movimiento del rostro para que aparecieran una o la otra. Me vienen a la memoria dos hermanas a las que conocí hace años, en mi primer trabajo, y que, pareciéndose mucho, muchísimo, una era muy guapa y la otra era un horror.

MIÉRCOLES. He vuelto a soñar, esta vez con una cebra sin rayas. Hacía meses que no soñaba y ahora sueño dos días seguidos. Lo atribuyo a que llevo una semana tomando dos cápsulas de triptófano al día. Oí hablar del triptófano por primera vez en la terraza donde tomo, desde que llegó el verano, el gin-tonic de media tarde. En la mesa de al lado, una señora se lo recomendaba a otra.

—Dos cápsulas de triptófano al día y duermes como Dios.

En ese mismo instante saqué el móvil, entré en la Wikipedia y busqué la palabra. El triptófano, decía el artículo, es un aminoácido esencial en la nutrición humana. Se clasifica entre los aminoácidos hidrófobos y es necesario para promover la liberación del neurotransmisor serotonina, involucrado en la regulación del sueño y el placer. Me faltó tiempo para apurar el gin-tonic, pagar e ir en busca de una farmacia.

—¿Qué desea?

—Un compuesto cualquiera que tenga triptófano.

—Ah, el triptófano. A mi madre le ha cambiado la vida —exclamó la farmacéutica.

Comprendí que estaba de moda, como en su día la melatonina, y me llevé dos cajas. El prospecto aseguraba, en efecto, que el triptófano aumenta la sensación de bienestar. Ya digo, llevo una semana tomándolo y estoy de buen carácter porque duermo mejor. Y porque sueño. Siempre me ha parecido que soñar, o recordar lo que has soñado, es un síntoma de salud.

Jueves. Navegando por internet en busca de otra cosa, tropiezo con un artículo sobre la «paramnesia reduplicativa». Se trata de un trastorno por el que su víctima cree que un escenario que le es familiar ha sido duplicado en otro sitio, de forma que hay dos escenarios idénticos, separados entre sí. En cierto modo, tiene que ver con la teoría de los mundos paralelos. Recuerdo un verano de mi infancia, o de mi primera adolescencia, en el que un día me levanté convencido de que mi casa no era mi casa, sino una copia perfecta de ella, lo mismo que mis padres y hermanos.

A estas alturas de la vida, no sabría decir si se trató de un juego que se me ocurrió para combatir el tedio de aquellos días eternos o si realmente llegué a creer lo que he descrito. El caso es que para sobrevivir tenía que fingir que no me había dado cuenta del cambio, lo que significaba tratar a mis padres como si fueran mis padres y a mis hermanos como si fueran mis hermanos. Me aplicaba tanto a la tarea que al final acababa siendo sospechoso.

—¿Te pasa algo? —preguntaba mi madre cuando me dirigía a ella como si fuera mi madre.

—No, nada, ¿por qué?

—No sé, te noto raro.

¿Padecí de pequeño de paramnesia reduplicativa? Ni idea. Pero lo cierto es que la sensación no me abandonó del todo nunca. Con frecuencia tengo la impresión de vivir en un mundo que es copia de otro, de otro al que yo pertenecía y que por una rareza he perdido para siempre. Si me fascinan las ciudades latinoamericanas, es precisamente por lo que tienen de copia o duplicado de las nuestras.

Semana 131

MIÉRCOLES. Cuido a veces de una vecina de seis años cuyos padres me la confían para ir al cine o salir de compras. Es una cría muy autónoma y da poco trabajo. Le gusta hurgar entre mis fetiches, pero no rompe nada. Si se pone muy pesada la envío al jardín, a recoger hojas del pino que ensucian el césped. Ayer, desde la ventana de mi cuarto, la vi observando el estanque con una atención especial, algo ansiosa.

—¿Qué ocurre? —grité.

—¡Ven! —dijo.

Bajé para averiguar qué pasaba. Había caído al agua una mariposa que se debatía en su superficie intentando escapar. Me pareció milagroso que no se la hubiera comido todavía ningún pez, especialmente uno japonés, de un palmo y medio de largo, que compré esta primavera. Es un pez amarillo, de modo que parece un lingote de oro deslizándose por las profundidades. Comprendí que la niña quería y no quería que los peces acabaran con el insecto. Quería porque ver comer a los peces es un espectáculo, y no quería porque una mariposa es una mariposa. A veces buscamos debajo de las piedras lombrices que las percas se comen como si fueran espaguetis. Pero las lombrices son gusanos y los gusanos, en nuestra cultura, carecen de consideración. Tomé un palo, lo acerqué a la mariposa y pregunté:

—¿La salvamos o no?

—Sí —dijo la niña tras una vacilación.

Extraje la mariposa del agua y la deposité con cuidado sobre la mesa del jardín, para que se secara y emprendiera el vuelo.

—Acércate a ella —le dije a la niña— para que se quede con tu cara. Como le has salvado la vida, te protegerá durante el resto de tu existencia.

La niña se lo creyó o fingió que se lo creía.

VIERNES. Después de Altamira, según Picasso, todo es decadencia. Estoy de acuerdo. El hombre de las cavernas evolucionaba correctamente hasta que se le ocurrió alicatar las paredes de la cueva. El alicatado constituyó un retroceso de proporciones bíblicas. He recuperado el placer de leer poesía. Abro al azar un libro de una tal Louise Glück y tropiezo con estos versos: «Tuve un sueño: mi madre caía de un árbol. Después de su caída murió el árbol».

SÁBADO. Me levanto muy temprano, decidido a trabajar todo el día en una novela que tengo atascada. La acción de las novelas se atasca a veces como la acción de la vida. Se cala, podríamos decir, como el motor del coche. La realidad está llena de existencias caladas, de vidas que no arrancan, y no porque sus propietarios no den una y otra vez a la llave de contacto. Me levanto muy temprano, digo, enciendo el ordenador, repaso lo escrito y me vengo abajo. Hay algo, que no logro ver, fuera de sitio. Abandono el ordenador y merodeo, desanimado, por la habitación. En esto tropiezo con un libro que acabo de recibir y cuya portada me llama la atención. Me siento, lo abro, leo las primeras líneas y ya no puedo abandonarlo. Es de Miranda July, una escritora norteamericana, y se titula *Te elige*. Un día, hojeando los anuncios de una publicación gratuita, Miranda July dio con un reclamo en el que se ofrecía una cazadora de cuero por diez dólares. De súbito, se preguntó por la vida del dueño de esa cazadora y fue a verle. Luego hizo lo mismo con otra persona que vendía cachorros de lince y con otra que vendía renacuajos y con otra que vendía una maleta grande... El resultado es estremecedor. Un conjunto de vidas «normales» que resultan absolutamente excepcionales, como sacadas de una novela. Gente que vive perdida dentro del sistema. Como uno mismo.

Semana 132

MIÉRCOLES. Me desperté a las tres y media de la madrugada con la boca seca. Al atravesar el salón, de camino a la cocina, tropecé con un tipo que llevaba un polo amarillo de manga corta de Lacoste y un cuchillo en la mano derecha. No sé por qué me fijé en la marca del polo, quizá el cocodrilo era más grande de lo normal. Como sucede en las situaciones límite, en lugar de enfrentarme al hecho principal, y el hecho principal era que había entrado un ladrón en mi casa, me detuve en lo periférico, en el cocodrilo. Durante aquellas décimas de segundo en las que el caco y yo permanecimos paralizados por la sorpresa, pensé que se trataba de un Lacoste falso, una copia, y me vino al recuerdo un puesto callejero de polos de marca falsificados que vi hace años en Estambul. Pasados esos primeros instantes, logré articular unas palabras.

—¿Quién eres? —dije—. ¿Qué haces?

—¿Tú qué crees? —dijo él mostrándome el cuchillo.

De nuevo regresamos al silencio, como si careciéramos de un protocolo de actuación para una eventualidad semejante. Ni él debería haber entrado en mi casa ni yo debería haberme levantado de la cama a esas horas. El tipo me miró entonces con la expresión del que se hace una pregunta acerca del paisaje. Luego desvió la vista hacia el techo con la expresión de quien está escuchando una respuesta. Finalmente dijo:

—Mira, vamos a imaginar que todo ha sido un sueño. Tú vuelves a la cama, yo me largo con viento fresco y aquí no ha pasado nada. ¿De acuerdo?

—De acuerdo —dije yo emprendiendo el regreso.

No me dormí inmediatamente, claro. Hacia las cinco caí en un sueño de mala calidad, una suerte de duermevela de la que me sacó a las siete el despertador. Me incorporé con la garganta seca como la cal y sin hacer ruido, para no despertar a mi mujer, revisé la casa, donde en apariencia todo estaba en orden. Alguien, quizá yo mismo, se había dejado abierta la puerta de la terraza del salón, por la que sin duda había entrado el caco. Preparé el desayuno para mi mujer y para mí y el día transcurrió con absoluta normalidad. Hace de esto dos o tres semanas y empiezo a pensar que tal vez fue verdaderamente un sueño.

JUEVES. Me invita a comer el director de una universidad de verano en la que casi todos los años, por estas fechas, doy un curso de periodismo y literatura. Lleva una chaqueta cuyas mangas, muy largas, le cubren prácticamente las manos. Mientras aguardamos a que nos traigan la comida, los dedos de su mano derecha asoman un poco por la bocamanga, jugando con las migas de pan que hay sobre el mantel. Los dedos parecen animalillos a la puerta de una guarida de la que no se animan a salir por miedo. La imagen me perseguirá el resto del día.

VIERNES. Leo algo en un periódico acerca de la teoría de redes. Según algunos filósofos, todo está conectado. Vale lo mismo decir que todo está desconectado. Es lo que tienen las afirmaciones excesivas. En cualquier caso, mi modo de conexión con la realidad consiste en estar desconectado. Quiere decirse que la desconexión es un modo de conexión, quizá la más jodida.

Semana 133

Lunes. Los bomberos están en mi calle, asunto admirable, pues siempre los ves acudir al fuego o regresar de él, nunca en el sitio. Abandono mi mesa de trabajo y salgo afuera, como el resto de los vecinos. No hay fuego. Se ha partido una rama gigantesca del enorme árbol que hay frente a nuestra casa. Un hombre asegura que ha pillado debajo a un adolescente del instituto cercano. Han cortado la calle, previamente cortada por la rama. En el tronco del árbol se aprecia un desgarrón de la corteza, como si a un hombre le hubieran arrancado un brazo tirando de él hacia abajo. Se distingue el lugar donde estaba la axila, con pedazos de piel sueltos, irregulares. Delante de nosotros hay una montaña de verde que, debido al golpe contra el suelo, ha desprendido una cantidad infinita de micropartículas. Los alérgicos tosen. Los bomberos podan con cuidado las ramas secundarias, como quien quita subtramas a la trama principal. Pretenden abrirse paso hasta el adolescente sin hacerle daño. Llegan al final sin que haya aparecido el chico, ni vivo ni muerto, entre los despojos vegetales. Se produce una manifestación general de alivio que, a mi modo de ver, oculta una decepción.

Martes. Voy a comprar un collar antiparasitario para el gato. Me preguntan si lo quiero para pulgas o para garrapatas o para pulgas y para garrapatas. Los gatos capitalistas son afortunados. En mi urbanización hay dos gatos anticapitalistas que vienen a comerle la comida al mío. Él los deja hacer observándolos a distancia. También yo los observo a distancia. Comen con hambre y ansiedad, atentos a los movimientos de mi sombra, ante cuyo desplazamiento huyen. Los gatos anticapitalistas no tienen collar. Me pregunto si tienen parásitos. La empleada de la tienda me muestra una variedad insólita de collares. Hay tantos como yogures y quesos en la sección de lácteos. Adquiero al fin uno de triple acción (garrapatas, pulgas y piojos). Leo en el prospecto que dura tres meses. Le digo a Siri, el asistente de mi iPhone, que me avise a primeros de octubre, para cambiárselo.

Semana 134

MIÉRCOLES. Asisto a una cena en la que me comporto como un robot, aunque no me doy cuenta de que estoy programado hasta el segundo plato, cuando la señora de al lado me pregunta qué pienso sobre el impuesto especial a los ricos y le respondo lo que he leído en el editorial de *El País* de esa mañana. Luego saca el tema del azar y lo mismo: tiro de mis archivos y le proporciono cuatro tópicos almacenados en mi encéfalo acompañados de una cita culta, nada menos que de Borges: «El azar es un modo de causalidad cuyas leyes ignoramos».

—¡Qué bello! —exclama la señora.

—Sí —digo yo, y permanecemos en silencio, rebuscando material para continuar hablando. Entonces advierto que la señora es también un robot. Ella sin embargo no lo sabe, y ahí es donde la conversación se descompensa, pues yo siento asco de mí al tiempo que la autoestima de ella crece. Me disculpo y voy un momento a los servicios, que están muy limpios, pues nos encontramos en un restaurante de lujo. Mientras hago pis, reviso mis circuitos. Todo en orden, incluida la próstata, quizá la tensión un poco baja. También percibo una ligera obstrucción en la fosa nasal derecha, tal vez el preludio de un catarro. Como soy uno de esos robots programados para lavarse las manos después de tocarse el pene, coloco mis manos bajo el grifo, que es electrónico, y dejo que el agua discurra entre mis dedos y a continuación me seco con una pequeña toalla que arrojo luego a un cesto de mimbre. Entretanto, reflexiono sobre mi condición mecánica, recién descubierta, y siento nostalgia de no ser completamente humano. ¿Pero en qué consistiría ser humano?

Regreso al comedor y ocupo mi sitio junto a la señora robot, que es muy atractiva. Tiene un escote que al moverse deja ver el borde de su ropa interior, de color calabaza. Continúa comiendo y hablando a la vez, sin que lo uno le impida lo otro, posee una mecánica de primera calidad. Dice que vivió ocho años en Australia y que está pensando en escribir un libro sobre su experiencia.

—¿Qué clase de libro? —pregunto.

—Un libro de cuentos —dice ella.

—¿Y cómo se titulará?

—*Ocho cuentos australianos.*

Asiento con la cabeza, fingiendo que el título me parece un acierto, pero como estoy programado para lamentar la escasa repercusión de ese género cada vez que escucho la palabra cuento, añado:

—El cuento no está suficientemente valorado en España.

—¿Y eso?

—Los lectores creen que es más rentable invertir en la lectura de novelas.

Me doy cuenta entonces de que estoy hablando con una robot que no tiene, impresos en sus circuitos, tópicos literarios e intento cambiar de conversación, pero ella insiste en que continúe emitiendo lugares comunes sobre el relato breve y decido satisfacerla durante diez minutos de reloj al cabo de los cuales saco el asunto de la adopción de niños, sobre el que dispongo de siete u ocho opiniones que parecen originales. Casualmente, ella está pensando en adoptar, de modo que llegamos sin problemas al postre. Entonces, el organizador de la cena da unos golpecitos en la copa en demanda de silencio y suelta un breve discurso acerca del futuro de la edición digital. Inmediatamente me doy cuenta de que es un robot también, y no solo él, sino todos los asistentes a la cena. Observo uno por uno los rostros recién comidos y bebidos y no hay uno solo que escape a esa condición. Abandono el restaurante aturdido por la revelación, aunque también por la ingestión masiva de alcohol, y tomo un taxi conducido por otro robot.

JUEVES. Despierto con resaca, pero soy un autómata programado para esta posibilidad, de modo que diluyo un sobre de ibuprofeno en medio vaso de agua y al cuarto de hora no solo me encuentro bien, sino feliz. Estoy programado para que el ibuprofeno me proporcione dicha. Luego tomo la prensa y comienzo la labor diaria de introducir información tópica en mis circuitos, para hacer frente a la siguiente cena.

Semana 135

LUNES. Sufrí un golpe de fiebre como quien sufre un golpe de viento al doblar la esquina. No se anunció, no pidió permiso, no dijo allá voy. Estaba tan tranquilo en mi lugar de descanso, preparando un arroz con pollo, cuando noté movimiento de aflicción en las rodillas, luego en los codos y en los hombros.

—Algo está pasando —dije en voz alta.

—Ponte el termómetro —dijo mi mujer.

Le contesté que no, porque a mi mujer lo primero que se le ocurre frente a cualquier imprevisto, no importa del tipo que sea, es ponerse el termómetro, o ponérmelo.

—Creo que se me ha pasado el arroz.

—Ponte el termómetro.

—¿Qué tiene que ver el arroz con la fiebre?

—Si no te pones el termómetro, no lo sabremos.

Total, que me puse el termómetro y tenía 38,5, una temperatura muy alta para el mediodía.

—¿Lo ves? —dijo ella.

—Lo veo —dije yo.

Me tomé un Nolotil y me metí en la cama.

MARTES. Amanezco sin fiebre pero acobardado desde el punto de vista físico. La calentura de ayer me ha dejado una fragilidad agradable, como si no tuviera nada que hacer. Pero he de desatascar un lavabo, arreglar una cisterna y desarmar dos enchufes que no hacen más que producir cortocircuitos. Decido trabajar a cámara lenta, como si no hubiera venido al mundo para otra cosa que para las mencionadas. Empiezo por el lavabo, sobre el que vierto, tras ponerme una mascarilla protectora, un producto químico muy corrosivo. A medida que el líquido se desliza hacia el interior de la tubería, sale del sumidero una nube verdosa y azufrada, como si se estuviera abrasando allá dentro el mismísimo diablo. Espero un rato a que el ácido haga su efecto y abro el grifo, dejando correr el agua abundantemente. Tras un par de borborigmos, semejantes a los de un motor al que le costara arrancar, el atasco se disuelve y el agua se precipita hacia el centro de la Tierra como atraída por un imán de líquidos.

Con la cisterna, en cambio, fracaso estrepitosamente. Se lo digo a mi mujer, que me responde:

—Ponte el termómetro.

Me lo pongo por no discutir y, en efecto, vuelvo a tener fiebre, 38,3.

No sé cómo se va al médico cuando uno está fuera de su lugar de residencia. Nunca lo he necesitado, de modo que me tomo otro Nolotil y decido esperar a mañana, a ver si el asunto se arregla solo. El caso es que no tengo ningún síntoma que justifique esta temperatura. Ni anginas ni faringitis ni malestar de estómago.

MIÉRCOLES. Me despierto a las cinco de la mañana y me pongo el termómetro. 36,8. Perfecto. Vuelvo a la cama y hago proyectos para el resto del día. Primero arreglaré la cisterna, luego los enchufes y por fin me sentaré a escribir la novela que me he traído al lugar de veraneo con la esperanza de rematarla.

Me levanto a las ocho, desayuno y voy a por la prensa. Todo bien. Vuelvo a casa, desarmo la cisterna, detecto el problema y le pongo solución. Maravilloso. Voy al primer enchufe y lo arreglo sin mayores dificultades, igual que el segundo. Cumplidas las obligaciones domésticas, me siento a leer la prensa saboreando de antemano el instante en el que me coloque frente al ordenador y abra la novela atascada. Suena el teléfono, pero el olfato me dice que no debo cogerlo y no lo cojo. Suena otra vez y vuelvo a reprimirme (yo siempre me reprimo). A los dos minutos mi mujer, que estaba en el baño, pregunta:

—¿Quién llamaba?

—No sé, no me ha dado tiempo a cogerlo —digo.

—Pues ponte el termómetro —dice ella.

Me lo pongo: 38,2.

—Estoy bien —miento.

—Si tú estás bien —dice ella—, el termómetro está mal. Mañana, cuando vayas a por el periódico, te acercas a la farmacia y compras otro.

—Vale —digo.

Me encierro en mi habitación, enciendo el ordenador, recupero la novela, leo las primeras páginas y me doy cuenta de que es una novela con fiebre. Estamos igual la novela y yo, lo que me parece un buen augurio. Me pongo a escribir en ese estado febril, y en efecto todo discurre como la seda. El problema es cómo mantener esta temperatura corporal durante el resto de las vacaciones.

Semana 136

Lunes. Buscando otra cosa, tropiezo en internet con un foro de idiotas. Son gente sin pretensiones, que hablan de tonterías, y que detectan enseguida si en el foro se cuela alguien inteligente. De ser así, lo echan sin contemplaciones.

«Nosotros —dicen— no entramos en los foros de la gente lista. ¿Por qué tenéis vosotros ese interés en entrar en los nuestros?»

Llevan razón. No me imagino a un tonto entrando en un chat de física nuclear, pero sí a un físico nuclear entrando en un chat de tontos. Lo que me molesta es que llevo hablando ya media hora con ellos y todavía no se han dado cuenta de que soy listo. ¿Lo soy?

Martes. Estaba tan tranquilo leyendo una egonovela en mi egosillón de orejas favorito cuando me pregunté qué rayos hacía leyendo un egolibro en vez de escribirlo. Me ocurre en los museos, cuando contemplo egocuadros que podría haber pintado yo. O en el cine, cuando veo egopelículas que se me podrían haber ocurrido a mí. El caso es que dejo el egolibro, me acerco al ordenador, empiezo a teclear y me sale un heterotexto, un heterotexto que me gusta precisamente porque podría ser de otro. Escribo hasta el mediodía, me preparo un egotentempié, descanso en el egosofá y continúo a media tarde con el heterotexto, que sigue pareciendo de otro. Por la noche, me acuesto con los pies en el lado de la cabeza y con la cabeza en el lado de los pies.

—¿Qué haces? —dice mi mujer.

—Estoy ensayando nuevas formas de vida.

—Pues ensáyalas en el sofá si no te importa.

Me voy a dormir al sofá, que misteriosamente, al utilizarlo de otro modo, ha dejado de ser un egosofá, y duermo mejor que nunca, como si no hubiera dormido yo, sino otro.

MIÉRCOLES. Como me encuentro excepcionalmente descansado, en cinco horas de trabajo termino el heterotexto comenzado ayer, que tiene forma de cuento policíaco, y se lo envío, por correo electrónico, a un amigo que dirige una revista de temas criminales. A las tres horas me llama:

—¿Te ha gustado? —pregunto con ansiedad.

—Mucho, Juanjo, pero es un plagio.

Me cita al autor plagiado, un norteamericano muy conocido. Voy a buscar el libro y, en efecto, encuentro el heterotexto que creía haber escrito yo. Inmediatamente, me pongo a escribir un egotexto en mi egoordenador.

Semana 137

LUNES. Hay gente a la que invitas a comer y cree que la has invitado a carcomer. Vino a casa un amigo de la infancia que por una de esas cosas de la vida se metió a cura. Es misionero en África y lo vemos, con suerte, cada cinco o seis años. Para celebrar la ocasión, preparamos un poco de marisco que observó con mirada crítica para añadir a continuación que él no podía darse ese banquete teniendo conocimiento del hambre que se pasaba en el mundo.

—Lo tiramos todo a la basura —dije yo en broma— y hacemos unos huevos fritos.

—Tirarlo todo a la basura tampoco —dijo él—, os debe de haber costado una fortuna.

En efecto nos había costado una fortuna, y además habíamos hervido los centollos vivos, lo que siempre me crea algún problema de conciencia. Cuando el agua empieza a calentarse, emiten una suerte de silbido desesperado parecido al de la olla exprés. Como el cura era más amigo mío que de ella, mi mujer me miró con gesto de paciencia, urgiéndome a que resolviera el problema. En esto sonó el móvil del misionero, lo cogió y dijo que tenía que irse urgentemente a dar una extremaunción.

—Vete en paz —le dije—, ya habrá otras oportunidades.

Abrí una botella de cava y mi mujer y yo dimos cuenta del marisco, obteniendo de la comida más placer que culpa. Y eso que a ratos todavía escuchaba dentro de mi cabeza el silbido del centollo al ser hervido.

MARTES. Me telefonea nuestro amigo misionero para disculparse por su espantada de ayer.

—En realidad —dice—, no tenía que dar ninguna extremaunción.

—Ya —digo yo—, fue por el marisco.

—Pues sí, desde que soy ateo me he vuelto muy beato.

Frente a mi silencio interrogativo, mi amigo me explica que ha dejado de creer en Dios en África, lo que por lo visto es muy común entre los misioneros. Pero, paradójicamente, al dejar de creer en Dios se ha vuelto mucho más sensible a los problemas de los seres humanos, de modo que vive casi como un indigente.

—¿Y vas a colgar los hábitos? —pregunto.

—De momento no. La Iglesia me proporciona, para ayudar a los demás, una infraestructura muy difícil de obtener en otras organizaciones.

Nos despedimos deseándonos lo mejor, y ahí acaba la cosa. Más tarde, mientras doy cuenta del gin-tonic de media tarde, recuerdo a un escritor que, habiendo perdido la fe en la literatura (me lo confesó un día, borracho), continuó por inercia escribiendo novelas hasta su muerte. Según la crítica, sus mejores libros son los posteriores a esa pérdida de fe que jamás hizo pública. Lo dice el poeta: «Para enterrar a los muertos como debemos, cualquiera sirve, cualquiera menos un sepulturero».

VIERNES. Sueño que un chino, mientras duermo, me manipula la cabeza colocándome el ojo izquierdo en la cuenca del derecho y al revés. Al levantarme, pierdo el equilibrio y estoy a punto de caer al suelo. Luego, durante el afeitado, dudo lógicamente del lado del espejo en el que me encuentro. Ver desde el lado izquierdo lo derecho y lo izquierdo desde el derecho, si lo piensas, complica la vida. No me abandona en todo el día la sugestión de que tengo los ojos cambiados de lugar, quizá también los testículos, por una razón que prefiero omitir.

Semana 138

Lunes. Conozco a dos hermanos gemelos que viven juntos y que adelgazan y engordan alternativamente. Quiero decir que cuando uno está gordo el otro está delgado, y al revés. Un hospital de Madrid está estudiando su caso, pues lo más sorprendente es que el que engorda lo hace al mismo ritmo con el que el otro adelgaza. O viceversa. Si A gana un quilo exacto en una semana, B ha perdido un quilo exacto en esos siete días. Como si el que adelgaza transfiriera a su hermano lo que pierde. Los conocí porque ellos mismos me escribieron hace años invitándome a escribir un reportaje sobre tan peculiar circunstancia. No escribí el reportaje, aunque tomé muchas notas, pero trabamos cierta amistad y los visito regularmente. Cuando cambian de peso, intercambian también sus ropas.

El otro día me llamaron con cierta alarma para anunciarme que A, actualmente en proceso de engordamiento, había cogido en la última semana doscientos gramos más de los que había adelgazado B. ¿De dónde los ha cogido?, se preguntaban. Ni idea, pero lo cierto es que esa desviación ha provocado en el gemelo al que podríamos llamar «donante» un malestar que se parece mucho a un ataque de celos. Como si su hermano lo engañara con alguien. Les he sugerido la posibilidad de retomar el reportaje, pero me han dicho que no es el momento.

Martes. Esta mañana resbalé en la calle al pisar la tapadera de una alcantarilla mojada. Como no era capaz de levantarme, varias personas acudieron en mi ayuda. Otras, simplemente, se acercaron a mirar. Todavía en el suelo, me vino a la memoria un recuerdo de infancia. Volvía del colegio detrás de un hombre que de repente empezó a hacer eses, como si estuviera borracho. A los cuatro o cinco pasos, se derrumbó tras haberse encogido sobre sí mismo. Me acerqué y permanecí observándolo con la mirada neutra y asombrada de los niños. La gente empezó a acercarse y formó un corro en torno al hombre, que iba sin afeitar y con la camisa desabrochada, como si antes de caer él mismo se la hubiera abierto en un gesto de desesperación. Por la comisura de los labios se le escapaba un poco de saliva. En esto, otro hombre dijo que era médico y le abrieron paso. El médico se agachó junto al caído, le puso una mano en el cuello, le tomó el pulso, le miró las pupilas y finalmente se volvió hacia el respetable.

—Ha muerto —dijo.

Si es cierto que uno es de donde vio su primer muerto, yo soy de aquella calle de mi infancia.

Pues bien, decía que trataba de levantarme cuando entre los rostros de las personas que contemplaban el suceso sin prestar ayuda vi el de mi hermano Ricardo. En ese instante parpadeé por el asombro, y cuando volví a mirar ya no estaba. Supuse que le había dado vergüenza verme en esa situación y prefirió no identificarse.

MIÉRCOLES. Dolorido aún por la caída de ayer, me ha costado levantarme de la cama. Mi mujer me ha preguntado si me encontraba mal, pero le he dicho que no, que tenía pereza. Preferí guardar en secreto mi accidente callejero. ¿Por qué? No estoy seguro, quizá porque también yo lo viví como una humillación. Caerse no es solo caerse, es también la metáfora de otras caídas invisibles a las que va sometiéndonos la edad. Al salir a por el periódico, he pasado por una farmacia donde me han dado una pomada para la contusión. No me la he puesto porque tenía un olor muy fuerte y podía levantar sospechas.

JUEVES. He telefoneado a los gemelos A y B. Ha cogido el teléfono B, que continúa en proceso de adelgazamiento, y me ha dicho que su hermano sigue cogiendo más peso del que pierde él. Están pensando en separarse.

Semana 139

LUNES. Padre e hija meriendan en la mesa situada a mi izquierda. Al padre, seguramente divorciado, le ha tocado hoy recoger a la cría del colegio y pasar la tarde con ella. Pero su cabeza está en otra parte. De hecho, cada poco saca el móvil y responde a un mensaje. La niña, algo gordita, pide otra ración de tarta como el que pide un poco de cariño. El padre apura una botella de agua mineral con gas. En esto, la niña dice:

—Los niños de mi clase son todos tontos.

—¿Todos, todos? —pregunta el padre.

—Bueno, la mayoría —corrige la pequeña, que ha percibido en la pregunta del padre un matiz de censura.

—¿Qué quiere decir la mayoría? ¿Cuántos chicos hay y cuántos son tontos?

—Hay trece y son tontos nueve o diez —titubea la niña.

El padre observa a su hija gordita con agresividad, medita unos instantes y luego dice:

—Eso es como si me dices que, de los trece niños que hay en tu clase, diez de ellos son tuertos. No hay quien se lo crea. Estadísticamente hablando es imposible que coincidan diez tuertos en una clase.

La niña, que quizá no sabía lo que era la estadística, acaba de aprenderlo duramente. Se pone roja de vergüenza y calla.

—¿Comprendes lo que te quiero decir? —insiste el padre.

—Sí —dice ella.

—Pues no digas sandeces. A lo mejor la tonta eres tú.

—¿Yo? ¿Por qué?

—Por decir cosas que son imposibles.

Disimuladamente, me vuelvo para observar el rostro del padre. Me cae bien por un lado y mal por otro. Eso significa que me ha gustado y no me ha gustado su actuación. Estoy de acuerdo con el fondo, aunque quizá yo habría puesto un poco de humor al asunto, para no herir tanto a la niña.

—¿Y niñas? —pregunta ahora el padre—. ¿Cuántas niñas tontas hay?

—No sé —dice la cría echándose a llorar.

MARTES. Me gusta el libro digital, pero he de reconocer que es un desobjeto. No tendría importancia de no ser porque a mí me gustan los objetos. He acabado invadido por ellos. Escribo estas líneas rodeado de cajas, de reptiles de cerámica, de cuadernos, de libros, de tazas de té, todo ello apilado a mi alrededor en confuso desorden. El mundo digital es un mundo lleno de porquería también, pero porquería desobjetada. No tropiezas físicamente con ella, carece de la capacidad de acumular polvo. Sobre los libros y cuadernos esparcidos por el suelo de mi cuarto de trabajo hay moscas, mariposas y polillas muertas, paquetes de tabaco vacíos y arrugados, pañuelos de papel usados o sin usar... A veces abro un libro antiguo y encuentro en su interior, momificada, una hoja, en ocasiones una foto, incluso un billete de quinientas pesetas. Objetos, en fin. Algo muy oscuro me pasa con los objetos.

Nada que objetar.

Semana 140

LUNES. En un mercado de Madrid acaban de inaugurar una librería de segunda mano en la que venden los libros al peso.

—Póngame un cuarto de quilo de Shakespeare —dices.

Y el tendero te pone un cuarto de quilo de Shakespeare o de Corín Tellado, lo que pidas. Todos los autores valen lo mismo, porque su nombre no cotiza. Lo que hace que unos libros sean más caros que otros son detalles formales como la encuadernación o el espesor del papel. Un volumen de tapa dura es a uno de bolsillo lo que un pedazo de jamón de York a uno de chóped. Parece que la fórmula funciona porque a la gente le hace gracia esto de adquirir la sabiduría o el entretenimiento al peso. Los libros de poesía, que suelen ser famélicos, están tirados, nunca mejor dicho.

Semana 141

LUNES. Estoy en la frutería, dudando entre los higos y los melocotones, cuando entra una señora hecha una furia porque ha encontrado un gusano en una de las manzanas que compró ayer.

—Las manzanas nacen ya sin gusanos —le dice el frutero—. Sería otra cosa.

Tras discutir durante unos minutos, el frutero le da una manzana nueva y se restablece el equilibrio verbal. Finalmente me llevo unos higos y una obsesión: la de que las manzanas nacen ya sin gusanos. Es cierto, hace años que no los veo, cuando en mi infancia eran como amigos de la familia. Todas las manzanas tenían un okupa al que era preciso desalojar antes de acometer su ingestión. Éramos expertos en recortar, con la punta de la navaja, el trozo de carne en el que se agitaba el animal y arrojarlo a la basura, donde le perdíamos la pista. Al llegar a casa, entro en la Wikipedia para saber qué ha sido de este pobre bicho, pero se habla de él como si todavía existiera. Quizá el frutero exagerase. Observo, en todo caso, que su larva daba lugar a una polilla muy hermosa.

MARTES. Joder, todos se mueren, no hay más que darles tiempo. Lo digo por las esquelas de hoy, en cuyas redes han caído un par de inmortales, aunque podría haberlo dicho por las de ayer, en las que descubrí a cinco personas del montón. Todo el mundo se muere, yo también, supongo. De hecho, he muerto varias veces a lo largo de mi vida y he resucitado otras tantas. Me muero y resucito con tal facilidad que a veces creo que estoy vivo cuando estoy muerto y al revés. Ahora mismo no estoy seguro de mi situación. Pero he de ir a hacerme un chequeo y lo averiguaré enseguida.

MIÉRCOLES. Primera sesión de septiembre. Mi psicoanalista ha vuelto de las vacaciones completamente pálida. Significa que no ha estado en la playa, ni en la montaña. Le pregunto que qué tal y dice que bien.

—¿Y usted? —añade.

—Yo bien —le digo—, pero por una vez en la vida podríamos hablar de usted. ¿Dónde se mete para estar tan pálida como la dejé?

Ella se ríe y calla. Como yo callo también, interviene al cabo de unos minutos:

—Yo soy la terapeuta y usted el paciente. A veces lo olvida. Pero dígame por qué le preocupa mi palidez.

Le digo que me recuerda a la del gusano de la manzana, que estudié el lunes en la Wikipedia.

—Muchas gracias —dice ella.

—No es que la compare a usted con un gusano, es que se ha establecido esa asociación libre en mi cabeza y no he tenido más remedio que soltarla.

—¿Cuánto de libre cree que era esa asociación?

—Libérrima —respondo.

—¿A qué le recuerdan las manzanas podridas?

Finjo pensarlo durante unos instantes, pero sé desde el principio a quién: a mi madre. Mi madre era un hacha eliminando los gusanos del corazón de las manzanas antes de ofrecernos un pedazo. Procuraba, además, no dañar al bicho.

—A mi madre —digo al fin—. Las manzanas podridas me recuerdan a mi madre.

—Entonces no me comparaba usted con un gusano, sino con su madre.

—Tal es el destino de todo paciente con su terapeuta, ¿no? Identificarla con su madre.

—No sé si el de todos los pacientes con todas las terapeutas, pero usted no hace otra cosa que recordar a su madre a través de mí. ¿Por qué será?

—Mi madre era muy pálida también.

Ella calla, yo callo. Llega la hora, me levanto del diván, salgo a la calle, entro en un bar, pido un café y mientras me lo preparan me voy a llorar al servicio.

JUEVES. Debo de estar vivo, porque he ido a sacarme sangre y salía roja, roja, como si hirviera. Le pregunto a la enfermera si esa coloración es un síntoma de buena salud y encoge los hombros.

—De horchata —dice— no parece.

Pienso en la palidez de la horchata. Mi madre decía de la gente pasiva que tenía la sangre de horchata. Creo que hay, en efecto, algunos animales pequeños cuyo plasma es blanco. Al volver a casa, mi mujer me pregunta que qué tal y le digo que estoy vivo.

—Vaya —dice ella.

VIERNES. Al cerrar la ventana, porque hacía frío, me di cuenta de que cerraba también la puerta del verano. No pasaría nada de no ser por las putas Navidades. Ya están prácticamente ahí.

Semana 142

LUNES. Lo bueno de leer tres o cuatro horas seguidas por la tarde es que de vez en cuando te apetece abandonar el libro a un lado, cerrar los ojos y dormir cinco o seis minutos. No más. Cuando se tiene experiencia, es posible la práctica de estos microsueños que equivalen a los túneles del viaje en tren. Por lo general, sueñas algo relacionado con lo que estás leyendo y que al despertar tienes todavía muy fresco. De ese modo, sueño y vigilia rompen sus fronteras al introducirse aquel en esta y esta en aquel. Cuando a las ocho de la tarde te levantas para ver el telediario, percibes que estás hecho de esas dos materias, el sueño y la vigilia. Pero la composición de la vigilia incluye a su vez grandes cantidades de ficción si lo que has estado leyendo es una novela. O de filosofía, si es un ensayo. Cuanto más tardas en volver a ser el idiota que eres de forma habitual, mejor. El idiota vuelve, precisamente, con el telediario. Podría vivir sin él, sin el telediario, y quizá sin el idiota, pero tengo el hábito muy arraigado.

MIÉRCOLES. Lola, la exmonja del taller de escritura, ha llegado tarde a clase. Como es muy puntual, después de que tomara asiento nos hemos quedado todos mirándola, a la espera de una explicación. Dice que ha llevado a su madre a urgencias porque se ha tragado un tenedor de postre. Frente a nuestra sorpresa, ha explicado que padece de una enfermedad, de nombre «pica», consistente en tragar o lamer objetos no comestibles. Su madre está en tratamiento y llevaba meses sin tragarse nada, pero esta mañana empezó a lamer inocentemente un tenedor y al final ha terminado con él en el estómago.

Pasado el primer instante de asombro, el exjugador de baloncesto, que desde que dimos la clase sobre la verosimilitud no es capaz de hablar de otra cosa, ha dicho que le costaba creérselo para añadir enseguida:

—Un tenedor, por muy de postre que sea, es un tenedor.

—Pues te lo creas o no —ha dicho Lola algo ofendida—, estos enfermos desarrollan una habilidad para tragarse las cosas más increíbles.

Entonces ha intervenido Beatriz para darle la razón a la ex-monja. Por lo visto tiene una prima que sufre el mismo síndrome y en cierta ocasión se tragó un sacacorchos. Ha habido algún conato de risa, pero la mayoría de la clase y yo mismo hemos permanecido mudos por la sorpresa. Luego hemos leído un relato de Marta sobre las fotografías de su álbum familiar. Era muy malo, pero hemos fingido que estaba bien.

JUEVES. Tumbado en el diván de la consulta, con la mirada en el techo, me viene a la memoria *El motel del voyeur,* un libro de Gay Talese que he terminado de leer por la mañana. Trata de un tipo que compró un motel y que en el techo de sus habitaciones (no en todas) colocó una rejilla desde la que observaba la vida de sus huéspedes. La rejilla, aunque estaba colocada estratégicamente, encima de las camas, pasaba por ser un punto de ventilación. El libro resulta triste porque el sexo de la gente es triste y las conversaciones de la gente son tristes y la vida en general de la gente es triste. Mi psicoanalista pregunta por qué observo el techo con esa atención desmesurada.

—Porque estoy imaginando —le digo— que ahí arriba hay una rejilla desde la que alguien nos espía.

—Pero no hay ninguna rejilla —dice ella.

—Pero yo lo imagino —digo yo.

Ella calla y yo sigo a lo mío, que es imaginar a un mirón de terapias psicoanalíticas detrás de una rejilla. Si pudiera elegir a mi mirón, pienso, preferiría que fuera una mirona. Pero a los dos minutos de imaginarla, esta adquiere los rasgos físicos de mi madre muerta y siento un calambre de terror.

—¿Le ocurre algo? —pregunta la psicoanalista.

—Nada —digo yo.

No quiero hablar del asunto, de modo que le cuento lo de la madre de la exmonja del taller de escritura.

—¿Qué le sugiere? —pregunta.

—Que se quiere meter dentro la realidad, toda la realidad. En cambio yo preferiría expulsarla.

—Si quiere, seguiremos hablando de esto otro día. Se nos ha echado encima la hora.

Me levanto y me voy. Fuera llueve.

Semana 143

LUNES. Llego al taller de escritura creativa y están las puertas cerradas. Me cercioro de que es lunes, y de que no es festivo. Quizá debería cerciorarme también de que soy profesor de esa escuela, pero no veo el modo. Decido dar una vuelta, pues la mayoría de los problemas se arreglan haciendo tiempo. Cuando vuelvo, las puertas están abiertas y dentro hay la actividad de cualquier día laborable. Pregunto en secretaría si ha sucedido algo y me dicen que no.

—Hace diez minutos —digo— estaban las puertas cerradas.

—Te habrás equivocado de puerta —me responden—, estamos aquí desde las ocho de la mañana.

Me dirijo desconcertado al aula, donde los alumnos me esperan haciendo corrillos. Les doy los buenos días, me siento, y nos miramos con cansancio. En esto advierto que debajo de una de las mesas hay un perro dormitando. Cuando estoy a punto de preguntar qué hace ahí, me freno, por si solo lo viera yo. Damos lectura al primer ejercicio, que no es ni bueno ni malo. Es normal, pero a los alumnos les encanta. Como no tengo fuerzas para llevarles la contraria, les digo que sí, que está muy bien, y me invento las razones. Es muy fácil inventarse las razones si el que te escucha está predispuesto a aceptarlas. Cuando ya estamos finalizando la clase, Gloria, la alumna argentina a cuyos pies dormita el perro que he visto al entrar, dice:

—Mira que eres raro, Juanjo.

(Ella habla en argentino, pero yo siempre la traduzco.)

—¿Y eso?

—Ves que hay un perro en el aula y no dices nada, como si fuera de lo más normal.

—Bueno —me defiendo—, parece un perro normal.

—Lo que no es normal —dice ella— es que lo traiga a clase.

—Verás —le confieso—, lo he visto al entrar, pero no me he atrevido a decir nada por si era fruto de mi imaginación. La imaginación me está jugando malas pasadas últimamente.

Los alumnos me miran pidiendo más y les cuento que de un tiempo a esta parte, cuando salgo del baño, me cruzo en el pasillo de mi casa con una mujer a la que no conozco.

—¿Solo cuando sales del baño?

—Sí, solo cuando salgo del baño. Después de dar tres o cuatro pasos, se desvanece.

Arrepentido de mi debilidad, miro el reloj y digo que llego tarde a una cita.

Martes. Cuando vuelvo de comprar el periódico, está en casa el perro de Gloria. Finjo no verlo, por si acaso, hasta que mi mujer hace alusión a él. Dice que lo ha traído una alumna mía, por si se lo pudiéramos guardar unas horas, a lo que ella ha accedido en mi nombre.

—Esa chica está loca —digo yo.

—¿Por qué? —dice mi mujer.

—Pues porque no es normal pedir esos favores, y menos a un profesor.

—Ya estás con tu manía de lo normal y lo anormal —dice ella—. La chica vive cerca y dice que no puede dejar al perro solo en casa porque ladra. Habitualmente se queda con sus padres, que están jubilados, pero han tenido que salir de viaje.

—¿Te ha contado su vida?

—Pues sí, hemos hablado más de media hora.

Pese a constatar que el perro es real, me produce las mismas sensaciones que la mujer fantasma del pasillo. Gloria viene a buscarlo a última hora y se queda a cenar. Le dice a mi mujer que como profesor soy bastante borde, pero que los alumnos lo atribuyen a mis problemas psicológicos. Se va a las doce de la noche (yo me acuesto a las once) y nos deja el perro. Mi mujer dice que se lo quedaría. A mí todo esto me parece irreal.

MIÉRCOLES. Salgo del cuarto de baño y veo a la mujer fantasma del pasillo acariciando al perro real, que mueve la cola como si él también la percibiera. Cuando me dispongo a salir a por el periódico, mi mujer dice que aproveche para dar una vuelta a la manzana a Buenos Aires, que así se llama el perro, increíble, Buenos Aires. Durante el paseo se establece entre el animal y yo una complicidad rara, como si nos transmitiéramos algo mutuamente a través de la correa. Me viene a la memoria una noticia según la cual Telefónica va a tender un cable submarino entre Brasil y Estados Unidos.

MIÉRCOLES. El perro sigue en nuestra casa. Voy a la clase del taller de escritura con él y los alumnos le hacen gracias. Mientras corregimos los ejercicios, el animal permanece acostado debajo de mi mesa. Gloria finge que no lo conoce.

Semana 144

MARTES. A las tres de la mañana, en pleno ataque de insomnio, oí unos ruidos en el piso de abajo. Me puse la bata, salí del dormitorio y bajé las escaleras. Me pareció que descendía a otra dimensión de la realidad. El perro correteaba de un lado a otro, entre el salón y el recibidor. Cuando encendí las luces, comprobé que llevaba en la boca una rata agonizante que colocó a mis pies. Sentí asco, todo el asco que es capaz de sentir un mamífero. Ordené al perro que no se acercara a la rata moribunda y puse toda mi capacidad de pensar a cien. ¿Con qué cogerla? ¿Dónde meterla? Las tenazas de la chimenea, aunque no eran muy precisas, me parecieron lo suficientemente largas como para no contaminarme de lo que la rata tenía de rata, de su ratidad, podríamos decir, al modo en que disponemos del término «humanidad» para referirnos a nosotros.

En el transcurso de la operación, que no resultó sencilla, el bicho expiró dejando unas gotitas de sangre sobre la alfombra. Al cabo de un rato el cadáver se encontraba dentro de una bolsa de plástico que introduje a su vez en otra bolsa de plástico, que introduje a su vez en una tercera bolsa de plástico. Luego salí al jardín y abandoné los restos en el cubo de la basura destinado a los desechos orgánicos. Sobre la sangre de la alfombra arrojé unos polvos que utilizo para limpiarla y los dejé allí hasta el día siguiente. Volví a la cama y escuché la radio hasta el amanecer.

Al levantarme, pensé en el suceso de la noche como si hubiera sido un sueño. Jugué con esa posibilidad, sabiendo que no, hasta que bajé al salón y vi los polvos sobre la alfombra. Cuando el perro vino a lamerme, lo aparté de malas maneras. Aquella boca era la misma que había matado a la rata. Y menos mal. De un lado le estaba agradecido y de otro le había cogido asco. El animal se mostró desconcertado ante mi falta de gratitud, por lo que le acaricié brevemente la nuca sin permitir que me lamiera. Luego le di uno de esos huesos artificiales con los que disfruta tanto. La cuestión, ahora, era averiguar por dónde había entrado la rata. Soy muy cuidadoso con estos asuntos, tanto que las puertas de mi casa están casi dispuestas a modo de esclusas, como las de las cárceles, de forma que jamás abro la puerta de delante sin haber cerrado la de atrás. Revisé las entradas al garaje y los accesos al jardín delantero y trasero sin hallar un solo resquicio. A la hora de comer, tras haber perdido toda la mañana en mis pesquisas, tuve una idea: la chimenea. Quizá la rata había logrado alcanzar el tejado a través de la parra de la fachada y una vez allí se había precipitado accidentalmente al salón a través de la salida de humos. Me acerqué al hogar y vi, en efecto, que las cenizas estaban muy desordenadas. Enseguida comprobé que una porción de ellas manchaban el suelo, cerca del borde de la alfombra. La rata había subido al tejado en busca de huevos de gorrión. La imaginé dando cuenta de lo que halló en dos o tres nidos y olfateando luego, satisfecha, por los alrededores. En esto, el agujero de la chimenea le llama la atención, se asoma, pierde el equilibrio y cae. El año pasado, por estas fechas, cayó también un mirlo pequeño al que arrojé al jardín con la esperanza de que sobreviviera.

Ratas aéreas, pues. Tendría que llamar a un albañil para que montara en la chimenea un dispositivo que impidiera que se pudieran colar animales. Volví al trabajo, pero no podía dejar de imaginar la aventura de la pobre rata. La veía tragándose los huevos de gorrión, tal vez ante la mirada apesadumbrada de la madre pájaro, y la imaginaba cayendo luego por el hueco de la chimenea, como en *Alicia en el país de las maravillas,* hacia una dimensión que le era extraña.

MIÉRCOLES. Ceno en casa de un amigo que vive en un chalet y acaba de incorporar a su portero electrónico una videocámara. La pone en marcha, para mostrármela, y veo a través del pequeño monitor la calle iluminada por las farolas. Parece una calle misteriosa, en blanco y negro, una calle en la que en cualquier momento podría cometerse un crimen. De vez en cuando pasa un coche, de vez en cuando una persona. Los transeúntes van a lo suyo, claro, ajenos a que alguien los ve durante las décimas de segundo que tardan en sobrepasar la cámara.

—¿Qué ocurre? —dice mi amigo al ver mi cara de asombro.

—No sé, estoy fascinado. Colocaría una silla aquí y me quedaría horas mirando.

De regreso en mi casa, por la noche, antes de dormirme, me vienen las imágenes del videoportero. Poseen, en mi memoria, la calidad de las fotografías antiguas. Se ofrecen a ti para que las descifres, pero tú no sabes cómo.

Semana 145

LUNES. Supe enseguida que el dependiente me odiaba. ¿Por qué? Lo ignoro. Tal vez le recordaba a su padre, a su madre, a un profesor de la infancia. Pienso en figuras de autoridad, pero a lo mejor vio en mí al anciano que él no querría ser. Se acercó apenas aparecí en la sección de caballeros de los grandes almacenes.

—¿Puedo ayudarle? —dijo.

—No sé —dije yo—. Me gustaría ver una chaqueta que tienen en el escaparate. ¿La habrá de mi talla?

Buscó el modelo, me observó durante unos segundos con ojo clínico, deteniendo la mirada en las zonas menos agraciadas de mi anatomía (quizá de mi anatomía patológica) y sentenció:

—Una XXL.

Ni de lejos gasto yo esa talla, pero permití que me la trajera y que me ayudara a ponérmela sintiendo la humillación de los hombros caídos y las mangas colgantes. Parecía una tortuga delgada dentro de un caparazón flexible.

—Le podemos arreglar las mangas —dijo cruelmente.

Lo observé con mirada interrogativa. ¿Qué le he hecho yo a usted?, pregunté sin abrir la boca.

—¿No tiene una L? —dije al fin.

—No nos quedan. Pero créame, una L no le mejoraría.

Abandoné la tienda sin protestar, con una dulce sensación de derrota, recordando los versos de una canción de Silvio Rodríguez que dicen: «Yo sé que hay gente que me quiere, yo sé que hay gente que no me quiere».

MARTES. El año pasado, por estas fechas, ocupé la habitación de un hotel en cuyo cuarto de baño había una trampilla que daba acceso a la instalación de la fontanería. La abrí, como es lógico, pues las puertas están para eso, para abrirse, quizá más que para cerrarse, y me pareció un escondite perfecto para cualquier cosa, incluso para un millón de euros. Yo no disponía de esa cantidad, pero tomé un billete de veinte euros, lo envolví en una bolsita de plástico, para protegerlo de la humedad, y lo oculté detrás de una de las tuberías.

Pues bien, hoy he regresado al mismo hotel y he pedido la misma habitación, la 744. Con el corazón en la garganta por la ansiedad, nada más abandonar la maleta sobre la cama he acudido al cuarto de baño, he abierto la trampilla e introducido la mano y las yemas de mis dedos han dado enseguida con la bolsa de plástico. Asombroso, ¿no? Ahí siguen mis veinte euros, que han estado un año fuera de la circulación.

Con ellos en la mano, regreso al cuarto, me siento en la cama y trato de imaginar el recorrido que habrían hecho durante estos doce meses. ¿Cómo viaja un billete de veinte euros? Habría ido, quizá, a la carnicería de un mercado, y de allí a un banco, de donde sería liberado de nuevo a través del cajero automático, para llegar a una tienda de chinos, y desde la tienda de los chinos, no sé, a una ciudad de Francia. Viaja el dinero de un modo que no nos podemos ni imaginar. Si los billetes se pudieran anillar, como se anillan los pájaros, para seguir su pista, igual el billete impreso aquí aparecía dentro de dos meses en Australia. En fin, que vuelvo a introducir los veinte euros en la bolsa y a ocultarlos detrás de la misma tubería. Se me ocurre que mientras el billete siga sin ser descubierto, yo continuaré vivo.

MIÉRCOLES. Yo no creo en lo paranormal, pero lo paranormal me persigue como si creyera en mí. Esta noche soñé que me cruzaba por la calle con una señora a la que le faltaba un brazo, el izquierdo. Como iba en camiseta, por el calor, el muñón le colgaba a la altura del codo, como la manga de una prenda mal cortada. La escena duraba los segundos que tardábamos en sobrepasarnos mutuamente, y yo me desperté un poco sobrecogido por la imagen. Pues bien, esta mañana, al volver de comprar el periódico, me he cruzado con una señora manca que llevaba una camiseta de tirantes idéntica a la del sueño. Una casualidad, lo sé, es una casualidad. ¿Pero cuántas cosas deben suceder para que se produzca una casualidad de este calibre?

JUEVES. Mi psicoanalista dice que está enferma, pero yo creo que es psicológico.

Semana 146

LUNES. Tropiezo con una cita de un banquero del siglo XIX (J. P. Morgan) que dice así: «Un hombre hace las cosas por dos motivos: uno que es bueno y otro que es el verdadero».

He ahí un reconocimiento genialmente expresado —y de la manera más cínica— a la dualidad de que somos víctimas los seres humanos. Es así desde el principio de la filosofía occidental. Ahí están el mundo de las cosas y el de las ideas, el de la esencia y el de la existencia, el de lo aparente y el de lo real, etcétera. En el etcétera se encuentran, por cierto, el mundo consciente y el vertedero inconsciente. A medida que uno se hace mayor, la dualidad, lejos de disolverse, se acentúa. Aparece, por ejemplo, junto al que uno es, el que podría haber sido. En realidad estuvo ahí desde siempre, pero un día se manifiesta y ya no deja de ir a tu lado como un fantasma. El que pudiste haber sido es el resultado de las decisiones, equivocadas o correctas, que tomaste a lo largo de la vida, aun las más nimias: aquel día, por ejemplo, que al llegar al portal y observar que amenazaba lluvia, decidiste, tras un ligero movimiento de duda, regresar a por el paraguas. Esos cuatro minutos de diferencia imprimieron en tu existencia real un giro que contribuyó a la creación del que pudiste haber sido. Ese día, por salir más tarde, conociste a la mujer con la que luego te casarías y tendrías hijos. De modo que un hombre hace las cosas por dos motivos: uno que es bueno y otro que es el verdadero. A veces, el verdadero se confunde con el bueno y viceversa.

MIÉRCOLES. Leo a los alumnos del taller de escritura la cita de J. P. Morgan y les propongo especular acerca de la dualidad. Sorprendentemente, todos se muestran como seres unidimensionales. No reconocen en sí mismos esa división trágica que nos conduce, por ejemplo, a amar a quien nos hace daño.

—¿Alguien fuma? —pregunto.

Levantan la mano cuatro (tres chicas y un chico). Les pregunto si no les parece una contradicción que les guste algo que produce cáncer y me dicen que eso está por demostrar.

—Mi abuelo murió con noventa años y fumó hasta el último día —aduce el apodado Cervantes.

—Eso de la dualidad los orientales ni se lo plantean —interviene Lola, la exmonja—. Para un chino, el forro y la funda son la misma cosa.

—¿Y el arriba y el abajo? —pregunto.

—También —responde con aplomo.

—¿Y el sonido estereofónico?

Se ríen como si hubiera tratado de hacer una gracia y luego continúan mirándome expectantes, como diciéndose: a ver con qué tontería sale este ahora.

JUEVES. Mi psicoanalista ha estado enferma pero ya se ha recuperado. Durante su baja especulé con la fantasía de que se muriera. Cuando se moría sentía una culpa horrible, como si la hubiera matado yo y no la enfermedad, de modo que la resucitaba de inmediato para volver a matarla enseguida. Es lo que llamamos ambivalencia, otra forma de dualidad que añadir a las ya mencionadas. Me gustaba que se muriera para experimentarme como huérfano, y necesitaba que viviera por miedo a la orfandad. Un hombre mata por dos motivos: uno que es bueno y otro que es el verdadero.

Semana 147

LUNES. Ya en el túnel, la ventanilla del vagón del metro, convertida en un espejo negro, me devuelve el rostro algo mezquino de un tipo mayor en cuyo interior se agita un yo al que pertenezco, no que me pertenece. Esto que hay dentro de mí, y que llamamos yo, es en realidad un alien. Otro. Somos, cada uno de nosotros, una historia de terror. Entonces, a un pasajero joven, que viste un chándal muy ancho, se le cae una naranja del bolsillo. La naranja rueda y se agita por el movimiento del tren. Todo el mundo aparta los pies, intentando no tocarla. El chico, avergonzado, la persigue, le da caza y vuelve a metérsela en el bolsillo sin pasarle siquiera una mano por encima, para limpiarla un poco. Restablecido el orden anterior, al pensar en la acidez de la naranja, las glándulas sublinguales de mi boca comienzan a segregar saliva.

MARTES. Me gustaría que en la novela en la que trabajo actualmente el narrador se notara más. Se lo digo a mi psicoanalista, que pregunta:

—¿Qué significa que el narrador se note más?

—Que esté más implicado en lo que cuenta, incluso que justifique la necesidad de contarlo. De este modo, se justificaría también la necesidad de leerlo.

—Ya —dice mi psicoanalista.

Se trata de un «ya» que conozco bien. Quiere decir que estoy utilizando la sesión para hablar de cuestiones retóricas, lo que viene a ser un modo de huir de los asuntos importantes.

—A veces —continúo yo— imagino que hay un narrador invisible que cuenta mi vida. Ahora estaría describiendo mi posición en el diván. Quizá estuviera describiéndola a usted.

—¿Y qué diría de mí?

—No lo sé, pero sería algo irónico.

—¿Piensa usted que mi situación es irónica?

—Es lo que piensa el que me narra, el que nos narra.

Caemos los dos en un silencio de escarabajos dentro de una madriguera, y cuando estoy a punto de descabezar un sueño la escucho decir:

—Creo que el narrador diría que es la hora.

Al abandonar la consulta, ya tengo al narrador metido dentro de la cabeza. Describe todo lo que hago en el instante mismo en el que lo hago. Pero no sabría decir si se limita a describir o a dar órdenes. En todo caso, justo cuando dice que entro en un bar con la intención de tomarme un gin-tonic, yo entro en un bar con la intención de tomarme un gin-tonic. Mientras lo saboreo, recuerdo una película titulada *Más extraño que la ficción* a cuyo protagonista le ocurre esto: que escucha una voz que narra o dirige sus acciones.

MIÉRCOLES. Escucho por la radio, mientras doy mi paseo matinal, la historia de un estadounidense que, después de fallecer, siguió moviendo los labios, como si hablara, aunque sin pronunciar ninguna palabra. Llamaron al médico, que certificó de nuevo su muerte.

—¿Y lo de los labios? —preguntó la viuda.

—También después de morir nos siguen creciendo las uñas y el pelo —dijo el médico.

De todos modos, retrasaron el entierro y llamaron a un experto en lectura de labios, por si el difunto estuviera diciendo algo con sentido. Y sí, estaba recitando en italiano la inscripción que aparece, según Dante, a la puerta del infierno: *Per me si va nella città dolente, per me si va ne l'etterno dolore...*

Incrédulo, aunque sugestionado por la historia, continúo caminando y me pregunto cuántos de estos pájaros que atraviesan el aire están muertos ya, igual que el hombre de la radio, aunque sigan moviendo las alas como si estuvieran vivos.

JUEVES. Tras arrojar un calcetín roto al cubo de la basura, vuelvo sobre mis pasos, abro el cubo y lo recupero. Tiene un agujero en el talón, pero se trata de un agujero que posee una narrativa poderosísima, una narrativa de agujero negro, con su respectivo horizonte de sucesos. Un agujero que parece el agujero de la conciencia, un agujero de bala, de madriguera, una especie de vacío existencial. Me pregunto cómo no lo he advertido antes de tirarlo. ¿Cuántos detalles de este tipo se nos escapan a lo largo del día? Juro que llevaré más cuidado, pero no logro encontrar la pareja y guardo el calcetín roto, ahora viudo también, en el cajón de la correspondencia.

SÁBADO. Ceno en casa de un amigo que ha cambiado de sitio la puerta de la cocina. Antes estaba aquí y ahora está allí. Noté algo extraño, pero no sabía qué y estuve intentando averiguar durante toda la velada qué ocurría.

—¿No has notado nada? —preguntó al fin mi amigo.

—Sí —dije yo—, pero no sé qué es.

—Hemos cambiado la puerta de sitio.

La revelación me conmocionó de un modo absurdo. O quizá de un modo lógico, no sé. Siempre que se tapia el hueco de una puerta, aunque se abra otro en su lugar, tiene uno la impresión de que se ha cerrado el paso a algo. O de que se ha emparedado a alguien.

—¿Por qué lo habéis hecho? —pregunto.

—Estábamos convencidos de que ganaríamos espacio, pero en realidad lo hemos perdido.

No dije nada, pero se me quitaron las ganas de cenar. Intuyo que hay en ese cambio algo muy oscuro de lo que quizá mi amigo y su mujer no sean conscientes.

DOMINGO. Son las tres de la madrugada y estoy escuchando un programa de radio al que la gente llama para contar cualquier cosa. Está en antena un hombre que asegura haber inventado un decálogo de cinco puntos.

—Entonces no es un decálogo —dice la locutora.

—Es un decálogo de cinco puntos —insiste él—, en eso estriba su originalidad. ¿Qué mérito tiene inventar un decálogo de diez puntos?

—Ya —dice la locutora dándole la razón como a un loco.

Luego da paso a otro oyente que plantea la siguiente cuestión:

—Cuando a un bebé le duele la tripa, ¿a quién le duele en realidad si tenemos en cuenta que el bebé carece de yo?

La locutora se queda perpleja, y yo también. Pienso que nos quedamos perplejos porque tenemos yo, mucho más yo que tú, incluso más yo que él. Así, poco a poco, voy entrando en el sueño.

Semana 148

MARTES. Mi amigo editor me vuelve a invitar a pasar la tarde en el spa de un hotel céntrico de Madrid. Llegamos al vestuario, nos desnudamos e iniciamos el recorrido por el baño turco. Se trata de una habitación de unos quince metros cuadrados cuyas paredes están recorridas por un banco de madera. Cuando entramos no hay nadie, de modo que nos situamos donde nos place, separados por una distancia de un metro. El vapor de agua es tan denso que apenas nos divisamos el uno al otro. Aun hablando en voz baja, nuestras voces viajan en las nubes de vapor hasta la pared contraria a aquella en la que nos encontramos y vuelven a lomos de esas mismas nubes, o de otras. Enseguida empiezo a sudar y la sensación me gusta.

Mucho.

Me diluiría sin problemas, convirtiéndome en un mero charco sobre el banco de madera. Siento que con el sudor expulso algo más que toxinas, algo podrido que pertenece a mi espíritu. De súbito me ataca la debilidad de un borracho y me pongo a llorar. El editor no lo nota, claro, porque es imposible: las lágrimas se confunden con el sudor. Al rato salimos, nos damos una ducha de agua fría, y yo me vuelvo a meter en el baño turco mientras él se aleja en dirección al circuito termal. Me siento en el mismo lugar y empiezo a sudar de nuevo.

Me diluyo.

Me quedaría aquí toda la vida.

MIÉRCOLES. Estoy un poco mareado desde ayer, no sé si por los efectos del baño turco que, según veo en internet, sube la tensión. He de tomármela. El caso es que al caminar me voy un poco hacia la derecha y debo corregir continuamente el rumbo, como un coche cuya dirección no estuviera bien equilibrada.

No es una sensación muy áspera, todavía no. Se agradece un cierto grado de aturdimiento, sobre todo a la hora del telediario. Me pregunto por qué me mareo de izquierda a derecha y se me ocurre que así es como escribo, así es como discurren las palabras por la pantalla del ordenador, de izquierda a derecha. Si fuera árabe, ¿me marearía de derecha a izquierda?

VIERNES. Salgo de la consulta de mi psicoanalista, donde he hablado de todo lo que no me interesaba, porque yo soy así de idiota, pago para hablar de lo que no me interesa, y adelanto por la acera a un cojo. En esto, a mis espaldas, alguien me llama. Me vuelvo y es el cojo.

—¿Eres Juanjo? —pregunta.

—Sí —digo.

—Nada, nada, era para decirte que te he reconocido.

Mi vanidad se siente halagada hasta que cuatro pasos más allá se me ocurre la idea de que la frase «te he reconocido» puede emplearse también a modo de amenaza. Me vuelvo de nuevo para hablar con el cojo, pero ha desaparecido.

Semana 149

LUNES. Para escribir, lo primero es dar con la postura. Agatha Christie escribía en la bañera, sobre una tabla apoyada en sus bordes. Hemingway lo hacía en un atril, de pie. Hay quien prefiere la cama. La mayoría de la gente que, deseando hacerlo, no escribe, es porque no encuentra la postura. Lo curioso es que en las cárceles, donde se escribe mucho, la postura te viene prácticamente dada. Esto significa que lo primero que hay que hacer para escribir es ponerse a escribir. Aunque sea sentado.

MARTES. ¿Cuánta de la gente que nos cruzamos por la calle tiene una novela en la cabeza? Mucha. Las novelas son mejores cuando están en la cabeza que cuando intentamos verterlas al papel. La cabeza lo aguanta todo, hasta el telediario, incluida la información del tiempo. La información sobre el tiempo ocupa mucho espacio también en las novelas. El sol, las nubes, el calor, el frío, la lluvia... Un día te levantas de la cama, coges la novela en la que llevas dos años trabajando y resulta que ha empezado a llover en su interior. Y tu personaje ha salido a la calle sin paraguas. ¿Qué haces, quitas la lluvia o le pones un impermeable al protagonista?

MIÉRCOLES. En medio de la clase de escritura creativa aparece una cucaracha recorriendo tranquilamente la sala. No es grande, de modo que solo produce medio asco. Nadie se atreve a matarla. Hace años, quizá no tantos, los alumnos habrían competido por pisarla. Ha cambiado mucho la sensibilidad respecto a los animales. Y no es que al verla se acuerden de Kafka, sino que el desciframiento del ADN nos ha hecho a nosotros más cucarachas y a las cucarachas más humanas. Esperamos, en fin, a que el insecto cruce el aula y desaparezca por una grieta de la tarima antes de continuar la clase.

JUEVES. Con frecuencia nos preparamos a fondo para aquello que no va a suceder. Algunas carreras universitarias se eliminaron cuando muchos estaban a punto de acabarlas. Las acabaron y salieron a la nada. Inevitablemente, nos vienen a la memoria aquellos astronautas que despegaron un día de la Unión de Repúblicas Socialistas Soviéticas para aterrizar meses después en Rusia. Los jóvenes actuales se preparan para un mundo irreal. Hay negocios que cierran antes de abrir como hay vidas que acaban antes de nacer. Vivimos en una realidad que solo existe al modo de esas estrellas muertas cuya luz todavía sigue circulando por el espacio estelar. Actuamos como si no se hubiera inventado el cine sonoro. El universo visible es un cadáver. Deberíamos prepararnos para afrontar unos retos que, permaneciendo ocultos, ocupan más espacio que los visibles. Como la materia oscura.

VIERNES. En las ciudades con grandes avenidas los callejones cobran una importancia especial. La pregunta es si el pensamiento nace en las grandes avenidas y se transmite a los callejones o al revés. La biografía de cada uno de nosotros está compuesta de bulevares y de estrechos pasajes. Cuando se la contamos al pasajero de al lado, en el avión o en el tren, describimos con precisión los bulevares (lo que estudiamos, con quién nos casamos, los hijos que tuvimos...). ¿Pero dónde habita el significado, en los bulevares o en los pasajes? Cuando uno se deja caer sobre el diván del psicoanalista, comprende que el sentido se encuentra allí donde no se busca. El sentido siempre está en la periferia.

SÁBADO. Aparece un gusano en el interior de una patata que estoy pelando para el potaje.

Semana 150

LUNES. Suena el teléfono y doy gracias a Dios. Pensé que estaba estropeado, pues lleva todo el día completamente mudo. O estaba estropeado él o estaba estropeada la realidad. Normalmente prefiero que se estropee el teléfono. Descolgué, en fin, lleno de expectativas, y resultó ser una señora que decía trabajar en el banco con el que opero. Me dio las gracias por confiar en ellos y preguntó si tenía un par de minutos. Para que no se llamara a engaño, le dije que mi confianza en ese banco, como en cualquier otro, era nula, pero que no veía el modo de prescindir de sus servicios. No hay ninguna ley que te obligue a tener cuenta corriente, pero las mejores leyes son las que, sin existir, actúan. Esta es una de ellas. La señora me escuchó con paciencia hasta que en una de mis pausas volvió a preguntarme si tenía dos minutos.

—Para usted sí —dije—, para el banco no.

—Le va a interesar, escuche.

Y a partir de ahí me ofreció unos servicios dentales excelentes con descuentos de hasta el cincuenta por ciento en implantología. Le dije que la palabra implantología no existía.

—Pero ya sabe usted de lo que hablo —arguyó.

Lo sabía. Precisamente llevo tres meses implantándome una pieza que me va a salir por un ojo de la cara. Todo lo que te haces en la boca tiene un coste en la mirada. En cualquier caso, me pregunté por qué el banco había elegido la boca y no el hígado, por poner un ejemplo, para su campaña de publicidad.

—¿Tienen algún descuento para el hígado? —pregunté.

—Necesitaría consultarlo. ¿Cuántos son ustedes de familia?

La pregunta me alarmó. Comprendí que buscaba información de esa que luego se venden o intercambian las grandes empresas.

—¿Y usted? —pregunté a mi vez.

—Soy yo sola —dijo, y se puso a llorar.

Las teleoperadoras no suelen llorar. Se supone que están formadas para resistir las emociones.

—Tranquilícese —dije—. Por favor, no llore.

En esto entró mi mujer y me preguntó por señas que con quién hablaba. Le dije, tapando el auricular, que con una persona del banco. ¿Y por qué llora?, repreguntó. Colgué abruptamente y le conté la historia, pero no me creyó.

MARTES. Estaba odiando mentalmente a un colega sin meterme con nadie cuando sentí un pinchazo en el cerebro. Suele decirse que el cerebro no duele, pero quizá no todos los cerebros sean iguales. Un ictus, pensé aterrorizado. Permanecí quieto unos segundos, hasta que pasó el dolor, y luego comprobé, miembro a miembro, que todo mi cuerpo funcionaba. Todo no. Antes era capaz de mover las orejas, lo que me hizo muy popular en el colegio, pero ahora permanecían estáticas. Llamé a mi mujer para que me llevara a urgencias.

—¿Qué te pasa? —dijo.

—Me ha dado un ictus y no puedo mover las orejas.

—¿Hay alguna otra cosa que no puedas mover?

—Creo que no.

—Entonces no es un ictus.

Permanecimos mirándonos unos segundos, en tono desafiante, y finalmente ella regresó a sus cosas.

Por la tarde le comenté lo sucedido a mi psicoanalista, que abundó en la idea de que no había sido un ictus.

—Si no pudiera mover una pierna —dije—, sería un ictus. ¿Qué diferencia hay entre que se te paralice una pierna y que se te bloqueen las orejas?

—Nadie mueve las orejas —dijo ella.

—Yo sí —llevo años haciéndolo en las fiestas familiares.

Ella calla. En esto, me concentro y logro mover un poco la oreja derecha, luego la izquierda.

—Fíjese —digo, volviéndome hacia mi terapeuta.

Ella sonríe con paciencia, como si tuviera a un loco tumbado en su diván, y me pregunta cómo van las cosas.

—Bien —digo—, aunque ayer casi tengo un ataque de angustia hablando con una teleoperadora.

—¿Y eso?

—Bueno, el ataque lo tuvo ella, pero estuvo a punto de contagiármelo.

—¿Continúa tomando ansiolíticos?

—Solo para dormir.

—Quizá le venga bien tomar uno al despertar.

Miércoles. Me despierto un poco antes de lo normal, para tomarme el ansiolítico de la mañana, pero me vuelvo a dormir antes de disfrutar de sus efectos.

Semana 151

LUNES. Siempre tengo que ir a Correos: si no es a recoger un paquete, es a enviarlo. Correos abre a las ocho y media y yo salgo a caminar de ocho a nueve. Eso significa que las ocho y media no es una buena hora para mí. Podría ir después de las nueve, pero eso rompería mi rutina. La rutina es sagrada, de modo que los paquetes que recibo se amontonan en la oficina de Correos y los que he de enviar se amontonan en mi casa. Mi casa está hecha de montones: montones de libros, montones de periódicos, montones de cuadernos usados y de folios escritos por una sola cara. Las obsesiones no se ven, pero también están amontonadas.

MARTES. Al recoger la correspondencia, antes de comer, descubro que han metido por error en mi buzón la carta de un vecino. Por la tarde, me acerco a su portal para entregársela. Vive en el 3.º C de un bloque de pisos que hay aquí al lado. Me abre su madre y me dice que acaba de echar de casa al desgraciado de su hijo, y que no se hace cargo de nada de él, ni siquiera de una carta del banco.

—La carta no es del banco —le digo.

—De donde sea —dice ella—. No la cojo.

Bajo las escaleras con el sobre en la mano, decidido a arrojarlo a la primera papelera que encuentre. Y la encuentro enseguida, pero hay un tipo cerca que observa mis movimientos, o eso creo. Me viene a la cabeza la idea de que la destrucción de la correspondencia ajena es un delito. Su violación también. La carta empieza a quemarme en las manos. Ya en casa, abandono el sobre en el buró de la entrada. Igual alguien pasa y la arroja a la basura. Hay problemas que se resuelven solos.

MIÉRCOLES. Como el problema de la carta no se ha resuelto solo, me acerco a la oficina de Correos para enviar cuatro paquetes y recoger cinco, y me la llevo. Se la entrego a una funcionaria que la acepta con expresión de rutina, sin darme las gracias, sin subrayar mi civismo. Nada. Le debe de parecer normal mi heroicidad. He roto mi rutina no tanto por enviar y recoger los paquetes como por devolver la carta llegada erróneamente a mi buzón. Merecería, si no una medalla, sí al menos unas palabras de reconocimiento. Áspero mundo.

De vuelta en casa, al abrir uno de los paquetes compruebo que se trata de un libro dedicado, pero no a mí, sino a otro escritor que no nombro para que no se entere. ¿Qué hago? ¿Llamo a la editorial para que vengan a recogerlo? ¿Telefoneo al escritor al que está dedicado para explicarle lo ocurrido? Finalmente, arranco la página de la dedicatoria, la tiro a la basura y coloco el libro en un montón.

JUEVES. El desaliento es un animal invisible con el que a temporadas nos levantamos y nos acostamos.

—No te dejes vencer por el desaliento —dice la gente que te estima.

Y no me dejo vencer. Es más, me lo llevo a la calle, al taller de escritura, al parque, a la tienda de los chinos, al teatro, al cine, a la oficina de Correos. Me lo llevaría a misa si fuera a misa y a la montaña si fuera alpinista.

He quedado a comer con un amigo que se trae también su desaliento porque no tiene con quién dejarlo. Pedimos unas entradas para compartir, una botella de tinto y un segundo plato cada uno. Percibo, cuando nos sirven, el desaliento del camarero, un desaliento feroz, que lo acompaña de la barra a las mesas y de las mesas a la barra, como un perro guardián. Mi amigo y yo fingimos optimismo, tanto que después de comer nos vamos a tomar un gin-tonic digestivo a una cafetería cercana. Durante quince minutos, tras los primeros sorbos del combinado, nos ataca la euforia, otro raro animal invisible que sustituye momentáneamente a la depresión.

VIERNES. De repente, un día como hoy, abro los ojos y percibo su ausencia: la del desaliento. Se ha ido, no está. A media mañana, no ha regresado todavía. Esto significa que empiezo una temporada buena, de júbilo. Animado por la nueva situación, me enfrento a los montones de libros, de periódicos, de cuadernos y de papeles, dispuesto a librarme de ellos. Pero la tarea es de tal envergadura que al cuarto de hora me desanimo. El desánimo no es tan difícil de llevar como el desaliento, pero me estropea la jornada.

Semana 152

MARTES. Me llama un amigo ludópata para pedirme dinero prestado. Noto enseguida, por los ruidos que acompañan a sus palabras, que me habla desde el cuarto de baño de su casa, o, lo que sería peor, desde unos servicios públicos. Al principio pienso que se ha escondido allí para que su mujer no se entere de que anda en apuros (vete a saber dónde ha apostado por última vez), pero luego advierto que lo hace, simplemente, por falta de respeto. Me doy cuenta cuando tira de la cadena y escucho caer el torrente de agua.

—¿Me estás hablando desde el cuarto de baño? —le pregunto.

—Sí —dice con naturalidad.

—¿Y no te das cuenta de que es una cochinada pedir dinero prestado a un amigo mientras haces tus cosas?

—No había caído —dice subiéndose los pantalones, o eso supongo desde el otro lado.

Me habría apetecido decirle que le pidiera el dinero a su madre, pero me limito a negárselo con la excusa de que también yo ando en dificultades. Después de colgar, corro al cuarto de baño a limpiar mi móvil con una toallita húmeda y a lavarme las manos.

JUEVES. Me llama mi amigo el ludópata, esta vez desde la planta de caballeros de unos grandes almacenes. Lo sé por los anuncios de la megafonía. Me pregunta irónicamente si puede llamarme desde ahí.

—A condición de que no te estés masturbando en un probador —le digo.

—Qué va —dice—, estoy haciendo tiempo.

—Tiempo para qué.

—Para ir al casino a recuperar las pérdidas de la semana pasada. Si me dejas quinientos euros, mañana te devuelvo seiscientos. Noto que hoy es mi día.

Lleva siendo su día desde que comenzó a jugar, pero ha arruinado a su abuela y a su madre, viuda, además de deber dinero a todos los amigos. Como los grandes almacenes desde los que me llama caen cerca de casa, me echo el abrigo encima y acudo en su rescate. Se encuentra, en efecto, en la planta de caballeros, comprobando los precios de las chaquetas. Cuando viene a darme la mano me acuerdo de la llamada del martes, desde el cuarto de baño, y la evito. Lo conduzco a la cafetería, pido un par de copas y le echo un sermón. El hombre me escucha compungido y al final me pide que lo acompañe al casino para así asegurarse de que no gasta más de quinientos euros.

—Cuando los pierda, nos vamos —dice.

Lo veo tan apurado que cogemos el coche y nos dirigimos juntos al casino. En la ruleta, jugando al rojo, doblamos el dinero nada más entrar.

—Me das suerte —dice.

Volvemos a apostar, ahora a impar, y doblamos de nuevo. Yo jamás había jugado, no pensé que fuera tan sencillo. En media hora, tras un par de pequeñas pérdidas, hemos triplicado el capital. Mi amigo sugiere que salgamos de allí y repartamos las ganancias. Está dispuesto a reformarse. Lo llevo a su casa, vuelvo solo al casino y pierdo hasta la camisa.

Semana 153

LUNES. Ha muerto un amigo al que hace dos años doné un riñón. Sobra decir que nos conocíamos desde la infancia y que nos queríamos a muerte. De ahí que donarle un riñón era, en la práctica, como donármelo a mí mismo. En el gesto había solidaridad, desde luego, pero también algo de egoísmo. Días antes de llevar a cabo el trasplante tuve que someterme a diversos análisis clínicos, para ver si éramos compatibles. Cuando salieron los resultados, su familia y la mía celebramos una fiesta inolvidable, dominada por las risas y las lágrimas. Risas de miedo por mi parte, lágrimas de emoción por parte del receptor.

Todo fue bien.

Mi posoperatorio duró poco y enseguida pude reintegrarme a mis ocupaciones sin el riñón izquierdo. Yo habría preferido que me extirparan el derecho, pero los médicos, por alguna razón, eligieron el contrario. Cuando mi amigo se recuperó del todo, y pese a que tomaba una medicación para evitar el rechazo, comenzó a beber, lo que nunca había hecho. Primero una copa de vino en las comidas, después un vodka con tónica a media tarde. A veces bebía en mi presencia, lo que me resultaba insoportable. Pensaba en los estragos del alcohol al atravesar mi propio órgano y me llevaban los diablos. Nunca me atreví a decirle nada, pero sé que el consumo excesivo de alcohol fue lo que le llevó a la muerte a él y a mi riñón. Nunca debí habérselo donado.

MARTES. Acaba de fallecer una amiga a la que hace años doné un pulmón. Éramos como hermanos, pues sus padres murieron en un accidente de coche cuando ella era muy pequeña y se crio con nosotros. Teníamos una complicidad increíble. Cada uno adivinaba las necesidades del otro con el simple intercambio de una mirada. Los análisis previos, en este caso, así como la intervención quirúrgica, fueron más agresivos que cuando doné el riñón. Pero mereció la pena ver que mi amiga volvía a la vida y que sus labios recuperaban el color que tenían antes de la enfermedad. Tras unos meses de convalecencia, se incorporó a la vida normal y comenzamos a vernos con la asiduidad de siempre. Pero entonces comenzó a fumar. Jamás lo había hecho, de manera que para mí resultaba inexplicable, a menos que, por razones oscuras, pretendiera hacerle daño a mi pulmón. Nunca me atreví a reprochárselo, pero me ponía furioso cuando encendía un cigarro en mi presencia. Daba la impresión de que los encendía contra mí. Sentía cada calada suya como una puñalada en el órgano que le había cedido con tanta generosidad (y quizá con tanto egoísmo, no lo niego). El caso es que mi víscera reposa ya bajo la tierra, dentro de su cuerpo. No volveré, al menos en vida, a donar ningún órgano.

Miércoles. En un pueblo de la sierra de Madrid, varias personas han amanecido sin orejas. Las autoridades no tienen idea de a qué atribuirlo. Si la realidad fuera un cuento infantil, yo diría que se las ha comido un lobo que no oía bien y que cuando sus padres le hablaban de salir a cazar ovejas, él escuchaba «orejas». Yo mismo, de pequeño, estaba convencido de que la olla exprés era de «acero inexorable». Por eso me daba tanto miedo. Todavía me lo da, aunque ya sé que su acero es simplemente inoxidable.

Jueves. Me llama mi psicoanalista para decirme que hoy no podrá atenderme. Le pregunto por qué, me dice que por razones de orden personal y cuelga para no darme tiempo a establecer un diálogo. Me pregunto si una psicoanalista puede esgrimir este tipo de razones que le hacen a uno fantasear sobre su vida privada. Luego pienso que quizá ha tenido que atender de manera imprevista a un paciente que ha intentado suicidarse. Si yo, el lunes, por ejemplo, intentara suicidarme, ¿suspendería las consultas de ese día para atenderme en exclusiva? En todo caso, y como soy hombre de rutinas, salgo de casa a la hora de siempre, me acerco a la consulta, llamo al telefonillo y me responde la voz de un hombre que, no sé por qué, me produce espanto. De modo que salgo corriendo y llego a casa en un estado de agitación indeseable. Horas más tarde, ya en la cama, me pregunto si donaría a mi psicoanalista, en caso de que lo necesitara, un ojo. Quizá sí. El ojo clínico, se entiende.

Semana 154

LUNES. La pérdida del móvil me sume en un estado de desesperación indeseable. Me llamo veinte o treinta veces desde el fijo sin ningún resultado. Luego telefoneo a Objetos Perdidos, también sin arreglar nada. Al final, doy de baja la tarjeta y me compro otro conservando el número antiguo. Milagrosamente, al poco de ponerlo en marcha, el aparato recupera todos los datos del antiguo, que se encontraban, sin que yo lo supiera, en «la nube». Siempre pensé que lo de la nube era una entelequia, y quizá lo sea, pero hay entelequias que funcionan.

MARTES. No dejo de acariciar el móvil nuevo. Cada poco meto la mano en el bolsillo para comprobar que sigue allí. Y allí sigue, del mismo modo que el hígado o el corazón continúan en su sitio. El móvil como víscera. Cada vez que suena siento una gratitud infinita. Creo que ha mejorado mi salud. Decido que nunca más lo dejaré en cualquier sitio, expuesto a ser robado. Durante la comida, le digo a mi mujer que si me pasa algo me entierren con el móvil.

—¿Si coges un resfriado te enterramos con el móvil? —pregunta.

—Si cojo un resfriado, no; si me muero.

—Has dicho «si me pasa algo».

—Quería decir si me muriera.

—Vale, si te mueres.

Le pido a continuación que no lo dé de baja de inmediato y que durante los días posteriores al entierro me llame varias veces al día, por si acaso.

—¿Por si acaso qué? —pregunta.

—Ya sabes por si acaso qué.

—Pero dilo. Nombrar los miedos es muy sano.

Me niego a nombrarlo. Mi mujer dice entonces que en qué bolsillo quiere que me lo meta, pues con las estrecheces del ataúd igual no llego a ninguno. Lo pienso unos segundos, sudando de pánico, y al final decido que me incineren.

—Con el móvil no te podemos incinerar. Estallaría.

Por un lado me revienta la idea de irme al otro mundo sin el móvil, pero por otro pienso en que, una vez allá, en el otro lado, tendré acceso fácilmente a la nube. Y en la nube está todo.

MIÉRCOLES. Empiezo un cuento titulado «La muerte y el móvil». En realidad, solo he escrito el título. Después he echado el cuerpo hacia atrás en mi silla giratoria de respaldo reclinable, he cerrado los ojos y he imaginado el móvil sonando en el bolsillo de un cadáver. Suena mi móvil y lo cojo sin dificultades porque no estoy muerto ni enterrado. Es de una revista literaria latinoamericana. Me piden un cuento de Navidad. Indago cuánto pagan, les digo que vale y cuelgo.

Me pregunto cómo situar «La muerte y el móvil» en Nochebuena y de momento no veo el modo. Salgo a dar un paseo y me acerco al mercado, que estos días está especialmente colorido. En el mostrador de una carnicería veo un enorme pavo abierto en canal. El carnicero está un poco enloquecido, pues hay mucha gente haciendo cola y el teléfono no para de sonar con nuevos encargos. Observo que deja el teléfono sobre el borde de una repisa desde la que cae al interior del pavo sin que nadie se dé cuenta, solo yo. Quizá lo he imaginado. Da igual. Creo que es un buen arranque para el cuento.

JUEVES. Lo del teléfono en el cadáver del pavo, desde la perspectiva que tengo hoy de las cosas, me parece un mal comienzo. Las buenas ideas de los miércoles suelen parecernos desastrosas los jueves. Empiezo a arrepentirme de haber aceptado el encargo. Cuando me dispongo a telefonear a la revista para desdecirme, no encuentro el móvil por ningún sitio. Ataque de ansiedad. Lo busco por todas partes, incluido el interior del pavo que compramos para Navidad, y que está debidamente congelado. En esto entra mi mujer en la cocina.

—¿Qué haces?

—He perdido el móvil.

—¿Y esperas encontrarlo dentro del pavo?

¿Cómo explicarle esta confusión entre la fantasía de ayer y la realidad de hoy?

—Es que ya he mirado en todas partes —me disculpo.

—¿Te has llamado?

No, no me he llamado. Voy al fijo, marco mi número y lo escucho sonar muy lejos. Guiándome por el oído llego hasta el armario del dormitorio, lo abro. Suena en el bolsillo interior de una chaqueta negra que apenas me pongo porque me recuerda a aquella con la que amortajamos a mi padre.

Semana 155

LUNES. El mundo debe de estar lleno de muertos. No me refiero a los que reposan en los cementerios, que con esos contamos, sino a los que se pudren en los contenedores que viajan, qué sé yo, de Asia a Europa en enormes barcazas que parecen animales antediluvianos y en cuyo exterior hay una etiqueta en la que pone MUEBLES, por ejemplo. No hay manera de saber si lo que pone es lo que contienen realmente. Tampoco si cuando estas etiquetas recomiendan MANTENER BOCARRIBA es porque transportan vinos o adolescentes.

Hace poco, al abrir uno de estos contenedores, no recuerdo en qué puerto, aparecieron diez cadáveres. Cuando decimos que el mundo debe de estar lleno de muertos, nos referimos a esta clase. También a los que se mueren en el cuarto de estar de su casa, viendo la tele, y nadie se da cuenta hasta que dejan de pagar el recibo de la luz. Tenemos ya contadores inteligentes que hacen a distancia la lectura de los kilovatios consumidos, pero no hemos inventado el modo de averiguar cuántos muertos clandestinos puede haber en una torre de quince pisos. Un minuto de silencio por todos ellos, pobres.

MARTES. Pregunto a la pescadera si los salmonetes están caros y me dice que no, si puedo pagarlos. Echo cuentas y me parece que sí, de modo que le encargo dos, bastante grandes, que freiré en una harina especial, de tempura, con la que he tropezado sin querer en el súper. Le digo que no me los limpie porque me gusta eviscerar. En realidad, más que eviscerar, lo que me gusta es la palabra. Me trae a la memoria el *Relato de un náufrago*, de García Márquez, donde «eviscerar» aparecía con cierta frecuencia. Aparte de eso, estoy releyendo las historias de Hannibal el Caníbal, de Thomas Harris, donde también se eviscera bastante. Por si fuera poco, me acaba de venir a la memoria un artículo genial de Josep Pla sobre las variedades de salmonetes del Mediterráneo. Todo conjura para que la cosa salga bien. Noto en mis entrañas una producción inusual de jugos digestivos y en la lengua un notable aumento de las cantidades de saliva.

Lo que sí hace la pescadera, a requerimiento mío, es quitarles las escamas con un rascador especial del que carezco.

Ya en la cocina, desventro el primer pez, introduzco el dedo índice para comenzar la extracción del aparato digestivo y tropiezo con algo duro. Lo rescato de entre el conjunto de inmundicias y resulta ser un diente humano. O eso me parece. Un incisivo, para ser exactos. Lo lavo bien, lo seco, vuelvo a mirarlo por arriba y por abajo y no se me alcanza otra alternativa. Me guardo el diente en el bolsillo, meto los salmonetes en una bolsa de plástico, la ato bien y los tiro a la basura. Preparo para comer una gran ensalada con láminas de cecina y dos medallones de queso de cabra pasados por la sartén.

—¿No habías comprado pescado? —dice mi mujer.

—Al final no. Me pareció que no estaba fresco.

He guardado el diente en un estuche y de vez en cuando lo miro para ver si se convierte en otra cosa. Pero no.

MIÉRCOLES. He tenido la curiosidad de buscar en Google el sintagma «Estado de derecho» y salían más de sesenta y dos millones de resultados, de modo que volveré otro día al asunto.

JUEVES. Llamo a mi psicoanalista, que está de vacaciones, descansando de mí, supongo, y le cuento lo del diente humano que hallé el martes en las tripas de un salmonete grande.

—Debe usted respetar este período de asueto —dice—. Tiene mi móvil para situaciones de emergencia.

Le pregunto por qué dice «asueto» en vez de vacaciones y dice que la he cogido en un mal momento. Está muy ocupada. Me pregunto en qué. ¡Son las once de la mañana, por Dios!

—¿Qué hago entonces con el diente? —insisto antes de que cuelgue.

—Decídalo usted —dice y corta la comunicación.

VIERNES. Pese a mi resistencia, vamos con unos amigos a comer a un restaurante de pescado que se encuentra en el puerto. Me llevo el diente en el bolsillo del vaquero donde habitualmente guardo la calderilla. Pido una merluza a la plancha que desmigo y distribuyo por el plato, para dar la impresión de que, en parte al menos, me la he comido.

Semana 156

Lunes. Trato de imaginar a Tolstoi después de escribir el que quizá sea el más citado de los comienzos de novela: «Todas las familias felices se parecen, las desgraciadas lo son cada una a su manera». Hablamos de *Ana Karenina*. Un arranque espectacular. No tenemos ni idea de si lo que afirma es verdadero o falso. De hecho, se podría aseverar lo contrario sin que nadie nos pudiera contradecir: «Todas las familias desdichadas se parecen, las felices lo son cada una a su manera».

Esto significa que el éxito de la frase no reside en su contenido, sino en su forma, como si contuviera un juego de oposiciones con propiedades hipnóticas. Algo misterioso se remueve en el sótano de esa oración. Pero imaginemos a Tolstoi sentado a la mesa, con las cuartillas delante y la pluma en la mano. Acaba de escribir las primeras líneas. Quizá él mismo permanezca asombrado ante un comienzo tan espectacular. Es posible que se haya dicho: «Por hoy basta, seguiremos mañana». A mí me ocurrió como lector cuando cayó en mis manos por primera vez ese libro asombroso. Leí la primera frase y tuve que cerrarlo para rumiarla. Hasta el día siguiente. ¿Sabía Tolstoi que le quedaban por escribir cientos de páginas? ¿Temía que no todas estuvieran a la altura de ese arranque? ¿Imaginaba las habitaciones que tendría que recorrer hasta alcanzar el final de ese edificio narrativo? Todas las familias felices se parecen, las desdichadas lo son cada una a su manera.

Martes. Alquilo un coche para hacer un viaje. Apenas tiene quinientos quilómetros. Quizá sea la segunda vez que se alquila. Lo reviso a fondo, para familiarizarme con sus instrumentos, y no hallo un solo rastro del usuario (o usuaria) anterior. Ni el pelo de una ceja, ni la marca de su cuerpo sobre el asiento.

Como a estrenar. En los hoteles (y desde la crisis más) no es raro hallar la huella del huésped anterior. Has de esforzarte un poco, claro, pero al final tienes casi garantizada la recompensa. Debajo del cubo de la basura del cuarto de baño del último en el que hice noche, encontré un ansiolítico de la misma marca que utilizo yo. Imaginé a su dueño (o dueña) buscándolo con desesperación. Le pasé un pañuelo por encima, para quitarle el polvo, y me lo tragué.

El coche de alquiler, sin embargo, parece recién sacado del concesionario. A los doscientos quilómetros, siento que estaba hecho para mí. Me da pena tener que devolverlo, como un alma que se siente a gusto en el cuerpo en el que ha ido a caer, pero que debe abandonar. Yo soy el alma de aquel automóvil. Nadie lo comprendería mejor. Crecería, el pobre, yendo de mano en mano, y lo revenderían con apenas quince o veinte mil quilómetros: ya viejo, aunque en plena juventud. Cuando llego a destino, cojo una foto de mi primera comunión que llevo de toda la vida en la cartera y la escondo en una zona del maletero de difícil acceso. Ahí debe de seguir. Mi coche. Es un Mini de dos colores, bello y ágil como un animal de la selva.

Miércoles. Me levanto pronto, con idea de retomar la novela que tengo entre manos desde hace meses. Me aseo, desayuno, salgo a dar un paseo y a comprar la prensa. Tengo dos posibilidades: o programar el día o que sea el día el que me programe a mí. La programación es producto de la ansiedad. No digo que no funcione, pero debajo de su disciplina late la angustia. Cuando el desasosiego se retira, en cambio, la jornada cobra un sentido diferente.

He de escribir, desde luego, para eso me he desplazado hasta este rincón de España en un coche de alquiler. Pero no debo escribir a la fuerza. Debo sentarme a la mesa sin agobios y confiar, más que en mí, en el bolígrafo. No intentes atrapar los pensamientos: que sean ellos los que te atrapen a ti. Si estás muy agobiado, levántate y prepara un gin-tonic. Antes de que lo hayas probado, te vendrá una idea. Todas las familias felices se parecen, las desdichadas lo son cada una a su manera.

Semana 157

LUNES. Mi vecina de asiento, en el autobús, acerca su boca a mi oído y dice que le está dando un infarto.

—O es lo que me parece —añade.

Se trata de una señora de unos cincuenta años cuyo rostro me recuerda al de mi madre a esa edad. Es cierto que su expresión es de angustia, pero no creo que su corazón esté a punto de reventar. Hiperventila, pienso, debido a un problema que la agobia. Le digo que se coloque las manos sobre la boca y la nariz, al modo de una mascarilla, y que respire el mismo aire que expulsa.

—¿Y? —pregunta.

—Así aspirará anhídrido carbónico, que es tóxico, y se tranquilizará —le explico.

La mujer hace lo que le digo y poco a poco, en efecto, se va calmando. En esto, miro por la ventanilla y no reconozco el paisaje. No me suenan las calles ni los escaparates de las tiendas. Como hace poco estuve en el extranjero, me pregunto si seguiré allí, pese a que creía haber vuelto. Tras el primer envite de pánico, por el que también yo empiezo a hiperventilar, deduzco que he tomado el autobús equivocado, que paraba en la misma marquesina que el mío. Se lo cuento con alivio a la mujer, que sonríe comprensiva. Luego me dice que ella se baja en la próxima y me invita, ya que de todos modos llegaré tarde a donde iba, a tomar un café en su casa. Me está agradecida por haberla escuchado y quiere devolverme de algún modo el favor.

Un impulso procedente de la zona más oscura de mi biografía me obliga a aceptar el ofrecimiento y al rato me veo en la cocina de una casa que no conozco tomando café con una señora que se parece a mi madre cuando mi madre tenía cincuenta años. Realmente, es como si me hallara en el extranjero, en un extranjero psíquico, más que físico, aunque, contradictoriamente, muy familiar. Charlamos de esto y de lo otro durante media hora, me despido y tomo un taxi para salir de ese barrio desconocido.

—Vuelva usted cuando quiera —me había dicho la mujer en la puerta colocándome en una mano un papel arrugado con su dirección.

MARTES. Desde ayer no pienso en otra cosa que en la mujer del autobús. Recuerdo mi encuentro con ella como si hubiera realizado un viaje astral o un viaje en el tiempo, no lo sé. Me viene a la memoria su cocina y es como si esa estancia estuviera fuera del tiempo y del espacio, como si la misma mujer no perteneciera al mundo de las cosas. Ahora me doy cuenta de que ni siquiera le pregunté cómo se llamaba. Tampoco ella a mí, por cierto. La familiaridad que se estableció enseguida entre los dos hacía innecesaria tal información. Voy al armario, busco en el bolsillo del abrigo el papel con su dirección, todo arrugado, y tras leerla para memorizarla, lo vuelvo a dejar donde estaba.

MIÉRCOLES. No lo resisto más. Me levanto pronto, desayuno, trabajo un rato y a eso de las diez salgo de casa con la idea de visitar a la mujer del falso infarto. Me subo al mismo autobús que tomé por error el lunes, me siento junto a una de las ventanillas, y al poco tengo la impresión de que hemos salido de la realidad consensuada para entrar en aquella otra en la que vive la mujer que se parece a mi madre cuando tenía cincuenta años. El tránsito entre una realidad y la otra se lleva a cabo sin estridencias, pues todo es idéntico aquí y allá. Podríamos decir que, más que desplazarme geográficamente, me desplazo de manera mental.

Al rato me encuentro frente al portal de la mujer. Llamo al telefonillo, pero no me contesta. Espero, vuelvo a llamar y nada. Decido dar una vuelta por el barrio, que me trae a la memoria algunas zonas de Buenos Aires, y regreso media hora más tarde. Pero ella sigue sin responder. Vuelvo a casa derrotado, aunque no del todo, pues el simple vagabundeo por esa especie de extranjero recién descubierto ha operado beneficiosamente en mi estado de ánimo.

JUEVES. A media mañana regreso a la casa de la mujer, que en esta ocasión responde y me abre la puerta. Mientras prepara un café, me dice que ayer estuvo en el médico. La escucho hablar como si los dos estuviéramos muertos, en otra instancia de la realidad, y siento una paz infinita.

Semana 158

Martes. Estoy leyendo una novela de Anne Tyler, la autora de *El turista accidental,* aquella obra maestra. Esta se titula *Reunión en el restaurante Nostalgia* y tampoco está mal, es más, está muy bien. Soy un lector lento, así que prefiero la escritura rápida y la de esta novela lo es, aunque su apariencia resulta la contraria. Me recuerda, en cierto modo, a esas personas que agreden sin moverse del sitio. Los agresivos pasivos, según los expertos. *Reunión en el restaurante Nostalgia* hace daño acariciándote. Se trata de una novela tremenda bajo el barniz de una novela ingenua y sentimental. En la página 133 un personaje dice: «La vida es un continuo sostenerse contra una u otra cosa que se erosiona». Por la tarde le leo la cita a mi psicoanalista.

—¿Y? —pregunta ella.

—Y nada, por compartirla con usted.

—Ya.

—Ya qué.

—Ya nada.

Hay sesiones así, en las que nos hablamos a través de sobrentendidos. Los días en los que hay muchos sobrentendidos se producen también muchos silencios. Tras permanecer mudos durante un minuto, yo en el diván, ella en la silla colocada detrás de mi cabeza, donde no puedo ver su expresión, dice:

—¿Usted cree que se sostiene sobre mí?

—Es evidente —digo yo.

—¿Y piensa que yo me erosiono?

—Claro, como todo el mundo.

—¿Como su madre, por ejemplo?

La mención a mi madre, de súbito, me hace llorar, por lo que me maldigo. Me echo la mano al bolsillo, para sacar un pañuelo de papel, pero no llevo ninguno. Entonces aparecen flotando en el aire unos dedos que sostienen un kleenex.

—Gracias —digo, y cambiamos de tema.

Miércoles. Escucho por la radio el testimonio de un preso que descubrió la lectura en la cárcel. Dice que antes no había leído jamás, que los libros le parecían una cosa pensada para otros. Me recuerda al respeto con el que yo mismo observaba la cocina antes de atreverme a cocinar. Un día, no recuerdo por qué, decidí hacer un sofrito y desde entonces ya no he podido parar. El preso tampoco ha podido parar. Después de la primera novela pidió otra y otra y otra... Como en la celda no tiene televisión, lee muchas horas. Dice que de vez en cuando levanta la vista y observa las paredes del chabolo, mientras digiere una frase, y que todavía no se cree lo que le ha ocurrido, lo mismo que me pasa a mí cuando retiro un arroz con pollo del fuego. Todavía no me lo puedo creer. El preso no dice si es un lector rápido o lento. Yo soy un cocinero parsimonioso, lánguido. Intento escribir como cocino, pero no me sale.

Semana 159

Lunes. Me he levantado con ánimos porque ayer por la noche me tomé medio ansiolítico a las once y media y otro medio pasada ya la medianoche. Eso significa que me los tomé en días diferentes. Me hicieron el efecto de uno, pero consumiendo solo medio por jornada. A ver si logro mantenerme en esos consumos insignificantes. Con el desayuno, me he tomado solo media pastilla para la tensión. Pero a mediodía me la he medido y la tenía alta. He tenido que tomarme la otra media. Hoy tengo una cena en la que comeré más de lo aconsejable y beberé un par de gin-tonics. Dice el médico que cuando tenga previstas estas salidas me tome un omeprazol por las mañanas, pero el omeprazol viene en cápsulas que puede haber manipulado la familia.

Martes. Demasiados excesos en la cena de ayer. Me he levantado con ardor de estómago y dolor de cabeza. Además, me tomé dos ansiolíticos porque no lograba conciliar el sueño. Estoy arrepentido de todo. He de normalizar mi relación con las pastillas y atreverme, quizá, a tomar alguna cápsula. Lo que tengo que hacer es esconderlas para que nadie pueda acceder a ellas. Adquiero en una farmacia del centro una caja de omeprazol y cuando llego a casa la escondo en un lugar inaccesible de mi escritorio. Pero luego me viene a la memoria el gesto de la farmacéutica al despachármela. Para decirlo rápido, me pareció una psicópata. Nada más sencillo para una persona de estas características que cambiar el contenido de las cápsulas por alguna sustancia venenosa. Saco la caja de su escondite y examino detenidamente el blíster en el que están encerradas las cápsulas. Parece que está intacto, pero compruebo que no resulta tan difícil desarmarlo y volverlo a armar.

MIÉRCOLES. En el taller de escritura creativa, Laura lee un cuento de una farmacéutica trastornada que cambia los medicamentos de envase, como si hubiera adivinado mi pensamiento. Laura parece ingenua, pero vengo observando en ella unas capacidades paranormales que intenta ocultar. Seguro que conoce mi conflictiva relación con las medicinas y ha escrito este relato para agobiarme.

—¿Cómo se te ocurrió escribir esto? —pregunto.

—Porque el otro día, en el centro, te vi en una farmacia. No sé, a partir de esa escena empecé a darle vueltas al asunto y salió esta historia.

De modo que me vio en una farmacia. Quizá me sigue. He de llevar cuidado.

Semana 160

MIÉRCOLES. Dios somatiza mucho. Lo convierte todo en cuerpo. El universo es el resultado de uno de estos procesos de somatización. La cuestión, tal como yo la imagino, es esta: Dios, que era pura psique, se encontraba mal psicológicamente. Encontrarse mal psicológicamente cuando lo único de lo que dispones es de la psique significa ponerse a morir, literalmente. ¿Qué hacer para repartir la angustia?: somatizar. El Big Bang es, pues, el resultado de un proceso de somatización divino. Dios debía de estar fatal, porque cuando reventó creó de un golpe todos los planetas y todas las constelaciones, y nos creó a nosotros a su imagen y semejanza. Esto significa que nos dotó de una psique para los ataques de angustia y de un cuerpo para que transformemos esos ataques en dolores de cabeza, en ardores de estómago, en hemorragias nasales o en psoriasis. Se llama conversión, creo.

JUEVES. Le cuento a mi psicoanalista la idea de que el mundo es el resultado de un proceso de somatización de los ataques de angustia de Dios y permanece en silencio. Un silencio que me agobia y que transformo en un tic nervioso del párpado.

Semana 161

LUNES. En el taller de escritura ha sucedido una catástrofe emocional. Cervantes y Lola, la exmonja, han roto. Ni siquiera sabía que salían. No me entero de nada. La ruptura ha sido dramática porque el manco se ha hecho un corte suicida en la muñeca carente de mano, es decir, en el muñón. La imagen me pone los pelos de punta. Me pregunto por qué no se ha abierto las venas del brazo bueno, pero enseguida me respondo que con qué mano iba a empuñar entonces el cuchillo. Pobre.

Me cuentan todo esto en clase, cuando me intereso por su ausencia y por la de Lola. Los alumnos están muy alterados, de manera que nos pasamos la hora hablando sobre el suicidio, asunto literario donde los haya. Cuando les digo que, según Camus, el suicidio es el único problema filosóficamente serio, me preguntan quién es Camus. Al acabar la clase, me meto en una cafetería de los alrededores. Ahí estoy: soy ese señor mayor que apura lentamente un gin-tonic con una cartera negra colocada entre sus piernas. Soy el señor de la cartera negra.

MARTES. Llamo a uno de los alumnos para interesarme por el estado de Cervantes y me dice que está bien, que no se hizo un corte profundo. Un pseudosuicidio para llamar la atención, pienso. Telefoneo luego, por puro morbo, a Lola, la exmonja, con la que tengo mucha confianza.

—¿Lola?

—Hola, Juanjo —responde enseguida.

—Nada, que me he enterado de lo de Cervantes.

Lola da un resoplido. Dice que está harta del asunto. Le digo que no sabía que salieran y dice que ella tampoco. Que todo era una fantasía que Cervantes se había montado en su cabeza porque habían quedado un par de días para ir al cine. Me doy cuenta de que los dos llamamos Cervantes al falso suicida con una naturalidad un poco cruel. Pero es que ya ni recuerdo su verdadero nombre. Y me temo que Lola tampoco. Me dice que va a desaparecer una temporada para reponerse del susto. Lo siento porque es una de las alumnas más activas, pero me hago cargo. Dice que me enviará un par de textos por correo para que les eche un vistazo y le dé mi opinión.

MIÉRCOLES. Cervantes acude al taller de escritura con el muñón vendado y expresión de héroe cansado. Por primera vez lo veo como un gilipollas. Sentir esto por un alumno es tremendo porque tarde o temprano, de un modo u otro, acabas transmitiéndoselo. Y cuando el alumno lo percibe, se pone en marcha el rencor. El rencor de un solo alumno hacia el profesor, si es intenso, puede alterar completamente las relaciones con todo el grupo. Procuraré, en fin, que no se me note. Pero que conste que es un gilipollas.

—¿No ha venido Lola? —pregunto como si no supiera nada del asunto.

Los alumnos se miran entre sí y luego dirigen sus ojos hacia Cervantes. Alguien dice que está de viaje y comenzamos la clase. Mientras la enana lee un texto espantoso, observo de reojo al manco y siento que ya se ha dado cuenta de lo que pienso de él. Advierto, al mismo tiempo, lo que él empieza a pensar de mí. Este grupo está acabado.

JUEVES. Ayer, antes de meterme en la cama, se me ocurrió mezclar un ansiolítico con un hipnótico y he pasado una noche agotadora. Es la segunda vez que lo hago, no escarmiento. Dormí despierto, valga la contradicción. Soñaba que viajaba a México y que no era capaz de dormirme hasta que la azafata me ofrecía clandestinamente una pastilla (la tercera, si contamos las dos de la vigilia). Entonces me dormía dentro del sueño y soñaba que me encontraba en mi cama escuchando un programa de radio al que los oyentes llamaban para hablar de la muerte.

Me he levantado pronto, hecho polvo, y me he ido a dar un paseo antes de desayunar. El barrio parecía una pesadilla, como si siguiera en la cama, o en el avión, no sé. Al regresar a casa, he entrado en el chino y he comprado una barra de pan y un tubo de pasta de dientes. No para hacerme un bocadillo de Profidén, claro, sino porque se nos han acabado las dos cosas a la vez. No estaba el chino, sino su cuñada. Cuando no está el chino está su cuñada, que se parece mucho a su mujer.

Semana 162

MARTES. Le pregunto a mi psicoanalista si, llegado el momento, sería capaz de torturarme.

—¿Llegado qué momento? —dice ella.

—Llegado el momento en que el Gobierno se lo pidiera —digo yo.

—¿Y por qué me iba a pedir eso el Gobierno? —dice ella.

—Porque los gobiernos lo piden de vez en cuando —digo yo.

Ante su perplejidad silenciosa, saco del bolsillo un recorte de periódico. Se trata de una noticia según la cual la Asociación Americana de Psicología colaboró con la CIA en las torturas infligidas a los sospechosos tras los atentados del 11-S. Estaban allí los psicólogos, angelitos, viendo cómo introducían las cabezas de los detenidos en cubos llenos de mierda y las volvían a sacar cuando ya se encontraban al borde de la asfixia. Es un ejemplo, por no repetir lo de la picana, la privación del sueño o la amenaza de violar a la madre. Parece ser que la Asociación suspendió temporalmente su reglamento ético para que los psicólogos pudieran acudir sin problemas de conciencia a las cárceles secretas de la CIA y evaluar en qué momento las torturas podían producir un cuadro de estrés postraumático, que era en ninguno porque estaban de acuerdo con ellas.

—No sabía —dice mi psicoanalista.

—La cuestión es si usted, llegado el momento, me torturaría.

—Yo no —dice ella—. Ya se tortura usted bastante.

Semana 163

Lunes. Me levanto resfriado y me automedico. La automedicación está mal vista, de modo que me automedico con culpa. Ebastel Forte para los mocos e ibuprofeno para el malestar general. Todo ello me coloca en un estado de conciencia diferente. Esto significa que leo el periódico desde un lugar mental, quizá moral, distinto al de cualquier otro lunes. Desde ese lugar, la vida parece la novela de un loco. Está llena de ingenuidades, de fugas, de defectos de construcción, de intersticios por los que se cuelan la verosimilitud y la sindéresis. Los materiales no resisten, no aguantan; las vigas crujen y se vienen abajo en cada página. Leo las últimas noticias de Francia y de Ecuador, que aparecen en páginas contiguas, sin darme un respiro entre estas y aquellas. Cuando estoy con los ojos en Ecuador, sigo anímicamente en Francia y noto que ocurre algo, pero qué. Como cuando en medio de una película de la tele colocan sin solución de continuidad una tanda de anuncios que durante unos segundos crees que pertenece al argumento del film. A media mañana me tomo una naranja partida en rodajas con aceite de oliva y canela. La canela, según he visto en internet, actúa sobre las vías respiratorias. Y la naranja tiene vitamina C. Del aceite de oliva ni hablo, porque el aceite de oliva es Dios.

Martes. Pese a la canela, la naranja y el aceite de oliva, sigo congestionado y con dificultades respiratorias. Me automedico de nuevo y me pongo frente al ordenador para comenzar un cuento que tengo en la cabeza desde ayer. Empieza con un diálogo entre una serpiente y un pájaro. El pájaro le explica a la serpiente que, antes de ave, fue reptil.

—Si te esfuerzas —añade—, también tú podrás llegar a pájaro.

A la serpiente no se le había ocurrido que la biología fuera una carrera universitaria. Y aquí lo dejo, porque los ojos me lagrimean y no hago otra cosa que estornudar. Más tarde, mientras me tomo una naranja con aceite de oliva y canela, pienso en la historia del pájaro y la serpiente y me parece que ya está escrita. No sé dónde, pero la he leído, y quizá más de una vez. Esto significa que la abandonaré por miedo a un plagio inconsciente. Desánimo.

MIÉRCOLES. Amanezco mejor, salgo a la calle y le compro lotería a un ciego. Dice que el sorteo es el viernes. Estoy seguro de que el viernes me habré olvidado del cupón, por lo que casi lo arrojo a una papelera que hay al doblar la esquina. Lo he hecho en otras ocasiones, fingiendo que actuaba de un modo heroico al dar por supuesto que me podía tocar. Pero esta vez guardo el cupón en la cartera, doblado entre dos tarjetas de crédito, la Visa y la de El Corte Inglés. Tarde o temprano, al usar una de ellas, se manifestará y comprobaré de algún modo si me ha tocado. Digo de algún modo porque no sé dónde se comprueban estas cosas. Entretanto, sigo dándole vueltas a la historia del pájaro y la serpiente. Me pregunto por qué animal me inclinaría yo de tener que elegir entre pertenecer a una especie o a la otra. Lo primero que me sale es pájaro, porque los pájaros están mitificados. Elijo serpiente: una forma de rebeldía idiota, semejante a la de desprenderse de la lotería a los cinco minutos de comprarla.

JUEVES. Me llama mi hermano Ricardo. Dice que en el salón de su casa hay una gallina invisible. La oye cacarear pero no la ve. Me quedo con el teléfono suspendido en el aire, sin saber qué decirle. Ricardo desvaría desde hace algún tiempo. Le pregunto si la gallina pone huevos y me contesta, irritado, que cómo va a saberlo. Serían invisibles también. Pienso en una tortilla de huevos invisibles y se me abre el apetito. Le digo que mañana iré a verle y le ayudaré a buscar al animal. Cuelgo y voy a la cocina para prepararme un revuelto de setas congeladas, que me sale de cine. De postre, naranja con aceite de oliva y canela. Creo que la canela ha comenzado a actuar sobre mis vías respiratorias.

VIERNES. Al salir al jardín, a primera hora, tropiezo con un mirlo muerto sobre el césped. Tomo el cadáver, casi congelado pues hace mucho frío, lo coloco junto al seto de aligustres y lo tapo con una teja. Después, incongruentemente, me santiguo.

Semana 164

LUNES. Fui a dar con mis huesos en el aeropuerto de Palma de Mallorca, talla XXL. Ahora casi todos los aeropuertos son de este tamaño. Te los pruebas y te vienen grandes, claro. El caso es que vagabundeando por sus pasillos di con un tenderete de Aena en el que ponía: MOSTRADOR DE INFORMACIÓN DE GRANDES RETRASOS.

Aunque el retraso de mi vuelo era pequeño, me acerqué y pregunté por él como por un enfermo.

—¿Cómo se encuentra mi retraso?

—Se trata de un retraso pequeño —respondió—, y este mostrador es el de los grandes.

—Podría indicarme dónde se encuentra el de los pequeños.

—No hay mostrador de retrasos pequeños —dijo.

—¿Por qué? —dije yo.

—Quizá no sea rentable —dijo él.

Me senté en un banco incómodo, saqué de la maleta un libro y me puse a leer. Mientras leía, mi retraso se iba haciendo grande. Cuando consideré que había alcanzado el tamaño adecuado, regresé al mostrador y pregunté por él. El empleado me miró con cara de pocos amigos, hizo una consulta y me informó de que aún no había alcanzado el tamaño preciso. Le pregunté que cuál era el tamaño preciso y dijo que dependía:

—Un retraso de cuatro horas puede ser grande, y uno de seis, pequeño —añadió.

Comprendí oscuramente que mi retraso sería siempre pequeño y me retiré a leer a otra zona. Al rato se sentó a mi lado una señora que olía muy bien y no pude evitar decírselo.

—Huele usted muy bien.

—Pues no me pongo nada —dijo—. Los perfumes resecan la piel.

Me pareció que mentía, porque su perfume me sonaba un poco.

—Usted también huele muy bien —añadió ella.

—Yo sí me pongo —dije—. Por eso tengo la piel tan reseca.

—Vaya —dijo ella.

En esto apareció el empleado de Aena, se dirigió a mí y me dijo:

—Ha tenido usted mucha suerte. Su vuelo acaba de entrar en la categoría de los grandes retrasos.

—¿Entonces puedo solicitar información?

—Sí, pero yo no la pediría. Es muy desalentadora.

MARTES. Ya en Madrid, el móvil me pregunta sin venir a cuento si puede utilizar mi ubicación actual. Me parece que es lo lógico, no va a utilizar la de ayer. Le digo que sí, que la utilice, pero me quedo algo preocupado. No soy muy paranoico, pero esto de que el móvil sepa todo el rato dónde estoy hace que me sienta un poco perseguido. No soy de cometer crímenes, no es mi carácter, pero si por A o por B me viera en la necesidad de asesinar a alguien, el aparato le diría a la poli dónde me encontraba yo en el momento de autos. Me arrepiento de haberle dicho que sí, pero no hallo el modo de decirle que no. Creo que tendré que esperar a que vuelva a preguntármelo.

MIÉRCOLES. Ha fallecido un alumno del taller de escritura creativa, por lo que suspendemos la lección del día y me encuentro en el tanatorio con el resto de la clase, con la que intercambio unas palabras típicas de capilla ardiente.

Las conversaciones de capilla ardiente son como las de ascensor, pero en voz baja. Cuando me presento a la madre del difunto para darle el pésame, dice que su hijo me odiaba. Me quedo sorprendido, claro, no es lugar para decir estas cosas. Su hijo escribía mal, muy mal, y yo se lo señalaba todo lo delicadamente que me era posible. De ahí el odio, supongo.

—Su hijo escribía muy mal —informo a la madre, horrorizado por lo que sale de mi boca sin pedir autorización.

De un tiempo a esta parte no logro apenas ocultar lo que pienso. Quizá sea un síntoma de senilidad. La madre del alumno se echa a llorar y se acerca su marido para ver qué pasa. Me presento, le doy la mano y el hombre me dice lo mismo que me acaba de decir la mujer: que su hijo me odiaba. Entonces me veo desde fuera, como en las experiencias extracorporales, repitiendo que su hijo escribía muy mal. Los alumnos vivos me miran con desprecio, de modo que abandono discretamente la sala mortuoria. Al alcanzar la calle, el móvil vuelve a preguntarme si puede utilizar mi ubicación actual. Aunque mi intención es decirle que no, me sale que sí.

Viernes. Entra mi mujer, me trae un té que le agradezco. Luego se queda en la puerta, como dudando si decirme algo o no. La miro con expresión de «suelta lo que sea» y me dice:
—Supongamos que tenemos que ir a una boda.
—¿Por qué a una boda?
—¿Preferirías un entierro?
—Casi sí. Los entierros son menos formales y no tienes que hacer regalo.
—Olvídate del entierro. Supón que tenemos que ir a una boda.
—Vale. Lo supongo. Ya me has amargado el día. Una boda, entre la ceremonia, el convite, las copas, etcétera, es una jornada laboral. Un entierro lo solucionas en dos horas. Pero dime ya quién rayos se casa.
—No se casa nadie, ya te digo que es una suposición.
—De acuerdo —me rindo—, supongámoslo.
—Pues ahí te dejo, con la suposición —añade, y se marcha a sus asuntos.
¿Por qué me hace esto? La semana pasada me pidió que me supusiera que éramos los dueños de Mercadona. Me lo dijo a las nueve de la mañana y no pude dejar de darle vueltas hasta las diez de la noche. Ahora ya no puedo dejar de pensar en la boda. Tendría que comprarme un traje, pues con el que fui a la última se me ha quedado pequeño. Y una corbata, pues la anterior se la comieron las polillas. Todo son preocupaciones.

Jueves. Acudo a la presentación de una novela. El presentador empieza bien, con un buenas tardes, quiero decir, pero a partir de ahí comienza, sin poder remediarlo, a hablar mal del libro. Cuando se da cuenta, y al intentar rectificar, señala otro defecto. Y cuando intenta rectificar la rectificación, coloca otra banderilla. Ha entrado en una espiral de la que no puede salir. Los asistentes empezamos a movernos incómodos, observando de reojo a la autora, que está verde. El editor, aprovechando una pausa, corta el discurso del presentador y se pone a hablar él.

—Gracias por tus elogios —comienza diciendo al presentador, que se sienta abochornado.

A continuación dice cuatro lugares comunes acerca de las bondades de la novela y solicita al camarero que sirva el primer plato. La comida discurre pesada. Todo el mundo finge que no ha escuchado lo que hemos escuchado. Pero cuanto mayor es el fingimiento, más claro queda que el libro es una mierda.

Semana 165

LUNES Le comento a mi psicoanalista que el Papa Francisco se psicoanalizó durante la dictadura argentina.

—¿Lo sabía usted? —pregunto.

—¿Qué interés tiene si lo sabía o dejaba de saberlo?

Mi psicoanalista es argentina y durante aquellos años vivía en Buenos Aires. Tal vez el futuro Papa se psicoanalizó con ella. La idea me resulta turbadora. ¡Estar tan cerca de la terapeuta del representante de Dios en la Tierra!

—Psicoanalizar al Papa —digo— es casi como psicoanalizar a Dios.

—¿Usted cree en Dios?

—Yo no, pero el Papa tampoco. Estoy jugando.

—¿Cómo se llama el juego?

—Asociación libre —le digo—. Imaginaba la posibilidad de que hubiera sido usted su terapeuta.

—¿Eso aumentaría mi prestigio ante usted?

—Aumentaría el prestigio del Papa. Y elevaría mi autoestima. Pero usted no psicoanalizó a Francisco, ¿verdad?

Mi psicoanalista calla. Siempre calla para que sea yo quien hable y la sesión transcurre improductiva, yendo del Papa Francisco a Dostoievski. Abandono la consulta desanimado y doy un largo paseo antes de regresar a casa.

MARTES. Me gusta la expresión «disonancia cognitiva», a la que la Wikipedia viene a definir como la tensión que se establece en un individuo en cuya cabeza aparecen dos ideas excluyentes a la vez. Lo normal, cuando nos ocurre ese fenómeno, es que lo neguemos o miremos hacia otro lado. Pero lo saludable es hacerlo consciente y disfrutar incluso del estado anímico que proporciona. Me imagino al Papa Francisco en el diván, hablando de la disonancia cognitiva que implica creer a la vez en Dios y en Freud. Claro que solo se analizó seis meses, que es como fumar sin tragarse el humo.

MIÉRCOLES. En el taller de escritura hablamos de la disonancia cognitiva como uno de los estímulos más fuertes de la creatividad. Después de todo, se trata de una de las formas posibles de estar en desacuerdo con uno mismo. Y se escribe desde ahí, desde el desacuerdo. Escribir es un modo de colocar unos puntos de sutura sobre la herida que provoca esa situación incoherente. Pero la condición para seguir escribiendo es que la herida no acabe de cicatrizar.

Semana 166

LUNES. Si Merkel fuera hermana de mi madre, sería mi tía y yo habría ido a merendar a su casa muchas veces. No me imagino comiendo ni cenando en su casa, solo merendando. La tía Merkel me daría magdalenas con chocolate espeso. Está la barrera del idioma, pero la hermana real de mi madre, mi tía Ambrosia, hablaba español y no nos entendíamos. Mi madre no eligió bien a sus hermanas. No fue capaz de adivinar la influencia que Merkel llegaría a tener en el futuro ni lo bien que nos habría venido a sus hijos tenerla por tía. Estas cosas las ves o no las ves, y en mi familia nunca hemos sido de anticiparnos al futuro. Yo mismo, habiendo asistido al nacimiento del bitcoin, me reí de él. ¿Cómo vas a invertir, me dije, en una moneda que, además de no existir, carece del respaldo de toda la banca oficial? Me parecía más seguro el euro, con el que no he llegado a ningún sitio. Si hubiera comprado unos cuantos bitcoins en su momento, ahora sería millonario y no necesitaría recurrir a la tía Merkel cuando tengo un apuro.

En este momento de mi monólogo mi terapeuta señala que Merkel no es mi tía, pero eso ya se lo había dicho yo nada más tumbarme en el diván. El caso es que ahora mismo son más rentables las cosas que no existen (mi parentesco con la canciller o el bitcoin) que las que existen.

—El problema —digo— es que el mercado de lo inexistente está muy disperso.

—Tan disperso como usted —señala mi psicoanalista antes de dar por acabada la sesión.

MARTES. Después de comer, me puse a imaginar cómo sería matar a alguien, desangrarlo en la bañera, descuartizarlo y esconder sus trozos en una maleta. Antes de cerrar la maleta ya me había quedado dormido en el sofá. La digestión es enemiga del relato, aunque ella, en sí misma, es una novela en la que intervienen personajes tan raros como el Bífidus Activo. Cuando me desperté, volví al relato y acabé de cerrar la maleta para abandonarla en el portal de mi casa. Al día siguiente vino a detenerme la policía, pero yo había escapado por el balcón. Al alcanzar la calle, corrí a pedir auxilio a tía Merkel, que es hermana de mi madre.

—¿Qué has hecho? —preguntó al ver mi agitación.

—He matado, desangrado y descuartizado a alguien.

—¿A quién?

Entonces caí en la cuenta de que no había elegido a una víctima concreta, sino a «alguien» en general, un ser sin rostro en tiempos en los que el rostro es fundamental. De hecho, el iPhone X se desbloquea cuando te lo ve. Todo el relato se me vino abajo de repente. Tomé nota para hablar de ello en el taller de escritura.

MIÉRCOLES. En el taller de escritura, cuando estoy a punto de señalar la importancia del rostro en los personajes, un alumno me interrumpe para decir que quiere escribir la mejor novela de Stephen King.

—¿Y por qué en lugar de escribir una novela de Stephen King no escribes una novela tuya?

—Porque Stephen King me gusta más que yo —responde.

Me viene a la memoria un falsificador húngaro, muy famoso y ya fallecido, de nombre Elmyr d'Ory. Este hombre era capaz de imitar el estilo de Picasso, de Modigliani, de Degas. Pintaba perfectamente a la manera de muchos artistas, pero carecía de un estilo propio. Existe la sospecha de que muchos de los cuadros que son de las paredes de los museos de arte moderno del mundo, atribuidos a los pintores mencionados y a otros, son en realidad suyos. Murió en Ibiza.

Le digo al alumno que quizá Stephen King ya ha escrito su mejor novela, pero él insiste en su propósito y pretende que yo le ayude a realizarlo. Le digo que bien, que vale, que escriba unas primeras páginas describiendo el rostro de un descuartizador.

—Me parece estupendo —afirma tras reflexionar unos segundos.

El mundo está loco.

Viernes. El dentista me abre la encía, separa sus partes, luego alcanza el hueso y excava en él una especie de tumba en la que entierra un material biotecnológico que acabará formando parte de mí. O sea, un implante. Vuelvo a casa con la mitad del rostro y de la lengua insensibles. Me muerdo y no me siento. Podría autodevorarme sin problemas.

Semana 167

LUNES. La madre de mi amiga C. se suicidó con pastillas en la habitación de un hotel. Transcurridos el entierro y los funerales, mi amiga acudió a ese hotel y solicitó la misma habitación. Entró en ella, dice, sobrecogida y estuvo viendo la tele sin sonido hasta la hora de acostarse. Ya desnuda, al abrir la cama sintió que levantaba un sudario. Luego se metió entre las sábanas, apagó la luz y permaneció bocarriba observando el movimiento de las sombras del techo provocadas por las luces del exterior, pues la idea de bajar las persianas para quedarse a oscuras le dio miedo. A su madre la habían hallado muerta desnuda y tapada hasta el cuello, aunque en posición fetal. Mi amiga pensó que antes de adoptar esa postura habría observado también el techo y en el techo habría visto la película de su vida como ella veía ahora la de la suya.

Cuando se le empezaron a cerrar los párpados, adoptó la postura prenatal y cayó en un sueño sin incidencias reseñables. De madrugada, dice, tuvo la impresión de disputarse el centro de la cama con alguien. Se despertó al amanecer, se duchó, se vistió, bajó a recepción, liquidó la cuenta y salió a la calle como si acabara de venir al mundo, sintiendo una curiosidad enorme por el movimiento de sus piernas.

MARTES. En el metro, la señora sentada a mi lado lee un libro al revés. Quiero decir que sostiene el volumen bocabajo. Por más que me esfuerzo, no logro leer el título. Hay un momento en que la señora vuelve la cabeza y me dice que ya está bien, que me meta en mis cosas. Avergonzado, pido disculpas, me levanto y salgo en Chueca, aunque no es mi estación. La mía era la siguiente, de manera que decido caminar un poco hasta Gran Vía. Al pasar por delante del escaparate de la librería en la que habitualmente me abastezco de novedades observo que han colocado un libro al revés. Se trata del segundo libro bocabajo con el que tropiezo en menos de una hora. Me pregunto si será una tendencia, si hay un complot para confundirme o si se trata de una mera casualidad.

Por la tarde, se lo comento a mi psicoanalista.

—Lo normal —dice ella— es que sea una casualidad.

Prefiero callar, porque de repente se me ocurre que también ella forma parte del complot. De hecho, acabo de descubrir que el vaso de agua para los pacientes, que reposa sobre una especie de velador, está hoy vacío y bocabajo. Nunca lo he visto de ese modo. Tras rumiar un poco el asunto, se lo digo:

—¿Ese vaso no está al revés?

—Al revés no. Está bocabajo porque nadie lo ha usado todavía —dice ella.

MIÉRCOLES. Estoy observando, uno a uno, todos los libros de mi biblioteca, por si hubiera alguno colocado al revés, cuando entra mi mujer:

—¿Qué haces? —pregunta.

—Controlando —digo.

—Controlando qué.

—Que las cosas estén como deben estar.

—Vale, cuando termines, échale un ojo al mando a distancia de la tele. Le he cambiado las pilas porque no iba bien, pero sigue sin funcionar.

Los libros están todos bien. Voy al salón, tomo el mando a distancia, abro el compartimento de las pilas y resulta que están colocadas al revés. Llamo a mi mujer.

—Estas pilas están mal puestas —digo.

—Pues me habré equivocado —dice ella.

Empiezo a sospechar de todo el mundo.

JUEVES. Viaje de ida y vuelta a Barcelona, por cuestiones de orden personal. En la bolsa del asiento delantero del avión, la revista está colocada bocabajo. De súbito, sin venir a qué, me he especializado en detectar cosas que están al revés. El mundo anda de cabeza. Me he tomado un par de ansiolíticos antes de salir de casa y, gracias a ellos, he abandonado la idea de que se trate de un complot para volverme loco. Quizá lo esté sin necesidad de complot. Tal vez por eso, cuando hago el viaje de ida tengo la impresión de estar volviendo, y durante el de vuelta, la de estar yendo. Atravesamos una zona de turbulencias que me pone el estómago al revés. Luego, una azafata se dirige a mí dándome las buenas tardes. Pero solo son las diez de la mañana. Regreso a la idea del complot. La cuestión es dónde denunciarlo.

Semana 168

MARTES. Me encuentro de viaje, fuera de Madrid, cuando recibo un correo electrónico de Lola, la exmonja atea del taller de escritura. No es raro que mis alumnos me llamen o escriban para consultarme dudas o enviarme textos sobre los que solicitan mi opinión. Pero la exmonja solo me pide que, me encuentre donde me encuentre, cuando pase por delante de una iglesia entre en ella, me arrodille y pida por su salvación. Le respondo que soy ateo, como ella misma, a lo que contesta que no importa, pues Dios aprecia más las oraciones de quienes no creen en él que las de sus fieles. Me parece una locura y dejo ahí la cosa.

Al mediodía, caminando por la ciudad, paso por delante de una iglesia y cambio de acera, no vaya a darme la tentación loca de entrar para satisfacer a Lola. Como en un restaurante cercano y al salir tropiezo de nuevo con el templo. Dudo qué hacer y finalmente entro tras comprobar que no hay ningún crítico literario por los alrededores.

Tal como me ha pedido la alumna, me arrodillo y rezo una oración por ella. Pido a Dios por la salvación de su alma y también para que le devuelva la fe perdida. Mientras rezo, me veo desde fuera y no me lo creo, pero en efecto soy yo, ese señor mayor soy yo. Cuando termino la oración, todavía no me apetece salir a la calle y me siento para descansar un rato. Entonces noto en el bolsillo la vibración del teléfono móvil, que había puesto en modo silencio antes de entrar. Miro la pantalla y el número me es desconocido. Como me encuentro prácticamente solo en el templo, respondo en voz baja.

—Diga.

—Juanjo —escucho al otro lado—, soy Lola. He sentido algo muy raro y he pensado que estabas rezando por mí.

Permanezco confuso durante unos segundos y al final digo:

—No.

—¿No qué? —dice ella.

—Que no he rezado por ti.

—¡Qué raro! —añade.

Antes de abandonar la iglesia, introduzco un euro en la ranura de un mueble y se encienden varias lucecitas rojas que sustituyen a las velas de otro tiempo. Cuando salgo a la calle, el sol me ciega durante unos instantes. Estoy aturdido.

MIÉRCOLES. La exmonja no aparece. La expolicía nos informa de que ha recuperado misteriosamente la fe y que lo de escribir, ahora, le parece una frivolidad.

Semana 169

LUNES. Esto es lo que pienso: que mi DNI es falso, aunque lo expidió el Ministerio del Interior. Se trata desde luego de una falsificación perfecta, que no detectarían ni los servicios de inteligencia israelíes. De hecho, no he tenido problema alguno con él (ni con el Mossad). Recuerdo que el funcionario que me atendió en su día, cuando lo renové, me dijo guiñándome un ojo que iban a hacerme un carné único.

—¿No se notará que es falso? —pregunté yo por seguirle la broma.

—Le juro que no —añadió él con determinación.

También estos cincuenta euros con los que ahora voy a la compra son falsos. Los expidió la Fábrica de Moneda y Timbre, de acuerdo, pero es que la Fábrica de Moneda y Timbre trabaja muy bien. Ni sus propios funcionarios detectarían el engaño. Llevo en la mano izquierda el billete y en la derecha el DNI. Sé que tampoco hoy me van a pescar. Ayer me paró la Guardia Civil para hacerme un control de alcoholemia y no notaron que mi sobriedad era falsa, como mi carné de conducir, aunque no había bebido nada. Mi carné, por cierto, lo había expedido la Dirección General de Tráfico. La documentación del coche estaba a mi nombre, como si fuera mío. Me dejaron continuar, como si no estuviera borracho y supiera conducir.

Ahora, cuando el carnicero me atiende, le pido un quilo de filetes de ternera. Sé que me va a dar unos filetes de ternera falsos, pero no protestaré por miedo a que no acepte mi dinero. Carne falsa para una moneda falsa. Al llegar a casa, me doy cuenta de que han suplantado a mi mujer con una copia perfecta. No digo nada porque también yo soy una copia de mí mismo. Y así van pasando los lunes, los martes y los miércoles (también falsos), a la espera de que alguien de la Organización me conecte y pueda volver a ser el que fui.

MIÉRCOLES. Entro en el aula del taller de escritura, coloco el DNI en una esquina de la mesa y me dirijo a los alumnos:

—Si alguien desea comprobar mi identidad, puede consultar el carné.

Los alumnos se miran con expresión de paciencia, como si asistieran a una nueva chifladura.

—¿Nadie quiere? —insisto.

Nadie quiere. Entonces levanto el DNI y lo muestro a la clase. No es el mío, sino el de mi madre (mi madre falsa, supongo), que conservé cuando murió y rescaté ayer de una caja de zapatos con botones, móviles viejos y fotografías antiguas.

—¿Os dais cuenta? —digo—. Si queréis ser escritores, tenéis que desconfiar de la realidad. Un escritor es un tipo que se levanta, va a la cocina, donde sus padres están preparando el desayuno, y se pregunta quiénes serán esos señores que se hacen pasar por sus padres.

—Lo mires por donde lo mires —interviene una alumna—, esos señores son los padres de uno o de una. En mi caso al menos, esos señores son siempre mis padres.

Teresa no admite que la realidad tiene una trampa cuyo descubrimiento es el objeto de la escritura creativa.

JUEVES. A un escritor frustrado, que culpa a su entorno de las dificultades para escribir, le regala su mujer una estancia de dos semanas en un hotel que se encuentra en medio de la naturaleza, junto a un lago inmenso sobre cuya superficie baten las alas pájaros de todos los tamaños y colores.

—Para que empieces a escribir algo —le dice—, incluso para que lo termines. Dos semanas, día a día, sin otra obligación que la de escribir pueden cundirte mucho, sobre todo si tienes ideas, y tú estás lleno de ellas.

El escritor frustrado recibe el regalo con una mezcla de alegría y pánico. Viaja al hotel idílico, donde le han preparado una habitación de escritor, y se pone a ello. Al tercer día se da cuenta de que es incapaz de escribir más de dos folios seguidos que tengan cierta coherencia. Se pasa el resto del tiempo emborrachándose, haraganeando, durmiendo, todo ello con grandes remordimientos de conciencia. Finalmente vuelve a casa con un cuento magistral que ha plagiado de un autor norteamericano cuya obra encuentra en internet. Su mujer lo lee asombrada y decide enviarlo, sin que él lo sepa, a un importante concurso de relatos.

Semana 170

LUNES. El cansancio físico y el mental van cada uno por su lado. A veces coinciden y duermo cuatro o cinco horas seguidas, pero lo normal en este asunto, como en tantas otras cosas de la vida, es la disociación. Ahora mismo estoy mentalmente agotado debido a un sobresfuerzo narrativo provocado por las páginas finales de una novela en la que llevo dos años trabajando. He permanecido doce horas frente al ordenador, construyendo diálogos, describiendo situaciones, puliendo o acentuando los perfiles de los personajes. Físicamente, en cambio, estoy como nuevo porque no me he levantado de la silla en todo el día. Salgo a la calle con la idea de caminar un poco, pero el aturdimiento mental me obliga a volver enseguida. He de hallar el modo de conectar mi mente con mi cuerpo. Pero no tengo ni idea de cómo se hace.

MARTES. Decido descansar del esfuerzo mental de ayer. No me he sentado frente al ordenador en todo el día, excepto al caer la tarde, para escribir estas líneas. He caminado dos horas después del desayuno y otra hora y media después de comer. Estoy físicamente agotado, pero mentalmente eufórico. Sé que cuando me meta en la cama mis músculos lo agradecerán, pero mi mente empezará a pensar en la novela y me desvelaré. Lo que necesito es desnovelarme, pero tampoco conozco ninguna técnica. Me gusta el término desnovelar. Consistiría en despojar a la realidad de todo vestigio fantástico. Desnudarla completamente de los aspectos ficcionales. Dándole vueltas al asunto, advierto que la realidad, en efecto, está impregnada de ficción, rellena de ficción al modo en que las milhojas están rellenas de crema. Si desnovelara mi propia vida, ¿en qué quedaría? ¿Y la de los demás?

MIÉRCOLES. Me atraganté a la hora de la comida con un trozo de carne que me entró por mal sitio y me tuvieron que llevar a urgencias. Esas cosas de las que has oído hablar y que nunca te ocurrirían a ti. Sucedió en un restaurante argentino en el que había quedado a comer, por un asunto de trabajo, con un tipo con el que no tenía mucha confianza. Creo que fue por la falta de confianza. Intentaba tragar correctamente, al ritmo de la conversación, y de repente sucedió. Durante unos segundos mantuve la compostura, mirando atentamente a los ojos a mi interlocutor, pero la tos subía por la tráquea, o por dondequiera que suba, y explotó violentamente a la altura de la boca. Solo que el pedazo de carne seguía ahí dentro, provocando fallos en el sistema respiratorio. La combinación de la asfixia y la vergüenza es tremenda. Miras alrededor, ves a toda esa gente a la que le has fastidiado el almuerzo y lo que deseas es morirte a más velocidad.

En lugar de eso, perdí el conocimiento. Desperté en el hospital, sobre una camilla, en un sitio que no era ni una habitación ni un pasillo. Un lugar neutro. Una enfermera me dijo que ya había pasado todo y que llevara más cuidado al tragar. Me dolían todos los conductos relacionados con la respiración, como si los tuviera en carne viva. Me fue a recoger mi mujer y me llevó a casa. Ahora es de noche. Pienso en lo absurdo que habría sido morir de ese modo, pero absurdo ¿comparado con qué? Recuerdo haber leído una entrevista en la que un antropólogo en cuyo nombre ahora no caigo afirmaba que el precio que había pagado el ser humano por hablar fue la posibilidad de atragantarse. Eso significa que tuvimos que llevar a cabo cambios importantes en la zona de la glotis para ser capaces de decir buenos días. Mi mujer abre la puerta y me pregunta que cómo me encuentro. Le digo que bien y me voy con ella a ver una serie de la tele.

JUEVES. Me paso la mañana carraspeando mientras intento escribir un artículo sobre los escuchadores de voces, que forman una curiosa red internacional y que muy pronto celebrarán en Alcalá de Henares un congreso al que estoy invitado. Escuchadores de voces, los miembros de Hearing Voices, gente que escucha voces. Buscando información sobre el asunto doy con una interesante página web titulada Primera Vocal. La que pronunciamos a cambio de la posibilidad de atragantarnos.

Semana 171

LUNES. Hace un año perdí en Madrid un paraguas que me habían regalado en Buenos Aires. El mejor de los que he tenido nunca. Su empuñadura era de piel; las varillas, de un metal muy flexible, parecían huesecillos del ala de un cuervo. Se abría con la elegancia de las alas de un gran pájaro dispuesto a emprender el vuelo. Recorrí con él la ciudad de arriba abajo durante tres días de lluvia tenaz que, cuando cesó, eché de menos. Con aquel paraguas, más que caminar, volaba. A veces lo abría en la habitación del hotel para observar sus articulaciones, que evocaban el esqueleto de una bestia prehistórica. Me dijeron que estaba hecho a mano y me lo entregaron en el transcurso de una velada en la que recibí un premio por un cuento sobre la lluvia. Los promotores del galardón habían mandado grabar mis iniciales en una zona muy visible de su mango. Lo olvidé en el paragüero de un museo y cuando regresé a por él ya no estaba.

Ayer, paseando por Santander, me reencontré con él. Lo llevaba un hombre mayor, de aspecto amable, por lo que no dudé en acercarme para preguntarle cómo había llegado a sus manos.

—Hace unos días —dijo—, llevé a mi nieta al parque y empezó a llover. En cuestión de segundos el parque se quedó vacío y, cuando me disponía a salir corriendo, vi el paraguas colgando de un tobogán.

Le conté mi relación con él y le enseñé mi carné de identidad para que comprobara que las iniciales que figuraban en la empuñadura coincidían con mi nombre y apellidos. El hombre se apresuró a ofrecérmelo, pero le dije que prefería que lo abandonara en un café, para que siguiera dando vueltas. Tal vez, con suerte, dentro de unos meses vuelva a tropezarme con él en alguna parte del mundo. Entonces, lo que ayer fue una casualidad devendrá en un significado.

MARTES. Cuando llevo medio artículo escrito, el ordenador se detiene para decirme que «la tarea de sincronización de las carpetas suscritas notifica error». Como no tengo ni idea de qué habla, le doy a «aceptar» y continúo con mi artículo, que trata sobre un niño que se precipitó a la calle desde la ventana de un sexto piso sin que le ocurriera nada. Antes de alcanzar el suelo frenó como una pluma mecida por el aire.

El caso me trae a la memoria un suceso de infancia del que fui protagonista. Había salido con mis amigos a un descampado del barrio en el que había un terraplén de varios metros donde jugábamos a los escaladores. Nada más llegar arriba con la ayuda de unas cuerdas, di un traspié y caí de espaldas. La caída era mortal de necesidad, no solo por la altura, sino por la dureza del suelo sobre el que me estrellaría. Así lo pensé mientras me precipitaba. Es sabido que en estas situaciones límite los segundos se estiran como un chicle, de modo que me dio tiempo a pensar en el disgusto de mis padres cuando les dieran la noticia y en el rostro de perplejidad de mis hermanos cuando acompañaran el féretro hasta el cementerio.

No tuve miedo, solo un poco de extrañeza. Acepté el hecho con la naturalidad con la que en los sueños vivimos las situaciones más insólitas. Cuando faltaba apenas medio metro para completar la caída, algo invisible me frenó, de manera que descendí suavemente y toqué el suelo sin daño alguno. Mis amigos y yo nos miramos con asombro y luego continuamos el juego sin hacer comentario alguno. Se trata de uno de los sucesos más extraordinarios de mi vida que de vez en cuando me viene a la cabeza y para el que no encuentro explicación. El ordenador acaba de avisarme de nuevo acerca del error acaecido en el transcurso de las tareas de sincronización de las carpetas. Acepto otra vez y la vida sigue como si nada hubiera ocurrido.

MIÉRCOLES. Llueve a mares y he de acudir a un estreno de teatro. En el vestíbulo han colocado cuatro grandes recipientes para evitar que los espectadores entren con los paraguas a la sala. Reviso las empuñaduras de todos ellos, para ver si está el que me regalaron en Buenos Aires. Pero no. He aceptado con resignación esta condena de buscarlo, como si el hecho de dar con él de nuevo dotara a mi vida, tan hueca, de un sentido trascendente.

Semana 172

LUNES. Se han parado todos los relojes de la casa, los analógicos y los digitales. Nos damos cuenta a media mañana y ahora, a las diez de la noche, aún no hemos salido de nuestro asombro. Me he pasado el día dando cuerda y cambiando pilas bajo la mirada poco amistosa de mi mujer, que sospecha que es cosa mía. Yo he tratado de explicarle que podemos haber sido víctimas de un campo magnético móvil que ha atravesado nuestro hogar, pero no he logrado más que aumentar sus recelos.

—Haces cosas muy raras últimamente —concluye.

MARTES. Ayer, ya en la cama, me acordé de un tipo que salía en la tele hace años, Uri Geller. Doblaba cucharas y paraba o adelantaba relojes gracias a unos supuestos poderes paranormales. Entro en la Wikipedia para ver qué ha sido de él y resulta que vive en una finca excelente, junto al Támesis, disfrutando de la fortuna que amasó con las cucharas. En la comida se lo comento a mi mujer.

—¿Te acuerdas de Uri Geller?

—Sí, doblaba cucharas.

—Y paraba relojes.

Ella me mira con expresión de paciencia y cambia de conversación. Algo no va bien.

MIÉRCOLES. Sigo investigando a Uri Geller y descubro que cuando tenía cuatro años fue derribado por una luz muy fuerte, procedente del cielo, que lo dejó aturdido. Ese mismo día, cuando tomaba un plato de sopa que su madre le acababa de servir, se le dobló la cuchara y se le cayó la sopa. Ahí empezó su extraña relación con las cucharas, de las que más tarde viviría. Los marcianos, si todo esto es atribuible a los marcianos, tienen un modo un poco raro de relacionarse con nosotros. Inquieto, voy de un lado a otro de la casa sin ser capaz de concentrarme en nada. Finalmente acabo en la cocina, donde abro el cajón de los cubiertos y me quedo observando a esos extraños seres: las cucharas, las palas de pescado, los tenedores, los cuchillos. En esto, sin que yo me dé cuenta, entra mi mujer a prepararse un café y me sorprende en pleno examen.

—¿Qué haces? —dice.

—Nada —digo yo—, repasaba la cubertería. No encuentro unas piezas que me regaló mi madre.

—No te las regaló exactamente. Fueron su única herencia. Las guardaste en tu estudio porque te parecían muy valiosas.

Es verdad. No es que fueran valiosas en sí, pero sirvieron fielmente a la familia durante toda la vida, aunque había que limpiarlas muy bien porque formaban cardenillo, un veneno muy eficaz en la época del cobre. Creo que las escondí por miedo a un accidente, pero no recuerdo dónde.

Por cierto, hablando de cucharas, me viene a la memoria un raro artículo sobre la cucharabilidad que leí hace tiempo.

JUEVES. Le digo a mi psicoanalista que mi mujer piensa que me estoy volviendo loco y le explico todo el proceso de los días pasados.

—¿Y usted qué piensa? —dice ella.

—Me da envidia que alguien se hiciera millonario parando relojes y doblando cucharas. Es ridículo.

Permanecemos en silencio un buen rato y luego le hablo del cardenillo.

—¿Qué es el cardenillo? —pregunta.

—Una mezcla mortal de acetatos de cobre. Pero no me pregunte qué son los acetatos de cobre porque no tengo ni idea.

—Le veo obsesionado con el envenenamiento. ¿Tuvo alguna vez, de pequeño, la fantasía de que su madre quería envenenarle?

—La verdad, no. Tuve la fantasía de envenenarla yo a ella con aquellas cucharas que criaban una especie de materia verdosa. Pensaba que si me quedaba huérfano me adoptaría otra familia.

420

—¿Le habría gustado ser adoptado?

—Por unos príncipes suecos, sí —respondo.

—¿Y qué sabía usted de los príncipes suecos?

—Nada, creo que lo saqué de un cuento.

Continuamos dándole vueltas al asunto sin alcanzar conclusión alguna cuando ella se da cuenta de que se nos ha pasado la hora porque se le ha parado el reloj.

—¡Qué extraño! —dice levantándose.

—¡Qué extraño, sí! —corroboro yo.

Ya en casa le cuento a mi mujer lo sucedido en la consulta y dice que me olvide ya de los relojes y de las cucharas, que llevo toda la semana con el tema.

—¿Tú sabes lo que es la cucharabilidad? —pregunto.

—No. Ni ganas —dice.

Viernes. Como fuera de casa, en un restaurante, con un amigo que pide sopa de primero. No logro atender a su conversación, pendiente como estoy de si se le dobla la cuchara.

Semana 173

LUNES. Comprendemos la palabra «sentido» cuando la colocamos junto a otra: el sentido de la vida, por ejemplo, el sentido de la filosofía, el sentido de la escritura... Pero nos desconcierta cuando aparece sola. Ayer, en el metro, un joven le decía a otro:

—Lo malo no es que nos estén excluyendo del mundo laboral, es que nos están expulsando del sentido.

Era un joven con libros en la mano, como su interlocutor, de manera que debían de ir o de venir de la universidad. La frase me impresionó. ¿Acaso no estamos siendo todos expulsados del sentido?

Se lo dije a mi psicoanalista, nada más tumbarme en el diván:

—Nos están expulsando del sentido.

—De qué sentido —me preguntó ella, como si habláramos del sentido del gusto o del olfato.

—Me refiero al sentido, en general.

—¿Al sentido en su calidad de significado?

—Eso es, nos están expulsando del significado.

—Póngame un ejemplo.

—Hace poco, un político que había promovido desde su escaño un boicot contra Coca-Cola abandonó su asiento, fue al bar del Senado y se bebió dos botellas.

Me vino a la cabeza ese caso, que en realidad era menor, porque los mayores son como el agua para los peces: no los vemos. Empecé la sesión hablando del sentido y desde él, no sé cómo, me deslicé, nos deslizamos, a la receta de la sopa de berberechos. En realidad sí sé cómo. Mi madre decía —lo recordé en ese instante— que las sopas eran la salsa de la vida. Que en todo hogar, por humilde que fuera, debía haber siempre un puchero con sopa en la lumbre. El sentido de la vida de mi madre eran las sopas.

Martes. A primera hora, tras echar un vistazo a la prensa digital, repaso mentalmente los ingredientes de la sopa de berberechos y se me hace la boca agua. Como tenemos invitados a comer, voy al mercado y compro un quilo de berberechos con el que regreso a casa. Mientras sueltan la arena en un recipiente de agua con sal, preparo un sofrito de ajo y cebolla al que añadiré, colado con un paño de cocina, el caldo que resulte de cocerlos. Dos vasos de agua, uno de vino blanco, una pastilla de caldo de pescado y unos picatostes, listo. Me sale una sopa de primera, que los convidados elogian.

—¿Cómo se te ha ocurrido esta receta? —preguntan.

—Pensando en el sentido —les digo.

—¿En qué sentido? —repreguntan.

—En ninguno en particular. He dicho sentido donde quería decir significado. Una sopa de berberechos está llena de significado.

Me observan interrogativamente durante unos segundos y luego cambian de conversación. Pero percibo que algo se ha roto. Como si el significado hubiera perdido prestigio.

Miércoles. En el taller de escritura, hablamos de dónde buscar el significado. Les digo que en la periferia de la realidad. Si no está allí, no está en ningún sitio. De ahí que el escritor no deba mirar nunca donde le dicen que mire. En ese lugar, que suele coincidir con el centro, no hay nada, excepto un vacío por el que se cuela el sentido como el agua por el sumidero del lavabo.

Jueves. El absurdo adquiere sentido cuando se escribe sobre él. La literatura del absurdo es en realidad la literatura del sentido. La literatura del absurdo contiene cantidades de significado muy superiores a las que exuda la literatura convencional. A veces, practicando una cosa, se practica la contraria. En el ateísmo militante de quien vive en la cultura cristiana, por ejemplo, se percibe una religiosidad superior a la de los creyentes. He conocido a muchos ateos que creían, inconscientemente, en el concepto de la «salvación». Que vivían para salvarse en el sentido cristiano del término. Creo que mi propia existencia se ha guiado, sin que me diera cuenta, por esta idea. He ahí un significado mayor.

Semana 174

LUNES. Si sumáramos los metros cuadrados de todas las tiendas de chinos que hay en España, saldría un país del tamaño de un Principado. De un Principado chino, claro, que no tendría nada que envidiar a los de Andorra o Mónaco. Entonces los chinos podrían pedir la independencia de España y constituir un Estado dentro del Estado. Esto es lo que pienso mientras doy vueltas por el interior del chino de mi barrio en busca de la comida para el gato. En mi deambular, descubro que el chino tiene debajo del mostrador un televisor portátil por el que emiten un programa de televisión chino. También tiene un periódico escrito en su idioma sobre el congelador de los hielos.

MIÉRCOLES. Un vendedor de cupones y un cliente discuten acerca del miedo. El ciego dice que da más miedo cerrar los ojos y seguir viendo que abrirlos y no ver. He cazado la frase al vuelo y me he puesto a la cola, no porque quiera comprar un cupón, sino por escuchar la plática. Mala suerte, porque en ese momento termina. Como me da apuro irme, pues solo hay una persona delante de mí y tengo la impresión de que el ciego ve, me quedo y compro un cupón del Sorteo Especial del Día de la Madre. Lo guardo en el bolsillo y sigo mi camino pensando en mi madre muerta. Si hubiera vida más allá, se habría emocionado. Más tarde, en un bar donde paro a tomar café, guardo cuidadosamente el cupón en la cartera, como si fuera una estampa. Mi madre llevaba en el billetero una estampa de Santa Gema Galgani porque era muy milagrera, aunque en mi casa no se notó. Es decir, que mi madre llevaba una estampa con el mismo espíritu supersticioso con el que yo ahora llevo el cupón: para ver si se produce el milagro. No había pensado nunca en esta dimensión religiosa de la lotería.

Jueves. Me paso la mañana revisando las cajas que traje de la casa de mis padres cuando murió mamá. Estoy empeñado en encontrar la estampa de Santa Gema Galgani. La idea, surgida durante el desayuno, se había convertido a mediodía en una obsesión. Por fin hallo el billetero, donde se conservan su viejo carné de identidad y, junto a él, la estampa. Cojo la estampa, que tiene una oración por detrás, y la coloco en mi cartera, junto al cupón de ciegos, para que se contagie aquella de este o este de aquella. Decido que si me toca el cupón, volveré a creer. Después de comer, empiezo a darle vueltas a lo que significaría creer y dejo que se me escape una sonrisa nostálgica.

—¿Qué pasa? —dice mi mujer, que se encuentra a mi lado, en el sofá, viendo las noticias.

—¿Qué pasa de qué? —digo yo.

—Es que te estabas riendo.

Le digo que me reía de una tontería que se me acaba de ocurrir. Pregunta por la tontería y le digo:

—¿A ti qué te daría más miedo, abrir los ojos y no ver o cerrarlos y seguir viendo?

—Anda, déjame escuchar las noticias —dice.

426

Semana 175

LUNES. Me quedé dormido leyendo una historia apasionante sobre el hormigón armado. Las historias apasionantes, a eso de media tarde, me dan sueño. Las aburridas, en cambio, me despejan. Se lo comenté luego a mi psicoanalista y emitió una especie de «mmm». Varias emes seguidas, sin vocales.

—¿Lo duda usted? —pregunté.

—Tal vez —dijo.

Las historias aburridas me ponen nervioso, de ahí su capacidad para excitarme. Les busco las costuras, me pregunto cómo el autor no se dio cuenta de que su relato empezó a perder aire nada más nacer, en el caso de que no naciera muerto. Las historias aburridas se escriben como sin querer, mientras que las apasionantes son el resultado de un cálculo. Hay gente que se pone a contar el divorcio de sus padres sin valorar la resistencia de los materiales narrativos. Tales reflexiones me despiertan.

—¿Qué es lo que le interesaba del hormigón armado? —preguntó mi psicoanalista.

—Su capacidad para hacer desaparecer los cadáveres —le dije.

Muchas veces, observando las estructuras de hormigón de la arquitectura moderna, me pregunto cuántos muertos tendrán sus entrañas. Esos viaductos impresionantes, sostenidos sobre gigantescas columnas de hormigón, constituyen verdaderos sarcófagos cuyo interior está repleto de gente desaparecida.

MARTES. La historia de los materiales de construcción es una novela que nadie ha escrito todavía. Entre la choza levantada con barro y paja y el rascacielos acristalado de quinientos metros de altura hay toda una epopeya de la que no sabemos nada. Entramos en nuestro cuarto de baño, repleto de materiales cerámicos, y no se nos ocurre preguntar cómo se ha alcanzado la perfección de la taza del retrete, del bidé, del lavabo, la delicadeza de los azulejos que alicatan la estancia desde el suelo hasta el techo. El cuarto de baño es Marte. Nos gusta encerrarnos en él por eso mismo, porque se trata de un territorio lejano, aunque se encuentre al lado del dormitorio. El dormitorio se le ocurre a cualquiera, pero para inventar un cuarto de baño hay que poseer un talento narrativo fuera de lo normal. Yo suelo visitarlo de madrugada. A eso de las tres o las tres y media me despierto, abandono la cama y me encierro en el cuarto de baño con todas sus luces encendidas. La mampara de la bañera es un prodigio. El cuarto de baño, con sus superficies tan pulidas, tiene también algo de nave espacial. Ahora mismo podría estar volando hacia Venus sin salir de mi casa. Y en pijama.

—Necesito ir un momento al baño —le digo a mi psicoanalista.

—¿Seguro que no es para curiosear? —me pregunta.

—Seguro —digo yo.

Abandono la consulta, salgo al pasillo y me introduzco en ese cuarto de baño ajeno, con sus olores característicos y su iluminación especial. Veo un cepillo de dientes, un vaso de plástico con un motivo infantil, una jabonera, un frasco de perfume, una pastilla de jabón con la forma de una rosa. Al regresar al diván desde Marte me siento más reconfortado y la sesión fluye como acero líquido derramado sobre un molde: al rojo vivo.

MIÉRCOLES. Propongo en el taller de escritura que cuenten la aventura de desplazarse desde la cocina hasta el cuarto de baño.

—¿De qué casa? —pregunta una alumna.

—De la de vuestros padres —digo yo.

La chica cierra un momento los ojos, como si tratara de visualizar el espacio, y enseguida se pone a escribir como una loca. Acaba de descubrir que ese viaje es como una huida al corazón de las tinieblas. El resto permanece unos instantes perplejo, pero al poco todos comprenden la propuesta e imitan al comportamiento de ella. Yo salgo afuera a fumarme un cigarrillo y, mientras voy de un lado a otro, me veo deambulando por el pasillo oscuro de la casa de mis padres. Acabo de robar un pastel en la cocina y me dirijo al cuarto de baño para comérmelo a escondidas.

JUEVES. No se puede perder la razón sin tenerla.

Semana 176

LUNES. Ceno en casa de un amigo soltero que me pone de aperitivo un paté excelente, con textura de mousse. Cuando hemos dado cuenta de él, confiesa, muy serio, que se trataba de un paté para gatos adquirido en una tienda de delicatesen para animales.

—Y a muy buen precio —añade.

Frente a mi gesto de perplejidad, con el que sin duda contaba, me suelta un discurso previsible contra el consumismo. Dice que un gato es al fin y al cabo un mamífero cuyas necesidades alimentarias son idénticas a las nuestras. Y que igual que el animal puede vivir de nuestra comida, nosotros podríamos alimentarnos de la suya, elaborada, por cierto, con los estándares más exigentes que quepa imaginar, tanto desde el punto de vista de la higiene como del de las propiedades nutritivas.

Como el paté estaba realmente bueno, no me atrevo a contradecirle. Noto, además, que mi amigo muestra signos de extravío en su manera de manifestarse. Agita mucho los brazos y alza los ojos al techo, poniéndolos casi en blanco, en un tic que da un poco de miedo. Hay mucha gente, me digo, volviéndose loca. De plato principal, me sirve luego un estofado de carne con arroz que evidentemente es comida de perro. Comienzo a comerlo con cautela, pero después lo encuentro muy rico y rebaño el plato con un poco de pan. Calculo que la cena le ha salido baratísima y me dice que sí y que hay que ir a lo económico, pues no están los tiempos para gastos superfluos. Me pregunto si los seres humanos nos estamos animalizando o los animales se están humanizando. Al despedirnos, a medianoche, me regala una lata del paté, advirtiéndome de sus peligros:

—Lleva una sustancia que crea adicción. Utilízalo con prudencia.

Ya en casa, mi mujer me pregunta qué tal me ha ido con Manolo, que así se llama mi amigo, y le digo que bien.

—¿Y qué habéis cenado?

—Un paté muy rico y un estofado de carne con arroz.

—No sabía que Manolo cocinara —dice ella.

—Se está aficionando ahora —digo yo.

MARTES. Le cuento a mi psicoanalista el incidente de la cena de ayer y luego desvarío un poco sobre mis hábitos alimenticios. Como poca fruta, menos de la que recomiendan los expertos, porque me sabe a pesticida. Toda la fruta me sabe a pesticida.

—¿A qué sabe el pesticida? —pregunta ella.

—Como a petróleo —le digo.

Lo curioso es que al pronunciar la palabra petróleo me viene a la boca su sabor.

—Quizá —concluyo— las manzanas y las peras y las naranjas me saben también a petróleo por un artículo que leí hace tiempo sobre los pesticidas y las frutas. Una especie de reflejo condicionado. Como usted sabe, soy muy influenciable.

La terapeuta y yo nos quedamos callados porque el tema no da más de sí. Al poco interviene ella para señalar la naturalidad con la que acepté que mi amigo me ofreciera comida de perros y de gatos.

—Bueno —digo—, los perros y los gatos también son mamíferos.

—Aun así —insiste ella.

Pienso que lleva razón. Quizá debería haberme resistido, o protestado, no sé, pero conozco a Manolo desde hace treinta años y siempre ha sido un poco excéntrico, aunque inofensivo.

—¿Le parece que soy demasiado permisivo? —pregunto.

—¿Usted qué piensa?

—Pienso que sí —digo tras reflexionar brevemente.

—Pues ya está.

MIÉRCOLES. Hoy, en el taller de escritura creativa, los alumnos hablan con frases hechas. Oigo campanas y no sé dónde, dice uno. A buen entendedor, pocas palabras bastan, responde otro. Les pregunto que a qué rayos juegan y me dicen que a «la frase hecha», claro. Todos me observan expectantes, para ver por dónde salgo, y lo que hago es salir por la puerta tras proclamar que me voy por donde he venido.

JUEVES. Aprovechando que mi mujer ha salido y que estoy solo en casa, abro la lata de paté que me regaló Manolo el lunes, y que había escondido en la mesilla de noche, y me preparo un bocadillo que me sabe a gloria. Cuando voy por la mitad, me acuerdo de la advertencia de mi amigo acerca de la sustancia adictiva que añaden a estos productos. ¿Me habré enganchado a él solo con una lata o es que soy, en efecto, muy influenciable?

Semana 177

Lunes. Me cuentan de un hombre que sufrió un ictus y que, viajando a Lourdes para solicitar su curación, murió de un accidente en el camino. Con él falleció también su padre, que conducía el automóvil. Una especie de milagro inverso, me digo. La persona que me relata los hechos, muy creyente, se muestra perpleja. Estaba convencida de que la ruta que conduce al conocido santuario disponía de una protección especial, de carácter divino, que la libraba de todo tipo de percances. Ahora está intentando que la Dirección General de Tráfico le dé las cifras de fallecidos en esa ruta.

—¿Para qué? —le pregunto.

—No estoy seguro —dice.

Miércoles. Conviene partir del hecho de que no hay solución. Para nada. No hay solución para nada. La vida no tiene solución, la vida no es un problema del que conoces unos datos de los que debes deducir otros. Una vez que aceptas ese hecho, que no hay solución, te hacen menos daño las atrocidades que contemplas a diario. No hay solución, te dices. Buenas noches.

Semana 178

Viernes. Me acerco a dar una vuelta por el tanatorio que tengo cerca de casa. Hacía tiempo que no iba. Al principio me resultaba excitante mezclarme con los deudos, pero se cansa uno de todo. De ahí la interrupción.

Las capillas ardientes se encontraban a rebosar de vivos. El muerto, ya se sabe, permanece aislado, solo, aunque rodeado de coronas de flores, al otro lado de un cristal. Los vivos bullían, se abrazaban y se mezclaban entre sí como larvas en una gusanera. El setenta por ciento de los difuntos eran hombres, porque ese día habían muerto más hombres que mujeres, claro. Mientras iba de un lado a otro, tomando nota mentalmente de los asuntos más interesantes, se me acercó una señora de negro.

—Hacía tiempo que no lo veía por aquí —dijo tendiéndome la mano.

—Pues sí —dije yo respondiendo amablemente a su gesto.

A continuación me explicó que tampoco a ella se le había muerto nadie, pero que le gustaba la atmósfera de tranquilidad que se respira en esos lugares.

—¿Y cómo sabe que no se me ha muerto nadie? —pregunté.

—Hombre, eso se nota.

A continuación, me señaló a cinco o seis personas que estaban allí por gusto. Me dejó hecho polvo, pues siempre creí que era el único intruso. Al volver a casa, mi mujer me preguntó que de dónde venía.

—Del tanatorio —le dije.

—¿Has visto a algún conocido? —dijo ella.

—La verdad, no —dije yo.

SÁBADO. Se muere un amigo, lo que me obliga a volver al tanatorio. Nada más entrar tropiezo con la mujer de ayer, que me guiña un ojo en señal de complicidad.

Semana 179

LUNES. He dejado de beber vino en las comidas y durante la tarde estoy mucho más activo. Pero no sé si es una ventaja. El vino me aturdía en un grado que, permitiéndome llevar una vida normal, rebajaba la neurosis vespertina. Ahora estoy con la guardia alta todo el tiempo. Lo que significa que el miedo no descansa. Acabo de comprender, en fin, el significado de «beber para olvidar» y he sustituido el aturdimiento que me producía el alcohol por el cansancio de una caminata que favorece la digestión.

Nada más terminar de comer me levanto, salgo a la calle y recorro el barrio a paso ligero. Sudo mucho, de manera que al volver a casa me tengo que duchar. Entre unas cosas y otras, cuando me quiero dar cuenta es la hora del gin-tonic. El gin-tonic, en vez de amodorrarme, como el vino, me produce un punto de excitación muy bueno para la lectura, aunque no para escribir. El problema es que, desde que me levanto, toda mi actividad mental gira en torno a ese suceso alcohólico de media tarde, como cuando fumaba un solo cigarrillo que justificaba el resto de la jornada. Bueno, creo que seguiré experimentando, a ver hasta dónde llego y por qué vericuetos.

MIÉRCOLES. En un taxi, de camino al taller de escritura, suena en la parte de atrás del coche un móvil que no es el mío. Bajo la vista y veo iluminarse a mi izquierda, en la ranura existente entre el asiento y el respaldo, una pantalla. Se le debe de haber caído al pasajero anterior, calculo. Me doy cuenta de que el taxista piensa que se trata de mi teléfono, por lo que lo cojo, rechazo la llamada y me lo guardo. Al poco vuelve a sonar, de modo que lo pongo en silencio. Su dueño o dueña debe de andar de los nervios, porque no hace más que vibrar en el bolsillo interior de mi chaqueta.

Soy consciente de poseer algo muy preciado de alguien que ahora lo busca con desasosiego. La mayoría de la gente preferiría perder el dedo pequeño del pie izquierdo a extraviar el móvil. El móvil, en la actualidad, contiene más información que el hígado o los pulmones de su dueño. Cuando desciendo del taxi, el aparato vuelve a vibrar. Lo cojo:

—Dígame.

—¿Tiene usted mi móvil? —dice una mujer.

—Sí —digo yo.

—¿Y piensa devolvérmelo? —pregunta.

—Claro —respondo.

Le doy la dirección en la que imparto el taller y la cito a la hora en que termina la clase. Cuando se presenta, resulta que es un hombre con voz de mujer. Le entrego el aparato y me ofrece una propina de veinte euros que acepto atónito, como si yo fuera otro. Quizá lo sea. Cuando llego a casa, cojo el billete y lo introduzco en una edición vieja de *El origen de las especies,* de Darwin. Me pregunto si alguien, algún día, quizá dentro de decenas o cientos de años, volverá a abrir ese libro y dará con el billete. Quizá sí, pero jamás averiguará cómo llegó hasta allí. La vida.

VIERNES. Empiezo a leer una novela que sé que no me va a gustar. Y en efecto, no me gusta. Pero no puedo dejar de leerla. Hay, en cambio, novelas que me gustan y que abandono a la mitad. ¿Cómo explicarlo? Quizá aceptando que me gustan cosas que no me deberían gustar y viceversa. A ver si recupero un libro de mi juventud que se titulaba *Crítica del gusto.* Debe de andar por ahí, en alguna parte, quizá con un billete de cien pesetas entre sus páginas.

Semana 180

LUNES. Salgo a caminar a primera hora y encuentro una mesilla de noche en la calle. Miro a un lado y a otro para comprobar que nadie me observa y abro el cajón, que está vacío. Continúo mi camino algo frustrado, imaginando las cosas que podría haber hallado dentro. Un cuaderno de notas, por ejemplo. Durante una época, tenía sobre mi mesilla de noche un bloc y un bolígrafo. Cuando me despertaba de madrugada, tomaba nota del sueño que acababa de tener, o de las ideas que se me pasaban por la cabeza durante el insomnio. No les saqué ningún partido a aquellas notas, de modo que dejé de tomarlas y no sé qué fue del bloc. Tal vez, cuando abrí el cajón de la mesilla de noche abandonada en la calle, esperaba encontrarlo, como si hubiera viajado de mi mesilla a aquella otra que vaya usted a saber a quién perteneció, quizá a un difunto. Los muebles abandonados en las aceras conservan algo de la sustancia de las habitaciones en las que han permanecido. Dan un poco de miedo.

MARTES. Me desperté, inquieto, de madrugada. Acababa de soñar que al abrir el cajón de la mesilla de noche con la que me tropecé ayer en la calle, salía de él una nube de moscas que se plantaban en mi cara. Recordé entonces que este verano, paseando por el campo, me acerqué a observar a un caballo que estaba detrás de una cerca. Sobre la cabeza del caballo vivía una familia de moscas que iban intercambiando, de acuerdo a unas pautas misteriosas, sus lugares. Los lacrimales de los ojos del animal y los bordes de sus fosas nasales parecían las zonas más codiciadas. De vez en cuando, el caballo agitaba la cabeza y las moscas se levantaban en forma de nube para regresar enseguida a su domicilio. Los ojos del caballo, grandes y acuosos, me observaron con neutralidad mientras permanecía absorto frente a él. Le toqué la crin y me pareció muy áspera.

Semana 181

LUNES. A la hora de comer me acerco a comprar unos polos de manga corta porque el calor aprieta. Los grandes almacenes están vacíos, de modo que paseo sin agobios entre los pasillos de ropa. Me asombra la cantidad de colores y de precios a disposición del consumidor. Ya me asombré el año pasado, y el anterior, pero hay asombros de los que me olvido enseguida. A medida que uno crece, recuerda con mayor nitidez los asombros de la infancia que los de la semana pasada. Al fin, elijo los más económicos (treinta y cinco euros) y los de colores más discretos (negro, gris, verde pistacho). Ya que estoy, compro también dos pares de pantalones vaqueros de tela fina, para que pase el fresco, y tres pares de calcetines de algodón, sin poliamidas, porque las poliamidas me producen prurito.

Podría haber dicho picor, pero digo prurito, que es lo que pone en los prospectos de las medicinas a cuya lectura soy adicto. Al abandonar los grandes almacenes, me acerco a la farmacia a por una crema hidratante que anuncian en la tele, y me dicen que la hay de tres clases: de uso diario, calmante y regenerativa. Yo quiero que me calme, desde luego, pero que me calme todos los días. Y que me regenere. Frente a las dudas, me llevo las tres para mezclarlas. Tras la farmacia me acerco a la tienda de los chinos porque hoy no me había pasado todavía, y el chino me dice que tiene una cerveza artesana buenísima. Me llevo dos botellas y un paquete de pistachos, para el telediario.

MARTES. Me piden de un periódico una frase sobre la experiencia de firmar en la Feria del Libro. Les digo que cuando yo era pequeño y mi madre me mandaba a la tienda de ultramarinos a comprar un cuarto de galletas hojaldradas y doscientos gramos de chóped, sentía fascinación por el dependiente, con su bata gris. Creía que haber llegado al otro lado del mostrador era haber llegado a algo en la vida. Todo lo que he hecho tenía que ver con el deseo de llegar a ese lado. Y ahí estoy, solo que en lugar de cortar el bacalao, como hacía aquel dependiente, vendo libros. Por cierto, que la primera vez que fui a por galletas hojaldradas pedí «galletas engendradas». Galletas engendradas de Cuétara, para ser más precisos. En la tienda se rieron mucho, pero tardé en averiguar por qué.

MIÉRCOLES. Le digo a mi psicoanalista que me arrepiento de no haber adelgazado y ella me dice que quizá debería arrepentirme de haber engordado.

—¿Siempre me tiene que llevar la contraria? —le pregunto.

—¿Está seguro de que le llevo la contraria? —me responde.

Sigo a lo mío, verbalizando el desasosiego que me produce no haber adelgazado nada desde Semana Santa, que fue cuando me lo propuse.

—¿Por qué se lo propuso en Semana Santa? —pregunta.

—Porque me acordé de los cuarenta días de ayuno de Jesucristo.

—¿Se está comparando con Jesucristo?

No contesto, pero espero que no, que no me esté comparando con Jesucristo. O quizá sí, no sé. Lo evidente es que si continúo diciendo lo que pienso acabaré crucificado por una interpretación de esta mujer implacable. Permanezco en silencio, pues, el resto de la sesión y al abandonar la consulta me acerco a una librería cercana donde compro *El Evangelio según Jesucristo,* la novela de Saramago que no leí en su día y que, más que una novela, es una biografía.

JUEVES. El libro de Saramago es absorbente, de manera que me paso el día colgado de sus páginas. Cuando se publicó, tacharon a su autor de blasfemo. Creo que fue una de las razones por las que el Nobel se vino a vivir a España. ¿Que si me identifico con el Cristo de Saramago? En cierto modo, sí. Yo me identifico con casi todo lo que leo. Leo para eso, para identificarme, porque tengo un déficit de identidad. Nunca le he hablado a mi psicoanalista de este déficit, que es también el que me obliga a escribir. Leo y escribo porque tengo más de tú que de yo. Soy un tú cualquiera, a veces un usted y, con suerte, un nosotros. Pero un yo, lo que se dice un yo como Dios manda, no lo he sido nunca. Me parece que esto explica muchas cosas.

VIERNES. Reunión de vecinos en la que rindo cuentas de mi mandato.

Semana 182

LUNES. Por las tardes, cuando llevo una hora leyendo, más o menos, entro en una especie de trance que se parece al sueño, aunque jamás me duermo. Desde ese estado continúo leyendo sin perder el hilo del texto, pero como si lo hiciera desde otra dimensión de la realidad. A veces me desdoblo y me veo inclinado sobre el libro, como si mi cuerpo astral (en el caso de que eso exista) se hubiera separado del físico. Me veo ahí, en el sillón, con la mirada sobre el volumen, tratando de comprender lo que leo, que no siempre es accesible. Pero si parpadeo, cosa que he de hacer cada cinco o seis segundos, el cuerpo astral regresa asustado al físico y despierto del trance.

MARTES. Hay gente que nace de perfil y vive de perfil y de perfil muere. Deberían enterrarlos de perfil, en un ataúd estrecho.

MIÉRCOLES. Voy por la calle sin meterme con nadie cuando se me acerca un individuo en chándal y me pregunta si quiero una pistola.
—¿Para qué necesito yo una pistola? —pregunto cortésmente, pues la calle está un poco desierta y el tipo me da miedo.
—Es buena —dice—, sin antecedentes. Por solo cincuenta euros.
—Es que yo soy escritor —le explico—. No necesito una pistola, necesito una idea.
—Muy gracioso —dice—. Pero piénseselo, tiene todavía unos segundos. Por cincuenta euros, no me diga que no se va a animar a tener una pistola en la mesilla de noche. Si quiere se la vendo sin munición.
—¿Y para qué sirve una pistola sin munición?
—Pues para lo mismo que una estilográfica sin tinta.

En ese instante pasa por la calzada un coche de la policía y aprovecho para alejarme del tipo, que huye en dirección contraria a la mía. En realidad, los dos huimos. Ya en casa, no hago otra cosa que pensar en la pistola. Casi puedo sentir su peso en mi mano derecha. Tal vez debería haberla comprado. Aunque fuera sin munición.

JUEVES. En la fiesta de cumpleaños de mi hermano Ricardo irrumpe su exmujer, que no ha sido invitada. Llevan seis meses separados (desde que él comenzó a perder la cabeza), pero no han llegado todavía a un acuerdo sobre el reparto de bienes de los que carecen. La situación es muy violenta para los presentes.

—¿Qué haces aquí? —le pregunta mi hermano.

—He venido a por la Thermomix —dice ella.

—La Thermomix la compré yo con mi dinero.

—Tu dinero era mi dinero porque vivíamos en régimen de gananciales.

—Pero tú no la querías. Me reprochaste que la comprara.

—Pero ahora no sé vivir sin ella. No te pediré otra cosa, pero la Thermomix es mía.

Los invitados, incrédulos ante lo escuchado, vamos retirándonos hacia los extremos del salón para que discutan sin testigos. Todos fingimos hablar, pero parloteamos sin sentido para disimular la vergüenza que sentimos por Ricardo y mi excuñada. Al final, tras un forcejeo verbal de diez minutos, mi hermano entra en la cocina y vuelve con la Thermomix, que le entrega de mala manera a su exmujer. Se trata de un aparato voluminoso y pesado, por lo que la exesposa abandona la casa un poco encorvada, como un muñeco de guiñol cuyo marionetista se duerme poco a poco. Tras una pausa, mi hermano se vuelve a los invitados y dice casi con lágrimas en los ojos:

—Ayer vino a por las obras completas de Lorca encuadernadas en piel.

La mezcla entre la Thermomix y Lorca me deja algo confuso. A partir de ese momento la fiesta languidece hasta que decidimos sacar la tarta y cantar el cumpleaños feliz.

SÁBADO. Se muere un viejo amigo en Granada. Consigo milagrosamente sacar una reserva para esta tarde, en el AVE de las 17:35. Me siento en el vagón enfadado. No se debería haber muerto aún. Teníamos planes para él. Para nosotros con él. En fin, no es que se vayan los mejores, es que se van de forma inoportuna. ¿Cómo me iré yo?

Llego a la estación del AVE con tiempo para tomarme un agua con gas. Voy triste, como un viudo. Observo a la gente de la barra tratando de distinguir, por su expresión, a los que acuden a un entierro. Cuando voy a pagar los dos euros de mi consumición, la camarera me retira uno.

—Este para usted —dice—, es la hora feliz.

—Vaya —digo yo.

Semana 183

MARTES. Normalmente, cuando deseo trasladarme de mi mesa de trabajo a la cocina para prepararme un té, me levanto y voy. Pero a veces, en lugar de llevar a cabo la acción, la visualizo. Es decir, en mi mente me veo levantándome e internándome en el pasillo. Me veo encendiendo la luz, porque es muy oscuro, y contando los bastones del paragüero (siempre hay ocho, en la misma disposición).

No es raro que en este recorrido imaginario, a la altura del cuarto de baño, me cruce con una mujer a la que no conozco, aunque se ha convertido en una presencia habitual. Un fantasma, supongo, que solo es perceptible a mis sentidos y a los del gato. Me observo de espaldas, llegando a la puerta de la cocina, que suele hallarse entreabierta, y entro. Ahí estoy llenando de agua una taza que calentaré durante un minuto en el microondas. Luego, con ella en la mano, regresaré a mi cuarto de trabajo, donde la beberé a sorbos mientras escribo. Me ocurre con frecuencia que después de haber hecho todo esto de forma imaginaria ya no necesite hacerlo en la realidad.

VIERNES. En la terraza de verano, junto a la mesa que ocupábamos mi gin-tonic y yo, una mujer leía una novela pornográfica. Supe del carácter del libro porque ella misma me lo dijo. En efecto, al darse cuenta de que llevaba un rato intentando desesperadamente leer el título, se volvió y me informó de ello con naturalidad:

—Es una novela pornográfica.

Yo asentí sonriendo estúpidamente. ¿Qué otra cosa puede hacer alguien al que han sorprendido in fraganti en labores de espionaje?

—De lesbianas —añadió con idéntico desparpajo.

Yo volví a asentir con la sonrisa anterior. Ya digo, una sonrisa de idiota.

—En este capítulo —continuó— una chica se ha colocado desnuda y de rodillas encima de una mesa. Sentada en una silla, frente a ella, su compañera de piso le inspecciona las concavidades inguinales.

—¿Concavidades inguinales? —inquirí, sorprendido por la expresión.

—El coño —aclaró la mujer.

Por lo visto, y según me explicó, ninguna de las dos chicas había confesado a la otra que era lesbiana. La que se encontraba de rodillas, sobre la mesa, se había colocado así para que su amiga le dijera qué aspecto tenía un grano que le había salido en uno de los labios menores.

—¿Y para eso tiene que desnudarse del todo? —pregunté.

—Es que acaba de salir del baño. Como te he dicho, comparten piso y a veces se mueven desnudas por la casa. En la novela es normal. En la vida también, creo, nunca he compartido piso.

—Ya.

—Pues como te decía, la amiga que está sentada en la silla le busca el grano, pero no lo ve. Entonces la que permanece arrodillada sobre la mesa se abre la vagina con las manos mostrando sin pudor toda esa zona sonrosada y le dice a la amiga: «Por aquí, toca aquí a ver si notas un bultito». La amiga introduce el dedo índice con delicadeza y recorre suavemente los pliegues húmedos (empapados ya en realidad) sin dar con el grano. Pero el grano ha dejado de importar porque las dos se han mirado llenas de excitación, confesándose de ese modo tácito que son lesbianas y que se aman, aunque ninguna de ellas se había atrevido hasta el momento a dar el primer paso. De modo que la que está sentada en la silla se desnuda también, se pone de pie y abraza a la amiga, que continúa arrodillada sobre la mesa.

—Ya —dije yo apurando el gin-tonic.

—Los pechos de las dos se juntan, se confunden más bien, hasta el punto de que ninguna de ellas sabe dónde termina el suyo y comienza el de la otra.

—Ya —repetí, pasándome la lengua por los labios para recoger los restos de la ginebra.

—Te preguntarás por qué te cuento todo esto.

—No importa —dije—. Es muy entretenido. Y muy didáctico.

—Te lo explicaré de todos modos. Verás, esta es una novela rarísima, de muy poco éxito, de la que quizá solo se han tirado quinientos ejemplares de los que no se habrán vendido ni la mitad. Es muy improbable que nadie, excepto yo, esté leyéndola en estos momentos en ninguna parte del mundo. Y sin embargo, cuando la abro, tengo la sensación de que otra mujer, muy lejos de aquí, la lee al mismo tiempo. Esa mujer no va por el capítulo del grano vaginal, porque la ha comenzado más tarde. Pero lee más deprisa que yo para alcanzarme.

—¿Y una vez que te alcance? —pregunté.

—Una vez que me alcance leerá la novela al mismo ritmo que yo y se excitará cuando yo me excite y se masturbará conmigo y tendremos el orgasmo al mismo tiempo.

—Ya —repetí mecánicamente.

—Te lo cuento porque sé que eres escritor, te he reconocido, Millás, y me gustaría que escribieras algo sobre esta historia tan extraña. Es normal que dos personas, incluso que millones de personas, vean al mismo tiempo el mismo programa de televisión. Pero es muy raro que dos personas que no se conocen y que quizá están cada una a cientos de quilómetros de la otra lean al mismo tiempo la misma novela pornográfica. ¿No te parece?

—Así es, llevas toda la razón.

—Pues escríbelo, anda.

Esa noche estaba en la cama, leyendo una rara novela policíaca, cuando sentí que alguien, un alma gemela, a cientos o miles de quilómetros, estaba leyéndola también y que iba por la misma página y la misma línea que yo. La idea me excitó y cerré el libro con una turbación desusada.

Semana 184

MARTES. En la pescadería:

—Estas almejas —asegura el dependiente con vehemencia— tienen carne hasta el alma.

La expresión me acojona. Carne hasta el alma. Se imagina uno, oyéndole, que la carne ha arrinconado al espíritu y que el espíritu se encuentra apretujado como un viajero de metro en hora punta. Carne hasta el alma, y si no hay más carne es porque la puta alma, en su pequeñez, no le deja tener más.

—Póngame un quilo —digo.

—¿Cómo las va a preparar usted?

—A la plancha.

—De eso nada, cómaselas crudas. Las abre, les echa una gota de limón, si acaso un poco de pimienta también, y para dentro.

Ya en casa, abro el paquete y observo los bivalvos. Son enormes, jamás había visto almejas de este tamaño. Me gustan mucho, pero lo de la carne hasta el alma me ha dejado un poco no sé cómo. A la hora de la comida las abro una a una, procurando no dañarlas y, en efecto, están de carne hasta los bordes. Mi mujer prueba la primera y se relame.

—¿Qué te parecen? —digo.

—Fabulosas —dice ella.

—Es que están de carne hasta el alma —digo yo.

Mi mujer me observa como si acabara de hacer acto de presencia el loco que hay dentro de mí y me pregunta de dónde he sacado esa expresión.

—No sé, se me ha ocurrido —digo con recelo.

—Pues no la repitas, que se me quitan las ganas.

Semana 185

LUNES. No sé nada del chino que regenta la tienda de mi calle. Tampoco él sabe nada de mí. Bueno, él sabe de mí que prefiero el pan tostado y que bebo cerveza. También conoce todas las necesidades que pueden surgirme un domingo por la tarde. Una botella de ginebra, por ejemplo, un alargador eléctrico o un paquete de puré de patata. Si con la compra diaria escribimos nuestra biografía, con la ocasional revelamos nuestras carencias. El chino, en fin, sabe mucho de mí. Un día, al entrar en la tienda, lo vi tomando notas en un cuaderno. No sé por qué, pensé que escribía algo acerca del cliente que acababa de salir y con el que yo me había cruzado en la puerta. Tal vez esté elaborando una radiografía del barrio que no podemos ni imaginar.

El chino de mi calle jamás leerá esto que escribo ahora y yo jamás leeré los periódicos que él lee. Jamás verá los programas de la tele que veo yo, ni yo los que ve él. Vivimos prácticamente al lado el uno del otro, pero en dimensiones diferentes de la realidad. La idea ha comenzado a obsesionarme. Por las noches, en la cama, imagino que soy él y trato de reconstruir el extraño viaje por el que llegó desde China a este barrio de las afueras de Madrid. Claro que el viaje a través del cual he llegado yo mismo tampoco tiene desperdicio.

MARTES. Viajo a una ciudad equis donde he de pronunciar una conferencia sobre literatura y enfermedad. Un clásico. Me recibe en el aeropuerto una mujer de conversación agradable e impersonal que me lleva en su coche hasta el hotel, donde nos despedimos. Tras deshacer la maleta, bajo a dar una vuelta y llego a una plaza hermosa, como casi todas las plazas, aunque esta posee rasgos oníricos. Es pequeña, tiene un templete en el centro, y está empedrada con piezas irregulares en las que resulta fácil torcerse un tobillo. De hecho, me lo tuerzo y caigo al suelo estrepitosamente.

Un par de personas acuden a ayudarme y yo, pese al dolor, finjo que no ha ocurrido nada. Una vez en pie y solo, miro a mi alrededor y compruebo que el carácter onírico de la plaza no ha hecho sino aumentar con la caída. Como empieza a llover, me retiro hacia los soportales que la rodean y recorro, cojeando, su perímetro, repleto de tiendas y cafeterías que sin dejar de ser tiendas y cafeterías normales poseen también un no sé qué extraño. Como si fueran tiendas y cafeterías de imitación. Una de estas tiendas, por cierto, está regentada por un chino que me saluda desde el interior como si nos conociéramos. Intrigado, entro y pido una barra de pan.

—Tostada, ¿verdad? —afirma más que preguntarme.

¿Cómo sabe que me gusta el pan tostado? ¿Acaso se lo ha dicho el chino de la tienda de mi calle de Madrid?

Cojo la barra, pago, salgo desconcertado al exterior y abandono la plaza a través del mismo arco por el que entré. Enseguida noto que ocurre algo raro. Lo raro es que al otro lado de la plaza no llueve. Vuelvo a entrar y llueve. Salgo de nuevo y no llueve. Camino con la barra debajo del brazo de vuelta hacia el hotel preguntándome si estoy siendo víctima de un accidente vascular en el cerebro. Hay ictus pequeños, que ni matan ni paralizan, pero que alteran la percepción de la realidad. Ya en mi habitación, al quitarme el abrigo, observo que está mojado. ¿Cómo, si fuera de la plaza no llovía? A todo esto, no sé qué hacer con la barra de pan y la guardo en la maleta. Por la noche, en la sala donde doy la conferencia, hay tres chinas de unos diecinueve o veinte años tomando notas de lo que digo.

MIÉRCOLES. Ya de vuelta en Madrid, deshago la maleta en el dormitorio, charlando con mi mujer, a la que le oculto las rarezas de las que he sido víctima. En esto, debajo de la ropa interior sucia, aparece la barra de pan.

—¿Y eso? —pregunta mi mujer.

—Un reflejo condicionado —digo yo—. Pasé por delante de una tienda de chinos y entré a comprar una barra tostada.

Mi mujer me observa con la mirada clínica característica de determinadas situaciones.

—¿No pensarás que nos la comamos después del viaje que le has dado...?

—No, no, la prepararé para los pájaros —digo.

—Vale —dice ella, y se va.

Semana 186

LUNES. Me despertó de madrugada un aullido que en principio tomé por la alarma de la vivienda. Pero era otra cosa. Dejándome guiar por el oído llegué al salón, donde averigüé que procedía de la tele. Aunque estaba apagada, emitía un pitido lastimero, como de un animal atrapado en un cepo. La desenchufé, volví a enchufarla y el ruido cesó. Como ya estaba desvelado, la encendí y apareció una escena de una película en blanco y negro en la que un hombre, apoyado en el quicio de la puerta de una cocina, le decía a una mujer (su esposa presumiblemente) que quería escribir. Ella dejaba momentáneamente lo que estaba haciendo y le respondía:

—Jamás has hablado de escribir, ni siquiera de leer.

—Pues ya lo ves, quiero escribir —insistía él.

La mujer se secaba las manos en un paño de cocina.

—¿Por qué no preparas un café? —decía.

El hombre abandonaba el quicio de la puerta, se acercaba a un armario del que sacaba una cafetera y se ponía a ello.

Luego había un corte, como si hubieran pasado varios días, y veíamos a la mujer en una papelería, eligiendo un cuaderno para obsequiar a su marido. Se trataba de un cuaderno especial, muy caro, con las tapas de cuero, que se llevaba a casa envuelto en papel de regalo. Pero ese mismo día, antes de que pudiera entregárselo, el hombre fallecía en un accidente de automóvil. Ahí cortaron la película para poner un bloque de publicidad y regresé a la cama. Me dormí pensando en el cuaderno.

MARTES. Me acerco a una librería del centro para echar un ojo a las novedades y tropiezo con un cuaderno parecido al de la película de anteanoche, en la tele. Lo manoseo un poco, como a un animal, me enamoro de la textura de sus páginas y decido regalármelo.

MIÉRCOLES. He abierto el cuaderno un par de veces, pero no me atrevo a comenzarlo. Es demasiado bueno y temo no estar a la altura. Me ocurre lo mismo con todos los cuadernos que compro. Al final acaban en un cajón muy profundo que tengo en mi estudio, como una especie de colección de obras completas inversas. Allí está todo lo que no he sido capaz de escribir. Novelas que nunca verán la luz, cuentos nonatos, poemas invisibles. Ahí se encuentra lo mejor de mí, aquello en lo que puse más empeño, la sintaxis en la que más arriesgué. Los cuento: hay treinta y cinco, tantos como libros llevo publicados. Siempre me sentí más a gusto escribiendo en el anverso de papeles de desecho, como si no me mereciera estrenar una cuartilla sin usar. Este asunto me recuerda que de pequeño siempre heredaba la ropa que se les quedaba pequeña a mis hermanos mayores. Jamás estrené nada, ni siquiera unos zapatos.

Semana 187

LUNES. Me llama mi amigo Luis. Dice que el otro día se quedó dormido en el tren y se despertó en el avión. El tren iba a Sevilla y el avión a Barcelona. Se trata de un relato arquetípico que a veces sucede en la vida real, como el del mendigo que sueña que es príncipe (o viceversa) y el de la mariposa que sueña que es gusano (o al revés). Quiere decirse que el hecho de que despertara en el avión no significaba mucho. Por lo visto, fue un falso despertar, un despertar soñado, porque donde acabó finalmente fue en Sevilla. A mi amigo le turbó mucho esta historia. Es un hombre práctico, que generalmente no entiende las cosas que escribo (ni siquiera las lee), y de repente aquella confusión le hizo pensar que quizá en la vida había algo de misterio.

—Lo hay —le dije yo—, hay misterio, pero el misterio no la hace más llevadera.

MARTES. Le cuento a mi psicoanalista la historia de mi amigo Luis, lo que me conduce a hablar de los mundos paralelos, los multiversos, que dicen los científicos, pues antes de acudir a la sesión he leído un artículo sobre el tema. La idea de llevar mil vidas idénticas en mil dimensiones diferentes me agobia un poco.

—¿Qué es lo que le agobia del asunto? —dice mi psicoanalista.

—La repetición —digo yo.

—¿No le gustaría estar repetido?

—La verdad, no.

—¿Preferiría ser único?

—Tal como lo dice usted parece que se trata de una cuestión narcisista. En realidad, preferiría ser desúnico.

—¿Qué significa desúnico?

—No tengo ni idea.

Permanezco en silencio y pienso en los libros con cuya reedición soñamos los escritores. En cierto modo, los libros llevan vidas paralelas. El mismo título, con idéntico formato, puede ocupar las estanterías de un palacio o de una casa modesta. Un libro mío puede estar siendo leído en estos instantes, de forma simultánea, en un hospital o en una biblioteca pública.

La idea me inquieta.

Imagino a un lector de hospital, mejor dicho, a una lectora. La han operado hace dos días de un pólipo en las cuerdas vocales y las cosas se han complicado un poco, no mucho, pero lo suficiente como para que se retrase la salida del hospital. Ahí está, leyendo una novela mía, la misma, y en idéntica edición, que lee una adolescente en la biblioteca pública de su barrio. Imagino que la mujer del hospital da una cabezada y sueña que es una chica joven que se encuentra en una biblioteca pública leyendo la misma novela que ha abandonado sobre su vientre al cerrar los ojos. La adolescente de la biblioteca tiene por su parte un microsueño en el que se ve de mayor, sobre la cama de un hospital donde la acaban de operar de las cuerdas vocales. ¿Cuál de las dos es más real? ¿Quién sueña a quién?

—¿Qué piensa? —dice mi psicoanalista sacándome del ensueño.

—Nada —digo yo y nos da la hora.

Al llegar a casa, busco en Google el sintagma «descripción del universo» y aparecen más de ocho millones de entradas. Casi todas ellas se refieren al tamaño, al color, a la forma del mundo. Se describe, claro, lo tangible, lo que se puede medir. No localizo ninguna en la que se hable de los sueños. Comienzo un relato sobre alguien que se duerme en el diván de su psicoanalista y despierta en la cama de su juventud, con fiebre, una fiebre que le hunde en un sueño según el cual acabará, de mayor, en el diván de una psicoanalista. El asunto me desasosiega y lo abandono.

Mañana más.

JUEVES. Le digo a mi psicoanalista que tengo problemas para distinguir la realidad de la ficción y me recuerda que le debo el mes pasado:

—Eso es la realidad —añade.

—¿La realidad es el dinero? —pregunto yo.

—No empiece a hacer trampas —dice ella.

—La mayoría de los analistas económicos —añado— aseguran que los presupuestos del Gobierno son irreales. Y estamos hablando de dinero. El dinero es ahora mismo lo más irreal de nuestras vidas.

—Como quiera, pero me debe usted un mes.

—¿Le puedo pagar con tarjeta de crédito?

—No.

Esta es una de las cosas que no logro entender: ¿por qué la psicología no acepta tarjetas de crédito?

VIERNES. Estoy en un bar, tomándome el gin-tonic de media tarde sin meterme con nadie, cuando en la mesa de al lado un joven le dice a su novia:

—La vida es una mierda.

—No te pongas así —dice ella.

—¿Y cómo quieres que mc ponga? —dice él.

La vida es una mierda. No te pongas así. ¿Y cómo quieres que me ponga?

Analizo brevemente el diálogo a la luz de la ginebra y concluyo que se trata de un diálogo estándar. Hay miles de parejas ahora mismo en las que uno de los cónyuges dice que la vida es una mierda, a lo que el otro responde no te pongas así, etcétera. Me pregunto si este tipo de diálogos se fabrican en China, como el iPhone, y cuánto cobrarán por ellos sus autores. Pido al camarero otro gin-tonic y un bolígrafo para tomar notas.

—El boli se lo cobro aparte —dice.

—Si es un momento —digo yo—, para tomar una nota.

—El gin-tonic se lo bebe también en un momento y no por eso es gratis.

Me quedo de piedra (frase de todo a cien). El diálogo entre el camarero y yo acerca del bolígrafo no está fabricado en China, no parece un diálogo hecho en serie. ¿Dónde entonces? En Alemania, me digo, en la Alemania de Merkel, donde a los españoles nos cobran hasta el aire.

SÁBADO. No me conmueven los árboles, pero sí los poemas sobre los árboles. Ni la lluvia, pero sí las canciones sobre la lluvia. Tampoco me inquieta la muerte, pero sí cuanto se escribe acerca de ella.

Semana 188

LUNES. Malas noticias: el ibuprofeno aumenta el riesgo de paro cardíaco en un treinta y un por ciento. Leo la noticia después de haberme tomado dos, con lo que no sé si he aumentado esa posibilidad en un sesenta y dos por ciento. Si me tomara cuatro... ¿Qué pasaría si me tomara cuatro? Lo he hecho en alguna ocasión y aquí sigo, lo que no significa que mientan las estadísticas. Aunque tampoco miento yo. Quiere decirse que la anomalía es la norma.

MARTES. Subo por una calle en cuesta que me resulta familiar. A lo lejos, alguien la baja. Cuando nos encontramos cerca, reconozco a mi hermano Ricardo. Nos damos un abrazo y le pregunto qué hacemos allí.

—Estamos muertos —me dice— y buscamos la casa de papá y mamá, que cae por aquí.

Mi hermano mira alrededor y señala una casa que se parece vagamente a la de nuestra infancia. Entonces me despierto y miro el reloj. Las tres y veinte. Me levanto a beber agua mientras pienso en el sueño como si el sueño fuera el revés de la vida. El forro de la vida. Pienso en el sueño como en el forro de un traje. Bebo agua, me acuesto, vuelvo a dormirme y me veo de pie en un vagón casi vacío del metro. Abro un faldón de la chaqueta para mirar el forro. Es el forro de la chaqueta, pero al mismo tiempo es el forro de la vida. De mi vida.

MIÉRCOLES. Un amigo diagnosticado de esquizofrenia me envía un cómic que ha escrito en colaboración con un dibujante. Quiere publicarlo y me pide consejo. Lo leo de un tirón. Me gusta y me conmueve. Mi amigo habla de la relación con las voces que escucha dentro de su cabeza. Habla de lo que le han hecho sufrir y de cómo ha alcanzado un acuerdo con ellas, con las voces. Habla del frágil equilibrio en el que se mueve su existencia. Habla de sí mismo como de un funambulista. Un funambulista de veinticuatro horas al día. Mi amigo no firma el libro. Si logra publicarlo, lo hará con pseudónimo, pues vive su locura en la clandestinidad. Nadie en su trabajo sabe que está loco.

Leo el manuscrito en el metro, de camino a la radio, rodeado de gente de la que no sé nada y que nada sabe de mí. Me pregunto por sus sufrimientos. Imagino que existe una agencia donde se pueden intercambiar las penas. Yo le dejo a alguien una pena mía a cambio de una suya. Tendrían que ser penas del mismo valor aproximado, claro. A los dos o tres días volveríamos a cambiarlas, pero durante ese tiempo descansaríamos de las propias para probar el sabor de las ajenas.

JUEVES. Me duele el oído derecho como si se hubiera atascado en su interior una palabra esdrújula. Me alivia introducirme un clip y girarlo. Pero he de hacerlo con cuidado para no rozar el tímpano. Mientras le doy vueltas al clip, observo la caja de ibuprofenos al lado del ordenador. Les he cogido miedo, de otro modo el oído habría dejado de molestarme hace una hora. En esto suena el teléfono, lo cojo, me lo aplico al oído izquierdo.

—Diga —digo.

Es mi hermano Ricardo. Dice que ha visto en una tienda de animales un pájaro que se parecía a papá. La palabra pájaro se atasca en las profundidades del oído interno, y cuando cuelgo empieza a dolerme también este oído. Finalmente, me tomo dos ibuprofenos y paso el resto del día vigilando los latidos de mi corazón.

VIERNES. Acompaño a mi hermano Ricardo al psiquiatra. Últimamente se le va la cabeza más de lo habitual. Confiesa, en la consulta, que ha dejado de tomar la medicación.

—Me quita agilidad mental —dice.

El psiquiatra negocia una reducción de la dosis y tras diez o quince minutos de regateo llegan a un acuerdo. Al salir, le invito a un café, pero se empeña en tomar un vodka con tónica. Le advierto de que el alcohol potencia el efecto de los medicamentos.

—El vodka con tónica no se negocia —dice tajantemente.

Entonces yo pido lo mismo y al rato se nos suelta la lengua y comenzamos a hablar de la familia. Me cuenta que lleva varias semanas recorriendo las tiendas de animales de toda la ciudad buscando aquellos en los que se han reencarnado papá y mamá. Al principio me limito a seguirle la corriente, pero a la segunda copa la idea me entusiasma y le juro que mañana le acompañaré a ver pajarerías.

Semana 189

MARTES. Viajo. Es verano y viajo. He conocido ya setenta veranos, incontables eneros, millones de lunes o de martes. No estoy en Madrid. Todos los lugares del mundo son un no-Madrid. Y bien, ¿qué me he traído a este no-Madrid? Libros y cuadernos. Las páginas de los libros están llenas de letras, y las de los cuadernos vacías. Escribo esto a mano, sobre un cuaderno de tapas negras que ignoro dónde adquirí. Sus hojas son un poco grises, de un blanco roto, podríamos decir. Me ha dado pena empezarlo, como si le hubiera arrebatado para siempre la posibilidad de albergar una obra maestra.

Siempre mancillándolo todo.

Por la noche escucho un chisporroteo al tiempo que percibo un olor como de carne quemada. Levanto los ojos de la tele y comprendo que una polilla acaba de achicharrarse en la lámpara. Caen como moscas, quizá porque el tipo de luz que emite actúa en ellas como una droga. He leído que estas mariposas vienen de África y se dirigen a Suecia. Tardan centenares o miles de generaciones en llegar porque viven muy poco. Algunas perecen por accidente al colarse inadvertidamente por la ventana de tipos como yo.

MIÉRCOLES. El gin-tonic de verano tiene una calidad distinta a la del gin-tonic de invierno. Es más elegante el del invierno. Ahora me estoy tomando uno que no me llega. El primer sorbo me ha sabido al último. Un gin-tonic incompetente. Pero es lo que hay.

JUEVES. Un vecino se ha atragantado con el hueso de una aceituna y ha venido una ambulancia a buscarlo en medio del calor. Parece que iba en muy mal estado. Este vecino cultiva (o cultivaba) fresas y tomates y lechugas en un huerto de su jardín. En ocasiones me regalaba algo recién recogido, y que yo había visto crecer por encima de la tapia que separa su casa de la mía. Me gustaba observar el huerto, leerlo como si fuera un texto. Lo envidiaba.

A última hora de la tarde nos llega la noticia de que el vecino murió de camino al hospital. Por el hueso de una aceituna que le entró por mal sitio. Hay ideas que entran por mal sitio también. Y que nos matan.

Semana 190

LUNES. Desde el porche veo cómo llueve sobre una casa abandonada que hay frente a la mía y cuyas dos ventanas visibles me observan como dos ojos oscuros. La fachada de la casa se oscurece paulatinamente por la humedad. Cuando la lluvia arrecia, abandono el porche y me aventuro hacia el interior de mí mismo. El interior de mí mismo es la cocina, donde hay unos diez platos por lavar, además de cuatro o cinco vasos y un número indeterminado de cubiertos. Me pongo a ello sin dejar de pensar en la casa abandonada. Luego, cuando cesa de llover, pues se trataba de una tormenta de verano tan intensa como breve, vuelvo a salir al porche y me doy cuenta de que la casa abandonada no me observaba a mí: observaba el mundo. El mundo está vigilado por las casas abandonadas y por los muertos. Los muertos y las casas abandonadas nos miran con piedad al tiempo de decirnos:

—Ya veréis, cuando os llegue la hora, lo bien que se está aquí, en el abandono y en la muerte.

Por la tarde, la niebla ha bajado como una gran bola de algodón que rodara por la montaña y nos ha cubierto. La casa abandonada, con sus dos ojos oscuros, ha desaparecido de mi vista y yo de la suya. La temperatura ha caído de súbito unos diez grados. Regreso a la cocina, esta vez a leer.

MARTES. Al día siguiente de la lluvia, llega el viento. Un viento loco que cambia de dirección a cada instante, convirtiendo las copas de los árboles en una masa verde que se agita violentamente como alguien que no pudiera respirar. Se mueven como personas que, inmovilizadas por una camisa de fuerza, agitaran la cabeza y aullaran en demanda de socorro. Algunas ramas se tronchan, pero aun en el suelo continúan removiéndose como rabos de lagartijas separados de sus cuerpos. Si salgo al jardín, mi pelo se desordena también de ese modo. El viento penetra en mí, en mi ánimo, y los sentimientos corren de un lado a otro de mi pecho como fieras enjauladas. También las ideas cambian de dirección a una velocidad tal que no hay forma de fijarlas. Me tomo un ansiolítico y al poco el viento de fuera cesa como si le hubiera hecho efecto a él. Recorro el jardín para contabilizar los desperfectos y veo un pájaro grande con un ala rota intentando refugiarse bajo unas ramas. Huye de mí. Debería matarlo para aliviar su sufrimiento, pero me falta valor, de modo que vuelvo a casa, me preparo una copa y leo un rato mecánicamente, sin enterarme de nada. Luego abandono el libro, voy a la cocina, tomo un cuchillo grande y vuelvo a salir decidido a sacrificar al animal. Para mi suerte, ya no está. Quizá ha logrado arrastrarse lejos, tal vez no tenía el ala rota, solo descoyuntada. No lo sé. También a veces creo que tengo las alas rotas, pero duermo unas horas y soy capaz de emprender de nuevo el vuelo.

MIÉRCOLES. En la mesa de al lado, en la cafetería donde desayuno, una mujer le dice a otra:
—Tengo dos hijas: la mayor es como soy yo y la pequeña como me habría gustado ser.
—¡Menudo lío emocional! —dice su interlocutora.
—No puedes ni imaginártelo.

VIERNES. Leo un libro sobre la guerra que comienza así: «Nos encontramos a nueve kilómetros del frente. Ayer nos relevaron. En estos momentos tenemos el vientre lleno de alubias con carne de vaca y estamos saciados y contentos».
Un comienzo sencillo y magistral. Estamos a nueve kilómetros del frente, tenemos el vientre lleno de alubias con carne de vaca y estamos saciados y contentos.
En medio del horror de la guerra, el vientre continúa proporcionándonos satisfacciones de una intensidad desconocida en los tiempos de paz.
Leí este libro en mi juventud y lo olvidé. Hace poco lo encontré en una librería de viejo y me lo llevé a casa como si hubiera

hallado un fragmento de mi vida. Se titula *Sin novedad en el frente* y es una de las novelas más rabiosamente antibelicistas y antimilitaristas que se han escrito nunca. Su relectura, lejos de decepcionarme, sacia mi apetito literario hasta extremos difíciles de explicar. Su autor: Erich Maria Remarque, un tipo con una biografía complicada.

Estoy contento.

Semana 191

LUNES. Leo un artículo sobre las ventajas de dormir sobre el costado izquierdo y otro sobre las de dormir sobre el lado derecho. Hay mucha literatura también sobre los beneficios de dormir bocarriba y bocabajo. Yo suelo mirar un rato al techo, con la almohada doblada bajo la nuca y, cuando se me cierran los párpados, adopto la postura fetal, a ratos sobre el lado izquierdo y a ratos sobre el derecho. Es como me encuentro ahora mismo en la habitación de un hotel en cuyo cuarto de baño hay una bañera de masaje que no masajea. Los chorros salen, desde luego, pero como sin ganas, un poco desmayados. Y hacen un ruido infernal que ha ido generándome, poco a poco, un estado indeseable de ansiedad.

De modo que he abandonado la bañera y me he metido en la cama después de buscar en internet la postura más sana para adoptar durante el sueño. Pero el motor de la ansiedad sigue funcionando dentro de mi cabeza. Son las dos de la madrugada cuando escucho un estruendo de sirenas en la calle. Me levanto, me asomo a la ventana y veo dos coches de policía y una ambulancia a las puertas del hotel. Dos enfermeros entran y salen al poco con el cuerpo de un cliente, supongo, que parece muerto. Un suicidio, pienso, y me meto otra vez entre las sábanas perfectamente insomne.

MARTES. De vuelta en Madrid, acudo a la consulta de mi psicoanalista y le cuento la escena del hotel.

—¿Por qué pensó que se trataba de un suicidio? —pregunta.

—Porque yo he fantaseado muchas veces con suicidarme en un hotel.

—Dígame cómo.

—¿Con mucho detalle?

—Con el que sea capaz de soportar.

—Me parece un poco morboso.

—Entonces no me lo cuente.

—Está bien, se lo cuento. Mi plan es irme a un hotel de Barcelona que me gusta mucho y alojarme en una de sus suites. No le hablo de una suite muy lujosa, de doscientos metros, sino de una que ya conozco, que se encuentra en un piso alto y que tendrá unos noventa. Salón amplio, separado del dormitorio por unas puertas correderas, cuarto de baño agradable y un vestidor de unos quince metros, todo de madera. Se trata de una suite que tiene algo de útero materno. En el salón hay una cocina minúscula con una tetera eléctrica en la que el agua hierve enseguida. Tiene un sofá muy amplio, casi tan amplio como una cama, donde pienso que sería agradable quedarse dormido y morirse dentro del sueño.

—¿Preferiría morirse en el sofá?

—Sí, sin zapatos, pero con calcetines. Y vestido, bueno, en mangas de camisa. Tengo dudas de si lo haría con la tele apagada o encendida.

—¿Qué diferencia encuentra?

—Con la tele apagada resultaría un poco más siniestro. Con ella encendida, aunque sin sonido, los cambios de luz de la pantalla darían al ambiente una apariencia de normalidad.

—¿Quiere entonces suicidarse de manera normal?

—Eso es, me gustaría que fuese un suicidio normal.

—Pero usted sabe que no hay suicidios normales.

—De momento, pero dennos un poco de tiempo a los suicidas.

La psicoanalista calla, yo también, y al cabo de unos minutos dice que es la hora.

MIÉRCOLES. No deja de perseguirme la imagen del suicidio que describí ayer en la sesión. Precisamente me encuentro en Barcelona, adonde he viajado esta mañana en el puente aéreo para presentar mi última novela. Son las diez de la noche y llego agotado, después de no sé cuántas entrevistas, a la pequeña suite de la que le hablé a mi psicoanalista. La recorro descalzo y me parece que se trata de un lugar perfecto para desaparecer. Cuando me entra el sueño, en vez de acostarme en la cama del dormitorio, me tumbo en el sofá del salón, donde me quedo dormido y sueño que soy capaz de levitar.

JUEVES. De nuevo en casa. La experiencia del hotel catalán me ha hecho mucho bien. Ya no albergo duda alguna del lugar en el que tarde o temprano me suicidaré. Solo necesito hallar el modo de que parezca un suicidio normal, para no disgustar a mi familia. Busco en Google el sintagma «suicidios normales», pero no viene nada. Mejor, me digo: tengo por delante una tarea en la que gastar mis energías mentales. Hoy mismo empiezo a pensar en el asunto.

Semana 192

LUNES. Pido la vez en la pescadería del barrio y cargo el peso del cuerpo primero en la pierna derecha y luego en la izquierda, para evitar desarrollar los músculos de un lado más que los del otro. Me lo ha recomendado el fisioterapeuta. Dice que nadie es completamente simétrico, pero que mi cuerpo se dirige hacia la asimetría a velocidades de vértigo, de ahí los dolores que atraviesan el centro de mi nalga izquierda.

Mientras me balanceo de un lado a otro, se me acerca un anciano y me pregunta si estamos ya en Semana Santa. Estoy tentado de decirle que sí, pero le digo que no. El hombre me observa con extrañeza y enseguida se da la vuelta para dirigirse al puesto de variantes. Como la cola no avanza, fantaseo con la posibilidad de conquistar una simetría perfecta, una supersimetría. De súbito me viene a la memoria haber escuchado este término, supersimetría, en la radio. Saco el móvil y lo busco en la Wikipedia. Se trata de un concepto perteneciente a la física de partículas. Leo y leo sin entender nada, pero la espera se me hace más llevadera. Cuando quiero darme cuenta, es mi turno. Compro un gallo grande que me preparan en filetes y le digo que no tire la raspa ni la cabeza, pues hago con ellas un caldo que resucita a un muerto.

MARTES. Malas fechas para corregir las pruebas de una novela, pero me pongo a ello y al cuarto de hora me olvido de que la novela es mía. Me atrapa como si no me la supiera de memoria, hasta el punto de que debo ralentizar la velocidad de la lectura para que no se me escape ningún fallo. La novela se titula *Que nadie duerma* y saldrá en febrero, a finales. Sufrí y gocé mucho escribiéndola, todo a la vez. La gente no entiende esto: que el dolor y el placer puedan convivir de manera que no haya forma de destrenzar los hilos que pertenecen a uno y a otro. Quizá la escritura sea una de las múltiples experiencias que proporciona el masoquismo. En la lectura, sin embargo, solo encuentro placer, incluso en la lectura de mis propios textos, como me sucede ahora al corregir las primeras pruebas de *Que nadie duerma.* Sin embargo, cuando recuerdo que la he escrito yo, siento una especie de punzada en el estómago. Pero esta punzada, me parece, es de miedo. Haber escrito da más miedo que haber leído.

MIÉRCOLES. En la cafetería en la que desayuno hay una discusión que escucho mientras finjo leer el periódico. Los contendientes llevan chalecos reflectantes, como si trabajaran en una obra de los alrededores. Uno de ellos asegura que las drogas estarán siempre prohibidas y otro que a no mucho tardar serán obligatorias.

—¿Obligatorias? —pregunta un tercero.

—Obligatorias. Si el mundo sigue así serán obligatorias, porque no habrá otro modo de soportar la realidad.

Vuelvo a casa dándole vueltas al asunto y llego a la conclusión de que llevaba razón el de la obligatoriedad. Seguramente solo falta decidir de qué tipo de drogas hablamos: ¿estimulantes, pasivizantes? Probablemente, una mezcla de ambas. Estimulantes para la mañana y pasivizantes para la noche. Aunque aún no es mediodía, me tomo un ansiolítico para ver las cosas con mayor claridad.

JUEVES. Llevo varios días enfrascado en la lectura de un libro fabuloso. Se titula *Parásitos,* su autor es Carl Zimmer y lo ha publicado Capitán Swing. Trata, como cabe deducir del título, del parasitismo, esa costumbre tan extendida en la naturaleza. A veces parece un cuento de hadas y a veces una novela de terror. Hay un tipo de crustáceo que se mete en la boca de un pez, se come su lengua y ocupa su lugar. A partir de entonces, el pez utiliza al crustáceo como lengua. Bueno, en realidad no estoy muy seguro de quién utiliza a quién. Lo mejor de este caso es la simbología que esconde. ¿Cuántos no hablamos por lengua ajena? Se me ponen los pelos de punta.

VIERNES. Desde que leí la historia del crustáceo que se come la lengua del pez y ocupa su lugar, no hago más que tocarme la mía. La saco de la boca, la tomo entre los dedos índice y pulgar de la mano derecha y me pregunto si es propia o no. He de confesar que la mayoría de las veces me parece una prótesis.

Semana 193

LUNES. Estoy en el sillón de la peluquería, sin meterme con nadie, cuando el peluquero me pregunta si no me gustaría matizarme las canas. Advierto que no dice «teñirme», sino «matizarme». Jamás me teñiría, pero la idea del matiz resulta sugestiva. Le pregunto si se me notará mucho y sonríe con un poco de condescendencia. Deben de preguntárselo a menudo, por lo de la «resistencia al cambio», que explica Freud en un célebre artículo.

—A ver —aclara con parsimonia—, se trata de un cambio muy discreto porque el producto está hecho a base de ingredientes naturales que se degradan con el lavado. Lo que hace es armonizar el pelo cano con el negro.

Me muestra con el espejo mi cogote y observo que hay, en efecto, una línea muy marcada entre un tipo de pelo y otro. Se trataría de suavizar esa frontera. Empiezo a tambalearme. Él coge un cronómetro y dice que normalmente la aplicación del producto dura diez minutos, pero que si tengo dudas me aclarará el pelo a los siete, para aminorar el efecto. Finalmente accedo a que me matice, siempre he sido partidario del matiz en las ideas, ¿por qué no en la cabeza?

El resultado final me inquieta. Tengo el pelo negro, o peor, negruzco. Me recuerdo a alguien de mi familia con quien no me llevaba bien. Pero como ya no tiene remedio, felicito por pura cobardía al peluquero y salgo a la calle con la impresión de ir disfrazado. Como si me hubiera puesto una peluca. Me miro en los escaparates y tardo unas décimas de segundo en reconocerme. Lo increíble es que, cuando llego a casa, al plantarme delante de mi mujer para ver qué ocurre, no comenta nada de nada. En esto entra mi hijo en la cocina, y tampoco da muestras de percibir el cambio. Voy a mirarme al espejo del cuarto de baño, por si se me hubiera quitado el matiz de forma milagrosa, pero no, ahí estoy yo (más bien un semi-yo) con el casquete negruzco sobre el cráneo. ¡Qué raro!

MIÉRCOLES. Todo el mundo en casa sigue sin notar nada. Cojo la cartera y los papeles para acudir al taller de escritura y coincido en el metro con un amigo al que hace tiempo que no veo. Advierto que me observa como si apreciara algo raro, pero no da con ello.

—Te has estirado la piel de los párpados —me dice.

—¿Estás loco? —digo yo.

—Pues tienes la cara mejor —dice él.

—Porque he engordado un poco —digo yo—, y a estas edades, ya sabes...

Cuando llego a mi estación nos despedimos sin que él haya reparado en el secreto que llevo a la vista, y me dirijo a la escuela con la seguridad de que los alumnos percibirán el cambio. Entro en clase, miro en derredor y nadie dice nada. El asunto me tranquiliza por un lado, pero me inquieta por otro. Se está produciendo ante mis ojos una disfunción preocupante de la realidad. ¿Cuántos cambios de los otros me pasarán inadvertidos a mí? Creo que vamos por el mundo viendo lo que esperamos ver. Si el mundo espera verme con canas, me ve con canas.

Antes de empezar la clase, un alumno pide la palabra para anunciar públicamente que se casa dentro de un par de meses. Aparte de invitarnos a la boda, pretende que los componentes de la clase, incluido yo, hagamos una especie de despedida de soltero. A mí me aterran las despedidas de soltero, de modo que me pongo pálido, aunque no me atrevo a negarme. Más tarde, en un momento en el que el interfecto sale al baño, sus compañeros me explican que lo de la boda es mentira. Pedro, que así se llama el chico, es por lo visto un delirante. Anuncia su boda cada cierto tiempo y luego deja de hablar de ello hasta que los demás olvidan el asunto, o fingen hacerlo. He aquí otra disfunción de la realidad. Nos despedimos hasta el jueves sin que nadie haga una maldita observación sobre mi pelo.

JUEVES. Viene a comer a casa mi hijo mayor con su familia. Les abro yo la puerta, para comprobar si mi cabeza les produce algún efecto. Nada. Luego acompaño a mi nieta al baño para que se lave las manos, y me pregunta qué me he hecho en la cabeza.

—Me la he pintado —le explico—, pero no se lo digas a nadie, es un secreto.

—Vale —dice ella.

Semana 194

LUNES. Voy a visitar a un amigo enfermo y le llevo los periódicos del día.

—Déjalos ahí —dice.

Los abandono en una butaca del dormitorio de tal modo que caen mal y ahora parecen un conjunto de pájaros de papel con las alas rotas. Cuando voy a arreglarlos, me dice que lo olvide, que de todos modos no los va a leer. Me extraña, porque es desde joven un fanático de la prensa.

—Debes de estar muy mal —le digo.

—¿Por lo de los periódicos?

—Claro.

—Qué va, dejé de leerlos cuando me di cuenta de que llevaba un tiempo pasando las páginas sin detenerme en ninguna, echando un vistazo solo a los titulares. Ya no hay crónica o noticia que resista la lectura del primer párrafo.

—¿Por dónde te informas?

—No me informo. Y tú tampoco. Vivimos con la fantasía de estar informados. Incluso sobreinformados. La sobreinformación es uno de los síntomas de la desinformación.

—Ya —le digo por decir.

—Acércame ese frasco de espray, por favor.

Se lo acerco y se pulveriza un par de veces el interior de la boca.

—Es saliva artificial —dice—. También uso lágrimas artificiales. Toda esa prensa que me has traído es artificial, pero no me funciona.

—No debes de estar tan grave —le digo—, con la mala leche que gastas.

—Tampoco tú estás grave y te vas a morir.

Al rato de hablar de esto y de lo otro, me voy con los periódicos debajo del brazo y los ordeno en el ascensor. Al salir a la calle, un autobús, a dos metros escasos de mí, arrolla a un tipo que corría detrás de su perro.

Martes. Busco en la prensa digital, sin hallarla, alguna noticia sobre el tipo arrollado por el autobús. Deduzco que no le ocurrió nada. Hay atropellos muy aparatosos sin sustancia. Hace unos meses yo mismo, al cruzar una calle por donde no debía, acabé bajo la carrocería de un coche sin sufrir un solo rasguño. Perdí en cambio un zapato que no me fue posible recuperar porque se lo llevó una furgoneta, pegado a su rueda. El conductor del coche me increpó duramente por la imprudencia y pasé una vergüenza enorme. Fui calle abajo descalzo de un pie, con la esperanza de encontrar una zapatería, pero ya no las hay, excepto en los centros comerciales o grandes almacenes. Luego paré un taxi e intenté entrar en casa clandestinamente para no tener que dar explicaciones. Mi mujer estaba en el hall, cambiando una bombilla fundida.

—Hola —dije.

—Hola —dijo—. ¿Te ha pasado algo?

—No, por qué.

—Vienes pálido.

El hall se hallaba en penumbra, de modo que advirtió mi blanca palidez, pero no la ausencia del zapato. Antes de que pusiera la bombilla nueva, escapé al dormitorio y me puse las zapatillas de andar por casa. Escondí el zapato viudo en las profundidades del armario. Aún debe de seguir allí, completamente solo. Pobre.

Miércoles. Esta madrugada ha muerto mi amigo, el que dejó de leer periódicos. Acudo al tanatorio, lleno de periodistas porque era de la profesión, y me integro en un grupo al que cuento la última visita que hice al finado.

—Me confesó que había dejado de leer periódicos —les digo.

Me miran como si fuera un marciano. Todos ellos han dejado de leer periódicos.

—Yo los compro, pero no los leo —digo al fin para hacerme perdonar.

Oigo unas risas, vuelvo la vista y es la viuda. Otra mujer le está contando algo que debe de ser muy gracioso.

Jueves. Bajo a primera hora a comprar los periódicos y el quiosco está cerrado. No lo abren hasta las nueve. Me voy a dar una vuelta por el parque, para hacer tiempo, o para matarlo, no sé, y los cojo al regresar. Le cuento al quiosquero la anécdota de los periodistas que no leen periódicos y mueve afirmativamente la cabeza.

—Cuando yo me jubile —dice—, este quiosco se cierra. No hay relevo generacional ni de otro tipo. A nadie le interesa un quiosco.

Me dan ganas de preguntarle si puedo quedármelo yo. No me disgusta la idea de acabar vendiendo algo que no leen ni los que lo hacen. Sería el punto final perfecto para una vida absurda. Todas lo son. Ya en casa, busco la necrológica de mi amigo y es una peste. No logro pasar del primer párrafo. Estoy a punto de escribir una carta de protesta al director, pero me reprimo.

Yo siempre me reprimo.

Este libro se terminó
de imprimir en
Móstoles, Madrid,
en el mes de
marzo de 2019